교과서
소설
다보기
1

씨앤에이에듀

교과서 **소설** 다보기 1

개정판 1쇄 발행 2020년 12월 1일
개정2판 1쇄 발행 2023년 1월 27일
개정3판 1쇄 발행 2025년 10월 31일

엮은이   씨앤에이논술연구팀
펴낸이   이재종
펴낸곳   (주)씨앤에이에듀
주소   서울시 강남구 도곡로 63길 23, 성진회관 302호
전화   02-501-1681
팩스   02-569-0660
전자우편 rainbownonsul@daum.net
ISBN   978-89-6703-881-6 44810
        978-89-6703-880-9 (세트)

교과서 **소설** 다보기 1

씨앤에이에듀

최신 개정판
《교과서 소설 다보기》를 펴내며

소설은 단순한 이야기가 아니라 주인공이 다양한 현실을 접하는 가운데 스스로 삶의 의미를 찾아 나가는 과정을 담은 새로운 세계입니다. 그리고 이러한 소설을 읽는 일 역시 단순히 이야기를 즐기는 것이 아니라, 주인공의 여정을 함께하면서 세상살이의 숨은 의미를 깨달아 가는 행위입니다.

우리는 소설을 읽으며 크고 작은 변화를 겪습니다. 작품에 나타난 삶의 모습을 간접적으로 경험하며 내 삶을 돌아봄으로써, 문학의 가치를 깨닫고 내면화할 수 있습니다.

《교과서 소설 다보기》 1권에서는 2025년에 새롭게 바뀐 중학교 1학년 국어 교과서 10종의 수록작을 중심으로 총 14편의 단편 소설을 선정하였습니다. 그리고 '소설과 함께 성장하는 우리'라는 주제 아래 해당 작품을 다음과 같이 분류하였습니다.

1부 '시점과 상징'에서는 소설의 서술자와 시점에 대해 알아봅니다. 각 시점의 특징과 주요 소재의 상징적 의미를 중심으로 작품을 깊이 있게 감상해 봅니다.

2부 '갈등과 사건'에서는 소설에 나타나는 갈등의 개념과 유형을 알아보고, 이를 실제 작품에 적용하여 갈등이 해소되는 과정에서 소설의 주제가 어떻게 구체화되는지 살펴봅니다.

3부 '관계와 성장'에서는 소설 속 다양한 인물형을 만나 봅니다. 여러 사건 속에서 인물들이 서로 어떤 관계를 맺고 어떻게 성장해 나가는지 살필 수 있습니다.

　4부 '설화의 세계'에서는 소설과 구별되는 설화의 특성을 정리하고, 다섯 편의 설화를 감상하며 각 작품이 우리에게 주는 교훈을 생각해 봅니다.

　본문에는 작품 감상의 편의를 위해 어휘 풀이를 함께 실었고, 작품을 깊이 있게 이해할 수 있는 도움글도 수록하였습니다. 특히 씨앤에이논술 연구 팀은 《교과서 소설 다보기》 시리즈를 독서 토론 수업에 최적화된 도서로 만들고자 노력하였습니다. 주제별로 마련된 토의·토론 문제를 바탕으로 친구들과 함께 이야기를 나눈다면, 학생들은 비판적 사고력을 기르면서 협력적 소통의 즐거움까지 누릴 수 있을 것입니다.

　이 책을 통해 작가의 시선 또는 작중 인물의 입장에서 생각하고, 친구들과 다양한 감상을 나누며 '생각하는 즐거움', '인식의 지평이 넓어지는 기쁨'을 만끽할 수 있을 것입니다. 정성스럽게 준비한 《교과서 소설 다보기》 개정판이 학생들에게 의미 있는 성장의 선물이 되기를 바랍니다.

차례

1부
시점과 상징

〈소나기〉는 소년과 소녀의 때 묻지 않은 순수한 사랑의 마음이 잘 그려진 작품입니다. 소녀가 소년에게 던진 조약돌, 소년이 만들어 준 꽃묶음, 흙물이 든 소녀의 분홍 스웨터, 소녀가 건넨 대추와 소년이 차마 전하지 못한 호두알 속에는 둘만이 알고 있는 추억이 알알이 물들어 있습니다. 순식간에 왔다 사라진 소나기처럼, 짧지만 순수했던 첫사랑의 모습은 안타까운 여운과 함께 소년의 마음에 아로새겨지겠지요.

서툴지만 꾸밈없이 서로의 마음을 표현하고, 그 마음을 소중하게 간직하는 두 사람의 이야기야말로 우리가 꿈꾸는 사랑의 모습이 아닐까요? 마치 낭만적인 시 한 편을 읽는 것 같은, 맑은 수채화 한 폭을 떠올리게 하는 아름다운 사랑 이야기를 함께 감상해 봅시다.

황순원(1915~2000)

평남 대동 출생. 1930년부터 동요와 시를 신문에 발표하고 1931년 《동광》에 〈나의 꿈〉을 발표하면서 등단했다. 소설이 추구할 수 있는 예술적 성과의 한 극치를 이룬 소설가로 평가받고 있다. 짧으면서도 세련된 문체와 다양한 소설적 기법의 구사, 소박하면서도 치열한 휴머니즘 정신과 한국인의 전통적 삶에 대한 애정이 그의 소설의 주요한 특징으로 꼽힌다. 주요 작품으로는 단편 소설 〈목넘이 마을의 개〉, 〈학〉, 〈소나기〉, 〈독 짓는 늙은이〉 등이 있다.

소나기

황순원

소년은 개울가에서 소녀를 보자 곧 윤 초시네 증손녀라는 걸 알 수 있었다. 소녀는 개울에다 손을 잠그고 물장난을 하고 있는 것이다. 서울서는 이런 개울물을 보지 못하기나 한 듯이.

벌써 며칠째 소녀는 학교에서 돌아오는 길에 물장난이었다. 그런데 어제까지는 개울 기슭에서 하더니 오늘은 징검다리 한가운데 앉아서 하고 있다.

소년은 개울둑에 앉아 버렸다. 소녀가 비키기를 기다리자는 것이다.

요행 지나가는 사람이 있어 소녀가 길을 비켜 주었다.

다음 날은 좀 늦게 개울가로 나왔다.

이날은 소녀가 징검다리 한가운데 앉아 세수를 하고 있었다. 분홍 스웨터 소매를 걷어 올린 팔과 목덜미가 마냥 희었다.

한참 세수를 하고 나더니 이번에는 물속을 빤히 들여다본다. 얼굴이라도 비추어 보는 것이리라. 갑자기 물을 움켜 낸다. 고기 새끼라도 지나가는 듯.

소녀는 소년이 개울둑에 앉아 있는 걸 아는지 모르는지 그냥 날쌔게 물만 움켜 낸다. 그러나 번번이 허탕이다. 그대로 재미있는 양, 자꾸 물만 움킨다. 어제처럼 개울을 건너는 사람이 있어야 길을 비킬 모양이다.

그러다가 소녀가 물속에서 무엇을 하나 집어낸다. 하얀 조약돌이었다. 그리고는 벌떡 일어나 팔짝팔짝 징검다리를 뛰어 건너간다.

다 건너가더니만 횑 이리로 돌아서며,

"이 바보."

조약돌이 날아왔다.

소년은 저도 모르게 벌떡 일어섰다.

요행(僥倖/徼幸) 뜻밖에 얻는 행운.

단발머리를 나풀거리며 소녀가 막 달린다. 갈밭 사잇길로 들어섰다. 뒤에는 청량한 가을 햇살 아래 빛나는 갈꽃뿐.

이제 저쯤 갈밭머리로 소녀가 나타나리라. 꽤 오랜 시간이 지났다고 생각했다. 그런데도 소녀는 나타나지 않는다. 발돋움을 했다. 그러고도 상당한 시간이 지났다고 생각됐다.

저쪽 갈밭머리에 갈꽃이 한 옴큼 움직였다. 소녀가 갈꽃을 안고 있었다. 그리고 이제는 천천한 걸음이었다. 유난히 맑은 가을 햇살이 소녀의 갈꽃머리에서 반짝거렸다. 소녀 아닌 갈꽃이 들길을 걸어가는 것만 같았다.

소년은 이 갈꽃이 아주 뵈지 않게 되기까지 그대로 서 있었다. 문득 소녀가 던진 조약돌을 내려다보았다. 물기가 걷혀 있었다. 소년은 조약돌을 집어 주머니에 넣었다.

다음 날부터 좀 더 늦게 개울가로 나왔다. 소녀의 그림자가 뵈지 않았다. 다행이었다.

그러나 이상한 일이었다. 소녀의 그림자가 뵈지 않는 날이 계속될수록 소년의 가슴 한구석에는 어딘가 허전함이 자리 잡는 것이었다. 주머니 속 조약돌을 주무르는 버릇이 생겼다.

그러한 어떤 날, 소년은 전에 소녀가 앉아 물장난을 하던 징검다리 한가운데에 앉아 보았다. 물속에 손을 잠갔다. 세수를 하였다. 물속을 들여다보았다. 검게 탄 얼굴이 그대로 비치었다. 싫었다.

소년은 두 손으로 물속의 얼굴을 움키었다. 몇 번이고 움키었다. 그러다가 깜짝 놀라 일어나고 말았다. 소녀가 이리 건너오고 있지 않느냐.

'숨어서 내 하는 꼴을 엿보고 있었구나.' 소년은 달리기 시작했다. 디딤돌

갈밭 갈대밭. 갈대가 우거진 곳.

을 헛짚었다. 한 발이 물속에 빠졌다. 더 달렸다.

몸을 가릴 데가 있어 줬으면 좋겠다. 이쪽 길에는 갈밭도 없다. 메밀밭이다. 전에 없이 메밀꽃 내가 짜릿하니 코를 찌른다고 생각됐다. 미간이 아찔했다. 찝찔한 액체가 입술에 흘러들었다. 코피였다. 소년은 한 손으로 코피를 훔쳐 내면서 그냥 달렸다. 어디선가 '바보, 바보.' 하는 소리가 자꾸만 뒤따라오는 것 같았다.

토요일이었다.

개울가에 이르니 며칠째 보이지 않던 소녀가 건너편 가에 앉아 물장난을 하고 있었다.

모르는 체 징검다리를 건너기 시작했다. 얼마 전에 소녀 앞에서 한 번 실수를 했을 뿐, 여태 큰길 가듯이 건너던 징검다리를 오늘은 조심성스럽게 건넌다.

"얘."

못 들은 체했다. 둑 위로 올라섰다.

"얘, 이게 무슨 조개지?"

자기도 모르게 돌아섰다. 소녀의 맑고 검은 눈과 마주쳤다. 얼른 소녀의 손바닥으로 눈을 떨구었다.

"비단조개."

"이름두 참 곱다."

갈림길에 왔다. 여기서 소녀는 아래편으로 한 삼 마장쯤, 소년은 우대로 한 십 리 가까운 길을 가야 한다.

미간(眉間) 두 눈썹의 사이.
마장 거리의 단위. 오 리나 십 리가 못 되는 거리를 이른다.
우대 위쪽.

소녀가 걸음을 멈추며,

"너, 저 산 너머에 가 본 일 있니?"

벌 끝을 가리켰다.

"없다."

"우리, 가 보지 않을래? 시골 오니까 혼자서 심심해 못 견디겠다."

"저래 봬두 멀다."

"멀믄 얼마나 멀갔게? 서울 있을 땐 아주 먼 데까지 소풍 갔었다."

소녀의 눈이 금세 '바보, 바보.' 할 것만 같았다.

논 사잇길로 들어섰다. 벼 가을걷이하는 곁을 지났다.

허수아비가 서 있었다. 소년이 새끼줄을 흔들었다. 참새가 몇 마리 날아간다. '참, 오늘은 일찍 집으로 돌아가 텃논의 참새를 봐야 할걸.' 하는 생각이 든다.

"아, 재밌다!"

소녀가 허수아비 줄을 잡더니 흔들어 댄다. 허수아비가 대고 우쭐거리며 춤을 춘다. 소녀의 왼쪽 볼에 살포시 보조개가 패었다.

저만치 허수아비가 또 서 있다. 소녀가 그리로 달려간다. 그 뒤를 소년도 달렸다. 오늘 같은 날은 일찍 집으로 돌아가 집안일을 도와야 한다는 생각을 잊어버리기라도 하려는 듯이.

소녀의 곁을 스쳐 그냥 달린다. 메뚜기가 따끔따끔 얼굴에 와 부딪힌다. 쪽빛으로 한껏 갠 가을 하늘이 소년의 눈앞에서 맴을 돈다. 어지럽다. 저놈의 독수리, 저놈의 독수리, 저놈의 독수리가 맴을 돌고 있기 때문이다.

돌아다보니 소녀는 지금 자기가 지나쳐 온 허수아비를 흔들고 있다. 좀 전 허수아비보다 더 우쭐거린다.

대고 무리하게 자꾸. 또는 계속하여 자꾸.

논이 끝난 곳에 도랑이 하나 있었다. 소녀가 먼저 뛰어 건넜다.

거기서부터 산 밑까지는 밭이었다.

수숫단을 세워 놓은 밭머리를 지났다.

"저게 뭐니?"

"원두막."

"여기 차미 맛있니?"

"그럼. 차미 맛도 좋지만 수박 맛은 더 좋다."

"하나 먹어 봤으면."

소년이 참외 그루에 심은 무밭으로 들어가, 무 두 밑을 뽑아 왔다. 아직 밑이 덜 들어 있었다. 잎을 비틀어 팽개친 후 소녀에게 한 밑 건넨다. 그러고는 이렇게 먹어야 한다는 듯이 먼저 대강이를 한 입 베어 물어 낸 다음 손톱으로 한 돌이 껍질을 벗겨 우적 깨문다.

소녀도 따라 했다. 그러나 세 입도 못 먹고,

"아, 맵고 지려."

하며 집어 던지고 만다.

"참, 맛없어 못 먹겠다."

소년이 더 멀리 팽개쳐 버렸다.

산이 가까워졌다.

단풍이 눈에 따가웠다.

"야아!"

소녀가 산을 향해 달려갔다. 이번은 소년이 뒤따라 달리지 않았다. 그러

차미 '참외'의 방언.

밑 밑동. 채소 따위 식물의 굵게 살진 뿌리 부분.

돌이 무엇의 둘레로 한 바퀴 돌아가거나 감긴 것을 세는 단위.

고도 곧 소녀보다 더 많은 꽃을 꺾었다.

"이게 들국화, 이게 싸리꽃, 이게 도라지꽃……."

"도라지꽃이 이렇게 예쁜 줄은 몰랐네. 난 보랏빛이 좋아! …… 근데 이 양산같이 생긴 노란 꽃이 뭐지?"

"마타리꽃."

소녀는 마타리꽃을 양산 받듯이 해 보인다. 약간 상기된 얼굴에 살포시 보조개를 떠올리며.

다시 소년은 꽃 한 옴큼을 꺾어 왔다. 싱싱한 꽃가지만 골라 소녀에게 건넨다.

그러나 소녀는,

"하나두 버리지 말어."

산마루께로 올라갔다.

맞은편 골짜기에 오순도순 초가집이 몇 모여 있었다.

누가 말한 것도 아닌데 바위에 나란히 걸터앉았다. 유달리 주위가 조용해진 것 같았다. 따가운 가을 햇살만이 말라 가는 풀 냄새를 퍼뜨리고 있었다.

"저건 또 무슨 꽃이지?"

적잖이 비탈진 곳에 칡넝굴이 엉키어 꽃을 달고 있었다.

"꼭 등꽃 같네. 서울 우리 학교에 큰 등나무가 있었단다. 저 꽃을 보니까 등나무 밑에서 놀던 동무들 생각이 난다."

소녀가 조용히 일어나 비탈진 곳으로 간다. 꽃송이가 달린 줄기를 잡고 끊기 시작한다. 좀처럼 끊어지지 않는다. 안간힘을 쓰다가 그만 미끄러지고 만다. 칡넝굴을 그러쥐었다.

소년이 놀라 달려갔다. 소녀가 손을 내밀었다. 손을 잡아 이끌어 올리며, 소년은 제가 꺾어다 줄 것을 잘못했다고 뉘우친다.

소녀의 오른쪽 무릎에 핏방울이 내맺혔다. 소년은 저도 모르게 생채기에 입술을 가져다 대고 빨기 시작했다. 그러다가 무슨 생각을 했는지 홱 일어나 저쪽으로 달려간다.

좀 만에 숨이 차 돌아온 소년은,

"이걸 바르면 낫는다."

송진을 생채기에다 문질러 바르고는 그 달음으로 칡덩굴 있는 데로 내려가 꽃 달린 줄기를 이빨로 끊어 가지고 올라온다. 그러고는,

"저기 송아지가 있다. 그리 가 보자."

누렁 송아지였다. 아직 코뚜레도 꿰지 않았다.

소년이 고삐를 바투 잡아 쥐고 등을 긁어 주는 척 훌딱 올라탔다. 송아지가 껑충거리며 돌아간다.

소녀의 흰 얼굴이, 분홍 스웨터가, 남색 스커트가, 안고 있는 꽃과 함께 범벅이 된다. 모두가 하나의 큰 꽃묶음 같다. 어지럽다. 그러나 내리지 않으리라. 자랑스러웠다. 이것만은 소녀가 흉내 내지 못할, 자기 혼자만이 할 수 있는 일인 것이다.

"너희, 예서 뭣들 하느냐."

농부 하나가 억새풀 사이로 올라왔다.

송아지 등에서 뛰어내렸다. 어린 송아지를 타서 허리가 상하면 어쩌느냐고 꾸지람을 들을 것만 같다.

그런데 나룻이 긴 농부는 소녀 편을 한 번 훑어보고는 그저 송아지 고삐를 풀어내면서,

생채기 손톱 따위로 할퀴이거나 긁히어서 생긴 작은 상처.
코뚜레 소의 두 콧구멍 사이를 꿰뚫어 끼는 나무 고리. 좀 자란 송아지 때부터 고삐를 매는 데 쓴다.
바투 두 대상의 물체의 사이가 썩 가깝게.
나룻 수염.

"어서들 집으로 가거라. 소나기가 올라."

참 먹장구름 한 장이 머리 위에 와 있다. 갑자기 사면이 소란스러워진 것 같다. 바람이 우수수 소리를 내며 지나간다. 삽시간에 주위가 보랏빛으로 변했다.

산을 내려오는데 떡갈나무 잎에서 빗방울 듣는 소리가 난다. 굵은 빗방울 이었다. 목덜미가 선뜩선뜩했다. 그러자 대번에 눈앞을 가로막는 빗줄기.

비안개 속에 원두막이 보였다. 그리로 가 비를 그을 수밖에.

그러나 원두막은 기둥이 기울고 지붕도 갈래갈래 찢어져 있었다. 그런대 로 비가 덜 새는 곳을 가려 소녀를 들어서게 했다. 소녀는 입술이 파랗게 질려 있었다. 어깨를 자꾸 떨었다.

무명 겹저고리를 벗어 소녀의 어깨를 싸 주었다. 소녀는 비에 젖은 눈을 들어 한 번 쳐다보았을 뿐, 소년이 하는 대로 잠자코 있었다. 그러고는 안 고 온 꽃묶음 속에서 가지가 꺾이고 꽃이 일그러진 송이를 골라 발밑에 버 린다.

소녀가 들어선 곳도 비가 새기 시작했다. 더 거기서 비를 그을 수 없었다.

밖을 내다보던 소년이 무엇을 생각했는지 수수밭 쪽으로 달려간다. 세워 놓은 수숫단 속을 비집어 보더니 옆의 수숫단을 날라다 덧세운다. 다시 속 을 비집어 본다. 그러고는 이쪽을 향해 손짓을 한다.

수숫단 속은 비는 안 새었다. 그저 어둡고 좁은 게 안됐다. 앞에 나앉은 소년은 그냥 비를 맞아야만 했다. 그런 소년의 어깨에서 김이 올랐다.

소녀가 속삭이듯이, 이리 들어와 앉으라고 했다. 괜찮다고 했다. 소녀가 다시 들어와 앉으라고 했다. 할 수 없이 뒷걸음질을 쳤다. 그 바람에 소녀

먹장구름 먹빛같이 시꺼먼 구름.
듣다 눈물, 빗물 따위의 액체가 방울져 떨어지다.
긋다 비를 잠시 피하여 그치기를 기다리다.

가 안고 있는 꽃묶음이 우그러들었다. 그러나 소녀는 상관없다고 생각했다. 비에 젖은 소년의 몸 내음새가 확 코에 끼얹혀졌다. 그러나 고개를 돌리지 않았다. 도리어 소년의 몸기운으로 해서 떨리던 몸이 적이 누그러지는 느낌이었다.

소란하던 수숫잎 소리가 뚝 그쳤다. 밖이 멀게졌다.

수숫단 속을 벗어 나왔다. 멀지 않은 앞쪽에 햇빛이 눈부시게 내리붓고 있었다.

도랑 있는 곳까지 와 보니, 엄청나게 물이 불어 있었다. 빛마저 제법 붉은 흙탕물이었다. 뛰어 건널 수가 없었다.

소년이 등을 돌려 댔다. 소녀가 순순히 업혔다. 걷어 올린 소년의 잠방이까지 물이 올라왔다. 소녀는, 어머나 소리를 지르며 소년의 목을 그러안았다.

개울가에 다다르기 전에 가을 하늘은 언제 그랬는가 싶게 구름 한 점 없이 쪽빛으로 개어 있었다.

그다음 날은 소녀의 모습이 뵈지 않았다. 다음 날도, 다음 날도. 매일같이 개울가로 달려와 봐도 뵈지 않았다.

학교에서 쉬는 시간에 운동장을 살피기도 했다. 남몰래 오 학년 여자 반을 엿보기도 했다. 그러나 뵈지 않았다.

그날도 소년은 주머니 속 흰 조약돌만 만지작거리며 개울가로 나왔다. 그랬더니 이쪽 개울둑에 소녀가 앉아 있는 게 아닌가.

소년은 가슴부터 두근거렸다.

적이 꽤 어지간한 정도로.
잠방이 가랑이가 무릎까지 내려오도록 짧게 지은 홑바지.
그러안다 두 팔로 싸잡아 껴안다.

"그동안 앓았다."

어쩐지 소녀의 얼굴이 해쓱해져 있었다.

"그날 소나기 맞은 것 때메?"

소녀가 가만히 고개를 끄덕였다.

"인제 다 났냐?"

"아직두……."

"그럼 누워 있어야지."

"너무 갑갑해서 나왔다. …… 그날 참 재밌었어. …… 근데 그날 어디서 이런 물이 들었는지 잘 지지 않는다."

소녀가 분홍 스웨터 앞자락을 내려다본다. 거기에 검붉은 진흙물 같은 게 들어 있었다.

소녀가 가만히 보조개를 떠올리며,

"이게 무슨 물 같니?"

소년은 스웨터 앞자락만 바라다보고 있었다.

"내 생각해 냈다. 그날 도랑 건널 때 네게 업힌 일 있지? 그때 네 등에서 옮은 물이다."

소년은 얼굴이 확 달아오름을 느꼈다.

갈림길에서 소녀는,

"저 오늘 아침에 우리 집에서 대추를 땄다. 낼 제사 지내려구……."

대추 한 줌을 내어 준다.

소년은 주춤한다.

"맛봐라. 우리 증조할아버지가 심었다는데 아주 달다."

소년은 두 손을 오그려 내밀며,

해쓱하다 얼굴에 핏기나 생기가 없어 파리하다.

"참 알도 굵다!"

"그리고 저, 우리 이번에 제사 지내고 나서 좀 있다 집을 내주게 됐다."

소년은 소녀네가 이사해 오기 전에 벌써 어른들의 이야기를 들어서 윤 초시 손자가 서울서 사업에 실패해 가지고 고향에 돌아오지 않을 수 없게 됐다는 걸 알고 있었다. 그것이 이번에는 고향 집마저 남의 손에 넘기게 된 모양이었다.

"왜 그런지 난 이사 가는 게 싫어졌다. 어른들이 하는 일이니 어쩔 수 없 지만……."

전에 없이 소녀의 까만 눈에 쓸쓸한 빛이 떠돌았다.

소녀와 헤어져 돌아오는 길에 소년은 혼자 속으로 소녀가 이사를 간다는 말을 수없이 되뇌어 보았다. 무어 그리 안타까울 것도 서러울 것도 없었다. 그렇건만 소년은 지금 자기가 씹고 있는 대추알의 단맛을 모르고 있었다.

이날 밤, 소년은 몰래 덕쇠 할아버지네 호두밭으로 갔다.

낮에 봐 두었던 나무로 올라갔다. 그리고 봐 두었던 가지를 향해 작대기를 내리쳤다. 호두 송이 떨어지는 소리가 별나게 크게 들렸다. 가슴이 선뜩했다. 그러나 다음 순간, 굵은 호두야 많이 떨어져라, 많이 떨어져라, 서도 모를 힘에 이끌려 마구 작대기를 내리치는 것이었다.

돌아오는 길에는 열이틀 달이 지우는 그늘만 골라 짚었다. 그늘의 고마움을 처음 느꼈다.

불룩한 주머니를 어루만졌다. 호두 송이를 맨손으로 깠다가는 옴이 오르기 쉽다는 말 같은 건 아무렇지도 않았다. 그저 근동에서 제일가는 이 덕쇠 할아버지네 호두를 어서 소녀에게 맛보여야 한다는 생각만이 앞섰다.

그러다, 아차, 하는 생각이 들었다. 소녀더러 병이 좀 낫거들랑 이사 가

근동(近洞) 가까운 이웃 동네.

기 전에 한번 개울가로 나와 달라는 말을 못 해 둔 것이었다. 바보 같은
것, 바보 같은 것.

이튿날, 소년이 학교에서 돌아오니 아버지가 나들이옷으로 갈아입고 닭
한 마리를 안고 있었다.

어디 가시느냐고 물었다.

그 말에는 대꾸도 없이 아버지는 안고 있는 닭의 무게를 겨냥해 보면서,

"이만하면 될까?"

어머니가 망태기를 내주며,

"벌써 며칠째 '걀걀' 하구 알 낳을 자리를 보던데요. 크진 않아두 살은 쪘
을 거예요."

소년이 이번에는 어머니한테 아버지가 어디 가시느냐고 물어보았다.

"저, 서당골 윤 초시 댁에 가신다. 제상에라도 놓으시라구……."

"그럼 큰 놈으루 하나 가져가지. 저 얼룩 수탉으루……."

이 말에 아버지는 허허 웃고 나서,

"인마, 그래도 이게 실속이 있다."

소년은 공연히 열적어, 책보를 집어 던지고는 외양간으로 가, 소 잔등을
한 번 철썩 갈겼다. 쇠파리라도 잡는 척.

개울물은 날로 여물어 갔다.

소년은 갈림길에서 아래쪽으로 가 보았다. 갈밭머리에서 바라보는 서당
골 마을은 쪽빛 하늘 아래 한결 가까워 보였다.

망태기 물건을 담아 들거나 어깨에 메고 다닐 수 있도록 만든 그릇. 주로 가는 새끼나 노 따위로 엮거나
그물처럼 떠서 성기게 만든다.
열적다 열없다. 좀 겸연쩍고 부끄럽다.

어른들의 말이, 내일 소녀네가 양평읍으로 이사 간다는 것이었다. 거기 가서는 조그마한 가겟방을 보게 되리라는 것이었다.

소년은 저도 모르게 주머니 속 호두알을 만지작거리며, 한 손으로는 수없이 갈꽃을 휘어 꺾고 있었다.

그날 밤, 소년은 자리에 누워서도 같은 생각뿐이었다. 내일 소녀네가 이사하는 걸 가 보나 어쩌나. 가면 소녀를 보게 될까 어떨까.

그러다가 까무룩 잠이 들었는가 하는데,

"허, 참, 세상일두……."

마을 갔던 아버지가 언제 돌아왔는지,

"윤 초시 댁도 말이 아니여. 그 많던 전답을 다 팔아 버리구, 대대로 살아오던 집마저 남의 손에 넘기더니, 또 악상까지 당하는 걸 보면……."

남폿불 밑에서 바느질감을 안고 있던 어머니가,

"증손이라곤 기집애 그 애 하나뿐이었지요?"

"그렇지. 사내애 둘 있던 건 어려서 잃구……."

"어쩌면 그렇게 자식 복이 없을까."

"글쎄 말이지. 이번 앤 꽤 여러 날 앓는 걸 약도 변변히 못 써 봤다더군. 지금 같애서는 윤 초시네두 대가 끊긴 셈이지……. 그런데 참 이번 기집애는 어린것이 여간 잔망스럽지가 않어. 글쎄 죽기 전에 이런 말을 했다지 않어? 자기가 죽거든 자기 입던 옷을 꼭 그대로 입혀서 묻어 달라구……."

전답(田畓) 논밭.
악상(惡喪) 수명을 다 누리지 못하고 젊어서 죽은 사람의 상사(殤死). 흔히 젊어서 부모보다 먼저 자식이 죽는 경우를 이른다.
남폿불 남포등(석유를 넣은 그릇의 심지에 불을 붙이고 유리로 만든 등피를 끼운 등)에 켜 놓은 불.
잔망스럽다(孱妄---) 얄밉도록 맹랑한 데가 있다.

보통 사춘기 여자 친구가 또래의 남자보다 좀 더 빨리 이성에 눈을 뜨게 된다고 하죠? 〈동백꽃〉에도 조숙하고 넉살 좋은 점순이와, 그녀의 서투른 사랑 표현을 알아채지 못하는 어리숙한 '나'가 등장합니다. 점순이는 감자로 표현한 마음을 거절당하자 애꿎은 '나'의 닭을 괴롭히고, 점순이의 속내를 이해하지 못한 '나'는 홧김에 점순이네 닭을 죽이곤 어찌할 바를 몰라 합니다. 그리고 점순이와 '나'는 동백꽃 속으로 함께 쓰러지고 말죠. 이때 '나'의 정신을 아찔하게 할 정도로 알싸한 향을 내뿜는 노란 동백꽃은 '산동백'이라 불리는 생강나무입니다. 작가의 고향인 강원도에서 2∼3월이면 피어나는 생강나무 꽃의 진한 향기는 어린 사랑의 씨앗을 품게 된 '나'의 급격한 변화를 대변합니다. '나'의 성장이 어떻게 이뤄지는지 주목하면서 작품을 감상해 봅시다.

김유정(1908∼1937)

강원 춘천 출생. 1935년 〈조선일보〉 신춘문예에 〈소낙비〉가 당선되면서 등단했다. 김유정 소설의 가장 큰 특징은 '농촌'과 '해학'으로, 그는 농촌을 배경으로 소작농의 고단한 삶을 해학적으로 그렸다. 폐결핵에 시달리다가 스물아홉 살에 요절했는데, 죽기 전 2년여 동안 30편에 가까운 작품을 남길 만큼 문학적 열정이 강했다. 주요 작품으로 〈봄·봄〉, 〈금 따는 콩밭〉, 〈동백꽃〉, 〈따라지〉, 〈산골 나그네〉 등이 있다.

동백꽃 김유정

오늘도 또 우리 수탉이 막 쪼이었다. 내가 점심을 먹고 나무를 하러 갈 양으로 나올 때이었다. 산으로 올라서려니까 등 뒤에서 푸드덕푸드덕하고 닭의 홧소리가 야단이다. 깜짝 놀라며 고개를 돌려 보니 아니나 다르랴, 두 놈이 또 얼리었다.

점순네 수탉(은 대강이가 크고 똑 오소리같이 실팍하게 생긴 놈)이 덩저리 작은 우리 수탉을 함부로 해내는 것이다. 그것도 그냥 해내는 것이 아니라 푸드덕하고 면두를 쪼고 물러섰다가 좀 사이를 두고 푸드덕하고 모가지를 쪼았다. 이렇게 멋을 부려 가며 여지없이 닦아 놓는다. 그러면 이 못생긴 것은 쪼일 적마다 주둥이로 땅을 받으며 그 비명이 킥, 킥 할 뿐이다. 물론 미처 아물지도 않은 면두를 또 쪼이어 붉은 선혈은 뚝뚝 떨어진다.

이걸 가만히 내려다보자니 내 대강이가 터져서 피가 흐르는 것같이 두 눈에서 불이 번쩍 난다. 대뜸 지게막대기를 메고 달려들어 점순네 닭을 후려칠까 하다가 생각을 고쳐먹고 헛매질로 떼어만 놓았다.

이번에도 점순이가 쌈을 붙여 놨을 것이다. 바짝바짝 내 기를 올리느라고 그랬음에 틀림없을 것이다.

고놈의 계집애가 요새로 들어서서 왜 나를 못 먹겠다고 그렇게 아르렁거리는지 모른다.

나흘 전 감자 쪼간만 하려라도 나는 저에게 조금도 잘못한 것은 없다.

계집애가 나물을 캐러 가면 갔지 남 울타리 엮는 데 쌩이질을 하는 것은

홧소리 새가 날갯짓으로 홰를 치는 소리. '홰'는 새가 올라앉게 새장 안에 놓은 나무 막대를 이른다.
얼리다 어울리다. 서로 얽히게 되다.
실팍하다 사람이나 물건 따위가 보기에 매우 실하다.
덩저리 '몸집'을 낮잡아 이르는 말.
해내다 상대편을 여지없이 이겨 내다.
면두 '볏'의 방언(강원, 경기). 닭이나 새 따위의 이마 위에 세로로 붙은 살 조각.
쪼간 어떤 사건이나 일.
쌩이질 한창 바쁠 때에 쓸데없는 일로 남을 귀찮게 구는 짓.

다 뭐냐. 그것도 발소리를 죽여 가지고 등 뒤로 살며시 와서,

"애! 너 혼자만 일하니?"

하고 긴치 않은 수작을 하는 것이다.

어제까지도 저와 나는 이야기도 잘 않고 서로 만나도 본척만척하고 이렇게 점잖게 지내던 터이련만 오늘로 갑작스레 대견해졌음은 웬일인가. 항차 망아지만 한 계집애가 남 일하는 놈 보고……

"그럼 혼자 하지 떼루 하디?"

내가 이렇게 내뱉는 소리를 하니까

"너 일하기 좋니?"

또는

"한여름이나 되거든 하지 벌써 울타리를 하니?"

잔소리를 두루 늘어놓다가 남이 들을까 봐 손으로 입을 틀어막고는 그 속에서 깔깔댄다. 별로 우스울 것도 없는데 날씨가 풀리더니 이놈의 계집애가 미쳤나 하고 의심하였다. 게다가 조금 뒤에는 즈 집께를 할금할금 돌아다보더니 행주치마의 속으로 꼈던 바른손을 뽑아서 나의 턱 밑으로 불쑥 내미는 것이다. 언제 구웠는지 아직도 더운 김이 홱 끼치는 굵은 감자 세 개가 손에 뿌듯이 쥐였다.

"느 집엔 이거 없지?"

하고 생색 있는 큰소리를 하고는 제가 준 것을 남이 알면은 큰일 날 테니 여기서 얼른 먹어 버리란다. 그리고 또 하는 소리가

"너 봄 감자가 맛있단다."

항차(-且) 황차. 하물며.
할금할금 곁눈으로 살그머니 계속 할겨 보는 모양.
행주치마 부엌일을 할 때 옷을 더럽히지 아니하려고 덧입는 작은 치마.
생색(生色) 다른 사람 앞에 당당히 나설 수 있거나 자랑할 수 있는 체면.

"난 감자 안 먹는다. 너나 먹어라."

나는 고개도 돌리려 하지 않고 일하던 손으로 그 감자를 도로 어깨 너머로 쑥 밀어 버렸다.

그랬더니 그래도 가는 기색이 없고, 뿐만 아니라 쌔근쌔근하고 심상치 않게 숨소리가 점점 거칠어진다. 이건 또 뭐야 싶어서 그때에야 비로소 돌아다보니 나는 참으로 놀랐다. 우리가 이 동리에 들어온 것은 근 삼 년째 되어 오지만 여지껏 가무잡잡한 점순이의 얼굴이 이렇게까지 홍당무처럼 새빨개진 법이 없었다. 게다 눈에 독을 올리고 한참 나를 요렇게 쏘아보더니 나중에는 눈물까지 어리는 것이 아니냐. 그리고 바구니를 다시 집어 들더니 이를 꼭 악물고는 엎어질 듯 자빠질 듯 논둑으로 횡허케˙ 달아나는 것이다.

어쩌다 동리 어른이

"너 얼른 시집을 가야지?"

하고 웃으면

"염려 마서유. 갈 때 되면 어련히 갈라구!"

이렇게 천연덕스레 받는 점순이였다. 본시 부끄럼을 타는 계집애도 아니거니와 또한 분하다고 눈에 눈물을 보일 얼병이˙도 아니다. 분하면 차라리 나의 등어리를 바구니로 한 번 모질게 후려 쌔리고 달아날지언정.

그런데 고약한 그 꼴을 하고 가더니 그 뒤로는 나를 보면 잡아먹으려 기를 복복 쓰는 것이다.

설혹 주는 감자를 안 받아먹은 것이 실례라 하면, 주면 그냥 주었지 "느집엔 이거 없지?"는 다 뭐냐. 그렇잖아도 즈이는 마름˙이고 우리는 그 손에

횡허케 횡하니. 중도에서 지체하지 아니하고 곧장 빠르게 가는 모양.
얼병이 얼뜨기. 겁이 많고 다부지지 못하여 어수룩하고 얼빠져 보이는 사람을 낮잡아 이르는 말.
마름 지주를 대리하여 소작권을 관리하는 사람.

서 •배재를 얻어 땅을 부치므로 일상 굽실거린다. 우리가 이 마을에 처음 들어와 집이 없어서 곤란으로 지낼 제 집터를 빌리고 그 위에 집을 또 짓도록 마련해 준 것도 점순네의 호의였다. 그리고 우리 어머니 아버지도 농사 때 양식이 달리면 점순네한테 가서 부지런히 꾸어다 먹으면서 인품 그런 집은 다시 없으리라고 침이 마르도록 칭찬하곤 하는 것이다. 그러면서도 열일곱씩이나 된 것들이 수군수군하고 붙어 다니면 동리의 소문이 •사납다고 주의를 시켜 준 것도 또 어머니였다. 왜냐하면 내가 점순이하고 일을 저질렀다가는 점순네가 노할 것이고, 그러면 우리는 땅도 떨어지고 집도 내쫓기고 하지 않으면 안 되는 까닭이었다.

그런데 이놈의 계집애가 까닭 없이 기를 복복 쓰며 나를 말려 죽이려고 드는 것이다.

눈물을 흘리고 간 그담 날 저녁나절이었다. 나무를 한 짐 잔뜩 지고 산을 내려오려니까 어디서 닭이 죽는 소리를 친다. 이거 뉘 집에서 닭을 잡나 하고 점순네 울 뒤로 돌아오다가 나는 고만 두 눈이 뚱그레졌다. 점순이가 저희 집 •봉당에 홀로 걸터앉았는데, 아 이게 치마 앞에다 우리 씨암탉을 꼭 붙들어 놓고는

"이놈의 닭! 죽어라, 죽어라."

요렇게 •암팡스레 쌔 수는 것이 아닌가. 그것도 대가리나 치면 모른다마는 아주 알도 못 낳으라고 그 볼기짝께를 주먹으로 콕콕 쥐어박는 것이다.

나는 눈에 쌍심지가 오르고 사지가 부르르 떨렸으나 사방을 한번 휘돌아보고야 그제서 점순이 집에 아무도 없음을 알았다. 잡은 참 지게막대기를

배재 마름과 소작인이 주고받는 소작권 위임 문서.
달리다 재물이나 기술, 힘 따위가 모자라다.
사납다 상황이나 사정 따위가 순탄하지 못하고 나쁘다.
봉당(封堂) 안방과 건넌방 사이에 마루를 놓지 않고 흙바닥을 그대로 둔 곳.
암팡스레 몸은 작아도 야무지고 다부진 면이 있게.

들어 울타리의 중턱을 후려치며

"이놈의 계집애! 남의 닭 알 못 낳으라구 그러니?"

하고 소리를 빽 질렀다.

그러나 점순이는 조금도 놀라는 기색이 없고 그대로 의젓이 앉아서 제 닭 가지고 하듯이 또 죽어라, 죽어라 하고 패는 것이다. 이걸 보면 내가 산에서 내려올 때를 겨냥해 가지고 미리부터 닭을 잡아 가지고 있다가 네 보란 듯이 내 앞에서 쵀지르고 있음이 확실하다.

그러나 나는 그렇다고 남의 집에 뛰어들어 가 계집애하고 싸울 수도 없는 노릇이고 형편이 썩 불리함을 알았다. 그래 닭이 맞을 적마다 지게막대기로 울타리를 후려칠 수밖에 별도리가 없다. 왜냐하면 울타리를 치면 칠수록 울섶이 물러앉으며 뼈대만 남기 때문이다. 하나 아무리 생각하여도 나만 밑지는 노릇이다.

"아, 이년아! 남의 닭 아주 죽일 터이냐?"

내가 도끼눈을 뜨고 다시 꽥 호령을 하니까 그제야 울타리께로 쪼르르 오더니 울 밖에 섰는 나의 머리를 겨누고 닭을 내팽개친다.

"예이 더럽다! 더럽다!"

"더러운 걸 널더러 입때 끼고 있으랬니? 망할 계집애 년 같으니."

하고 나도 더럽단 듯이 울타리께를 횡허케 돌아내리며 약이 오를 대로 다 올랐다, 라고 하는 것은 암탉이 풍기는 서슬에 나의 이마빼기에다 물찌똥을 찍 깔겼는데 그걸 본다면 알집만 터졌을 뿐 아니라 골병은 단단히 든 듯싶다.

쵀지르다 쥐어지르다. 주먹으로 힘껏 내지르다.
울섶 울타리를 만드는 데 쓰는 섶나무.
밑지다 들인 밑천이나 제 값어치보다 얻는 것이 적다. 또는 손해를 보다.
입때 여태. 지금까지.

그리고 나의 등 뒤를 향하여 나에게만 들릴 듯 말 듯 한 음성으로

"이 바보 녀석아!"

"얘! 너 배냇병신이지?"

그만도 좋으련만

"얘! 너 느 아버지가 고자라지?"

"뭐? 울 아버지가 그래 고자야?"

할 양으로 열벙거지가 나서 고개를 홱 돌리어 바라봤더니 그때까지 울타리 위로 나와 있어야 할 점순이의 대가리가 어디 갔는지 보이지를 않는다. 그러다 돌아서서 오자면 아까에 한 욕을 울 밖으로 또 퍼붓는 것이다. 욕을 이토록 먹어 가면서도 대거리 한마디 못 하는 걸 생각하니 돌부리에 채어 발톱 밑이 터지는 것도 모를 만치 분하고 급기야는 두 눈에 눈물까지 불끈 내솟는다.

　그러나 점순이의 침해는 이것뿐이 아니다.

　사람들이 없으면 틈틈이 제집 수탉을 몰고 와서 우리 수탉과 쌈을 붙여 놓는다. 제집 수탉은 썩 험상궂게 생기고 쌈이라면 회를 치는 고로 으레 이길 것을 알기 때문이다. 그래서 툭하면 우리 수탉이 면두며 눈깔이 피로 흐드르하게 되도록 해 놓는다. 어떤 때에는 우리 수탉이 나오지를 않으니까 요눔의 계집애가 모이를 쥐고 와서 꾀어 내다가 쌈을 붙인다.

　이렇게 되면 나도 다른 배채를 차리지 않을 수 없었다. 하루는 우리 수탉을 붙들어 가지고 넌지시 장독께로 갔다. 쌈닭에게 고추장을 먹이면 병든 황소가 살모사를 먹고 용을 쓰는 것처럼 기운이 뻗친다 한다. 장독에서 고

배냇병신(--病身) '선천 기형'을 낮잡아 이르는 말.

열벙거지(熱---) 열화. 매우 급하게 치밀어 오르는 화증.

대거리(對--) 상대편에게 맞서서 대듦. 또는 그런 말이나 행동.

회를 치다 생선이나 고기 따위로 회를 만들다. 여기서는 '대단히 신이 나다'의 뜻으로 쓰였다.

배채 대책, 방도.

추장 한 접시를 떠서 닭 주둥아리께로 들이밀고 먹여 보았다. 닭도 고추장에 맛을 들였는지 거스르지 않고 거진 반 접시 턱이나 곧잘 먹는다.

그리고 먹고 금세는 용을 못 쓸 터이므로 얼마쯤 기운이 돌도록 홰 속에다 가두어 두었다.

밭에 두엄을 두어 짐 져 내고 나서 쉴 참에 그 닭을 안고 밖으로 나왔다. 마침 밖에는 아무도 없고 점순이만 즈 울안에서 헌 옷을 뜯는지 혹은 솜을 타는지 옹크리고 앉아서 일을 할 뿐이다.

나는 점순네 수탉이 노는 밭으로 가서 닭을 내려놓고 가만히 맥을 보았다. 두 닭은 여전히 얼리어 쌈을 하는데 처음에는 아무 보람이 없다. 멋지게 쪼는 바람에 우리 닭은 또 피를 흘리고 그러면서도 날갯죽지만 푸드덕 푸드덕하고 올라 뛰고 뛰고 할 뿐으로 제법 한 번 쪼아 보도 못한다.

그러나 한번은 어쩐 일인지 용을 쓰고 펄쩍 뛰더니 발톱으로 눈을 하비고 내려오며 면두를 쪼았다. 큰 닭도 여기에는 놀랐는지 뒤로 멈씰하며 물러난다. 이 기회를 타서 작은 우리 수탉이 또 날쌔게 덤벼들어 다시 면두를 쪼니 그제서는 감때사나운 그 대강이에서도 피가 흐르지 않을 수 없다.

옳다 알았다, 고추장만 먹이면 되는구나 하고 나는 속으로 아주 쟁그라워 죽겠다. 그때에는 뜻밖에 내가 닭쌈을 붙여 놓는 데 놀라서 울 밖으로 내다보고 섰던 점순이도 입맛이 쓴지 눈살을 찌푸렸다.

나는 두 손으로 볼기짝을 두드리며 연방

"잘한다! 잘한다!"

하고 신이 머리끝까지 뻗치었다.

하비다 손톱이나 날카로운 물건 따위로 조금 긁어 파다.
멈씰하다 '멈칫하다'의 방언.
감때사납다 억세고 사납다.
쟁그랍다 보거나 만지기에 소름이 끼칠 정도로 조금 흉하거나 끔찍하다. 여기서는 '고소하다'의 뜻으로 쓰였다.

그러나 얼마 되지 않아서 나는 넋이 풀리어 기둥같이 묵묵히 서 있게 되었다. 왜냐하면 큰 닭이 한 번 쪼인 앙갚음으로 호들갑스레 연거푸 쪼는 서슬에 우리 수탉은 찔끔 못 하고 막 곯는다. 이걸 보고서 이번에는 점순이가 깔깔거리고 되도록 이쪽에서 많이 들으라고 웃는 것이다.

나는 보다 못하여 덤벼들어서 우리 수탉을 붙들어 가지고 도로 집으로 들어왔다. 고추장을 좀 더 먹였더라면 좋았을걸, 너무 급하게 쌈을 붙인 것이 퍽 후회가 난다. 장독께로 돌아와서 다시 턱 밑에 고추장을 들이댔다. 흥분으로 말미암아 그런지 당최 먹질 않는다.

나는 하릴없이 닭을 반듯이 눕히고 그 입에다 궐련 물부리를 물리었다. 그리고 고추장 물을 타서 그 구멍으로 조금씩 들이부었다. 닭은 좀 괴로운지 킥킥 하고 재채기를 하는 모양이나 그러나 당장의 괴로움은 매일같이 피를 흘리는 데 댈 게 아니라 생각하였다.

그러나 한 두어 종지가량 고추장 물을 먹이고 나서는 나는 고만 풀이 죽었다. 싱싱하던 닭이 왜 그런지 고개를 살며시 뒤틀고는 손아귀에서 뻐드러지는 것이 아닌가. 아버지가 볼까 봐서 얼른 홰에다 감추어 두었더니 오늘 아침에서야 겨우 정신이 든 모양 같다.

그랬던 걸 이렇게 오다 보니까 또 쌈을 붙여 놨으니 이 망할 계집애가, 필연 우리 집에 아무도 없는 틈을 타서 제가 들어와 홰에서 꺼내 가지고 나간 것이 분명하다.

나는 다시 닭을 잡아다 가두고 염려는 스러우나 그렇다고 산으로 나무를 하러 가지 않을 수도 없는 형편이었다.

당최 '도무지', '영'의 뜻을 나타내는 말.
하릴없이 달리 어떻게 할 도리가 없이.
물부리 담배를 끼워서 빠는 물건.
뻐드러지다 굳어서 뻣뻣하게 되다.

소나무 삭정이를 따며 가만히 생각해 보니 암만해도 고년의 목쟁이를 돌려놓고 싶다. 이번에 내려가면 망할 년 등줄기를 한번 되게 후려치겠다 하고 싱둥겅둥 나무를 지고는 부리나케 내려왔다.

거지반 집에 다 내려와서 나는 호드기 소리를 듣고 발이 딱 멈추었다. 산기슭에 널려 있는 굵은 바윗돌 틈에 노란 동백꽃이 소보록하니 깔리었다. 그 틈에 끼여 앉아서 점순이가 청승맞게시리 호드기를 불고 있는 것이다. 그보다 더 놀란 것은 그 앞에서 또 푸드덕푸드덕하고 들리는 닭의 횃소리다. 필연코 요년이 나의 약을 올리느라고 또 닭을 집어내다가 내가 내려올 길목에다 쌈을 시켜 놓고 저는 그 앞에 앉아서 천연스레 호드기를 불고 있음에 틀림없으리라.

나는 약이 오를 대로 다 올라서 두 눈에서 불과 함께 눈물이 퍽 쏟아졌다. 나무 지게도 벗어 놀 새 없이 그대로 내동댕이치고는 지게막대기를 뻗치고 허둥지둥 달려들었다.

가차이 와 보니, 과연 나의 짐작대로 우리 수탉이 피를 흘리고 거의 빈사지경에 이르렀다. 닭도 닭이려니와 그러함에도 불구하고 눈 하나 깜짝없이 고대로 앉아서 호드기만 부는 그 꼴에 더욱 치가 떨린다. 동리에서도 소문이 났거니와 나도 한때는 걱실걱실히 일 잘하고 얼굴 이쁜 계집애인 줄 알았디니 시방 보니까 그 눈깔이 꼭 여우 새끼 같다.

나는 대뜸 달려들어서 나도 모르는 사이에 큰 수탉을 단매로 때려 엎었

삭정이 살아 있는 나무에 붙어 있는, 말라 죽은 가지.
싱둥겅둥 건성건성. 정성을 들이지 않고 대강대강 일을 하는 모양.
거지반(居之半) 거의 절반 가까이.
호드기 봄철에 물오른 버드나무 가지의 껍질이나 짤막한 밀짚 토막 따위로 만든 피리.
소보록하다 물건이 많이 담기거나 쌓여 좀 볼록하게 도드라져 있다.
빈사지경(瀕死地境) 거의 죽게 된 처지나 형편.
걱실걱실히 성질이 너그러워 말과 행동을 시원스럽게 하는 모양.
단매(單-) 단 한 번 때리는 매.

다. 닭은 푹 엎어진 채 다리 하나 꼼짝 못 하고 그대로 죽어 버렸다. 그리고 나는 멍하니 섰다가 점순이가 매섭게 눈을 홉뜨고 닥치는 바람에 뒤로 벌렁 나자빠졌다.

"이놈아! 너 왜 남의 닭을 때려죽이니?"

"그럼 어때?"

하고 일어나다가,

"뭐 이 자식아! 누 집 닭인데?"

하고 복장을 떼미는 바람에 다시 벌렁 자빠졌다. 그러고 나서 가만히 생각을 하니 분하기도 하고 무안도 스럽고 또 한편 일을 저질렀으니 인젠 땅이 떨어지고 집도 내쫓기고 해야 될는지 모른다.

나는 비슬비슬 일어나며 소맷자락으로 눈을 가리고는 얼김에 엉 하고 울음을 놓았다. 그러다 점순이가 앞으로 다가와서

"그럼 너 이담부팀 안 그럴 터냐?"

하고 물을 때에야 비로소 살길을 찾은 듯싶었다. 나는 눈물을 우선 씻고 뭘 안 그러는지 명색도 모르건만

"그래!"

하고 무턱대고 대답하였다.

"요담부터 또 그래 봐라, 내 자꾸 못살게 굴 터니."

"그래그래, 인젠 안 그럴 테야!"

"닭 죽은 건 염려 마라. 내 안 이를 테니."

그리고 뭣에 떠다밀렸는지 나의 어깨를 짚은 채 그대로 픽 쓰러진다. 그 바람에 나의 몸뚱이도 겹쳐서 쓰러지며 한창 피어 퍼드러진 노란 동백꽃

홉뜨다 눈알을 위로 굴리고 눈시울을 위로 치뜨다.
복장 가슴의 한복판.
얼김 어떤 일이 벌어지는 바람에 자기도 모르게 정신이 얼떨떨한 상태.

속으로 폭 파묻혀 버렸다.

 알싸한 그리고 향긋한 그 냄새에 나는 땅이 꺼지는 듯이 온 정신이 고만
아찔하였다.

 "너 말 마라."

 "그래!"

 조금 있더니 요 아래서

 "점순아! 점순아! 이년이 바느질을 하다 말구 어딜 갔어!"

하고 어딜 갔다 온 듯싶은 그 어머니가 역정이 대단히 났다.

 점순이가 겁을 잔뜩 집어먹고 꽃 밑을 살금살금 기어서 산 아래로 내려간
다음 나는 바위를 끼고 엉금엉금 기어서 산 위로 치빼지 않을 수 없었다.

알싸하다 매운맛이나 독한 냄새 따위로 콧속이나 혀끝이 알알하다.
치빼다 냅다 달아나다.

불과 백여 년 전만 해도 이혼이나 재혼을 향한 인식은 지금과는 많이 달랐습니다. 법적으로 금지된 일도 아닌데, 이혼이나 재혼을 한 사람들은 주변의 수군거림을 의식하며 살아야 했습니다. 특히 이런 편견은 여성들에게 더 심해서, 남편을 잃은 사람이 다시 한번 시집을 가려면 사회의 따가운 시선을 견뎌야 했죠.

〈사랑손님과 어머니〉의 사랑 아저씨와 옥희 어머니 역시 바로 이런 상황 때문에 고민하고 갈등합니다. 그런데 이런 내용을 다루는 소설이 전혀 어렵거나 무겁지 않습니다. 오히려 신선하고 엉뚱한 재미까지 주지요. 그 비밀은 바로 두 사람을 바라보는 옥희의 시선에 있습니다. 여섯 살 꼬마 옥희의 시선과 생각 속에서 생겨난 천진난만한 왜곡이 어떤 재미를 주는지 찾아보고, 미처 드러나지 않은 어머니와 사랑손님의 숨겨진 마음이 무엇일지 생각해 봅시다.

주요섭(1902~1972)

평양 출생. 1921년 단편 소설 〈깨어진 항아리〉로 등단했다. 초기에는 하층민의 삶과 갈등을 실감나게 그린 작품을 주로 썼으나, 점차 인간의 내면세계를 휴머니즘의 관점에서 섬세하게 묘사한 작품을 발표했다. 문단의 주목을 받기 시작한 시점도 바로 이때로, 기성 윤리나 배신으로 인한 좌절 속에서 나타나는 삶의 의미를 주로 다루었다. 주요 작품으로는 〈인력거꾼〉, 〈살인〉, 〈사랑손님과 어머니〉, 〈아네모네의 마담〉, 〈눈은 눈으로〉 등이 있다.

사랑손님과
어머니

주요섭

나는 금년 여섯 살 난 처녀 애입니다. 내 이름은 박옥희이구요. 우리 집 식구라고는 세상에서 제일 이쁜 우리 어머니와 나 단 두 식구뿐이랍니다. 아차, 큰일 났군, 외삼촌을 빼놓을 뻔했으니.

지금 중학교에 다니는 외삼촌은 어디를 그렇게 싸돌아다니는지 집에는 끼니때나 외에는 별로 붙어 있지를 않으니까 어떤 때는 한 주일씩 가도 외삼촌 코빼기도 못 보는 때가 많으니까요, 깜박 잊어버리기도 예사지요, 무얼.

우리 어머니는, 그야말로 세상에서 둘도 없이 곱게 생긴 우리 어머니는, 금년 나이 스물네 살인데 과부랍니다. 과부가 무엇인지 나는 잘 몰라도 하여튼 동리 사람들이 날더러 '과부 딸'이라고들 부르니까, 우리 어머니가 과부인 줄을 알지요. 남들은 다 아버지가 있는데, 나만은 아버지가 없지요. 아버지가 없다고 아마 '과부 딸'이라나 봐요.

외할머니 말씀을 들으면 우리 아버지는 내가 이 세상에 나오기 한 달 전에 돌아가셨대요. 우리 어머니하고 결혼한 지는 일 년 만이고요. 우리 아버지의 본집은 어디 멀리 있는데, 마침 이 동리 학교에 교사로 오게 되기 때문에 결혼 후에도 우리 어머니는 시집으로 가지 않고 여기 이 집을 사고 (바로 이 집은 우리 외할머니 댁 옆집이지요.) 여기서 살다가 일 년이 못 되어 갑자기 돌아가셨대요. 내가 세상에 나오기도 전에 아버지는 돌아가셨다니까 나는 아버지 얼굴도 못 뵈었지요. 그러기에 아무리 생각해 보아도 아버지 생각은 안 나요. 아버지 사진이라는 사진은 나두 한두 번 보았지요. 참말로 훌륭한 얼굴이야요. 아버지가 살아 계신다면 참말로 이 세상에서 제일가는 잘난 아버지일 거야요. 그런 아버지를 보지도 못한 것은 참으로 분

예사(例事) 보통 있는 일.
본집(本-) 따로 세간을 나기 이전의 집.

한 일이야요. 그 사진도 본 지가 퍽 오래되었는데, 이전에는 그 사진을 늘 어머니 책상 위에 놓아두시더니 외할머니가 오시면 오실 때마다 그 사진을 치우라고 늘 말씀하셨는데, 지금은 그 사진이 어디 있는지 없어졌어요. 언젠가 한번 어머니가 나 없는 동안에 몰래 장롱 속에서 무엇을 꺼내 보시다가 내가 들어오니까 얼른 장롱 속에 감추는 것을 내가 보았는데, 그게 아마 아버지 사진인 것 같았어요.

아버지가 돌아가시기 전에 우리가 먹고살 것을 남겨 놓고 가셨대요. 작년 여름에, 아니로군, 가을이 다 되어서군요. 하루는 어머니를 따라서 저여기서 한 십 리나 가서 조그만 산이 있는 데를 가서 거기서 밤도 따 먹고 또 그 산 밑에 초가집에 가서 닭고깃국을 먹고 왔는데, 거기 있는 땅이 우리 땅이래요. 거기서 나는 추수로 밥이나 굶지 않게 된다고요. 그래도 반찬 사고 과자 사고 할 돈은 없대요. 그래서 어머니가 다른 사람의 바느질을 맡아서 해 주지요. 바느질을 해서 돈을 벌어서 그걸로 청어도 사고 또 달걀도 사고 내가 먹을 사탕도 사고 한다고요.

그리고 우리 집 정말 식구는 어머니와 나와 단둘뿐인데 아버님이 계시던 사랑방이 비어 있으니까 그 방도 쓸 겸 또 어머니의 잔심부름도 좀 해 줄겸해서 우리 외삼촌이 사랑방에 와 있게 되었대요.

금년 봄에는 나를 유치원에 보내 준다고 해서 나는 너무나 좋아서 동무아이들한테 실컷 자랑을 하고 나서 집으로 돌아오노라니까 사랑에서 큰외삼촌이(우리 집 사랑에 와 있는 외삼촌의 형님 말이야요.) 웬 한 낯선 사람 하나와 앉아서 이야기를 하고 있었습니다. 큰외삼촌이 나를 보더니 "옥희야." 하고 부르겠지요.

사랑방(舍廊房) 집의 안채와 떨어져 있는, 바깥주인이 거처하며 손님을 접대하는 방.

"옥희야, 이리 온. 와서 이 아저씨께 인사드려라."

나는 어째 부끄러워서 비슬비슬하니까 그 낯선 손님이,

"아, 그 애기 참 곱다. 자네 조카딸인가?"

하고 큰외삼촌더러 묻겠지요. 그러니까 외삼촌은,

"응, 내 누이의 딸……. 경선 군의 유복녀 외딸일세."

하고 대답합니다.

"옥희야, 이리 온, 응! 그 눈은 꼭 아버지를 닮았네그려."

하고 낯선 사람이 말합니다.

"자, 옥희야, 커단 처녀가 왜 저 모양이야. 어서 와서 이 아저씨께 인사
드려라. 너의 아버지의 옛날 친구신데, 오늘부터 이 사랑에 계실 텐데 인
사 여쭙고 친해 두어야지."

나는 이 낯선 손님이 사랑방에 계시게 된다는 말을 듣고 갑자기 즐거워
졌습니다. 그래서 그 아저씨 앞에 가서 사붓이 절을 하고는 그만 안마당으로
뛰어 들어왔지요. 그 낯선 아저씨와 큰외삼촌은 소리를 내서 크게 웃더군요.

나는 안방으로 들어오는 나름으로 어머니를 붙들고,

"엄마, 사랑방에 큰삼촌이 아저씨를 하나 데리고 왔는데에, 그 아저씨가
아, 이제 사랑에 있는대."

하고 법석을 하니까,

"응, 그래."

하고 어머니는 벌써 안다는 듯이 대수롭잖게 대답을 하더군요. 그래서
나는,

"언제부팀 와 있나?"

유복녀(遺腹女) 태어나기 전에 아버지를 여읜 딸.
사붓이 소리가 거의 나지 않을 정도로 발을 가볍게 얼른 내디디는 소리. 또는 그 모양.

하고 물으니까,

"오늘부텀."

"에구 좋아."

하고 내가 손뼉을 치니까, 어머니는 내 손을 꼭 붙잡으면서,

"왜 이리 수선이야."

"그럼 작은외삼촌은 어디루 가나?"

"외삼촌두 사랑에 계시지."

"그럼 둘이 있나?"

"응."

"한방에 둘이 있어?"

"왜, 장지문 닫구 외삼촌은 아랫방에 계시구 그 아저씨는 윗방에 계시구, 그러지."

　나는 그 아저씨가 어떠한 사람인지는 몰랐으나 첫날부터 내게는 퍽 고 맙게 굴고 나도 그 아저씨가 꼭 마음에 들었어요. 어른들이 저희끼리 말하 는 것을 들으니까 그 아저씨는 돌아가신 우리 아버지와 어렸을 적 친구라 고요. 어디 먼 데 가서 공부를 하다가 요새 돌아왔는데, 우리 동리 학교 교 사로 오게 되었대요. 또 우리 큰외삼촌과도 동무인데, 이 동리에는 하숙도 별로 깨끗한 곳이 없고 해서 윗사랑으로 와 계시게 되었다고요. 또 우리도 그 아저씨한테 밥값을 받으면 살림에 보탬도 좀 되고 한다고요.

　그 아저씨는 그림책들이 얼마든지 있어요. 내가 사랑방으로 나가면 그 아 저씨는 나를 무릎에 앉히고 그림책을 보여 줍니다. 또 가끔 과자도 주고요.

　어느 날은 점심을 먹고 이내 살그머니 사랑에 나가 보니까 아저씨는 그

장지문(障-門)　장지. 방과 방 사이, 또는 방과 마루 사이에 칸을 막아 끼우는 문.

때에야 점심을 잡수셔요. 그래 가만히 앉아서 점심 잡숫는 걸 구경하고 있노라니까 아저씨가,

"옥희는 어떤 반찬을 제일 좋아하누?"

하고 묻겠지요. 그래 삶은 달걀을 좋아한다고 했더니 마침 상에 놓인 삶은 달걀을 한 알 집어 주면서 나더러 먹으라고 합니다. 나는 그 달걀을 벗겨 먹으면서,

"아저씨는 무슨 반찬이 제일 맛나우?"

하고 물으니까, 그는 한참이나 빙그레 웃고 있더니,

"나두 삶은 달걀."

하겠지요. 나는 좋아서 손뼉을 짤깍짤깍 치고,

"아, 나와 같네. 그럼, 가서 어머니한테 알려야지."

하면서 일어서니까, 아저씨가 꼭 붙들면서,

"그러지 말어."

그러시지요. 그래도 나는 한번 맘을 먹은 다음엔 꼭 그대로 하고야 마는 성미지요. 그래 안마당으로 뛰어 들어가면서,

"엄마, 엄마, 사랑 아저씨두 나처럼 삶은 달걀을 제일 좋아한대."

하고 소리를 질렀지요.

"떠들지 말어."

하고 어머니는 눈을 흘기십니다.

그러나 사랑 아저씨가 달걀을 좋아하는 것이 내게는 썩 좋게 되었어요. 그것은 그다음부터는 어머니가 달걀을 많이씩 사게 되었으니까요. 달걀 장수 노파(老婆)가 오면, 한꺼번에 열 알도 사고 스무 알도 사고 그래선 두고두고 삶아서 아저씨 상에도 놓고 또 으레 나도 한 알씩 주고 그래요. 그뿐만 아니라 아저씨한테 놀러 나가면 가끔 아저씨가 책상 서랍 속에서 달걀을 한두 알 꺼내서 먹으라고 주지요. 그래 그담부터는 나는 아주 실컷

달걀을 많이 먹었어요.

　나는 아저씨가 매우 좋았어요. 그렇지만 외삼촌은 가끔 툴툴하는 때가 있었어요. 아마 아저씨가 마음에 안 드나 봐요. 아니, 그것보다도 아저씨 상 심부름을 꼭 외삼촌이 하게 되니까 그것이 싫어서 그러나 봐요. 한번은 어머니와 외삼촌이 말다툼하는 것까지 내가 들었어요. 어머니가,

　"야, 또 어디 나가지 말구 사랑에 있다가 선생님 들어오시거든 상 내가 야지."

하고 말씀하시니까, 외삼촌은 얼굴을 찡그리면서,

　"제길, 남 어디 좀 볼일이 있는 날은 으레 끼니때에 안 들어오고 늦어지니……."

하고 툴툴하겠지요. 그러니까 어머니는,

　"그러니 어짜갔니? 너밖에 사랑 출입할 사람이 어디 있니?"

　"누님이 좀 상 들고 나가구려. 요새 세상에 ˙내외합니까!"

　어머니는 갑자기 얼굴이 발개지시고 아무 대답도 없이 그냥 외삼촌을 향하여 눈을 흘기셨습니다.

　그러니까 외삼촌은 흥흥 웃으면서 사랑으로 나갔지요.

　나는 유치원에 가서 ˙창가도 배우고 춤도 배우고 하였습니다. 유치원 여자 선생님이 ˙풍금을 아주 썩 잘 ˙타요. 그런데 우리 유치원에 있는 풍금은 예배당에 있는 풍금과는 아주 다른데, 퍽 조그마한 것이지마는 소리는 썩 좋아요. 그런데 우리 집 윗간에도 유치원 풍금과 똑같이 생긴 것이 놓여

내외하다(內外--)　남의 남녀 사이에 서로 얼굴을 마주 대하지 않고 피하다.
창가(唱歌)　근대 음악 형식의 하나. 서양 악곡의 형식을 빌려 지은 간단한 노래.
풍금(風琴)　페달을 밟아서 바람을 넣어 소리를 내는 건반 악기.
타다　악기의 줄을 퉁기거나 건반을 눌러 소리를 내다.

있는 것이 갑자기 생각이 났어요. 그래 그날 나는 집으로 오는 길로 어머니를 끌고 윗간으로 가서,

"엄마, 이거 풍금 아니우?"

하고 물으니까, 어머니는 빙그레 웃으시면서,

"그렇단다. 그건 어찌 알았니?"

"우리 유치원에 있는 풍금이 이것과 똑같은데 무얼. 그럼 엄마도 풍금 탈 줄 아우?"

하고 나는 다시 물었습니다. 그것은 내가 이때껏 한 번도 어머니가 이 풍금 앞에 앉은 것을 본 일이 없기 때문입니다.

어머니는 아무 대답도 아니 하십니다.

"엄마, 이 풍금 좀 타 봐!"

하고 재촉하니까, 어머니 얼굴은 약간 흐려지면서,

"그 풍금은 너의 아버지가 날 사다 주신 거란다. 너의 아버지 돌아가신 후에는 그 풍금은 이때까지 뚜껑두 한 번 안 열어 보았다……."

이렇게 말씀하시는 어머니 얼굴을 보니까 금방 또 울음보가 터질 것만 같아 보여서 나는 그만,

"엄마, 나 사탕 주어."

하면서 아랫방으로 끌고 내려왔습니다.

아저씨가 사랑방에 와 계신 지 벌써 여러 밤을 잔 뒤입니다. 아마 한 달이나 되었지요. 나는 거의 매일 아저씨 방에 놀러 갔습니다. 어머니는 나더러 그렇게 가서 귀찮게 굴면 못쓴다고 가끔 꾸지람을 하시지만 정말인즉 나는 조금도 아저씨를 귀찮게 굴지는 않았습니다. 도리어 아저씨가 나를 귀찮게 굴었지요.

"옥희 눈이 아버지를 닮았다. 고 고운 코는 아마 어머니를 닮았지, 고 입

하고! 응, 그러냐, 안 그러냐? 어머니도 옥희처럼 곱지, 응?"

이렇게 여러 가지로 물을 적도 있습니다. 그래서 나는,

"아저씨, 입때 우리 엄마 못 봤수?"

하고 물었더니, 아저씨는 잠잠합니다. 그래 나는,

"우리 엄마 보러 들어갈까?"

하면서 아저씨 소매를 잡아당겼더니, 아저씨는 펄쩍 뛰면서,

"아니, 아니, 안 돼. 난 지금 분주해서."

하면서 나를 잡아끌었습니다. 그러나 정말로는 무슨 그리 분주하지도 않은 모양이었어요. 그러기에 나더러 가란 말도 않고 그냥 나를 붙들고 앉아서, 머리도 쓰다듬어 주고 뺨에 입도 맞추고 하면서,

"요 저고리 누가 해 주지? …… 밤에 엄마하구 한자리에서 자니?"

하는 둥 쓸데없는 말을 자꾸만 물었지요!

그러나 웬일인지 나를 그렇게도 귀애해 주던 아저씨도 아랫방에 외삼촌이 들어오면 갑자기 태도가 달라지지요. 이것저것 묻지도 않고 나를 꼭 껴안지도 않고 점잖게 앉아서 그림책이나 보여 주고 그러지요. 아마 아저씨가 우리 외삼촌을 무서워하나 봐요.

하여튼 어머니는 나더러 너무 아저씨를 귀찮게 한다고 어떤 때는 저녁 먹고 나서 나를 꼭 방 안에 가두어 두고 못 나가게 하는 때도 더러 있었습니다. 그러나 조금 있다가 어머니가 바느질에 정신이 팔리어서 골몰하고 있을 때 몰래 가만히 일어나서 나오지요. 그런 때에는 어머니는 내가 문 여는 소리를 듣고서야 퍼뜩 정신을 차려서 쫓아와 나를 붙들지요. 그러나 그런 때는 어머니는 골은 아니 내시고,

"이리 온, 이리 와서 머리 빗고……."

귀애하다(貴愛--) 귀엽게 여겨 사랑하다.

하고 끌어다가 머리를 다시 곱게 땋아 주시지요.

"머리를 곱게 땋고 가야지. 그렇게 되는 대루 하구 가문 아저씨가 숭보시
지 않니?"

하시면서, 또 어떤 때에는 머리를 다 땋아 주시고는,

"응, 저고리가 이게 무어냐?"

하시면서 새 저고리를 내어 주시는 때도 있습니다.

어떤 토요일 오후였습니다. 아저씨는 나더러 뒷동산에 올라가자고 하셨
습니다. 나는 너무나 좋아서 가자고 그러니까 아저씨가,

"들어가서 어머니께 허락 맡고 온."

하십니다. 참 그렇습니다. 나는 뛰어 들어가서 어머니께 허락을 맡았습니
다. 어머니는 내 얼굴을 다시 세수시켜 주고 머리도 다시 땋고 그리고 나
서는 나를 아스러지도록 한번 몹시 껴안았다가 놓아주었습니다.

"너무 오래 있지 말고, 응?"

하고 어머니는 크게 소리치셨습니다. 아마 사랑 아저씨도 그 소리를 들었
을 거야요.

뒷동산에 올라가서는 정거장을 한참 내려다보았으나, 기차는 안 지나갔
습니다. 나는 풀잎을 쭉쭉 뽑아 보기도 하고 땅에 누운 아저씨의 다리를
가서 꼬집어 보기도 하면서 놀았습니다. 한참 후에 아저씨와 손목을 잡고
내려오는데 유치원 동무들을 만났습니다.

"옥희가 아빠하구 어디 갔다 온다, 응."

하고 한 동무가 말하였습니다. 그 아이는 우리 아버지가 돌아가신 줄을 모
르는 아이였습니다. 나는 얼굴이 빨개졌습니다. 그때 나는 얼마나 이 아저
씨가 정말 우리 아버지였더라면 하고 생각했는지 모릅니다. 나는 정말로
한 번만이라도,

"아빠!"

하고 불러 보고 싶었습니다. 그리고 그날 그렇게 아저씨하고 손목을 잡고 골목골목을 지나오는 것이 어찌도 재미가 좋았는지요.

나는 대문까지 와서,

"난 아저씨가 우리 아빠래문 좋겠다."

하고 불쑥 말했습니다. 그랬더니 아저씨는 얼굴이 홍당무처럼 빨개져서 나를 몹시 흔들면서,

"그런 소리 하문 못써."

하고 말하는데 그 목소리가 몹시도 떨렸습니다. 나는 아저씨가 몹시 성이 난 것처럼 보여서 아무 말도 못 하고 안으로 뛰어 들어갔습니다. 어머니가,

"어디까지 갔던?"

하고 나와 안으며 묻는데, 나는 대답도 못 하고 그만 훌쩍훌쩍 울었습니다. 어머니는 놀라서,

"옥희야, 왜 그러니? 응?"

하고 자꾸만 물었으나 나는 아무 대답도 못 하고 울기만 했습니다.

이튿날은 일요일인 고로 나는 어머니와 함께 예배당에를 가려고 차리고 나서 어머니가 옷을 갈아입는 동안 잠깐 사랑에를 나가 보았습니다. '아저씨가 아직두 성이 났나?' 하고 가만히 방 안을 들여다보았더니 책상에 앉아서 무엇을 쓰고 있던 아저씨가 내다보면서 빙그레 웃었습니다. 그 웃음을 보고 나는 마음을 놓았습니다. 아저씨가 지금은 성이 풀린 것이 확실하니까요. 아저씨는 나를 이리 보고 저리 보고 훑어보더니,

"옥희 오늘 어디 가노? 저렇게 곱게 채리구."

고로(故−) 까닭에.

하고 물었습니다.

"엄마하고 예배당에 가."

"예배당에?"

하고 나서 아저씨는 잠시 나를 멍하니 바라다보더니,

"어느 예배당에?"

하고 물었습니다.

"요 앞에 예배당에 가지 뭐."

"응? 요 앞이라니?"

이때 안에서,

"옥희야."

하고 부드럽게 부르는 어머니 목소리가 들리었습니다. 나는 얼른 안으로 뛰어 들어오면서 돌아다보니까, 아저씨는 또 얼굴이 빨갛게 성이 났겠지요. 내 원, 참으로 무슨 일로 요새는 아저씨가 그렇게 성을 잘 내는지 알수 없었습니다.

예배당에 가서 찬미하고 기도하다가 기도하는 중간에 갑자기 나는, '혹시 아저씨두 예배당에 오지 않았나?' 하는 생각이 나서 눈을 뜨고 고개를 들어 남자석을 바라다보았습니다. 그랬더니 하, 바로 거기에 아저씨가 와 앉아 있겠지요. 그런데 아저씨는 어른이면서도 눈 감고 기도하지 않고 우리 아이들처럼 눈을 번히 뜨고 여기저기 두리번두리번 바라봅니다. 나는 얼른 아저씨를 알아보았는데 아저씨는 나를 못 알아보았는지, 내가 방그레 웃어 보여도 웃지도 않고 멀거니 보고만 있겠지요. 그래 나는 손을 흔들었지요. 그러니까 아저씨는 얼른 고개를 숙이고 말더군요. 그때에 어머

번히 바라보는 눈매가 뚜렷하게.
멀거니 정신없이 물끄러미 보고 있는 모양.

니가 내가 팔 흔드는 것을 깨닫고 두 손으로 나를 붙들고 끌어당기더군요. 나는 어머니 귀에다 입을 대고,

"저기 아저씨두 왔어."

하고 속삭이니까, 어머니는 흠칫하면서 내 입을 손으로 막고 막 끌어 잡아다가 옆에 앉히고 고개를 누르더군요. 보니까 어머니가 또 얼굴이 홍당무처럼 빨개졌더군요.

그날 예배는 아주 젬병이었어요. 웬일인지 예배 다 끝날 때까지 어머니는 성이 나서 강대만 향하여 앞으로 바라보고 앉았고, 이전 모양으로 가끔 나를 내려다보고 웃는 일이 없었어요. 그리고 아저씨를 보려고 남자석을 바라다보아도 아저씨도 한 번도 바라다보아 주지도 않고 성이 나서 앉아 있고, 어머니는 나를 보지도 않고 공연히 꽉꽉 잡아당기지요. 왜 모두들 그리 성이 났는지! 나는 그만 '으아.' 하고 한번 울고 싶었어요. 그러나 바로 멀지 않은 곳에 우리 유치원 선생님이 앉아 있는 고로 울고 싶은 것을 아주 억지로 참았답니다.

내가 유치원에 입학한 후 처음 얼마 동안은 유치원에 갈 때나 올 때나 외삼촌이 바래다주었습니다. 그러나 여러 밤을 자고 난 뒤에는 나 혼자서도 넉넉히 다니게 되었어요. 그러나 언제나 내가 유치원에서 돌아오는 때면 어머니가 옆 대문(우리 집에는 대문이 사랑 대문과 옆 대문 둘이 있어서 어머니는 늘 이 옆 대문으로만 출입하시는 것이었습니다.) 밖에 기다리고 섰다가 내가 달음질쳐 가면, 안고 집 안으로 들어가곤 하는 것이었습니다.

그런데 하루는 어쩐 일인지 어머니가 대문간에 보이지를 않겠지요. 어떻

젬병(-餠) 형편없는 것을 속되게 이르는 말.
강대(講臺) 책 따위를 올려놓고 강의나 설교를 할 수 있도록 만든 도구.

게도 화가 나던지요. 물론 머릿속으로는, '아마 외할머니 댁에 가셨나 부다.' 하고 생각했지마는 하여튼 내가 돌아왔는데 문간에서 기다리지 않고 집을 떠났다는 것이 몹시 나쁘게 생각되더군요. 그래서 속으로,

'오늘 엄마를 좀 골려야겠다.' 하고 생각하고 있는데, 옆 대문 밖에서,

"아이고, 얘가 원 벌써 왔나?"

하고 어머니 목소리가 들리더군요. 그 순간 나는 얼른 신을 벗어 들고 안방으로 뛰어 들어가서 벽장문을 열고 그 속에 들어가서 숨어 버렸습니다.

"옥희야, 옥희 너, 여태 안 왔니?"

하는 어머니 목소리가 바로 뜰에서 나더니,

"여태 안 왔군."

하면서 밖으로 나가는 모양이었습니다. 나는 재미가 나서 혼자 흐흥흐흥 웃었습니다.

한참을 있더니 집에서는 온통 야단이 났습니다. 어머니 목소리도 들리고 외할머니 목소리도 들리고 외삼촌 목소리도 들리고!

"글쎄 하루 종일 집이라곤 안 떠났다가 옥희 유치원 파하고 오문 멕일 과자가 없기에 어머님 댁에 잠깐 갔다 왔는데 고 동안에 이런 변이 생긴 걸……."

하는 것은 어머니 목소리.

"글쎄 유치원에서 벌써 이십 분 전에 떠났다는데 원 중간에서……."

하는 것은 외할머니 목소리.

"하여튼 내 나가서 돌아댕겨 볼 테요. 원 고것이 어딜 갔담?"

하는 것은 외삼촌의 목소리.

이윽고 어머니의 울음소리가 가늘게 들렸습니다. 외할머니는 무어라고 중얼중얼 이야기하는 모양이었습니다. '이젠 그만하고 나갈까?' 하고도 생각했으나, '지난 주일날 예배당에서 성냈던 앙갚음을 해야지.' 하는 생각이

나서 나는 그냥 벽장 안에 누워 있었습니다. 벽장 안은 답답하고 더웠습니다. 그래서 이윽고 부지중에 나는 슬며시 잠이 들고 말았습니다.

얼마 동안이나 잤는지요? 이윽고 잠을 깨어 보니까 아까 내가 벽장 안으로 들어왔던 것은 잊어버리고, 참 이상스러운 데에 내가 누워 있거든요. 어두컴컴하고 좁고 덥고……. 나는 갑자기 무서운 생각이 나서 엉엉 울기 시작했지요. 그러자 갑자기 어디 가까운 데서 어머니의 외마디 소리가 나더니 벽장문이 벌컥 열리고 어머니가 달려들어서 나를 안아 내렸습니다.

"요 망할 것아."

하면서, 어머니가 내 엉덩이를 댓 번 때렸습니다. 나는 더욱더 소리를 내서 울었습니다. 그때에는 어머니는 나를 끌어안고 어머니도 따라 울었습니다.

"옥희야, 옥희야, 응 인젠 괜찮다. 엄마 여기 있지 않니, 응. 울지 마라, 옥희야. 엄마는 옥희 하나문 그뿐이다. 옥희 하나만 바라구 산다. 난 너하나문 그뿐이야. 세상 다 일이 없다. 옥희만 있으문 바라고 산다. 옥희야, 울지 마라. 응, 울지 마라."

이렇게 어머니는 나더러 자꾸 울지 말라고 하면서도 어머니는 그치지 않고 그냥 자꾸자꾸 울었습니다. 외할머니는,

"원 고것이 도깨비가 들렸단 말일까, 벽장 속엔 왜 숨는담."

하고 앉아 있고, 외삼촌은,

"에, 재수 메유다."

하면서 밖으로 나갔습니다.

부지중(不知中) 알지 못하는 동안.
메유 '없다'를 뜻하는 중국어 '메이요'에서 온 말.

이튿날 유치원을 파하고 집으로 오면서, 나는 갑자기 어제 벽장 속에 숨었다가 어머니를 몹시 울게 했던 생각이 나서 집으로 돌아가기가 어쩐지 부끄러워졌습니다. '오늘은 어머니를 좀 기쁘게 해 드려야 텐데……. 무엇을 갖다 드리면 기뻐할까?' 하고 생각했습니다. 그러자 문득 유치원 안에 선생님 책상 위에 놓여 있던 꽃병 생각이 났습니다. 그 꽃병에는 나는 이름도 모르나 곱고 빨간 꽃이 꽂히어 있었습니다. 그 꽃은 개나리도 아니고 진달래도 아니었습니다. 그런 꽃은 나도 잘 알고 또 그런 꽃은 벌써 피었다가 져 버린 후였습니다. 무슨 서양 꽃이려니 하고 나는 생각하였습니다. 나는 우리 어머니가 꽃을 사랑하는 줄을 잘 압니다. 그래서 그 꽃을 갖다가 드리면 어머니가 몹시 기뻐하려니 하고 생각하였습니다.

그래서 나는 도로 유치원 방 안으로 들어갔습니다. 마침 방 안에는 아무도 없었습니다. 선생님도 잠깐 어디를 가셨는지 보이지 않았습니다. 그래 나는 그 꽃을 두어 개 얼른 빼 들고 달음질쳐 나왔지요.

집에 오니 어머니는 문간에서 기다리고 있다가 나를 안고 들어왔습니다.

"그 꽃은 어디서 났니? 퍽 곱구나."

하고 어머니가 말씀하셨습니다. 그러나 나는 갑자기 말문이 막혔습니다. '이걸 엄마 드릴라구 유치원서 가져왔어.' 하고 말하기가 어째 몹시 부끄러운 생각이 들었습니다. 그래 잠깐 망설이다가,

"응, 이 꽃! 저, 사랑 아저씨가 엄마 갖다주라고 줘."

하고 불쑥 말했습니다. 그런 거짓말이 어디서 그렇게 툭 튀어나왔는지 나도 모르지요.

꽃을 들고 냄새를 맡고 있던 어머니는 내 말이 끝나기가 무섭게 무엇에 몹시 놀란 사람처럼 화닥닥하였습니다. 그러고는 금시에 어머니 얼굴이 그 꽃보다 더 빨갛게 되었습니다. 그 꽃을 든 어머니 손가락이 파르르 떠는 것을 나는 보았습니다. 어머니는 무슨 무서운 것을 생각하는 듯이 방

안을 휘 한번 둘러보시더니,

"옥희야, 그런 걸 받아 오문 안 돼."

하고 말하는 목소리는 몹시 떨렸습니다. 나는 꽃을 그렇게도 좋아하는 어머니가 이 꽃을 받고 그처럼 성을 낼 줄은 참으로 뜻밖이었습니다. 어머니가 그렇게도 성을 내는 것을 보니까 그 꽃을 내가 가져왔다고 그러지 않고 아저씨가 주더라고 거짓말을 한 것이 참 잘 되었다고 나는 속으로 생각했습니다. 어머니가 성을 내는 까닭을 나는 모르지만 하여튼 성을 낼 바에는 내게 내는 것보다 아저씨에게 내는 것이 내게는 나았기 때문입니다. 한참 있더니 어머니는 나를 방 안으로 데리고 들어와서,

"옥희야, 너 이 꽃 이야기 아무보구두 하지 말아라, 응."

하고 타일러 주었습니다. 나는,

"응."

하고 대답하면서 고개를 여러 번 까닥까닥했습니다.

어머니가 그 꽃을 곧 내버릴 줄로 나는 생각했습니다마는 내버리지 않고 꽃병에 꽂아서 풍금 위에 놓아두었습니다. 아마 퍽 여러 밤 자도록 그 꽃은 거기 놓여 있어서 마지막에는 시들었습니다. 꽃이 다 시들자 어머니는 가위로 그 대를 잘라 내버리고 꽃만은 찬송가 갈피에 곱게 끼워 두었습니다.

내가 어머니께 꽃을 갖다 주던 날 밤에 나는 또 사랑에 놀러 나가서 아저씨 무릎에 앉아서 그림책을 보고 있었습니다. 갑자기 아저씨 몸이 흠칫하였습니다. 그러고는 귀를 기울입니다. 나도 귀를 기울였습니다.

풍금 소리!

그 풍금 소리는 분명 안방에서 흘러나오는 것이었습니다.

"엄마가 풍금을 타나 부다."

갈피 겹치거나 포갠 물건의 하나하나의 사이. 또는 그 틈.

하고 나는 벌떡 일어나서 안으로 뛰어왔습니다. 안방에는 불을 켜지 않았었습니다. 그러나 그때는 음력으로 보름께나 되어서 달이 낮같이 밝은데 은빛 같은 흰 달빛이 방 한 절반 가득히 차 있었습니다. 나는 흰옷을 입은 어머니가 풍금 앞에 앉아서 고요히 풍금을 타는 것을 보았습니다.

나는 나이 지금 여섯 살밖에 안 되었지마는 하여튼 어머니가 풍금을 타시는 것을 보는 것은 오늘이 처음이었습니다. 어머니는 우리 유치원 선생님보다도 풍금을 더 잘 타시는 것이었습니다. 나는 어머니 곁으로 갔습니다마는 어머니는 내가 곁에 온 것도 깨닫지 못하는지 그냥 까딱 아니 하고 풍금을 탔습니다. 조금 있더니 어머니는 풍금 곡조에 맞추어 노래를 부르기 시작하였습니다. 어머니의 목소리가 그렇게 아름다운 것도 나는 이때까지 모르고 있었습니다. 어머니는 참으로 우리 유치원 선생님보다도 목소리가 훨씬 더 곱고 또 노래도 훨씬 더 잘 부르시는 것이었습니다. 나는 가만히 서서 어머니 노래를 들었습니다. 그 노래는 마치 은실을 타고 별나라에서 내려오는 노래처럼 아름다웠습니다. 그러나 얼마 오래지 않아 목소리는 약간 떨리기 시작하였습니다. 가늘게 떨리는 노랫소리, 그에 따라 풍금의 가는 소리도 바르르 떠는 듯했습니다. 노랫소리는 차차 가늘어지더니 마지막에는 사르르 없어져 버렸습니다. 풍금 소리도 사르르 없어졌습니다. 어머니는 고요히 풍금에서 일어나시더니 옆에 섰는 내 머리를 쓰다듬었습니다. 그다음 순간 어머니는 나를 안고 마루로 나오셨습니다. 어머니는 아무 말씀도 없이 그냥 나를 꼭꼭 껴안는 것이었습니다. 달빛을 함빡 받는 내 어머니 얼굴은 몹시도 새하얗다고 생각되었습니다. 우리 어머니는 참으로 천사 같다고 나는 생각하였습니다.

우리 어머니의 새하얀 두 뺨 위로는 쉴 새 없이 두 줄기 눈물이 줄줄 흘

곡조(曲調) 음악적 통일을 이루는 음의 연속.

러내리고 있는 것을 나는 보았습니다. 그것을 보니 나도 갑자기 울고 싶어졌습니다.

"어머니, 왜 울어?"

하고 나도 훌쩍거리면서 물었습니다.

"옥희야."

"응?"

한참 동안 어머니는 아무 말씀도 없었습니다. 그러나 한참 후에,

"옥희야, 난 너 하나문 그뿐이다."

"엄마."

어머니는 다시 대답이 없으셨습니다.

하루는 밤에 아저씨 방에서 놀다가 졸려서 안방으로 들어오려고 일어서니까 아저씨가 하얀 봉투를 서랍에서 꺼내어 내게 주었습니다.

"옥희, 이것 갖다가 엄마 드리고 지나간 달 밥값이라구, 응?"

나는 그 봉투를 갖다가 어머니에게 드렸습니다. 어머니는 그 봉투를 받아 들자 갑자기 얼굴이 파랗게 질렸습니다. 그 전날 달밤에 마루에 앉았을 때보다도 더 새하얗다고 생각되었습니다. 어머니는 그 봉투를 들고 어쩔 줄을 모르는 듯이 초조한 빛이 나타났습니다. 나는,

"그거 지나간 달 밥값이래."

하고 말을 하니까, 어머니는 갑자기 잠자다 깨나는 사람처럼 "응?" 하고 놀라더니 또 금시에 백지장같이 새하얗던 얼굴이 발갛게 물들었습니다. 봉투 속으로 들어갔던 어머니의 파들파들 떨리는 손가락이 지전을 몇 장 끌고 나왔습니다. 어머니는 입술에 약간 웃음을 띠면서 후 하고 한숨을 내

지전(紙錢) 지폐.

쉬었습니다. 그러나 그것도 잠깐, 다시 어머니는 무엇에 놀랐는지 흠칫하더니 금시에 얼굴이 다시 새하얘지고 입술이 바르르 떨렸습니다. 어머니의 손을 바라다보니 거기에는 지전 몇 장 외에 네모로 접은 하얀 종이가 한 장 잡혀 있는 것이었습니다.

어머니는 한참을 망설이는 모양이었습니다. 그러더니 무슨 결심을 한 듯이 입술을 악물고 그 종이를 차근차근 펴 들고 그 안에 쓰인 글을 읽었습니다. 나는 그 안에 무슨 글이 쓰여 있는지 알 도리가 없었으나 어머니는 그 글을 읽으면서 금시에 얼굴이 파랬다 발갰다 하고 그 종이를 든 손은 이제는 바들바들이 아니라 와들와들 떨리어서 그 종이가 부석부석 소리를 내게 되었습니다.

한참 후에 어머니는 그 종이를 아까 모양으로 네모지게 접어서 돈과 함께 봉투에 도로 넣어 반짇고리에 던졌습니다. 그러고는 정신 나간 사람처럼 멀거니 앉아서 전등만 쳐다보는데 어머니 가슴이 불룩불룩합니다. 나는 혹시 어머니가 병이나 나지 않았나 하고 염려가 되어서 얼른 가서 무릎에 안기면서,

"엄마 잘까?"

하고 말했습니다.

엄마는 내 뺨에 입을 맞추어 주었습니다. 그런데 어머니의 입술이 어쩌면 그리도 뜨거운지요. 마치 불에 달군 돌이 볼에 와 닿는 것 같았습니다.

한참을 자고 나서 잠이 채 깨지는 않았으나 어렴풋한 정신으로 옆을 쓸어 보니 어머니가 없었습니다. 가끔가다가 나는 그런 버릇이 있어요. 어렴풋한 정신으로 옆을 쓸면 어머니의 보드라운 살이 만져지지요. 그러면 다시 나는 잠이 들어 버리곤 하는 것이었습니다.

반짇고리 바늘, 실, 골무, 헝겊 따위의 바느질 도구를 담는 그릇.

어머니가 자리에 없다는 것을 알게 되자 나는 갑자기 무서워졌습니다. 그래서 잠은 다 달아나고 눈을 번쩍 뜨고 고개를 돌려 살펴보았습니다. 방 안에는 불은 안 켰지만 어슴푸레하게 밝습니다. 뜰로 하나 가득한 달빛이 방 안에까지 희미한 밝음을 던져 주는 것이었습니다. 윗목을 보니 우리 아버지의 옷을 넣어 두고 가끔 어머니가 꺼내서 쓸어 보시는 그 장롱 문이 열려 있고, 그 아래 방바닥에는 흰옷이 한 무더기 널려 있습니다. 그리고 그 옆에는 장롱을 반쯤 기대고 자리옷만 입은 어머니가 주춤하고 앉아서 고개를 위로 쳐들고 눈을 감고 무엇이라고 입술로 소곤소곤 외고 있는 것이 보였습니다. 아마 기도를 하나 보다 하고 나는 생각했습니다. 나는 자리에서 일어나 기어가서 어머니 무릎을 뻐개고 기어들어 갔습니다.

"엄마, 무얼 해?"

어머니는 소곤거리기를 그치고 눈을 떠서 나를 한참이나 물끄러미 들여다보십니다.

"옥희야."

"응?"

"가서 자자."

"엄마두 같이 자."

"응, 그래. 엄마도 같이 자."

그 목소리가 어째 싸늘하다고 내게 생각되었습니다.

어머니는 돌아가신 아버지의 옷들을 한 가지씩 들고는 가만히 손바닥으로 쓸어 보고는 장롱 안에 넣었습니다. 하나씩 하나씩 쓸어 보고는 장롱에 넣곤 하여 그 옷을 다 넣은 때 장롱 문을 닫고 쇠를 채우고 그러고 나서 나

자리옷 잠옷.
뻐개다 크고 딴딴한 물건을 두 쪽으로 가르다.

를 안고 자리로 돌아왔습니다.

"엄마, 우리 기도하고 자?"

하고 나는 물었습니다. 어머니는 나를 밤마다 재워 줄 때마다 반드시 기도를 하는 것이었습니다. 내가 할 줄 아는 기도는 주기도문뿐이었습니다. 그 뜻은 하나도 모르지만 어머니를 따라서 자꾸자꾸 해 보아서 지금에는 나도 주기도문을 잘 욉니다. 그런데 웬일인지 어젯밤 잘 때에는 어머니가 기도할 것을 잊어버리고 그냥 잤던 것이 지금 생각이 났기 때문에 나는 그렇게 물었던 것입니다. 어젯밤 자리에 들 때 내가,

"기도할까?"

하고 말하고 싶었으나, 어머니가 너무도 슬픈 빛을 띠고 있는 고로 그만 나도 가만히 아무 소리 없이 잠이 들고 말았던 것입니다.

"응, 기도하자."

하고 어머니가 고요히 기도했습니다.

"엄마가 기도해."

하고 나는 갑자기 어머니의 기도하는 보드라운 음성이 듣고 싶어져서 말했습니다.

"하늘에 계신 우리 아버지시여."

어머니는 고요히 기도를 시작하였습니다.

"이름을 거룩하게 하옵시며 나라에 임하옵시며 뜻이 하늘에서 이루어진 것처럼 땅에서도 이루어지이다. 오늘날 우리에게 일용할 양식을 주옵시고 우리가 우리에게 죄지은 자를 용서하여 준 것처럼 우리 죄를 사하여 주옵시고, 우리를 시험에 들지 말게 하옵시고…… 우리를 시험에 들지 말게 하옵시고…… 시험에 들지 말게…… 시험에 들지 말게……."

사하다(赦--) 지은 죄나 허물을 용서하다.

이렇게 어머니는 자꾸 되풀이하였습니다. 나도 지금은 막히지 않고 줄줄 외는 주기도문을 글쎄 어머니가 막히다니 참으로 우스운 일이었습니다.

"시험에 들지 말게…… 시험에 들지 말게……."

하고 자꾸만 되풀이하는 것을 나는 참다못해서,

"엄마, 내 마저 할게."

하고,

"다만 악에서 구하옵소서. 대개 나라와 권세와 영광이 아버지께 영원히
   있사옵나이다."

하고 내가 끝을 마쳤습니다. 어머니는 한참이나 가만있다가 오랜 후에야 겨우,

"아멘."

하고 속삭이었습니다.

요새 와서 어머니의 하는 일이란 참으로 알 수가 없는 노릇입니다. 어떤 때는 어머니도 퍽 유쾌하셨습니다. 밤에 때로는 풍금을 타고 또 때로는 찬송가도 부르고 그러실 때에는 나도 너무도 좋아서 가만히 어머니 옆에 앉아서 듣습니다. 그러나 가끔가끔 그 독창은 소리 없는 울음으로 끝을 맺는 때가 많은데, 그런 때면 나도 따라서 울었습니다. 그러면 어머니는 나를 안고 내 얼굴에 돌아가면서 무수히 입을 맞추어 주면서,

"엄마는 옥희 하나문 그뿐이야, 응, 그렇지……."

하시면서 언제까지나 언제까지나 우시는 것이었습니다.

어떤 일요일날, 그렇지요, 그것은 유치원 방학하고 난 그 이튿날이었어요. 그날 어머니는 갑자기 머리가 아프시다고 예배당에를 그만두었습니

권세(權勢) 권력과 세력을 아울러 이르는 말.

다. 사랑에서는 아저씨도 어디 나가고 외삼촌도 나가고 집에는 어머니와 나와 단둘이 있었는데, 머리가 아프다고 누워 계시던 어머니가 갑자기 나를 부르시더니,

"옥희야, 너 아빠가 보고 싶니?"

하고 물으십디다.

"응, 우리두 아빠 하나 있으문."

하고 나는 혀를 까불고 어리광을 좀 부려 가면서 대답을 했습니다. 한참 동안을 어머니는 아무 말씀도 아니 하시고 천장만 바라다보시더니,

"옥희야, 옥희 아버지는 옥희가 세상에 나오기도 전에 돌아가셨단다. 옥희두 아빠가 없는 건 아니지. 그저 일찍 돌아가셨지. 옥희가 이제 아버지를 새로 또 가지면 세상이 욕을 한단다. 옥희는 아직 철이 없어서 모르지만 세상이 욕을 한단다. 사람들이 욕을 해. 옥희 어머니는 화냥년이다, 이러구 세상이 욕을 해. 옥희 아버지는 죽었는데 옥희는 아버지가 또 하나 생겼대, 참 망측두 하지. 이러구 세상이 욕을 한단다. 그리되문 옥희는 언제나 손가락질 받구. 옥희는 커서 시집두 훌륭한 데 못 가구. 옥희가 공부를 해서 훌륭하게 돼두 에 그까짓 화냥년의 딸, 이러구 남들이 욕을 한단다."

이렇게 어머니는 혼잣말하시듯 드문드문 말씀하셨습니다. 그러고는 한참 있더니,

"옥희야."

하고 또 부르십니다.

"응?"

화냥년 '남편이 아닌 남자와 정을 통하는 여자'를 비속하게 이르는 말.
망측 '망측하다'의 어근. 정상적인 상태에서 어그러져 어이가 없거나 차마 보기가 어렵다.

"옥희는 언제나, 언제나, 내 곁을 안 떠나지. 옥희는 언제나, 언제나 엄마하구 같이 살지. 옥희는 엄마가 늙어서 꼬부랑 할미가 되어두 그래두 옥희는 엄마하구 같이 살지. 옥희가 유치원 졸업하구 또 소학교 졸업하구, 또 중학교 졸업하구, 또 대학교 졸업하구, 옥희가 조선서 제일 훌륭한 사람이 돼두 그래두 옥희는 엄마하구 같이 살지. 응! 옥희는 엄마를 얼만큼 사랑하나?"

"이만큼."

하고 나는 두 팔을 짝 벌리어 보였습니다.

"응? 얼만큼? 응! 그만큼! 언제나, 언제나, 옥희는 엄마만 사랑하지, 그리구 공부두 잘하구, 그리구 훌륭한 사람이 되구……."

나는 어머니의 목소리가 떨리는 것으로 보아 어머니가 또 울까 봐 겁이 나서,

"엄마, 이만큼, 이만큼."

하면서 두 팔을 짝짝 벌리었습니다.

어머니는 울지 않으셨습니다.

"응, 그래. 옥희 엄마는 옥희 하나문 그뿐이야. 세상 다른 건 다 소용없어. 우리 옥희 하나문 그만이야. 그렇지, 옥희야."

"응!"

어머니는 나를 당기어서 꼭 껴안고 내 가슴이 막혀 들어올 때까지 자꾸만 껴안아 주었습니다.

그날 밤 저녁밥 먹고 나니까 어머니는 나를 불러 앉히고 머리를 새로 빗겨 주었습니다. 댕기도 새 댕기로 드려 주고, 바지, 저고리, 치마, 모두 새

소학교(小學校) 옛날에 '초등학교'를 이르던 말.
댕기 길게 땋은 머리 끝에 묶는 장식용 헝겊이나 끈.
드리다 땋은 머리 끝에 댕기를 물리다.

것을 꺼내 입혀 주었습니다.

"엄마, 어디 가?"

하고 물으니까,

"아니."

하고 웃음을 띠면서 대답합니다. 그러더니, 풍금 옆에서 새로 다린 하얀 손수건을 내리어 내 손에 쥐어 주면서,

"이 손수건, 저 사랑 아저씨 손수건인데, 이것 아저씨 갖다 드리구 와,

응. 오래 있지 말구 손수건만 갖다 드리구 이내 와, 응?"

하고 말씀하셨습니다.

손수건을 들고 사랑으로 나가면서 나는 그 손수건 접이 속에 무슨 발각발각하는 종이가 들어 있는 것처럼 생각되었습니다마는 그것을 펴 보지 않고 그냥 갖다가 아저씨에게 주었습니다.

아저씨는 방에 누워 있다가 벌떡 일어나서 손수건을 받는데, 웬일인지 아저씨는 이전처럼 나보고 빙그레 웃지도 않고 얼굴이 몹시 파래졌습니다. 그러고는 입술을 질근질근 깨물면서 말 한마디 아니하고 그 수건을 받더군요.

나는 어째 이상한 기분이 돌아서 아저씨 방에 들어가 앉지도 못하고 그냥 뒤돌아서 안방으로 들어왔지요. 어머니는 풍금 앞에 앉아서 무엇을 그리 생각하는지 가만히 있더군요. 나는 풍금 옆으로 가서 가만히 그 옆에 앉아 있었습니다. 이윽고 어머니는 조용조용히 풍금을 타십니다. 무슨 곡조인지는 몰라도 어째 구슬프고 고즈넉한 곡조야요.

밤이 늦도록 어머니는 풍금을 타셨습니다. 그 구슬프고 고즈넉한 곡조를 계속하고 또 계속하면서.

고즈넉하다 고요하고 아늑하다.

여러 밤을 자고 난 어떤 날 오후에 나는 오래간만에 아저씨 방엘 나가 보았더니 아저씨가 짐을 싸느라고 분주하겠지요. 내가 아저씨에게 손수건을 갖다 드린 다음부터는 웬일인지 아저씨가 나를 보아도 언제나 퍽 슬픈 사람, 무슨 근심이 있는 사람처럼 아무 말도 없이 나를 물끄러미 바라다만 보고 있는 고로 나도 그리 자주 놀러 오지는 않았던 것입니다. 그랬었는데 이렇게 갑자기 짐을 꾸리는 것을 보고 나는 놀랐습니다.

"아저씨, 어디 가우?"

"응, 멀리루 간다."

"언제?"

"오늘."

"기차 타구?"

"응, 기차 타구."

"갔다가 언제 또 오우?"

아저씨는 아무 대답도 없이 서랍에서 이쁜 인형을 하나 꺼내서 내게 주었습니다.

"옥희, 이것 가져, 응. 옥희는 아저씨 가구 나문 아저씨 이내 잊어버리구 말겠지!"

나는 갑자기 슬퍼졌습니다. 그래서,

"아니."

하고 얼른 대답하고, 인형을 안고 안으로 들어왔습니다.

"엄마, 이것 봐, 아저씨가 이것 나 줬다우. 아저씨가 오늘 기차 타구 먼 데루 간대."

하고 내가 말했으나, 어머니는 대답이 없으십니다.

"엄마, 아저씨 왜 가우?"

"학교 방학했으니깐 가지."

"어디루 가우?"

"아저씨 집으루 가지 어디루 가."

"갔다가 또 오우?"

어머니는 대답이 없으십니다.

"난 아저씨 가는 거 나쁘다."

하고 입을 쫑긋했으나, 어머니는 그 말은 대답 않고,

"옥희야, 벽장에 가서 달걀 몇 알 남았나 보아라."

하고 말씀하셨습니다.

나는 깡총깡총 방 안으로 들어갔습니다. 달걀은 여섯 알이 있었습니다.

"여스 알."

하고 나는 소리쳤습니다.

"응, 다 가지구 이리 나오너라."

어머니는 그 달걀 여섯 알을 다 삶았습니다. 그 삶은 달걀 여섯 알을 손수건에 싸 놓고 또 반지에 소금을 조금 싸서 한 귀퉁이에 넣었습니다.

"옥희야, 너 이것 갖다 아저씨 드리구, 가시다가 찻간에서 잡수시랜다구, 응."

그날 오후에 아저씨가 떠나간 다음 나는 방에서 아저씨가 준 인형을 업고 자장자장 잠을 재우고 있었습니다. 어머니가 부엌에서 늘어오시더니,

"옥희야, 우리 뒷동산에 바람이나 쐬러 올라갈까?"

하십니다.

"응, 가, 가."

하면서 나는 좋아 덤비었습니다.

반지(半紙) 얇고 흰 일본 종이.

잠깐 다녀올 터이니 집을 보고 있으라고 외삼촌에게 이르고 어머니는 내 손목을 잡고 나섰습니다.

"엄마, 나 저, 아저씨가 준 인형 가지고 가?"

"그러렴."

나는 인형을 안고 어머니 손목을 잡고 뒷동산으로 올라갔습니다. 뒷동산에 올라가면 정거장이 빤히 내려다보입니다.

"엄마, 저 정거장 봐, 기차는 없군."

어머니가 아무 말씀도 없이 가만히 서 계십니다. 사르르 바람이 와서 어머니 모시 치맛자락을 산들산들 흔들어 주었습니다. 그렇게 산 위에 가만히 서 있는 어머니는 다른 때보다도 더한층 예쁘게 보였습니다.

저편 산모퉁이에서 기차가 나타났습니다.

"아, 저기 기차가 온다."

하고 나는 좋아서 소리쳤습니다.

기차는 정거장에 잠시 머물더니 금시에 뾕 하고 소리를 지르면서 움직였습니다.

"기차 떠난다."

하면서 나는 손뼉을 쳤습니다. 기차가 저편 산모퉁이 뒤로 사라질 때까지, 그리고 그 굴뚝에서 나는 연기가 하늘 위로 모두 흩어져 없어질 때까지, 어머니는 가만히 서서 그것을 바라다보았습니다.

뒷동산에서 내려오자 어머니는 방으로 들어가시더니 이때까지 뚜껑을 늘 열어 두었던 풍금 뚜껑을 닫으십니다. 그러고는 거기 쇠를 채우고 그 위에다가 이전 모양으로 반짇고리를 얹어 놓으십니다. 그러고는 그 옆에 있는 찬송가를 맥없이 들고 뒤적뒤적하시더니 빼빼 마른 꽃송이를 그 갈피에서 집어내시더니,

"옥희야, 이것 내다 버려라."

하고 그 마른 꽃을 내게 주었습니다. 그 꽃은 내가 유치원에서 갖다가 어머니께 드렸던 그 꽃입니다. 그러자 옆 대문이 삐걱하더니,

"달걀 사소."

하고 매일 오는 달걀 장수 노파가 달걀 광주리를 이고 들어왔습니다.

"인젠 우리 달걀 안 사요. 달걀 먹는 이가 없어요."

하시는 어머니 소리는 맥이 한 푼어치도 없었습니다.

나는 어머니의 이 말씀에 놀라서 떼를 좀 써 보려 했으나 석양에 빤히 비치는 어머니의 얼굴을 볼 때 그 용기가 없어지고 말았습니다. 그래서 아저씨가 주신 인형 귀에다가 내 입을 갖다 대고 가만히 속삭이었습니다.

"얘, 우리 엄마가 거짓부리 썩 잘하누나. 내가 달걀 좋아하는 줄을 알문서 생 먹을 사람이 없대누나. 떼를 좀 쓰구 싶다만 저 우리 엄마 얼굴을 좀 봐라. 어쩌문 저리두 새파래졌을까? 아마 어데가 아픈가 부다."

라고요.

거짓부리 '거짓말'을 속되게 이르는 말.

2부
갈등과 사건

　여러분도 잘못을 저지른 뒤 그 잘못 때문에 양심의 가책을 느꼈던 적이 있었을 겁니다. 그리고 처음에는 사소했던 잘못을 감추려다 더 큰 잘못을 저지르고, 결국 걷잡을 수 없이 일이 커져 버리는 경험을 한 적도 있을 테죠. 사실 잘못은 순식간에 일어나는 경우가 많습니다. 〈하늘은 맑건만〉의 주인공 문기도 처음에는 망설였지만, 결국 순간적인 유혹에 넘어가고 말았지요. 이처럼 이 작품에는 양심에 어긋난 행동 때문에 괴로워하던 한 소년이 잘못을 깨닫고 한층 더 성장해 나가는 모습이 담겨 있습니다.

　수십 년 전 문기를 내려다보고 있던 '하늘'은 그때나 지금이나 맑고 파랗습니다. 혹시 지금 떳떳하지 못한 행동 때문에 양심의 가책을 느끼며 맑은 하늘을 쳐다보지 못하는 친구가 있다면, 문기가 갈등을 해결하고 양심을 회복해 나가는 과정을 살펴보며 고민을 해결할 용기를 얻었으면 합니다.

현덕(1909~?)

　서울 출생. 1938년 〈조선일보〉에 단편 소설 〈남생이〉가 당선되면서 문단에 등단했다. 소설가 김유정과 교류하며 문학에 전념해 1940년까지 〈경칩〉, 〈층〉 등의 단편 소설과 40여 편의 연작 동화 《노마》 등을 발표했다. 주로 농민들이 고향을 버리고 도시 변두리로 이주하여 몰락해 가는 과정을 그려 냄으로써 일제하의 사회적 모순을 드러내고자 했다. 하지만 1940년 이후로는 거의 작품 활동을 하지 않았으며, 6·25 전쟁 중 월북했다. 주요 작품으로 소설집 《남생이》, 《집을 나간 소년》, 《포도와 구슬》 등이 있다.

하늘은 맑건만

현덕

중문 안 안반 뒤에 숨겨 둔 공이 간 데가 없다. 팔을 넣어 아무리 더듬어도 빈탕이다. 문기는 가슴이 두근거리기 시작하였다.

'혹 동네 아이들이 집어 갔을까?'

도리어 그랬으면 다행이다. 만일에 그 공이 숙모 손에 들어가기나 했으면 큰일이다.

문기는 아무 일 없는 태도로 전일과 다름없이 안마당에서 화초분에 물을 준다. 그러면서 연신 숙모의 눈치를 살핀다. 숙모는 부엌에서 저녁을 짓는다. 마루로 부엌으로 오르고 내릴 때 얼굴이 마주치는 것이나 문기는 자기를 보는 숙모 눈에 별다른 것이 없다 싶었다. 문기는 차츰 생각을 고친다.

'필시 공은 거지나 동네 아이들이 집어 갔기 쉽지. 그렇잖으면 작은어머니가 알고 가만있을 리 있나.'

조금 후 문기는 아랫방으로 내려갔다.

그리고 책상 서랍을 열어 보았을 때 문기는 또 좀 놀랐다. 서랍 속에 깊숙이 간직해 둔 쌍안경이 보이질 않는다. 그것뿐이 아니다. 서랍 안이 뒤죽박죽이고 누가 손을 댔음이 분명하다.

'인제 얼마 안 있으면 작은아버지가 회사에서 돌아오시겠지. 그리고 필시 일은 나고 말리라.'

문기는 책상 앞에 돌아앉아 책을 펴 들었다.

그러나 눈은 아물아물 가슴은 두근두근 도시 글이 읽히질 않는다.

며칠 전 일이다. 문기는 저녁에 쓸 고기 한 근을 사 오라고 숙모에게 지전 한 장을 받았다. 언제나 그맘때면 사람이 붐비는 삼거리 고깃간이다.

중문(中門) 대문 안에 세운 문.
안반 떡을 칠 때에 쓰는 두껍고 넓은 나무 판.
빈탕 실속이 없는 것을 비유적으로 이르는 말.

한참을 기다려서 문기 차례가 왔다. 문기는 지전을 내밀었다. 뚱뚱보 고깃간 주인은 그 돈을 받아 둥구미에 넣고 천천히 고기를 베어 저울에 단 후 종이에 말아 내밀었다. 그리고 그 거스름돈으로 지전 아홉 장과 그 위에 은전 몇 닢을 얹어 내주는 것이 아닌가. 문기는 어리둥절하였다. 처음 그 돈을 숙모에게 받을 때와 고깃간 주인에게 내밀 때까지도 일 원짜리로만 알았던 것이다. 문기는 돈과 주인을 의심스레 쳐다보았다. 허나 그는 다음 사람의 고기를 베느라 분주하다. 문기는 주뼛주뼛하는 사이 사람에게 밀려 뒷줄로 나오고 말았다. 그러나 다시 생각하면 정말 숙모가 일 원짜리를 준 것인지 아닌지 모르겠다. 아니라면 도리어 큰일이 아닌가. 하여튼 먼저 숙모에게 알아볼 일이었다. 문기는 집을 향해 돌아가면서도 연신 고개를 기웃거리며 그 일을 생각하였다. 내가 잘못 본 것인가, 고깃간 주인이 잘못 본 것인가 하고.

골목 모퉁이를 꺾어 돌아섰다. 서너 간 앞을 서서 동무 수만이가 간다. 문기는 쫓아가 그와 나란히 서며,

"너 집에 인제 가니?"

하고 어깨에 손을 걸고,

"이거 이상한 일 아냐?"

"뭐가 말야?"

"고길 사러 갔는데 말야. 난 일 원짜리로 알구 냈는데 십 원으로 거슬러 주니 말야."

"정말야? 어디 봐."

문기는 손바닥을 펴 돈과 또 고기를 보였다. 수만이는 잠시 눈을 끔벅끔

둥구미 짚으로 둥글고 깊게 엮어 만든 그릇.
주뼛주뼛하다 어줍거나 부끄러워서 자꾸 주저주저하거나 머뭇거리다.

벅 무슨 궁리를 하는 듯 문기 얼굴을 보고 섰더니,

"너 이렇게 해 봐라."

"어떻게 말야?"

"먼저 잔돈만 너희 작은어머니에게 주는 거야."

"그러고 어떡해?"

"그러고 아무 말 없거든 내게로 나와. 헐 일이 있으니."

"무슨 헐 일?"

"글쎄, 그러구만 나와. 다 좋은 일이 있으니."

마침내 문기는 수만이가 이르는 대로 잔돈만 양복 주머니에서 꺼내 놓았다. 숙모는 그 돈을 받아 두 번 자세히 세어 보고 주머니에 넣고는 아무 말 없이 돌아서 고기를 씻는다. 그래도 문기는 한동안 머뭇머뭇 눈치를 보다가 슬며시 밖으로 나갔다. 그리고 문밖에선 수만이가 이상한 웃음으로 그를 맞이하였다.

수만이가 있다던 좋은 일이란 다른 것이 아니었다. 거리에서 보고 지내던 온갖 가지고 싶고 해 보고 싶은 가지가지를 한번 모조리 돈으로 바꾸어 보자는 것이다.

그러나 문기는,

"돈을 쓰면 어떻게 되니."

"염려 없어. 나 하는 대로만 해."

하고 머뭇거리는 문기 어깨에 팔을 걸고 수만이는 우쭐거리며 걸음을 옮긴다.

하긴 문기 역시 돈으로 바꾸고 싶은 것이 없지 않은 터, 그리고 수만이가 시키는 대로 하기만 하면 남이 하래서 하는 것이니까 어떻게 자기 책임은 없는 듯싶었다. 그리고 수만이는 수만이대로 돈은 문기가 만든 돈, 나중에 무슨 일이 난다 하여도 자기 책임은 없으니까 또 안심이었다. 이래서 두 소년은 마침내 손이 맞고 말았다.

그래도 으슥한 골목을 걸을 때에는 알 수 없는 두려움에 가슴이 두근거리었으나 밝은 큰 행길로 나오자 차차 다른 기쁨으로 변했다. 길 좌우편 환한 상점 유리창 안의 온갖 것이 모두 제 것인 양, 손짓해 부르는 듯했다. 드디어 그들은 공을 샀다. 만년필을 샀다. 쌍안경을 샀다. 만화책을 샀다. 그리고 활동사진 구경도 갔다. 다니며 이것저것 군것질도 했다.

그리고 그 나머지 돈으로 또 한 가지 즐거운 계획이 있었다. 조그만 환등 기계 한 틀을 사자는 것이다. 이것을 놀려 아이들에게 일 전씩 받고 구경을 시킨다. 그리고 여기서 나오는 것으로 두고두고 용돈에 주리지 않도록 하자는 계획이다. 하고 오늘 저녁부터 그 첫 착수를 하자는 약조였다.

그러나 이 즐거운 계획을 앞두고 이내 올 것은 오고 말았다. 안방에서 저녁상을 받고 앉았던 삼촌은 문기를 불렀다. 두 번 세 번 문기야, 소리가 아랫방 창을 울린다. 방 안에서 문기는 못 들은 양 대답하지 않는다. 그러나 네 번째는 안방 미닫이를 열고 삼촌은,

"문기 아랫방에 없니?"

댓돌 위에 신이 놓여 있는데 없는 양할 수는 없다. 기어이 문기는 그 삼촌 앞에 나가 무릎을 꿇고 앉지 않을 수 없었다. 삼촌은 잠잠히 식사를 계속한다. 그 상 밑에, 안반 뒤에 숨겨 두었던 공이 와 있다. 상을 물릴 임시에 삼촌이 입을 열었다.

"너 요새 학교에 매일 갔었니?"

손이 맞다 함께 일할 때 생각, 방법 따위가 서로 잘 어울리다.
활동사진(活動寫眞) '영화'의 옛말.
환등 기계(幻燈機械) 환등기. 불빛을 사진 필름에 비춘 뒤 영상을 확대하여 크게 보여 주는 기계.
주리다 원하는 것을 얻지 못하여 몹시 아쉬워하다.
착수(着手) 어떤 일을 시작함.
약조(約條) 조건을 붙여서 약속함.
임시(臨時) 정해진 시간에 이름. 또는 그 무렵.

“네.”

삼촌은 상 밑에 그 공을 굴려 내며,

“이거 웬 공이냐?”

“수만이가 준 공예요.”

“이것두?”

하고 삼촌은 무릎 밑에서 쌍안경을 꺼내 들었다.

“네.”

“수만이가 얼마나 돈을 잘 쓰는 아인지 몰라두 이 공은 오십 전은 줬겠구나. 이건 못 줘두 일 원은 넘겨 줬겠구.”

그리고 삼촌은,

“수만이란 뭣 하는 집 아이냐?”

문기는 고개를 숙이고 앉아 말이 없다. 삼촌은 숭늉을 마시고 상을 물렸다.

“네 입으로 수만이가 줬다니 네 말이 옳겠지. 설마 네가 날 속이야 하겠니. 하지만 남이 준다고 아무것이고 덥적덥적 받는다는 것두 좀 생각해 볼 일이거든.”

삼촌은 다시 말을 계속한다.

“말 들으니 너 요샌 저녁두 가끔 나가 먹는다더구나. 그것두 수만이에게 얻어먹는 거냐?”

문기는 벌겋게 얼굴이 달아 수그리고 앉았다. 삼촌은 잠시 묵묵히 건너다만 보고 있더니 음성을 고쳐 엄한 어조로,

“어머님은 어려서 돌아가시구 아버지는 저 모양이시구, 앞으로 집안을 일으킬 사람은 너 하나야. 성실치 못한 아이들하고 어울려 다니다 혹 나쁜 데 빠지거나 하면 첫째 네 꼴은 뭐구 내 모양은 뭐냐. 난 너 하나는 어디까지든지 공부도 시키구 사람을 만들어 주려구 애를 쓰는데 너두 그

뜻을 받아 주어야 사람이 아니냐."

그리고 삼촌은 어떻게 뒤뚝 맘 한번 잘못 가졌다가 영 신세를 망치고 마는 예를 이것저것 들어 말씀하고는 이후론 절대 이런 것 받아들이지 말라는 단단한 다짐을 받은 후 문기를 내보냈다.

문기는 아랫방에 내려와 혼자 되자 삼촌 앞에서보다 갑절 얼굴이 달아올랐다. 지금까지 될 수 있는 대로 생각지 않으려고 힘을 써 오던 그편에 정면으로 제 몸을 세워 놓고 보지 않을 수 없었다. 그러자 자기라는 몸은 벌써 삼촌의 이른바 나쁜 데 빠지고 만 것이었다. 그야 자기는 수만이가 시켜서 한 일이니까 잘못이 없다는 것이지만 당초에 그것은 제 허물을 남에게 미루려는 얄미운 구실이 아니고 뭐냐. 그리고 문기는 이미 삼촌을 속이었다. 또 써서는 아니 될 돈을 쓰고 말았다. 아아, 일찍이 어머니를 여의고 아버지란 사람은 일상 천 냥 만 냥 하고 허한 소리만 하면서 남루한 주제에 거처가 없이 시골, 서울로 돌아다니는 사람이고, 어려서부터 문기를 길러 낸 사람이 삼촌이었다. 그리고 조카의 장래를 자기의 그것보다 더 중히 알고 염려하며 잘되어 주기를 바라는 삼촌이었다. 그 삼촌의 기대에 어그러지지 않는 인물이 되어 보이겠다고 엊그제도 주먹을 쥐고 결심하던 문기가 아니냐. 생각할수록 낯이 뜨거워지는 일이다.

마침내 문기는 공과 쌍안경을 집어 들고 문밖으로 나갔다. 어둑어둑 저물어 가는 행길이다. 문기는 골목으로 들어섰다. 대낮에 많은 사람 가운데서 거리낌 없이 가지고 놀던 그 공이 지금은 사람이 드문 골목 안에서도 남이 볼까 두려워졌다. 컴컴해질수록 더 허옇게 드러나 보이는 커다란 공

뒤뚝 물체가 중심을 잃고 한쪽으로 기울어지는 모양. 여기서는 '자칫'의 뜻으로 쓰였다.
천 냥 만 냥(千兩萬兩) '노름'을 달리 이르는 말. 돈이나 재물 등을 걸고 서로 내기를 하는 일.
허하다(虛--) 속이 빈 상태에 있다.
남루하다(襤褸--) 옷 따위가 낡아 해지고 차림새가 너저분하다.

을 처치하기에 곤란해 문기는 옆으로 꼈다 뒤로 돌렸다 하며 사람의 눈을 피한다. 쌍안경이 든 불룩한 주머니가 또 성화다. 골목 하나를 돌아서 나올 즈음 문기는 모르고 흘리는 것인 양 슬며시 쌍안경을 꺼내 길바닥에 떨어뜨리었다. 그리고 걸음을 빨리 건너편 골목으로 들어간다. 개천가 앞에 이르렀다. 거기서 문기는 커다란 공을 바지 앞에 품고 앉아서 길 가는 사람이 없기를 기다린다.

자전거가 가고 노인이 오고 동이 뜬 그 중간을 타서 문기는 허옇게 흐르는 물 위로 공을 던져 버리었다. 이어 양복 안주머니에 간직해 두었던 나머지 돈을 꺼내 들었다. 그것도 마저 던져 버리려다가 문득 들었던 손을 멈춘다. 그리고 잠시 둥실둥실 물을 따라 떠나가는 공을 통쾌한 듯 바라보다가는 돌아서 걸음을 옮긴다.

문기는 삼거리 고깃간을 향해 갔다. 그리고 골목으로 돌아가 나머지 돈을 종이에 싸서 담 너머로 그 집 안마당을 향해 던졌다.

그제야 문기는 무거운 짐을 풀어 놓은 듯 어깨가 거뜬했다. 아까 물 위로 둥실둥실 떠가던 그 공, 지금은 벌써 십 리고 이십 리고 멀리 떠갔을 듯싶은 그 공과 함께 문기는 자기의 허물도 멀리 사라져 깨끗이 벗어난 듯 속이 후련했다. 그리고,

'다시는, 다시는.'

하고 문기는 두 번 다시 그런 허물을 범하지 않겠다고 백번 다지며 집을 향해 돌아간다.

그러나 문기는 그것만으로는 도저히 자기 허물을 완전히 벗을 수 없었다. 그가 자기 집 어귀에 이르렀을 때 뜻하지 않은 것이 기다리고 있다 나타났다.

─────────────

동이 뜨다 사이가 조금 생기다.

"너 어디 갔다 오니?"

하고 컴컴한 처마 밑에서 수만이가 튀어나오며 반긴다.

"지금 느이 집 다녀오는 길이다."

그리고 문기 어깨에 팔 하나를 걸고 행길을 향해 돌아서며,

"어서 가자."

약조한 환등 틀을 사러 가자는 것이다. 극장 앞 장난감 가게에 있는 조그
만 환등 틀을 오고 가는 길에 물건도 보고 금도 보아 두었던 것이다. 그리
고 오늘 낮에도 보고 온 것이건만 수만이는,

"그새 팔리지나 않았을까?"

하고 걸음을 재촉한다. 문기는 생각 없이 몇 걸음 끌려가다가는 갑자기 그
팔을 쳐 내리며 물러선다.

"난 싫다."

수만이는 어리둥절해 쳐다본다.

"뭐 말야? 환등 틀 사기 싫단 말야?"

"나 인제 돈 가진 것 없다."

"뭐?"

하고 수만이는 의외라는 듯 눈이 둥그레지다가는 금세 능청스러운 웃음을
지으며,

"너 혼자 두고 쓰잔 말이지? 그러지 말구 어서 가자."

"정말 없어. 지금 고깃간집 안마당으로 던져 주고 오는 길야. 공두 쌍안
경두 버리구."

하고 문기는 증거를 보이느라고 이쪽저쪽 주머니를 털어 보이는 것이나 수
만이는 흥 하고 코웃음을 친다.

금 물건의 값.

"누군 너만 못 약을 줄 아니?"

그리고 연신 빈정댄다.

"고깃간집 마당으로 던졌다? 아주 핑계가 됐거든."

"거짓말 아니다. 참말야."

할 뿐, 문기는 어떻게 변명할 줄을 몰라 쳐다보기만 하다가 고개를 떨어뜨리고 울상을 한다.

"오늘 작은아버지에게 막 꾸중 듣구. 그리고 나두 인젠 그런 건 안 헐 작정이다."

"그래도 나하구 약조헌 건 실행해야지. 싫으면 너는 빠져도 좋아. 그럼 돈만 이리 내."

하고 턱 밑에 손을 내민다.

"정말 없대두 그래."

수만이는 내밀었던 손으로 대뜸 멱살을 잡는다.

"이게 그래두 느물거려."

이런 때 마침 기침을 하며 이웃집 사람이 골목으로 들어서자 수만이는 슬며시 물러선다. 그러나,

"낼은 안 만날 테냐. 어디 두고 보자."

하고 피해 가는 문기 등을 향해 소리쳤다.

이튿날 아침이다. 학교를 가는 길에 문기기 큰 행길로 나오자 맞은편 판장에 백묵으로 커다랗게 '김문기는' 하고 그 밑에 동그라미 셋을 쳐 '○○○ 했다.' 하고 써 있다. 그리고 학교 어귀에 이르러 삼거리 잡화상 빈지판에도 같은 것이 쓰여 있는 것이다. 문기는 이번에도 무춤하고 보다가는 얼른

느물거리다 말이나 행동을 자꾸 능글맞게 하다.
판장(板牆) 널빤지로 친 울타리.
무춤하다 놀라거나 어색한 느낌이 들어 갑자기 하던 짓을 멈추다.

모자를 벗어서 이름자만 지워 버렸다. 그러는 것을 건너편 길모퉁이에서 수만이가 일그러진 웃음으로 보고 섰다. 그리고 문기가 앞으로 지나가자,

"왜, 겁이 나니? 지우게."

하고 뒤를 오면서 작은 소리로,

"그래, 정말 돈 너만 두고 쓸 테냐? 그럼 요건 약과다."

그리고 수만이는 추근추근하게 쫓아다니며 은근히 골리었다.

철봉 틀 옆에 정신없이 선 문기를 불시에 다리오금을 쳐 골탕을 먹게 하였다. 단거리 경주 연습을 하는 척 달음박질을 하다가는 일부러 문기 앞으로 달려들어 몸째 부딪는다. 그리고 으슥한 곳에서 단둘이 만나는 때면 수만이는,

"너, 네 맘대루만 허지. 나두 내 맘대루 헐 테다. 내 안 풍길 줄 아니? 풍길 테야."

하고 손을 들어 꼽는다.

"풍기기만 하면 첫째 학교에서 쫓겨날 것이요, 둘째 너희 집에서 쫓겨날 것이요, 그리고 남의 걸 훔친 거나 일반이니까 또 그런 곳으로 붙들려 갈 것이요."

하고는 또,

"풍길 테다."

사실 그다음 시간 교실을 들어갔을 때 문기는 크게 놀랐다. 칠판 한가운데 '김문기는 ○○○했다.'가 커다랗게 쓰여 있다. 뒤미처 선생님이 들어왔다. 일은 간단히 선생님이 한 번 쳐다보고 누구 장난이냐, 하고 쓱쓱 지워 버리고는 고만이었지만 선생님이 들어오고 그것을 지우기까지의 그동안

추근추근하다 성질이나 태도가 검질기고 끈덕지다.
다리오금 무릎 뒤쪽의 오목한 부분.
풍기다 어떤 분위기가 나다. 여기서는 '소문내다'의 뜻으로 쓰였다.

문기는 실로 앞이 캄캄했다.

　그러나 수만이는 그것으로 고만두지 않았다. 학교를 파해 거리로 나와서
는 한층 심했다. 두어 간 문기를 앞세워 놓고 따라오면서 연신 수만이는,

　"앞에 가는 아이는 공공공했다지."

　그리고 점점 더해 나중엔 도적질을 거꾸로 붙여서,

　"앞에 가는 아이는 질적도했다지."

하고 거리거리 외며 따라오는 것이다.

　문기 집 가까이 이르렀다. 수만이는 문기 앞으로 다가서며 작은 음성으
로 조졌다.

　"너, 지금으로 가지고 나오지 않으면 낼은 가만 안 둔다. 도적질했다 하
　구 똑바루 써 놓을 테야."

　문기는 여전히 못 들은 척 걸음만 옮긴다. 자기 집 마당엘 들어섰다. 숙
모는 뒤꼍에서 화초 모종을 하는지 여기 심어라 저기 심어라 하고 아랫집
심부름하는 아이와 이야기하는 소리가 날 뿐 집 안엔 아무도 없다.

　그리고 눈앞에 보이는 붙장 안 앞턱에 잔돈 얼마와 지전 몇 장이 놓여 있
다. 그리고 문밖엔 지금 수만이가 돈을 가지고 나오기를 기다리고 섰다.
여기서 문기는 두 번째 허물을 범하고 말았다.

　"진작 듣지."

하고 빙그레 웃는 수만이 얼굴에다 뺨을 때리듯 돈을 던져 주고 문기는 달
아났다.

　급한 걸음으로 문기는 네거리 하나를 지났다. 또 하나를 지났다. 또 하나
를 지났다. 걸음은 차차 풀이 죽는다. 그리고 문기는 이런 생각을 하였다.

파하다(罷--)　어떤 일을 마치거나 그만두다.
조지다　일이나 말이 허술하게 되지 않도록 단단히 단속하다.
붙장(-欌)　물건을 보관하기 위하여 부엌 벽 안쪽이나 바깥쪽에 붙여 만든 가구.

'나는 몰래 작은어머니 돈을 축냈다. 그러나 갚으면 고만 아니냐. 그 돈 값어치만큼 밥도 덜 먹고 학용품도 아껴 쓰고 옷도 조심해 입고, 이렇게 갚으면 고만 아니냐.'

몇 번이고 이 소리를 속으로 되뇌며 문기는 떳떳이 얼굴을 들고 집으로 들어갈 수 있을 만한 •뱃심을 만들려 한다. 그러나 •일없이 공원으로 거리로 돌며 해를 보낸다.

날이 저물어서 문기는 풀이 죽어 집 마루에 걸터앉았다. 숙모가 방에서 나오다 보고,

"너 학교에서 인제 오니?"

그리고 이어,

"너 혹 붙장 안의 돈 봤니?"

하다가는 채 문기가 입을 열기 전에 숙모는,

"학교서 지금 오는 애가 알겠니. 참, 점순이 고년 앙큼헌 년이드라. 낮에 내가 뒤꼍에서 화초 모종을 내고 있는데 집을 간다고 나가더니 글쎄 돈을 집어 갔구나."

문기는 잠잠히 듣기만 한다. 그러나 속으로는 갚으면 고만이지 소리를 또 한 번 외워 본다.

그날 밤이었다. 아랫방 •들창 밑에 훌쩍훌쩍 우는 어린아이 울음소리가 났다. 아랫집 심부름하는 아이 점순이 음성이었다. 숙모가 직접 그 집에 가서 무슨 말을 한 것은 아니로되 자연 그 말이 한 입 건너 두 입 건너 그 집에까지 들어갔고, 그리고 그 집주인 여자는 점순이를 때려 쫓아낸 것이다. 먼저는 동네 아이들이 모여 지껄지껄하더니 차차 하나 가고 둘 가고 홀

뱃심 염치나 두려움이 없이 제 고집대로 버티는 힘.
일없이 아무런 까닭이나 실속 없이.
들창(-窓) 벽의 위쪽에 자그맣게 만든 창.

쩍훌쩍 우는 그 소리만 남는다. 방 안의 문기는 그 밤을 뜬눈으로 새웠다.

이튿날 아침이다. 문기는 밥을 두어 술 뜨다가는 고만둔다. 그 돈을 갚기 위한 그것이 아니다. 도시 입맛이 나지 않았다. 학교엘 갔다. 첫 시간은 ˙수신 시간, 그리고 공교로이 제목이 '정직'이다. 선생님은 뒷짐을 지고 교단 위를 왔다 갔다 하며 거짓이라는 것이 얼마나 악한 것이고 정직이 얼마나 귀하고 중한 것인가를 누누이 말씀하신다. 그리고 안경 쓴 선생님의 그 눈이 번쩍하고 문기 얼굴에 머물렀다 가고 가고 한다. 그럴 때마다 문기는 가슴이 뜨끔뜨끔해진다. 문기는 자기 한 사람에게만 들리기 위한 정직이요 수신 시간인 듯싶었다. 그만치 선생님은 제 속을 다 들여다보고 하는 말인 듯싶었다.

운동장에서도 문기는 ˙풀이 없다. 사람 없는 교실 뒤 버드나무 옆 그런 데만 찾아다니며 고개를 숙이고 깊은 생각에 잠기거나 팔짱을 찌르고 왔다 갔다 하기도 한다. 그러다 누가 등을 치면 소스라쳐 깜짝깜짝 놀란다.

언제나 다름없이 하늘은 맑고 푸르건만 문기는 어쩐지 그 하늘조차 쳐다보기가 두려워졌다. 자기는 감히 떳떳한 얼굴로 그 하늘을 쳐다볼 만한 사람이 못 된다 싶었다.

언제나 다름없이 여러 아이들은 넓은 운동장에서 마음대로 뛰고 마음대로 지껄이고 마음대로 즐기건만 문기 한 사람만은 어둠과 같이 컴컴하고 무거운 마음에 잠겨 고개를 늘지 못한다. 무엇보다도 문기는 전일처럼 맑은 하늘 아래서 아무 거리낌 없이 즐길 수 있는 마음이 갖고 싶다. 떳떳이 하늘을 쳐다볼 수 있는, 떳떳이 남을 대할 수 있는 마음이 갖고 싶었다.

오후 해 저물녘이다. 문기는 책보를 흔들흔들 고개를 숙이고 담임 선생

수신(修身) 악을 물리치고 선을 북돋아서 마음과 행실을 바르게 닦아 수양함. 여기서는 일제 강점기 '도덕' 과목을 이른다.
풀 세찬 기세나 활발한 기운.

님 집 앞을 왔다가는 무춤하고 섰다가 그대로 지나가고 그대로 지나가고 한다. 세 번째는 드디어 그 집 문 안을 들어서서 선생님을 찾았다. 선생님은 문기를 안방으로 맞아들이었다. 학교에서 볼 때 엄하고 딱딱하던 선생님은 의외로 부드러이 웃는 낯으로 문기를 대한다. 문기는 선생님 앞에 엎드려 모든 것을 자백할 결심이었다. 그런데 선생님의 부드러운 태도에 도리어 문기는 말문이 열리지 않았다. 다음은 건넌방에서 어린애가 울어 못했다. 다음은 사모님이 들락날락하고 그리고 다음엔 손님이 왔다. 기어이 문기는 입을 열지 못한 채 물러 나오고 말았다.

먼저보다 갑절 무겁고 컴컴한 마음이었다. 도저히 문기의 약한 어깨로는 지탱하지 못할 무거운 눌림이다. 걸음은 집을 향해 가는 것이지만 반대로 마음은 멀어진다. 장차 집엘 가서 대할 숙모가 두려웠고 삼촌이 두려웠고 더욱이 점순이가 두려웠다.

어느덧 걸음은 삼거리를 지나고 있었다. 문기 등 뒤에서 아주 멀리 뿡뿡하고 자동차 소리와 비켜라 하는 사람의 소리가 나는 듯하더니 갑자기 귀밑에서 크게 울린다. 언뜻 돌아다보니 바로 눈앞에 자동차 머리가 달려든다. 그리고 문기는 으쓱하고 높은 데서 아래로 떨어져 가는 듯싶은 감과 함께 정신을 잃고 말았다.

얼마 동안을 지났는지 모른다. 문기가 어렴풋이 눈을 떴을 때 무섭게 전등불이 밝아 눈이 부시었다. 문기는 다시 눈을 감있다. 두 번째 문기는 눈을 뜨자 희미하게 삼촌의 얼굴이 나타나며 그것이 차차 똑똑해지더니 삼촌은,

"너 내가 누군 줄 알겠니?"

하고 웃지도 않고 내려다본다. 문기는 이것도 꿈인가 하고 한번 웃어 주면서 그대로 맑은 정신이 났다. 문기는 병원 침대 위에 누워 있었다. 어디 아픈 데는 없으면서도 몸을 움직일 수는 없다. 삼촌은 근심스러운 얼굴로 내려다본다.

"작은아버지."

하고 문기는 입을 열었다. 그리고,

"저는 마땅히 받아야 할 벌을 받은 거예요."

하고 문기는 눈을 감으며 한 마디 한 마디 그러나 똑똑하게 처음서부터 끝까지 먼저 고깃간 주인이 일 원을 십 원으로 알고 거슬러 준 것, 그 돈을 써 버린 것, 그리고 또 붙장 안의 돈을 자기가 훔쳐 낸 것, 이렇게 하나하나 숨김없이 자백을 하자 이때까지 겹겹으로 몸을 싸고 있던 허물이 한 꺼풀 한 꺼풀 벗어지면서 따라 마음속의 어둠도 차차 사라지며 맑아지는 것을 문기는 확실히 깨달을 수 있었다. 마음이 맑아지며 따라 몸도 가뜬해진다. 내일도 해는 뜨고 하늘은 맑아지리라. 그리고 문기는 그 하늘을 떳떳이 마음껏 쳐다볼 수 있을 것이다.

가뜬하다 몸과 마음이 가볍고 상쾌하다.

　서울 청계천과 종로 사이에 위치한 세운 상가는 1968년에 지어진 국내 최초의 주상 복합 건물입니다. 당시 국내 유일의 종합 가전제품 상가 단지로서 큰 번영을 누렸지요. 작품의 주인공 수남이는 세운 상가 주변 도매상에서 점원으로 일하고 있는 열여섯 살 소년입니다.

　성실하기로 소문난 꼬마 점원 수남이는 적어도 세 사람 분량은 되어 보이는 일을 혼자 합니다. 월급이 조금 짠 것 같기도 하고, 때론 지치기도 하지만, 불평 한마디 없이 가게 일을 해냅니다. 수남이가 그럴 수 있는 것은 주인 영감님 덕분입니다. '짜아식' 하며 머리를 쓰다듬는 주인 영감님의 따스한 손길에 수남이는 마치 부모님이 베푸는 애정 같은 걸 느끼며 힘을 냅니다.

　그런 수남이에게 큰 위기가 닥칩니다. 순진하고 착하기 그지없던 수남이가 졸지에 '자전거 도둑'이 되어 버린 것입니다. 도대체 어떻게 된 영문인지, 내가 수남이라면 어떻게 행동했을지 상상해 가며 작품을 감상해 봅시다.

박완서(1931～2011)

　경기 개풍 출생. 1970년 장편 소설 《나목》이 〈여성동아〉 현상 모집에 당선되어 등단했다. 《엄마의 말뚝》, 《그 남자네 집》, 《도시의 흉년》, 《목마른 계절》, 《서 있는 여자》, 《그대 아직도 꿈꾸고 있는가》 등의 작품을 통해 6·25 전쟁과 그로 인한 상처, 물질 만능주의 풍조, 가족과 여성 문제 등 다양한 사회 문제를 섬세한 감각으로 다루었다. 《나의 가장 나종 지니인 것》, 《그 산이 정말 거기 있었을까》, 《너무도 쓸쓸한 당신》 등 삶에 대한 관조가 담긴 자전적인 작품들도 있다.

수남이는 청계천 세운 상가 뒷길의 전기용품 도매상의 꼬마 점원이다.

수남이란 어엿한 이름이 있는데도 꼬마로 통한다. 열여섯 살이라지만 볼은 아직 어린아이처럼 토실하니 붉고, 눈 속이 깨끗하다. 숙성한 건 목소리뿐이다. 제법 굵고 부드러운 저음이다. 그 목소리가 전화선을 타면 점잖고 떨떠름한 늙은이 목소리로 들린다.

이 가게에는 변두리 전기 상회나 전공들로부터 걸려 오는 전화가 잦다. 수남이가 받으면,

"주인 영감님이십니까?"

하고 깍듯이 존대를 해 온다.

"아, 아닙니다. 꼬맙니다."

수남이는 제가 무슨 큰 실수나 저지른 것처럼 황공해하며 볼까지 붉어진다.

"짜아식, 새벽부터 재수 없게 누굴 놀려. 너 이따 두고 보자."

이런 호령이라도 들려오면 수남이는 우선 고개를 움츠려 알밤을 피하는 시늉부터 한다. 설마 전화통에서 알밤이 튀어나올 리는 없는데 말이다. 실수만 했다 하면 알밤 먹을 것을 예상하고 고개가 자라 모가지처럼 오그라드는 게 수남이가 이곳 전기 상회에 취직하고 나서부터 얻은 조건 반사다.

이곳 단골손님들은 우락부락한 전공들이 대부분이어서 성질들이 거칠고 급하다. 자기가 요구하는 것을 수남이가 빨리 알아듣고 척척 챙기지 못하고 조금만 어릿어릿하면 '짜아식' 하며 사정없이 밤송이 같은 머리에 알밤

어엿하다 행동이 거리낌 없이 아주 당당하고 떳떳하다.
전공(電工) 전기공. 전기 장치의 가설 및 수리 따위의 직업에 종사하는 사람.
조건 반사(條件反射) 동물이 환경에 적응하기 위하여 후천적으로 획득하는 반사.
어릿어릿하다 말과 행동이 활발하지 못하고 자꾸 생기 없이 움직이다.

을 먹인다.

수남이는 그 숱한 전기용품 이름을 척척 알아들을 수 있을 만큼 일에 익숙해질 때까지 숱한 알밤을 먹었다.

그런데 일에 익숙해진 후에도 수남이는 심심찮게 까닭도 없는 알밤을 얻어먹는다. 이 거친 사내들은 그런 짓궂은 방법으로 수남이를 귀여워하는 것이다. 예쁜 아이를 보면 물어뜯어 울려 놓고 마는 사람이 있듯이, 이 사내들은 그런 방법으로 수남이에게 애정 표시를 했다.

"짜아식, 잘 잤냐?"

"짜아식, 요새 제법 컸단 말야. 장가들여야겠는데? 짜아식, 좋아서……."

그러고는 알밤이다. 주먹과 팔짓만 허풍스럽게 컸지, 아주 부드러운 알밤이다. 그러니까 수남이는 그만큼 인기 있는 점원인 셈이다.

수남이는 단골손님들에게만 인기가 있는 게 아니라, 주인 영감에게도 여간 잘 뵌 게 아니다. 누구든지 수남이에게 알밤을 먹이는 걸 들키기만 하면 단박 불호령이 내린다.

"왜 하필 남의 머리를 쥐어박어? 채 굳지도 않은 머리를. 그게 어떤 머린 줄이나 알고들 그래, 응? 공부 많이 해서 대학도 가고 박사도 될 머리란 말야. 임자들 같은 돌대가리가 아니란 말야."

그러면 아무리 막돼먹은 손님이라도 선생님 꾸지람에 떠는 초등학생처럼 풀이 죽어서 수남이에게 진심으로 미안해했다. 그러고는,

"꼬마야, 그럼 너 요새 어디 야학이라도 다니니?"

하며 은근히 부러워하는 눈치까지 보였다. 그러면 영감님은 딱하다는 듯

단박 그 자리에서 바로를 이르는 말.
야학(夜學) 야간 학교. 밤에 수업을 받을 수 있도록 시설과 교과 과정을 갖추고 있는 교육 기관.

이 혀를 차며,

"아니, 야학은 아무 때나 들어가나. 똥통 학교라면 또 몰라. 수남이는 내년 봄에 시험 봐서 들어가야 해. 야학이라도 일류로, 그래서 인석이 그저 틈만 있으면 책이라고. 허허……."

수남이는 가슴이 크게 출렁인다. 수남이는 한 번도 주인 영감님에게 하다못해 야학이라도 들어가 공부를 해 보고 싶단 말을 비친 적이 없다. 맨손으로 어린 나이에 서울에 와서 거지도 안 되고 깡패도 안 되고 이런 어엿한 가게의 점원이 된 것만도 수남이로서는 눈부신 성공인데, 벼락 맞을 노릇이지, 어떻게 감히 공부까지를 바라겠는가.

그러면서도 자기 또래의 고등학생만 보면 가슴이 짜릿짜릿하던 수남이다. 처음 전기용품 취급이 서툴러 시험을 하다 툭하면 손끝에 감전이 되어 짜릿하며 화들짝 놀랐던 것처럼, 고등학교 교복은 수남이의 심장에 짜릿한 감전을 일으키며 가슴을 온통 마구 휘젓는 이상한 힘이 있었다.

그런 수남이의 비밀을 주인 영감님은 알고 있었던 것이다. 수남이는 부끄럽고도 기뻤다.

그래서 수남이는 "내년 봄에 시험 봐서 들어가야 해. 야학이라도 일류로……." 할 때의 주인 영감님이 그렇게 좋을 수가 없다. 그 소리를 듣기 위해서라면 그까짓 알밤쯤 하루 골백번을 맞는 것도 좋았다. 그런 소리를 자기를 위해 해 주는 주인 영감님을 위해서라면 뼛골이 부러지게 일을 한들 눈곱만큼도 억울할 것이 없을 것 같다. 월급은 좀 짜게 주지만, 그 감미로운 소리를 어찌 후한 월급에 비기겠는가.

수남이의 하루는 눈코 뜰 새 없이 고단하지만 행복하다. 내년 봄—내년 봄은 올봄보다는 멀지만 오기는 올 것이다. 그리고 영감님이 잘못 알아서 그렇지 시험 볼 때는 봄이 아니라 겨울이다. 겨울은 봄보다 이르다.

수남이는 온종일 눈코 뜰 새 없이 바쁘게 일을 하고 밤에는 가겟방에서

숙직을 한다. 꾀죄죄한 다후다 이불에 몸을 휘감고 나면 방바닥이야 차건 덥건 잠이 쏟아진다.

그럴 때 "인석은 그저 틈만 있으면 책이라고." 하던 주인 영감님의 목소리가 생생하게 들려온다. 수남이는 낮 동안 책은커녕 신문 한 귀퉁이 읽은 적이 없다. 도대체가 그럴 틈이 없다. 점원이 적어도 세 명은 있어야 해낼 가게 일을 혼자서 해내자니 여간 벅찬 것이 아니다. 그래도 수남이는 혹사당하고 있다는 억울한 생각 같은 것은 전혀 없다. 어쩌다 남들이 영감님에게,

"꼬마 혼자 데리고 벅차시겠습니다. 좀 큰 애 하나 더 쓰셔야죠."

영감님은 그런 소리를 제일 싫어한다. 벌레라도 씹어 먹은 듯이 이상야릇한 얼굴로 상대방을 흘겨보며,

"누가 뭐 사람 더 쓰기 싫어 안 쓰나. 어디 사람 같은 놈이 있어야 말이지. 깡패 놈이라도 걸려들어 봐. 우리 수남이가 물든다고. 이런 순진한 놈일수록 구정물 들긴 쉽거든."

얼마나 고마운 주인 영감님인가. 이런 고마운 어른을 위해 그까짓 세 사람이 할 일 혼자 못 할까 하고 양팔의 근육이 팽팽히 긴장한다.

그런 고마운 어른이 보지도 않는 책을 틈만 있으면 본다고 남들에게 자랑을 한 뜻은 밤에라도 잠만 자지 말고 열심히 공부해 두라는 뜻일 것이다. 수남이가 그렇게 풀이한 것이다. 그런 생각을 하면 눈이 말똥말똥해지며 잠이 저만큼 달아난다. 혹시나 하고 보따리 속에 찔러 가지고 온 중학교 때 교과서랑 고등학교까지 다닌 형이 쓰던 참고서 나부랭이를 이렇게 유용하게 쓸 줄은 정말 몰랐었다. 책이라야 통틀어 그것뿐이다.

주인 영감님이 심심할 때 사 본 주간지 같은 것이 굴러다닐 적도 있어서

숙직(宿直) 관청, 회사, 학교 따위의 직장에서 밤에 교대로 잠을 자면서 지키는 일.
다후다 태피터(taffeta). 합성 섬유의 한 종류로, 광택이 있는 얇은 평직 견직물을 일컫는다.
혹사(酷使) 혹독하게 일을 시킴.

소년다운 호기심이 동하지 않는 것도 아니었지만 "인석은 그저 틈만 있으면 책이라고." 하며 주인 영감님이 가리키는 책이란 결코 이런 주간지 조각이 아닐 것이라는 영리한 짐작으로 수남이는 결코 그런 데 한눈을 파는 법이 없다. 시간이 아까워서라도 그렇게는 할 수 없다.

가게를 닫고 셈을 맞추고 주인댁 식모가 날라 온 저녁을 먹고 나서 혼자가 될 수 있는 시간은 거의 열한 시경이다. 그때부터 공부라도 해야 되는 것이다. 그리고도 수남이는 이 동네 가게의 누구보다도 먼저 일어나야 하는 것이다. 수남이의 부지런함은 이 근처에서도 평판이 자자했다.

제일 먼저 가게 문을 열고, 물뿌리개로 골목길에 물을 뿌리고는 긴 골목길을 남의 가게 앞까지 말끔히 쓸고 나서 가게 안 물건 먼지를 털고, 어떡하면 보기 좋을까 연구를 해 가며 다시 진열을 하고 제 몸단장까지 개운하게 끝낸다. 그제야 주인 영감님이 나온다.

주인 영감님은 만족한 듯 빙긋 웃고 '짜아식' 하며 손으로 수남이의 머리를 더듬는다. 그러나 알밤을 먹이는 일은 한 번도 없었다. 따뜻하고 큰 손으로 머리를 빗질하듯 두어 번 쓸어내려 주고는, 부드러운 볼로 해서 둥근 턱까지를 큰 손바닥에 한꺼번에 감쌌다가는 다시 한번 '짜아식' 하곤 놓아 준다. 수남이는 그 시간이 좋다. 그래서 남보다 일찍 일어나야 하는 것이다.

아직은 육친애에 철모르고 푸근히 감싸여야 할 나이다. 그를 실제 나이보다 어려 뵈게 하는, 아직 상하지 않은 순신성이 더욱 그에게 육친애를 목마르게 한다. 주인 영감님의 든든하고 거친 손에서 볼과 턱을 타고 전해 오는 따뜻함, 훈훈함은 거의 육친애적이었고 그래서 수남이는 그 시간이

동하다(動--) 어떤 욕구나 감정 또는 기운이 일어나다.
식모(食母) 남의 집에 고용되어 주로 부엌일을 맡아 하는 여자.
평판(評判) 세상 사람들의 비평.
육친애(肉親愛) 부모와 자식, 형제자매 등과 같이 혈족 관계에 있는 사람 사이의 애정. 또는 그와 같은 정.

기다려질 만큼 좋았고, 꿀같이 단 새벽잠을 떨쳐 낸 보람을 느끼고도 남을 충족된 시간이기도 했다.

그 어느 해보다도 긴 겨울이 가고 봄이 왔다. 내년 봄이 아니라 올봄이 온 것이다. 달력에는 벚꽃이 만발해 있었다. 그런데도 그 어느 해보다도 길게 해 먹은 겨울은 뭘 아직도 덜 해 먹었는지 화창한 봄날에 끼어들어 심술을 부렸다. 별안간 기온이 급강하하더니 바람까지 세차게 몰아쳤다.

낮 동안 떼어서 세워 놓은 가게 판자문이 요란한 소리를 내고 나자빠지는가 하면, 가게 함석지붕은 얇은 헝겊처럼 곧 뒤집힐 듯이 펄럭대고, 골목 위 공중을 가로지른 전화 줄에서는 온종일 귀신의 휘파람 같은 이상한 소리가 났다.

낮에는 이 가게 골목에서 사고까지 났다. 전선을 도매하는 집 아크릴 간판이 다 마른 빨래처럼 훨훨 나는가 했더니, 곧장 땅으로 떨어지면서 때마침 지나가던 아가씨의 정수리를 들이받고 떨어졌다.

피가 아가씨의 분결 같은 볼을 타고 흘러 흰 스웨터에 선명한 붉은 반점을 줄줄이 그렸다. 피를 보자 다 큰 아가씨가 어린애처럼 앙앙 울어 댔다.

가게마다에서 사람들이 뛰어나왔으나 아가씨를 부축해서 병원으로 달려간 것은 바람에 간판을 날린 전선 도매집 주인아저씨였다.

사람들은 모두 치료비를 톡톡히 부담해야 할 그 아저씨를 동정했다. 지랄 같은 바람이지, 그 아저씨가 무슨 잘못이 있기에 생돈을 빼앗기냐고, 그렇지만 돈지갑 옆구리에 차고 부는 바람 못 봤으니, 그 재수 나쁜 아가씨들 그 재수 나쁜 아저씨한테 떼를 쓸밖에 도리 없지 않겠느냐고 사람들은 쑥덕댔다.

하여튼 수남이가 알 수 있는 것은 그 아가씨도 그렇고 그 아저씨도 그렇고 오늘 재수 옴 붙었다는 것뿐이었다.

수남이는 문득 자기도 재수 옴 붙을 것 같은 예감이 들었다. 그래서 화들짝 놀라 큰 간판을 다시 점검하고 힘껏 흔들어 보고, 대롱대롱 매달린 아크릴 간판은 아예 떼어서 안에다 갖다 두고, 떼어 세워 놓은 빈지문은 좁은 옆 골목 변소 앞에 끼워 놓았다.

바람 부는 서울의 뒷골목은 흉흉하고 을씨년스러웠다. 먼지는 물론 온갖 잡동사니들이 다 날아들어 가게 앞에 쓰레기 무더기를 만들었다. 쓸어도 쓸어도 당해 낼 도리가 없었다.

손님도 딴 날보다 적고 수남이는 까닭 없이 마음이 울적했다.

시골의 바람 부는 날 풍경이 생생하게 떠올랐다. 보리밭은 바람을 얼마나 우아하게 탈 줄 아는가, 큰 나무는 바람에 얼마나 안달 맞게 들까부는가, 큰 나무와 작은 나무가 함께 사는 숲은 바람에 얼마나 우렁차고 비통하게 포효하는가, 그것을 알고 있는 것은 이 골목에서 자기 혼자뿐이라는 생각이 수남이를 고독하게 했다.

전선 가게 아저씨가 어두운 얼굴을 하고 돌아왔다. 가게 주인들이 우르르 전선 가게로 모였다. 아가씨의 안부보다도 그 아저씨 손해가 얼마인가, 모두 그것이 궁금한 모양이었다.

수남이네 주인 영감님도 가더니, 한참 만에 돌아오면서 하늘을 쳐다보며 욕지거리를 했다.

"육시랄 놈의 바람, 무슨 끝장을 보려고 온종일 이 지랄이야."

아마 전선 가게 아서씨 손해가 대단했던 모양이다. 그래서 동정 삼아 그렇게 화를 내는 눈치다. 하긴 그런 일이 아니더라도 서울 사람들에게는 바람이 손톱만큼도 반가울 리가 없겠다. 바람의 의미를, 간판이 날아가는 횡액,

---

빈지문(--門)　비바람을 막기 위해 한 짝씩 끼웠다 떼었다 하게 만든 문.
을씨년스럽다　보기에 날씨나 분위기 따위가 몹시 스산하고 쓸쓸한 데가 있다.
들까불다　'들까부르다'의 준말. 위아래로 심하게 흔들리다.
포효하다(咆哮--)　사람, 기계, 자연물 따위가 세고 거칠게 소리를 내다.
횡액(橫厄)　'횡래지액(橫來之厄)'의 준말. 뜻밖에 닥쳐오는 불행.

한없이 날아오는 먼지, 쓰레기 그것밖에 모르니까.

봄바람이 게으른 나무들에게, 잠든 뿌리들에게, 생경한 꽃망울들에게 얼마나 신기한 마술을 베풀고 지나갔나를 모르니까. 봄바람이 한차례 지나고 거짓말같이 화창하고 아늑하게 갠 날, 들판이나 산등성이에 있어 본 적이 없을 테니까.

수남이는 다시 한번 울고 싶도록 고독해진다.

전화를 받은 주인 영감님이 좀 생기가 나더니 계산서를 작성해 주면서 ××상회에 20와트 형광 램프 다섯 상자만 배달해 주고 오란다. 가까운 데 있는 소매상에서는 이렇게 전화 주문으로 배달까지를 부탁해 오는 수가 많다. 수남이는 자전거도 잘 타 배달이라면 문제도 없다.

그래도 오늘은 바람이 유난해서 조심하느라 형광 램프 상자를 밧줄로 꼼꼼히 묶는다. 주인 영감님까지 묶는 걸 거들어 주면서,

"인석아, 까불지 말고 조심해. 사고 내 가지고 누구 못할 노릇 시키지 말고."

오늘 장사가 좀 잘 안돼서 그런지 말씨가 퉁명스럽긴 했지만, 나쁜 말은 아닌데도 수남이는 고깝게 듣는다.

꼭 네깐 놈 다칠 게 걱정이 아니라 나 손해 볼 게 겁난다는 소리로 들린다.

수남이는 보통 때 같으면 "할아버지 다녀오겠습니다." 하고 신바람 나게, 그리고 붙임성 있게 외치고는 방긋 웃어 보이고 나서야 페달을 밟고 씽 달렸을 터인데, 오늘은 왠지 그래지지가 않는다. 아무 말 안 하고 자전거를 무거운 듯이 질질 끌다가 뭉기적 올라타면서 느릿느릿 페달을 젓는다. 주인 영감님이 뒤에서 악을 쓴다.

생경하다(生硬--) 익숙하지 않아 어색하다.
고깝다 섭섭하고 야속하여 마음이 언짢다.
붙임성(--性) 남과 잘 사귀는 성질이나 수단.

"인석아, 조심해. 까불지 말고."

주인 영감님의 목소리가 회오리바람을 타고 이상하게 날카롭고 기분 나쁘게 들린다. 수남이는 "쳇." 하고 혀를 차고는 도망치듯 씽 자전거의 속력을 낸다.

형광 램프를 ××상회에 부리고 나서 수금하는 데 또 한참이 걸린다. 장사꾼의 생리란 묘한 데가 있다.

수남이는 아직도 그 생리만은 이해가 안 될뿐더러 문득문득 혐오감까지 느끼고 있다.

금고에 돈을 수북이 넣어 놓고도 꼭 땡전 한 푼 없는 얼굴을 하고 도무지 돈을 내주려 들지를 않는다. 조금 이따 오란다. 그동안에 수금이 되면 주겠다는 것이다.

그러나 이쪽에선 그 수에 넘어가지 말고 악착같이 지키고 서서 받아 내야 하는 것이다. 그것이 수남이가 서울에 와서 점원 노릇 하면서 배운 상인 철학 제1항이었다.

"아유, 오늘 더럽게 장사 안된다."

××상회 주인은 니코틴이 새까맣게 달라붙은 이빨 안쪽을 드러내고 크게 하품을 한다. 돈을 빨리 안 주는 변명 같기도 하고, '인석아, 하루 종일 기다려 봐라, 누가 돈을 호락호락 내줄 줄 아니.' 하는 공갈 같기도 하다.

그러나 수남이는 들은 척도 안 하고 장승처럼 버티고 서 있다. 저런 수에 넘어가 호락호락 물러가면 주인 영감님에게 야단맞는 것도 맞는 거려니와, 앞으로 열 번도 넘게 헛걸음을 해야 수금을 끝마칠 수 있기 때문이다.

부리다 사람의 등에 지거나 자동차나 배 따위에 실었던 것을 내려놓다.
생리(生理) 생활하는 습성이나 본능.
혐오감(嫌惡感) 병적으로 싫어하고 미워하는 감정.
호락호락 일이나 사람이 만만하여 다루기 쉬운 모양.
공갈(恐喝) '거짓말'을 속되게 이르는 말.

그것도 목돈이 아니라 오백 원, 천 원씩 푼돈을 녹여서 말이다.

이럴 때 수남이는 이 세상에 장사꾼처럼 징그러운 족속이 또 있을까 싶은 생각이 나서 한숨이 절로 난다. 그러면서도 자기도 어느 틈에 장사꾼다운 징그러운 수를 쓰고 만다.

"오늘 물건 대금은 꼭 결제해 주서야 돼요. 은행 막을 돈이란 말예요."

수남이는 은행 막는다는 말의 정확한 뜻을 잘 모른다. 그 번들번들하고 위엄 있는 은행이 뒤로 어디 큰 구멍이라도 뚫려 있단 소린지, 뚫려 있기로서니 왜 장사꾼이 막아야 하는지 잘 모르는 채로, 급하게 돈을 받아 내려는 장사꾼들이 으레 심각한 얼굴을 하고 그런 소리를 하길래 수남이도 그래 보는 것이다.

"짜아식, 알았어. 기다려 봐. 돈 들어오는 대로 줄게."

주인이 퉁명스럽게 대답하곤 수남이의 머리에 힘껏 알밤을 먹인다. 수남이는 잽싸게 고개를 움츠러뜨렸는데도 눈에 눈물이 핑 돌 만큼 독한 알밤이다.

장사 더럽게 안된다는 주인 말과는 달리 손님이 쉴 새 없이 들락거린다. 정말로 가게는 조그맣지만 길 목이 아주 좋다. 수남이는 좁은 가게에서 이리 밀리고 저리 밀리면서 잘 버틴다. 버틸 뿐 아니라 속으로 돈이 얼마나 들어오나 암산까지 하고 있다.

소매상이라 큰돈은 안 들어와도 그동안 들어온 돈이 어림잡아 만 원은 됨 직하다. 수남이는 비실비실 안 나오는 웃음을 웃으며,

"어떻게 결제 좀 해 줍쇼."

하고 또 한 번 빌붙는다. 주인은 '짜아식' 하며 또 한 번 알밤을 먹이곤 오

족속(族屬) 같은 패거리에 속하는 사람들을 낮잡아 이르는 말.
목 자리가 좋아 장사가 잘되는 곳이나 길 따위.

백 원짜리, 백 원짜리 합해서 만 원을 세 번이나 세어 보더니 아까운 듯이 내준다.

"짜아식, 끈덕지기가 꼭 뙤놈 같다니까, 됐어."

칭찬인지 욕인지 모를 소리를 하고 찍 웃는다. 수남이는 주인이 세 번씩이나 세어서 준 돈을 또 두 번이나 센다. 그리고 나서야 "고맙습니다. 안녕히 계십쇼." 하고는 저만큼 자전거를 세워 놓은 쪽으로 횡하니 달음질친다.

바람이 여전하다. 저만큼서 흙먼지가 땅을 한 꺼풀 벗겨 홑이불처럼 둘둘 말아 오는 것같이 엄청난 기세로 몰려온다. 골목 안의 모든 것이 '뎅그렁', '와장창', '우르릉' 하고 제각기의 음색으로 소리 높이 비명을 지른다.

드디어 흙먼지 홑이불이 집어삼킬 듯이 수남이의 조그만 몸뚱이를 덮친다. 수남이는 눈을 꼭 감고 숨을 죽인다.

바람이 지난 후 수남이는 눈을 뜨고 침을 탁 뱉는다. 입속에 모래가 들어와 깔깔하고 목구멍이 알싸하니 아프다. 다시 자전거 쪽으로 걷는다. 조금 전만 해도 서 있던 자전거가 누워 있다. 그래도 날아가진 않았으니 다행이다.

자전거뿐 아니라 골목의 모든 것이 다 제자리에 그대로 있다. 수남이는 그것이 신기하다. 누워 있는 자전거를 일으켜 세우고 날렵하게 올라타 막 페달을 밟으려는데, 어디선지 고함 소리가 벽력같이 들린다.

"이놈아, 어딜 도망가는 거야! 게 섰거라! 꼼짝 말고."

수남이는 자기에게 지르는 고함은 아니겠지 싶어 그대로 페달을 밟는다.

"아니 이놈이, 어디로 도망을 가려고 이래!"

뒷덜미를 사납게 붙들린다. 점잖고 깨끗한 신사다. 이런 신사가 자기에

뙤놈 되놈. 중국 사람을 낮잡아 이르는 말.
벽력같이(霹靂--) 목소리가 매우 크고 우렁차게.

게 어떤 볼일이 있다는 것인지, 수남이는 도시 짐작을 할 수 없다. 게다가 신사는 몹시 화가 나 있다. 신사를 화나게 할 일을 자기가 저질렀다고는 더구나 생각할 수 없다.

"인마, 꼼짝 말고 있어."

신사의 말이 아니더라도 꼼짝하려야 할 수 있을 처지가 아니다. 꼼짝은 커녕 숨도 제대로 쉴 수 없을 만큼 수남이의 뒷덜미는 신사의 손에 잔뜩 움켜쥐어져 있다.

"인마, 네놈의 자전거가 쓰러지면서 내 차를 들이받았단 말이야. 이런 고급 차를 말이야. 이런 미련한 놈, 왜 눈은 째려, 째리긴! 그러니 내 차에 흠이 안 나고 배겼겠냐. 내 차는 인마, 여자들 손톱만 살짝 닿아도 생채기가 나는 고급 차야 인마, 알간?"

그러고는 거울처럼 티 하나 없이 번들대는 차체를 면밀히 훑어보더니 "그러면 그렇지." 하고 환성을 질렀다. 아마 생채기를 찾아낸 모양이다.

"일은 컸다. 인마, 칠만 살짝 긁혔어도 또 모르겠는데 여 봐라, 여기가 이렇게 우그러지기까지 했으니 일은 컸다, 컸어."

신사가 덩칫값도 못 하게 팔짝팔짝 뛰면서, 잘 봐 두라는 듯이 수남이의 얼굴을 차에다 바싹 밀어붙였다.

수남이는 차체에 비친 울상이 된 자기 얼굴을 볼 수 있을 뿐이었다. 꼭 오늘 재수 옴 붙은 일이 날 것 같더라만 이런 끔찍한 일이 일어나고 말았구나. 울음이 왈칵 솟구친다. 그러자 제 얼굴도, 차체의 흠도 아무것도 안 보이고 온 세상이 부옇게 흐려 보일 뿐이다.

"울긴, 인마. 너 한 달에 얼마나 버냐?"

도시(都是) 도무지. 아무리 해도.
면밀히(綿密−) 자세하고 빈틈이 없이.

신사의 목청이 다분히 누그러지며 목소리에 연민이 담긴 것을 수남이는 재빨리 알아차린다. 그러자 흑흑 소리까지 내어 운다.

"울긴 짜아식, 할 수 없다. 너나 나나 오늘 재수 옴 붙은 걸로 치고 반반씩 손해 보자. 오천 원만 내."

수남이는 너무 놀라 울음까지 끄르륵 삼키고 신사를 쳐다본다. 그사이 사람들이 큰 구경이나 난 것처럼 모여들어 신사와 수남이를 에워싼다.

누군가가 뒤에서 "빌어, 이놈아. 그저 잘못했다고 무조건 빌어." 하고 속삭인다. 수남이는 여러 사람이 자기를 동정하고 있다고 느끼자 적이 용기가 난다.

"아저씨, 잘못했습니다. 한 번만 용서해 주십시오. 네, 아저씨."

제법 또렷한 소리로 용서를 빈다.

"용서라니, 이만큼 했으면 됐지 어떻게 더 용서를 해."

"아저씨, 그러시지 말고 한 번만 봐주셔요. 네, 아저씨."

수남이는 주머니에 든 만 원을 생각하면 얼굴이 화끈대고 공연히 무섭기까지 하다. 그렇지만 주인 영감님을 위해 그 돈만은 죽기를 무릅쓰고 지킬 각오를 단단히 한다.

"아니 욘석이 이제 보니 이런 큰일을 저지르고 그냥 내뺄 심사 아냐? 요런 악질 녀석 같으니라고."

신사의 표정은 은은히 감돌던 연민이 싹 가시고 점잖게 무표정해진다.

그러고는 옆에 섰던 운전사인 듯한 남자에게,

"안 되겠네. 요런 악질 깡패 녀석하고 시비해 봤댔자 공연히 시간만 낭비니, 자네 자물쇠 하나 마련해다 주게. 이 녀석 자전걸 잡아 놓기로 하세.

연민(憐憫/憐愍) 불쌍하고 가련하게 여김.
악질(惡質) 못된 성질. 또는 그 성질을 가진 사람.

언제든지 오천 원 가져와서 찾아가라고."

그러고는 주머니에서 오백 원짜리를 한 장 꺼내서 운전사에게 주는 것이었다. 수남이로서는 전혀 예기치 못했던 사태였다.

주머니의 만 원에 대해서만 생각했었지 자전거에 대해선 전혀 생각이 미치지 못했었다.

운전사는 금방 커다란 자물쇠를 하나 사 가지고 왔다. 신사는 다시 네놈은 쳐다보기도 싫다는 듯이 수남이를 전혀 상대 안 하고, 묵묵히 자전거 바퀴에다 자물쇠를 채우고, 앞에 빌딩을 가리키면서,

"나 저기 306호실에 있으니까 돈 오천 원 갖고 와. 그러면 열쇠 내줄 테니."

하고는 수남이를 힐끗 흘겨보고 유유히 빌딩 속으로 사라져 갔다.

수남이는 울지도 못하고 빌지도 못하고 그냥 막연히 서 있었다. 수남이와 신사의 시비를 흥미진진하게 구경하던 사람들도 헤어지지 않고 그냥 서 있었다. 아마 수남이가 앙앙 울거나, 펄펄 뛰면서 욕을 하거나 그런 일이 일어나 주기를 기다리는 눈치였다.

수남이는 바보가 돼 버린 아이처럼 조용히 멍청히 서 있었다. 누군가가 나직이 속삭였다.

"토껴라, 토껴. 그까짓 것 갖고 토껴라."

그것은 악마의 속삭임처럼 은밀하고 감미로웠다. 수남이의 가슴은 크게 뛰었다. 이번에는 좀 더 점잖고 어른스러운 소리가 났다.

"그래라, 그래. 그까짓 거 들고 도망가렴. 뒷일은 우리가 감당할게."

그러자 모든 구경꾼이 수남이의 편이 되어 와글와글 외쳐 댔다.

"도망가라, 어서어서 자전거를 번쩍 들고 도망가라, 도망가라."

예기하다(豫期--) 앞으로 닥쳐올 일을 미리 생각하고 기다리다.
사태(事態) 일이 되어 가는 형편이나 상황. 또는 벌어진 일의 상태.

수남이는 자기편이 되어 준 이 많은 사람들을 도저히 배반할 수 없었다. 이상한 용기가 솟았다. 수남이는 자전거를 마치 검부러기처럼 가볍게 옆 구리에 끼고 질풍같이 달렸다.

정말이지 조금도 안 무거웠다. 타고 달릴 때보다 더 신나게 달렸다. 달리면서 마치 오래 참았던 오줌을 시원스레 내깔기는 듯한 쾌감까지 느꼈다.

주인 영감님은 자전거를 옆에 끼고 질풍처럼 달려온 놈을 눈을 휘둥그렇게 뜨고 바라볼 뿐이었다. 오늘 바람이 세더니만 필시 이 조그만 놈이 바람에 날아왔나, 설마 그럴 리야 없을 텐데 내 눈이 어떻게 된 것인가 그런 눈치였다.

수남이는 너무 숨이 차서 이런 주인 영감님의 궁금증을 시원히 풀어 주지 못하고 한동안 헉헉대기만 한다.

"인마, 말을 해. 무슨 일이야? 네놈 꼴이 영락없이 도둑놈 꼴이다, 인마."

도둑놈 꼴이라는 소리가 수남이의 가슴에 가시처럼 걸린다. 수남이는 겨우 숨을 가라앉히고 자초지종을 주인 영감님께 고해바친다. 다 듣고 난 주인 영감님은 무엇이 그리 좋은지 무릎을 치면서 통쾌해한다.

"잘했다, 잘했어. 만날 촌놈인 줄만 알았더니 제법인데, 제법이야."

그러고는 가게에서 쓰는 드라이버니 펜치를 가지고 자전거에 채운 자물쇠를 분해하기 시작한다. 엎드려서 그 짓을 하고 있는 주인 영감님이 수남이의 눈에 흡사 도둑놈 두목 같아 보여 속으로 정이 떨어진다. 주인 영감님 얼굴이 누런 똥빛인 것조차 지금 깨달은 것 같아 속이 메스껍다.

마침내 자물쇠를 깨뜨렸나 보다. 영감님 얼굴에 회심의 미소가 떠오르더니 자유롭게 된 자전거 바퀴를 시험이라도 하려는 듯이 자전거로 골목을

검부러기 가느다란 마른 나뭇가지, 마른 풀, 낙엽 따위의 부스러기.
회심(會心) 마음에 흐뭇하게 들어맞음. 또는 그런 상태의 마음.

한 바퀴 빙그르르 돌아 들어와서는,

"네놈 오늘 운 텄다."

그러고는 수남이의 머리를 쓰다듬고 볼과 턱을 두둑한 손으로 귀여운 듯이 감싼다. 영감님이 기분이 좋을 때면 수남이에 대한 애정의 표시로 으레 그렇게 했었고, 수남이도 그걸 좋아했었다.

그런데 오늘은 싫다. 영감님의 손이 싫다. 그것이 운 트기는커녕 재수 옴 붙었다는 생각이 여전하고, 수남이는 그날 온종일 우울했다. 그러나 자기가 왜 그렇게 우울한지 그걸 차분히 생각할 새도 없는 바쁜 하루였다.

가게 문을 닫고 주인댁에서 날라 온 저녁밥을 먹고 나면 비로소 수남이 혼자만의 시간이다. 꿀 같은 시간이었다. 책을 펴 놓고 영어 단어를 찾고, 수학 문제를 풀어 보고, 턱을 괴고 소년답게 감미로운 공상에 잠길 수 있는 그런 시간이었다.

그러나 오늘 수남이는 그게 되지를 않았다. 책을 집어 던졌다.

낮에 내가 한 짓은 옳은 짓이었을까? 옳을 것도 없지만 나쁠 것은 또 뭔가. 자가용까지 있는 주제에 나 같은 아이에게 오천 원을 우려내려고 그렇게 간악하게 굴던 신사를 그 정도 골려 준 것이 뭐가 나쁜가? 그런데도 왜 무섭고 떨렸던가. 그때의 내 꼴이 어땠으면, 주인 영감님까지 "네놈 꼴이 꼭 도둑놈 꼴이다."라고 하였을까.

그럼 내가 한 짓은 도둑질이었단 말인가. 그럼 나는 도둑질을 하면서 그렇게 기쁨을 느꼈더란 말인가.

수남이는 몸을 부르르 떨면서 낮에 자전거를 갖고 달리면서 맛본 공포와 함께 그 까닭 모를 쾌감을 회상한다. 마치 참았던 오줌을 내깔길 때처럼 무거운 억압이 갑자기 풀리면서 전신이 날아갈 듯이 가벼워지는 그 상쾌한

우려내다 꾀거나 위협하거나 하여서 자신에게 필요한 돈이나 물품을 빼내다.

해방감 — 한번 맛보면 도저히 잊힐 것 같지 않은 그 짙은 쾌감, 아아 도둑질하면서도 나는 죄책감보다는 쾌감을 더 짙게 느꼈던 것이다.

혹시 내 핏속에 도둑놈의 피가 흐르고 있기 때문이 아닐까. 순간 수남이는 방바닥에서 송곳이라도 치솟은 듯이 후다닥 일어서서 안절부절못하고 좁은 방 안을 헤맸다.

수남이의 눈앞에는 수갑을 차고, 순경들에게 끌려와 도둑질 흉내를 그대로 내보이던 형의 얼굴이 환히 떠오른다. 그리고 서울 가서 무슨 짓을 하든지 도둑질만은 하지 말라고 신신당부하던 아버지의 얼굴도 떠오른다.

수남이의 형 수길이는, 온 집안 식구가 기대를 걸고 고등학교까지 마쳐 준 보람도 없이 집에서 빈들대다가, 어느 날 갑자기 서울 가서 돈 벌고 성공해서 돌아오겠다는 말 한마디를 남기고 훌쩍 집을 나갔다.

편지 한 장, 하다못해 인편에 안부 한마디 없는 2년이 지났다. 그동안 아버지는 푹 노쇠하고, 어머니는 뼈만 남게 야위어서 수남이랑 동생들을 들볶았다.

들볶는 푸념 속에서 무정한 장남에 대한 원망과 함께 그래도 행여나 하는 기대가 곁들여 있는 것을 수남이는 느낄 수 있었다.

수남이도 뭔가 형에 대한 기대를 안 할 수가 없었다. 동생들이 발바닥이 다 닳아 없어져 웃더껑이만 남은 운동화를 신고 다니는 걸 봐도 "조금만 참아, 큰형이 돈 많이 벌어 가지고 오면 운동화랑 삼바랑 나 사 줄세." 하는 말을 할 지경이었다.

형이 돈을 많이 벌어 오면 — 이런 기대에 온 집안 식구가 하루하루를 매달려 살았다. 어느 날 밤, 형은 돌아왔다. 옷과 운동화와 과자와 고기를 한

빈들대다 부끄러운 줄 모르고 게으름을 피우며 뻔뻔스럽게 놀기만 하다.
인편(人便) 오거나 가는 사람의 편.
웃더껑이 물건의 위에 덮어 놓는 물건을 이르는 말.

짐이나 되게 사 가지고. 형이 정말 돈을 벌어서 별의별 것을 다 사 가지고 온 것이었다. 아버지는 밤중이지만 동네 사람을 모아 큰 잔치를 벌이지 못해 안달을 했다. 형이 험악한 얼굴을 하고 안 된다고 했다. 잔치는커녕 동생들이 좋아서 떠드는 것도 못 하게 윽박질렀다.

수남이는 지금도 그날 밤 일이 생생하다. 그날 밤 형의 누런 똥빛 얼굴은 정말로 못 잊겠다. 꼭 악몽 같다.

다음 날 형은 읍내에서 온 순경한테 수갑이 채워져 붙들려 갔다. 형은 악을 써서 변명을 하며 갔다.

"2년 만에 빈손으로 집에 들어갈 수는 없었단 말야. 도저히 그럴 수는 없었단 말야."

그래서 읍내 양품점을 털어 돈과 물건을 훔친 것이다. 다음에 수남이가 형을 본 것은 읍내에 현장 검증인가를 나왔을 때다. 도둑질한 것을 다시 한번 되풀이해 보여 주는 것인데, 딴 구경꾼들 틈에 섞여 수남이는 몸서리를 치면서 그것을 봤다. 그 도둑놈과 형제간이란 게 두고두고 생각해도 몸서리가 쳤다.

아버지는 화병으로 몸져눕고 집안 형편은 말이 아니었다. 수남이는 드디어 어느 날 형이 그랬던 것처럼 서울 가서 돈 벌어 오겠다고 집을 나섰다. 아버지는 말리지 않았다. 문지방을 짚고 일어나 앉아서 띄엄띄엄 수남이를 타일렀다.

"무슨 짓을 하든지 그저 도둑질만은 하지 마라, 알았쟈."

그런데 도둑질을 하고 만 것이다. 하지만 수남이는 스스로 그것을 결코 도둑질이 아니었다고 변명을 한다.

그런데 왜 그때, 그렇게 떨리고 무서우면서도 짜릿하니 기분이 좋았던

현장 검증(現場檢證)　법원이나 수사 기관이 범죄 현장이나 기타 법원 외의 장소에서 실시하는 검증.

것인가? 문제는 그때의 그 쾌감이었다. 자기 내부에 도사린 부도덕성이었다. 오늘 한 짓이 도둑질이 아닐지 모르지만 앞으로 도둑질을 할지도 모르겠다는 생각이 들었다. 형의 일이 자기와 정녕 무관한 일이 아니란 생각이 들었다.

소년은 아버지가 그리웠다. 도덕적으로 자기를 견제해 줄 어른이 그리웠다. 주인 영감님은 자기가 한 짓을 나무라기는커녕 손해 안 난 것만 좋아서 "오늘 운 텄다."라고 좋아하지 않았던가.

수남이는 짐을 꾸렸다. 아아, 내일도 바람이 불었으면. 바람이 물결치는 보리밭을 보았으면.

마침내 결심을 굳힌 수남이의 얼굴은 누런 똥빛이 말끔히 가시고, 소년다운 청순함으로 빛났다.

도사리다 마음이나 생각 따위가 깊숙이 자리 잡다.
부도덕성(不道德性) 도덕에 어긋나는 성질.
견제하다(牽制――) 일정한 작용을 가함으로써 상대편이 지나치게 세력을 펴거나 자유롭게 행동하지 못하게 억누르다.

　신경림 작가의 〈나무 1–지리산에서〉라는 시에는 '한 군데쯤 부러졌거나 (…) 못나고 볼품없이 자란 나무에 보다 실하고 단단한 열매가 맺힌다.'라는 구절이 있습니다. 고난과 시련을 견딤으로써 내적으로 성숙한 나무가 되고 만족스러운 결실을 얻을 수 있다는 뜻이지요.

　이 작품의 주인공 하인리히 모어는 순간적인 충동을 이기지 못하고 잘못을 저지릅니다. 곧 잘못을 반성하고 상대방에게 용기 내어 사과했지만 끝내 용서받지 못하죠. 하인리히는 이미 저지른 실수는 절대 돌이킬 수 없으니 신중하게 생각하고 행동해야 한다는 교훈을 얻었을 것입니다.

　하인리히처럼 잘못된 행동을 아무리 반성하고 뉘우쳐도 바로잡을 수 없는 경우가 있습니다. 그렇지만 이런 뼈아픈 경험들이 성장의 밑거름이 되는 것이겠지요. 여러분의 삶에도 크고 작은 아픔이 닥칠 수 있습니다. 그때마다 좌절하기보다 용기 있게 아픔에 대면하며 지리산의 나무들처럼 단단한 열매를 맺는 나무가 되길 바랍니다.

헤르만 헤세(1877~1962)

　독일의 소설가이자 시인. 1998년 첫 시집 《낭만의 노래》를 출간하였고, 1904년 소설 《페터 카멘친트》로 문단의 주목을 받았다. 이후 《수레바퀴 아래서》, 《게르트루트》, 《크눌프》 등을 발표하며 작가로서 자리를 잡아 나갔다. 1946년 '성장에 대한 예리하고 과감한 묘사, 인도주의적 이상에 영감을 불러일으키는 작가'라는 평을 받으며 노벨 문학상을 수상하였다. 대표작으로 《데미안》, 《싯다르타》, 《나르치스와 골드문트》, 《유리알 유희》 등이 있다.

공작 나방

헤르만 헤세

모처럼 나를 방문한 친구 하인리히 모어가 저녁 산책을 마치고 돌아와 함께 이야기를 나누고 있었다. 해는 저물고 있었다. 창문 너머로는 가파른 언덕으로 둘러싸인 호수가 어둠 속에서 희미하게 보였다. 때마침 내 어린 아들이 밤 인사를 하고 나가자 우리는 자연스럽게 아이들과 어린 시절의 기억에 대해 이야기를 시작했다.

"아이들이 생기고부터는 어릴 때 좋아하던 취미들이 다시 생생하게 되살 아나더군. 그래서 한 일 년 전부터 나는 나비 수집을 새로 시작했다네. 한번 보겠나?"

그에게 보여 주려고 종이 상자 몇 개를 가지고 돌아와 열어 보았을 때는 나비가 보이지 않을 정도로 날이 어두워져 있었다. 램프를 찾아 불을 켜자 희미하던 창밖의 풍경은 어둠 속에 묻혀 버렸다. 그러나 상자 속의 나비는 밝은 램프 불 아래 빛나는 자태를 드러냈다.

우리는 고개를 숙이고 그 고운 빛깔을 한 형상들의 이름을 하나하나 불러 가며 천천히 살펴보았다.

내가 말했다.

"여기 이건 노란 밤나방이라네. •학명은 풀미네아(fulminea)라고 하는데, 이곳에서는 매우 드문 종이지."

하인리히 모어는 핀에 꽂힌 나비들 중 한 마리를 상자 속에서 조심스럽게 꺼내 날개 아랫부분을 살펴보았다.

그가 말했다.

"참, 이상하지. 나비를 볼 때만큼 어릴 때의 기억을 불러일으키는 건 없으니 말야."

그는 나비를 다시 제자리에 꽂고 상자 뚜껑을 덮으며 말했다.

학명(學名) 학술적 편의를 위하여 동식물 따위에 붙이는 이름.

"잘 봤네."

약간 딱딱한 어조로 이렇게 말하는 그에게 그 추억은 별로 달갑지 않은 것처럼 보였다.

그가 말했다.

"자네 수집 판을 자세히 보지 않은 걸 기분 나쁘게 생각하지는 말아 주게. 나도 어릴 때 비슷한 것을 가지고 있었지. 그때의 기억이 떠올라서 기분이 좀 상했다네. 창피하긴 하지만 그 이야기를 들려주지."

그가 램프 덮개를 열어 담뱃불을 붙이고 나서 다시 램프 위에 갓을 씌우자, 우리의 얼굴은 어슴푸레해졌다. 그러고 나서 그가 열려 있는 창문 곁으로 가 앉자 조금 야위고 길쭉한 그의 얼굴은 거의 어둠 속에 묻혀 버렸다. 내가 담배를 피우는 동안 밖에서는 멀리서 들려오는 개구리 울음소리가 밤을 수놓았고, 내 친구는 다음과 같은 이야기를 들려주었다.

내가 나비를 잡기 시작한 것은 여덟 살인가 아홉 살 때부터였어. 처음엔 큰 관심 없이 다른 애들이 다 하니까 나도 해 보는 정도였지. 그런데 열 살쯤 된 두 번째 여름에 나는 완전히 이 유희에 빠져서, 이 때문에 다른 일은 전혀 관심을 두지 않게 되었다네. 그래서 주위 어른들은 내가 그것을 못하도록 말려야 되겠다고 걱정을 할 정도였어. 나비 잡기에 열중하면 학교 수업 시간도, 점심시간도 잊어버리고, 탑시계가 우는 것도 귀에 들어오지 않았다네. 학교를 쉬는 날은 빵 한 쪽을 호주머니에 넣고는, 아침 일찍부터 밤늦게까지, 끼니때에도 집으로 돌아가지 않고 뛰어다니곤 했지.

지금도 아름다운 나비를 보면, 이따금 그때의 열정이 몸에 스미는 듯 느껴진다네. 그럴 때면 나는 잠시 어린아이만이 느낄 수 있는, 뭐라고 표현

유희(遊戲) 즐겁게 놀며 장난함. 또는 그런 행위.

할 수 없는 황홀한 심정에 사로잡히곤 하지. 소년 시절에 처음으로 노랑나비를 찾아냈던 그때의 기분 그대로를 느낄 수 있는 거야. 또한 그럴 때면 어린 날의 무수한 시간이 홀연히 떠오른다네. 풀 향기가 코를 찌르는 메마른 벌판의 찌는 듯한 무더운 낮과, 정원 속의 서늘한 아침과, 신비스러운 숲속의 저녁때, 나는 마치 보물을 찾아 헤매는 사람처럼 포충망을 들고 나비를 노리고 다녔어. 그리하여 아리따운 나비를 발견하면—특별히 진귀한 것이 아니라도 좋았네. 햇볕 아래 졸고 있는, 꽃 위에 앉아서 빛깔이 고운 날개를 호흡과 함께 파르르 떨고 있는 것을 보면—그것을 잡는 기쁨에 숨이 막힐 지경이 되어, 가만가만 다가섰어. 반짝이는 반점 하나하나, 날개 속에 드러난 맥줄 하나하나, 가는 더듬이의 갈색 잔털 하나하나가 눈에 뚜렷이 보이면, 그 긴장과 환희란 이루 다 말할 수가 없었다네. 그때의 그 미묘한 기쁨과 거센 욕망과의 교차를 그 뒤엔 자주 느낄 수 없었지.

부모님께서 좋은 도구를 하나도 마련해 주시지 않았기 때문에 나는 잡은 나비들을 낡고 헌 종이 상자에 두는 수밖에 없었어. 병마개에서 뽑은 동그란 코르크를 밑바닥에 붙이고 그 위에 핀을 꽂는 것이었지. 이렇게 초라한 상자 속에 나는 나의 보물을 간직했네. 처음 한동안에는 이 수집물을 친구들에게 즐겨 보여 주기도 하였지만, 친구들이 가진 도구는 대개 유리 뚜껑의 나무 상자에 푸른빛 거즈를 친 사육 상자와 그 밖의 여러 가지 사치스러운 것들이었기에, 내가 가진 초라한 설비를 더 자랑할 수가 없게 되었네. 그뿐만 아니라 아주 아름답고 희귀한 나비가 손에 들어와도, 남에게는 비밀로 하고 내 누이들에게만 이것을 보여 주곤 하였어.

포충망(捕蟲網) 벌레를 잡는 데 쓰는 둥근 모양의 그물.
맥줄(脈-) 맥이 벋어 있는 줄기
교차(交叉) 서로 엇갈리거나 마주침.
코르크(cork) 코르크나무나 굴참나무로 만든 마개.
거즈(gauze) 가볍고 부드러운 무명베.

그러던 어느 날 나는 우리 고장에서 보기 드문 푸른 날개의 나비를 잡았었네. 날개를 펴서 말린 다음에, 나는 하도 들뜨고 자랑스러워, 꼭 이웃집 아이에게만은 보여 주리라고 생각했지. 이웃집 아이란 뜰 건너편 집에 사는 교사의 아들 에밀이었어. 이 소년은 흠을 잡을 수 없을 만큼 깜찍한 녀석으로, 아이로서는 어딘지 못마땅한 구석도 있었지. 그의 수집물은 그리 대단하지는 않았으나, 깨끗하고 섬세한 솜씨는 보석을 간직한 것과 다름이 없었어. 게다가 그는 찢어진 나비의 날개를 풀로 이어 붙이는, 남이 잘 못하는 어려운 기술을 가지고 있었다네. 어쨌든 모든 점에서 그는 모범적인 소년이었어. 그 때문에 나는 그를 부러워하면서도, 속으로는 시기했던 거야.

나는 이 소년에게 푸른 날개의 나비를 보여 주었어. 그는 무슨 전문가나 되는 듯이 그것을 세세히 보고 나더니, 신기한 것임을 인정하면서 20페니히는 나가겠다고 말했어. 그러나 곧장 그는 트집을 잡기 시작하였네. 날개를 편 방식이 나쁘다느니, 오른쪽 더듬이가 비틀어졌다느니, 왼쪽 더듬이가 뻗어 있다느니, 그 위에 다리가 두 개 떨어졌다느니 하며, 제법 그럴듯한 결함을 늘어놓았어. 나는 그러한 결점을 그다지 대단한 것이라고는 생각지 않았으나, 그의 혹평 탓에 내 푸른 날개의 나비에 대한 기쁨은 다분히 허물어지고 말았다네. 그래서 나는 두 번 다시 그에게 수집물을 보여 주지 않았지.

두 해가 지나서 우리는 꽤 머리가 굵은 소년이 되었는데, 그때도 나의 나비 잡기에 대한 열정은 변함이 없었다네. 그때 이웃집 에밀이 공작 나방을 번데기에서 길러 냈다는 소문이 퍼졌지. 나는 이 말을 들은 때만큼 흥분한

페니히(Pfennig)　과거 독일의 화폐 단위.
결함(缺陷)　부족하거나 완전하지 못하여 흠이 되는 부분.
혹평(酷評)　가혹하게 비평함.

적이 없었다네. 내가 아는 친구들 중에서는 아직 공작 나방을 잡은 사람이 없었으니까. 나 역시 내가 가진 낡은 책에서 그림으로 보았을 뿐이었어. 그 이름을 알면서도 아직 잡아 보지 못한 나비들 중에서 나는 공작 나방을 가장 가지고 싶어 하였어. 몇 번이고 나는 책 속의 그림을 들여다보았다네.

한 친구는 내게 이런 말을 했어. 나무둥치나 바위에 앉아 있는 이 갈색 나방은 새나 다른 짐승이 자기에게 덤벼들려고 하면 거무스름한 앞날개를 펼치고 아름다운 뒷날개를 드러내 보일 뿐인데, 그 커다랗고 빛나는 무늬가 매우 이상한 모양을 나타내어 새는 겁을 먹고 함부로 덤비지 못한다고…….

에밀이 이 이상한 나방을 가졌다는 소문을 듣고부터 나의 흥분은 절정에 이르러, 그것을 꼭 한 번 보고 싶어 견딜 수 없었다네. 나는 식사를 마친 뒤 곧장 뜰을 건너서 이웃집 4층으로 올라갔어. 이 4층에서 교사의 아들 에밀은 작으나마 제 방을 하나 차지하고 있었는데 그것이 내게는 얼마나 부러웠는지 몰라. 방으로 가는 도중에 나는 아무와도 만나지 않았네. 문을 두드려 보았지만 아무런 대답도 없었다네. 에밀이 없는 것 같아 문손잡이를 돌려 보니, 문은 열려 있었어.

어쨌든 실물을 한번 보리라는 생각에 나는 안으로 발을 들여놓았어. 그리고 에밀이 나비를 보관하는 두 개의 커다란 상자를 집어 들었네. 어느 상자에도 공작 나방은 들어 있지 않았어. 그런데 문득 날개 판에 물려 있을지도 모른다는 생각이 들어 찾아보니, 과연 생각한 그대로였네. 갈색 비로드 날개가 길쭉한 종이쪽 위에 펼쳐진 채 날개 판에 걸려 있었어. 나는 그 앞에 허리를 굽히고, 털이 돋친 적갈색의 더듬이와, 그지없이 아름다운 빛깔을 띤 날개의 선과, 밑 날개 양쪽 선이 있는 양털 같은 털을 바로 곁에서 들여다볼 수 있었다네. 그러나 그 유명한 무늬만은 보이지 않았어. 종이쪽에 가려져 보이지 않은 거야. 두근대는 가슴으로 나는 유혹에 끌려 종이쪽을 떼어 내고, 꽂혀 있는 핀을 뽑았어. 그러자 네 개의 커다란 무늬가 그림에서보다는 훨씬 더 아름답게, 훨씬 더 찬란하게 나의 눈앞에 드러났지. 이것을 본 나는 이 보배를 손에 넣고 싶은, 견딜 수 없는 욕망으로 그만 난생처음 도둑질을 했다네. 나방은 벌써 말라 있어서, 웬만큼 손을 대어도 형체가 일그러지지 않았어. 나는 그것을 손바닥 위에 받쳐 들고 에밀의 방을 나왔네. 그때 나는 어떤 커다란 만족감 이외에는 아무 생각도 없었지.

내가 나방을 오른쪽 손에 감추고 층계를 내려섰을 때였어. 아래편에서 위로 올라오는 발자국 소리가 났지. 그 순간 나의 양심은 눈을 떴다네. 내가 도둑질을 했다는 것과 비겁한 놈이란 것을 별안간 깨달은 거지. 그와 동시에 들키면 어쩌나 하는 무서운 불안에 사로잡혀, 나는 본능적으로 나방을 감추었던 손을 그대로 양복저고리 주머니 속에다 •욱여넣었어. 그리고는 천천히 발을 떼어 놓았네. 그러면서 속으로, 해서는 안 될 일을 했다는 부끄러운 생각에 가슴이 서늘해졌지. 나는 어느새 올라온 하녀와 어물어물 엇갈려서, 가슴이 두근거리고 이마에 땀을 흘리며 침착을 잃어 벌벌 떨며 현관에 우뚝 섰다네.

이 나방을 가져서는 안 된다, 될 수만 있다면 그전대로 돌려놓아야겠다, 나는 이런 생각으로 마음이 괴로웠다네. 그리고 혹시 사람들의 눈에 뜨이지나 않을까 두려워하면서 날쌔게 발을 돌려 층계를 뛰어올라, 일 분 후에는 다시 에밀의 방 가운데 서 있었지. 나는 주머니에서 손을 빼서 나방을 책상 위에다 꺼내 놓았어. 그 모습을 보기 전에 벌써 어떤 불행한 일이 생겼다는 것쯤은 미리 짐작하고 있었어. 그저 울고 싶은 생각뿐이었다네. 아니나 다를까, 나방은 보기 싫게 망가져 있었어. 앞날개 하나와 더듬이 한

욱여넣다 주위에서 중심으로 함부로 밀어 넣다.

개가 떨어져 버렸지. 떨어진 날개를 조심스레 주머니 속에서 끄집어내려고 하니까, 그나마 산산이 부서져서 이어 붙일 수조차 없게 되었어. 도둑질을 했다는 생각보다도, 그 아름답고 찬란한 나방을 내 손으로 망가뜨렸다는 사실이 나로서는 더 괴로운 일이었다네. 날개의 갈색 분이 온통 나의 손끝에 묻은 것을 보았지. 또 산산이 부서진 날개가 책상 위에 이리저리 흩어진 것을 보았어. 그것을 완전하게 원형대로 돌려놓을 수만 있다면, 나는 그 대신 내가 가진 어떠한 물건, 어떠한 즐거움이든지 기꺼이 버릴 수 있었을 거야.

우울한 생각으로 가득 차 집으로 돌아온 나는 하루 종일 좁은 뜰 안에 주저앉아 있었네. 그러다가 마침내 나는 용기를 내어, 모든 일을 어머니에게 말씀드렸어. 어머니는 놀라움과 슬픔에 잠겨 어쩔 줄을 몰라 하였지만, 내게는 나의 이 고백이, 차라리 벌을 받는 일보다 몇 배가 더 괴롭다는 것도 넉넉히 짐작하시는 것 같았어.

"지금 당장 에밀에게로 가야 한다."

어머니는 한마디로 잘라 말했지.

"에밀을 찾아가서 사실을 고백하고 용서를 빌어라. 그밖에는 아무런 길이 없다. 네가 가진 것 중에서 하나를 대신 가지라고 말해 보렴. 그리고 용서를 빌어야지."

만일 모범 소년인 에밀이 아니고 다른 동무였다면, 나는 용서를 비는 것쯤 서슴지 않았을 걸세. 그가 나의 고백을 이해해 준다거나 나의 사과를 믿어 주지 않을 것을 나는 미리부터 잘 알고 있었지. 그럭저럭 밤이 되었으나 나는 그때까지도 그를 찾아갈 용기를 얻지 못한 채 주저하고만 있었어. 어머니는 내가 뜰에 있는 것을 보고 나직한 목소리로 말씀하셨어.

서슴다 결단을 내리지 못하고 머뭇거리며 망설이다.

"오늘 중으로 갔다 와야 해. 지금 가거라."

나는 에밀을 찾아갔다네. 그는 나를 만나자 곧 나방에 관한 말을 꺼냈어. 누가 그랬는지 나방을 아주 못쓰게 만들어 놓았다고 하면서, 사람의 소행인지 혹은 고양이가 그랬는지 알 수 없는 일이라고 하였지. 나는 그 나방을 좀 보여 달라고 청했네. 우리는 방으로 올라갔어. 그는 촛불을 켰지. 못쓰게 된 그 나방이 날개 판 위에 있었어. 에밀이 그 날개를 손질하느라고 무척 고심한 흔적이 역력했다네. 그는 부서진 날개를 정성껏 주워 모아서 작은 압지 위에 펴 놓았더군. 그러나 그것은 도저히 원래 모양으로 바로잡힐 가망이 없었다네. 더듬이도 떨어진 그대로였지. 나는 그제야 그것이 나의 소행인 것을 밝혔어.

그랬더니 에밀은 격분한다거나 나를 큰소리로 탓하지 않고, 혀를 차며 한동안 나를 지켜보았어. 그러더니 나직한 목소리로 말하였다네.

"알았어. 말하자면 너는 그런 자식이란 말이지?"

나는 그에게 내 장난감을 모두 주겠다고 하였어. 그래도 그는 듣지 않고 냉담하게 앉아, 여전히 나를 비웃는 눈으로 지켜보고만 있더군. 이번에는 내가 수집한 나비의 전부를 주겠다고 하였어.

"뭐, 그렇게까지 하지 않아도 좋아. 나는 네가 모은 것이 어떤 것들인지 잘 알고 있어. 게다가 오늘은 네가 나비를 다루는 성의가 어떻다는 것을 알 만큼 알았어."

그 순간, 나는 녀석의 멱살을 움켜쥐고 늘어지고 싶었어. 이제는 아무런 도리가 없다는 걸 알았지. 나는 아주 나쁜 놈으로 결정이 나고, 에밀은 천

소행(所行) 이미 해 놓은 일이나 짓.
역력하다(歷歷--) 자취나 기미, 기억 따위가 환히 알 수 있게 또렷하다.
압지(押紙/壓紙) 잉크나 먹물 따위로 쓴 것이 번지거나 묻어나지 아니하도록 위에서 눌러 물기를 빨아들이는 종이.
냉담하다(冷淡--) 태도나 마음씨가 동정심 없이 차갑다.

하에 정직한 사람이 되어 냉정한 정의를 방패 삼아 모멸적인 태도로 내 앞에 버티는 것이었어. 그는 욕설을 늘어놓지도 않았어. 다만 나를 바라보면서 경멸할 따름이었네.

　그때 나는 비로소 한번 저지른 일은 어떻게 해도 바로잡을 도리가 없다는 것을 깨달았네. 나는 그 자리에서 물러섰어. 어떻게 되었는지 물어보려고도 하지 않고, 나에게 키스만을 하고 내버려두는 어머니가 고마웠지. 어머니는 나더러 그만 잠자리에 들라고 하셨어. 여느 날보다는 시간이 늦어진 편이기는 하였지. 그러나 나는 가만히 식당으로 가서, 갈색으로 된 두껍고 커다란 종이 상자를 찾아 가지고 와서 침대 위에 올려놓고, 어둠 속에서 뚜껑을 열었어. 그리고 그 속에 든 나비들을 끄집어내어 손끝으로 비벼서 못쓰게 가루를 내어 버렸다네.

모멸적(侮蔑的)　업신여기고 얕잡아 보는 느낌이 있는 것.

3부
관계와 성장

    〈멍키 스패너〉는 주인공 한경이가 마주한 성장의 순간에 대한 이야기입니다. 한경이는 엄마가 집을 비운 동안 지금까지 단 한 번도 생각해 본 적 없는 문제를 해결해야 합니다. 어른들에게 도움을 요청할 수도 있고, 엄마가 주고 간 비상금을 쓸 수도 있지만 한경이는 이제까지와는 다른 방법을 택합니다. 바로 자기 힘으로 문제를 해결하는 것입니다.

    한경이가 마주한 사건은 우리도 언제든지 겪을 수 있는 평범한 일상 속 문제입니다. 그렇기에 한경이의 고민과 선택은 더 깊은 공감을 불러일으킵니다. 한경이가 문제를 어떻게 해결해 나가는지, 한경이의 행동에서 공감할 수 있는 점은 무엇인지, '멍키 스패너'라는 생소한 도구가 작품 속에서 어떤 역할을 하는지, 나라면 어떻게 문제를 해결할지 떠올려 보며 작품을 감상해 봅시다.

진형민(1970~)

    서울 출생. 방송 작가, 대안 학교 교사로 일한 경험을 바탕으로 다수의 동화와 청소년 소설을 펴냈다. 평범한 이야기를 소재로 다양한 생각을 이끌어 내는 작품을 쓴다. 2012년 《기호 3번 안석뿡》으로 창비 좋은 어린이책 대상을, 2021년 《곰의 부탁》으로 권정생 문학상을 받았다. 주요 작품으로 동화집 《꼴뚜기》, 장편 동화 《소리 질러, 운동장》, 《우리는 돈 벌러 갑니다》, 《사랑이 훅!》, 《왜왜왜 동아리》 등을 썼고, 청소년 소설집 《불안의 주파수》, 《존재의 아우성》 등에 작품을 실었다.

멍키 스패너

진형민

팔자 늘어졌구나 싶었다. 엄마 없이 일주일 동안 내 맘대로 살 수 있다니! 다저녁때까지 교복도 안 벗고 소파에서 뒹굴대는 건 평소라면 꿈도 못 꿀 일이다. 게다가 나한테는 현금 10만 원이 든 봉투도 있다. 급한 일 있을 때 쓰라고 엄마가 주고 간 돈이다.

나중에 돈 생기면 사야지 했던 것들이 줄줄이 눈앞을 지나갔다. 앵두 빛깔 립밤과 고양이 핸드폰 케이스와 편의점 과자 몇 개. 뭔가 특이하고 맛있겠다 싶은 과자들은 값이 전부 3천 원이 넘었다. 하지만 이제 가격표 따위 거들떠보지 않아도 된다. 눈 돌아가게 비싼 과자를 아침저녁으로 사 먹어도 돈이 남을 판이다.

"언니, 배고파."

옆구리에 혹이 하나 붙어 있기는 했다. 나는 얼른 눈을 감고 자는 척했다. 여덟 살쯤 됐으면 밥 정도는 혼자 차려 먹을 수 있는 나이다. 나는 그 나이 때 내 밥을 알아서 차려 먹은 건 물론이고 우는 아기한테 분유를 타 먹일 줄도 알았다. 내 아기도 아닌데 내가 우유병 물리고 놀아 주고 다 했다. 그런데 그때 그 갓난쟁이 김한아는 아직도 아기 취급 받으며 세상 편하게 살고 있다.

"한아 가스불 못 켜게 하고, 칼 못 만지게 하고, 유리컵도 절대 주지 말고."

엄마는 현관문 나서는 순간까지 한아 걱정을 했다. 냉장고 안에도 한아가 좋아하는 밑반찬들을 꽉꽉 채워 두었다. 다행히 한아는 밥투정이 없는 편이라 밑반찬에다 달걀이나 하나씩 부쳐 주면 군소리 없이 밥을 잘 먹긴 한다. 한아 발소리가 저만큼 멀어졌다. 내가 진짜로 자는 줄 알았나 보다.

다저녁때 저녁이 다 된 때.
혹 짐스러운 물건이나 일 따위를 비유적으로 이르는 말.
군소리 하지 아니하여도 좋을 쓸데없는 말.

졸졸졸졸졸.

오줌 누는 소리가 들렸다. 화장실 문이 열려 있어서 그런지 소리가 더 크게 들렸다. 똥 누는 게 아니라 얼마나 다행이야. 애써 느긋한 척하는데 한아가 끄응, 힘주는 소리를 냈다. 그래도 문 닫고 싸라는 말을 차마 못 했다. 그저께 화장실 전등불이 나갔기 때문이다. 엄마가 없는 줄 어떻게 알고 그날 밤 귀신같이 불이 나갔다. 화장실에는 창문이 없어서 낮에도 불을 안 켜면 뭐가 뭔지 하나도 보이지를 않는다. 그러니 어쩌겠나. 사실은 나도 화장실 문을 반쯤 열어 두고 볼일을 보는 중이다.

"언니이이이."

한아가 또 나를 불렀다. 뒤를 길게 늘여 부른다는 건 자기가 해결할 수 없는 일이 생겼다는 뜻이다. 계속 자는 척할까 하다 그냥 일어났다. 슬슬 배가 고파 왔다.

"왜?"

화장실 앞에 서서 물었다. 한아가 세면대 앞에서 손을 어정쩡하게 들고 나를 돌아봤다. 세면대 안에는 비누 거품 둥둥 뜬 물이 넘칠 듯 차 있었다.

"물이 안 내려가."

나는 한아한테 비키라 하고 뿌연 물속에 손을 담가 배수구 마개를 찾았다. 동전같이 생긴 마개를 누르면 배수구 구멍으로 마개가 쏙 들어가 물이 안 빠지게 막아 주고, 다시 한번 누르면 도로 튀어 올라와 벌어진 틈새로 물이 빠지게 된다. 한아가 손을 씻다가 자기도 모르게 마개를 누른 모양이다.

"언니가 저번에 알려 줬지? 이렇게 한 번 더 누르면 물이……."

물이 내려가지 않았다. 손으로 더듬어 보니, 마개가 구멍 안으로 쏙 들어간 상태였다. 뭐지? 그럼 방금 전에 열려 있었다는 말인가? 마개를 다시 눌렀다. 마개가 위로 올라오면서 손끝으로 틈새가 만져졌다. 그런데 물이 조금도 내려가지 않았다.

"나도 해 봤어. 근데 안 돼."

한아가 이마를 찡그렸다. 나는 한아가 손을 마저 헹굴 수 있게 샤워기 물을 틀었다. 한아가 화장실 바닥에 쪼그려 앉아 손을 비벼 씻었다. 불이 안 들어오는 화장실에 물이 안 내려가는 세면대라니! 일이 점점 더 꼬이고 있었다. 엄마가 집에 오려면 아직 4일이나 남았다.

일단 저녁밥을 먹기로 했다. 냉장고에서 감자조림과 시금치무침을 꺼내고 달걀을 두 개 부쳤다. 구운 김도 꺼내 포장지를 뜯었다. 한아가 식탁을 쓱 훑어보더니 장조림 담긴 통을 들고 왔다. 반찬 아껴 먹어야 한다고 잔소리를 할까 하다가 말았다. 지금은 그보다 더 중요한 문제가 있다.

전등불이야 원래 오래 쓰면 저절로 나가고 했으니까 뭐 그렇다 치고, 세면대는 갑자기 왜 저럴까 생각해 봤다. 요즘 들어 세면대 물 내려가는 속도가 좀 느리다 싶긴 했지만 이렇게 안 내려간 적은 한 번도 없었다.

한아가 반찬 집으려고 몸을 숙일 때마다 머리카락이 앞으로 쏟아졌다. 고무줄을 가져와 뒤통수 위에다 동그랗게 말아 묶어 주었다. 그러고 보니 어제 오늘 세면대에서 머리를 감았다. 내 머리도 감고 한아 머리도 감겼다. 화장실 문을 열어 놓고 샤워까지 하기는 좀 그래서 급한 대로 세면대에다 몸을 숙이고 샤워기 물을 틀어 머리만 대충 감고 지나갔다.

한아는 머리가 제법 길다. 엄마가 몇 번이나 잘라 주려고 하는 걸 내가 못 그러게 막았다. 한아도 이제 학교에 들어갔으니 본격적인 사회생활이 시작된 셈이고, 그렇다면 뭐 한 가지라도 사람들 눈에 띄는 편이 낫다. 안 그러면 애들 속에 묻혀 이도 저도 아닌 인생 시작인데, 한아까지 그렇게 살게 할 수는 없었다. 그래서 나는 아침마다 한아의 긴 머리를 묶거나 땋거나 여기저기 핀을 꽂거나 알록달록 화려한 머리띠를 둘러 주고 있다. 얘는 집에서 엄청 관리하는 애라고 표시를 해 두는 것이다.

사실은 나도 머리가 길다. 그렇다고 한아처럼 남들 눈에 좀 띄어 보려는 수작은 절대 아니다. 우리 반만 해도 머리 짧은 애보다 긴 애가 훨씬 많으니까 애당초 이런 걸로 눈에 띌 수도 없다.

나는 초등학교 6학년 때 큰맘 먹고 머리를 짧게 자른 적이 있다. 그때 내 머릿속에는 어떤 일에도 결코 호들갑 떨지 않고 상대의 심장을 쿡쿡 찌르는 말을 내뱉는 머리 짧은 여자애가 있었다. 초등학교에서의 마지막 해였고, 나는 그런 애로 아이들 기억 속에 남고 싶었던 것 같다. 그런데 머리를 자르고 학교에 간 날, 아이들의 반응이 내 예상과 좀 달랐다. 표현의 차이는 조금씩 있었지만 결국은 다 같은 얘기였다.

"자르지 말지. 너 얼굴 엄청 커 보여."

애들이 돌아가며 하는 말들이 내 심장을 쿡쿡 찔렀다.

"진짜? 아이 씨, 어떡해. 이렇게 앞머리 내리면 어때? 아직도 커 보여? 좀 다시 보라고. 이래도 얼굴 커 보여?"

결국 나는 온갖 호들갑을 다 떨며 머리를 기르기 시작했고, 그때 이후로 다시는 머리를 뭉텅뭉텅 자르지 않았다. 미용실에서 머리끝만 살짝 다듬고 집에 오면 엄마가 고만큼 자를 거 왜 비싼 돈 들여 미용실에 가느냐고 야단을 했지만 그 정도 구박에 흔들릴 내가 아니었다. 원래 호되게 겪은 일에서 얻은 교훈은 뼈에 새겨지는 법이다.

그래서 우리 자매는 둘 다 치렁치렁한 머리채를 휘날리며 사는 중이고, 엄마는 일 끝나고 집에 와 쉬다가도 두꺼운 테이프를 손바닥에 뒤집어 감고 방바닥이며 거실 바닥에 떨어진 머리카락들을 찍찍 찍어 내곤 했다. 이 노무 찍, 가시나들 찍, 머리를 다 찍찍, 밀어 버릴라 찍찍찍.

애당초(-當初) 일의 맨 처음이라는 뜻으로, '당초'를 강조하여 이르는 말.
호되다 매우 심하다.

아무튼 세면대 물이 안 내려가는 이유는 우리 자매가 이토록 긴 머리를 세면대에 거꾸로 쏟아 넣고 샴푸를 쭉쭉 짜서 구석구석 비벼 감고 헹구는 동안 배수구 구멍으로 빠져나간 머리카락들 때문이라고 짐작됐다. 그러니 이를 어쩌면 좋단 말인가. 밥을 한 그릇 다 먹었는데도 적당한 방법이 떠오르지 않았다. 밥을 한 그릇 더 먹어 보기로 했다.

학교 갔다 집에 오는 길에 철물점에 들렀다. 만년 철물점. 볼 때마다 가게 이름이 좀 지나치다는 생각이 들었다. 천년만년 철물점을 하겠다는 뜻인 것 같은데, 뭘 그렇게까지 굳센 의지로 장사를 하나 싶었다.

"할머니."

가게 안으로 들어가 주인 할머니를 불렀다. 만년 철물점은 경빈이 할머니네 가게다. 경빈이는 한아 어린이집 친구인데 한동안 할머니랑 살다가 학교 들어가면서 다시 엄마 집으로 갔다. 그 뒤로 할머니는 한아를 볼 때마다 경빈이 안 보고 싶냐고 물으면서 사탕도 주고 요구르트도 준다.

"뭐 주랴?"

할머니가 구석에서 밥을 먹다 말고 나왔다. 점심을 먹기에는 늦은 시간이었다.

"아뇨. 뭐 사러 온 건 아니고……."

교복 윗도리 주머니에 두 손을 밀어 넣었다. 뭘 사러 온 게 아니라서 괜히 눈치가 보였다.

"집에 세면대 물이 안 내려가서요."

"물이 쫄쫄 내려가? 아니면 아예 안 내려가?"

"아예 안 내려가요."

"그거는 저기다 물어봐야지."

할머니가 길 건너 가게를 가리켰다. 한성 설비. 맨날 지나다니는 길인데

저런 가게가 있는 줄 처음 알았다. 세면대, 화장실, 싱크대, 막힌 건 뭐든 다 뚫어 주는 데라고 했다. 역시 세상에 해결하지 못할 일은 없다. 나는 엄마가 주고 간 돈을 좀 쓰더라도 세면대를 뚫기로 했다.

"대충 얼마쯤 해요?"

비싸 봤자 얼마나 비싸겠느냐고 헐렁하게 생각한 것 같다. 코앞에 있는 아파트에 와서 고작 머리카락 좀 빼 주는 일이었다. 그런데 할머니 말을 듣고 뒤로 넘어갈 뻔했다. 한성 설비 사장님은 이것저것 못 고치는 게 없는 기술자라서 어디든 한 번 방문할 때마다 기본 출장비가 5만 원이라고 했다. 아직 출장비를 낸 것도 아닌데 피 같은 돈을 왕창 뜯긴 기분이 들었다. 누굴 호구로 아나. 얼굴을 찌푸리자 할머니가 대뜸 나무라는 소리를 했다.

"그 정도 값도 안 내고 사람을 부르려고? 비싼 물건들은 척척 사면서 일하는 사람한테 주는 돈은 왜들 그렇게 아까워하는지."

할머니 말도 틀린 건 아니지만 그렇다고 무조건 고개를 끄덕일 수도 없었다. 돈이 많다면야 5만 원이든 얼마든 순순히 낼 수 있겠지만 내 형편이 그렇지가 않은 걸 어떡하나. 전 재산의 절반을 털어 세면대를 뚫을 수는 없는 노릇이었다. 꾸벅 인사를 하고 돌아서는데 할머니가 가게 밖까지 나를 따라 나왔다.

"그러면 관리 사무소에 한번 가 보든가. 원래 세면대까지는 안 봐 주는데 또 모르지, 말을 잘하면 봐 줄지도."

나는 한성 설비 쪽으로는 고개도 안 돌리고 부지런히 걸음을 옮겼다. 아파트 관리 사무소에는 한 번도 가 본 적 없다. 가끔 거실 벽에 붙어 있는

헐렁하다 행동이 조심스럽지 아니하고 미덥지 못하다.
출장비(出張費) 용무를 위하여 임시로 다른 곳으로 나가는 데 소요되는 비용.
호구(虎口) 어수룩하여 이용하기 좋은 사람을 비유적으로 이르는 말.

스피커로 "관리 사무소에서 알려 드립니다." 어쩌고저쩌고하는 방송을 들어서 귀에 익숙하기는 한데 거기가 뭐 하는 곳인지, 어디에 붙어 있는지는 알지 못했다.

"있다!"

혹시나 해서 아파트 입구에 있는 안내판을 훑어보는 중이었다. 이쪽으로 가면 302동, 저쪽으로 가면 305동, 방향을 알려 주는 화살표 모양 안내판에서 관리 사무소 팻말을 찾아냈다. 관리 사무소는 아파트 후문 쪽으로 가라고 돼 있었다.

할머니 말대로 또 모르는 일이었다. 나는 원래 말 한마디에 천 냥 빚을 갚네 어쩌네, 뭐 이런 얘기를 별로 좋아하지 않는다. 듣기 좋은 말 몇 마디로 은근슬쩍 남의 돈을 떼어먹으려 들다니, 한두 푼도 아니고 자그마치 천 냥씩이나! 아무리 말을 잘한다 해도 양심상 그러면 안 되는 거 아닌가. 엄마도 말만 번지르르한 사람은 아무짝에도 쓸데가 없다고 했다. 하지만 지금 이 상황은 경우가 좀 다르다. 뻔뻔스럽게 빚을 다 없애 달라는 게 아니라 그저 막힌 세면대를 좀 봐 달라는 거니까 그 정도는 서로 돕고 살 수도 있을 것 같다.

그런데 관리 사무소가 보이지 않았다. 후문 앞까지 왔는데도 노인정 말고는 다른 건물이 없었다. 몇 번을 왔다 갔다 하면서 둘러봤지만 주변에 아무것도⋯⋯. 아무것도 없는 줄 알았는데 계단이 있었다. 노인정 한쪽 벽을 따라 지하로 내려가는 계단이었다. 고개를 길게 빼고 아래를 내려다봤다. 계단 밑 유리문 위에 붉은 글자가 보였다. 찾았다, 관리 사무소.

문을 밀고 들어가니, 회색 점퍼를 입은 아저씨가 소파에 앉아 있었다.

"무슨 일로 왔니?"

아저씨가 물었다.

"저희 집에 뭐가 고장 나서요."

나는 사실대로 얘기할 참이었다. 세면대가요, 어제부터 물이 안 내려가서요.

아저씨가 자리에서 일어났다.

"고장 났어? 뭐가?"

사실대로 말을 하되 아주 약간만 가여운 척하려고 했다. 저희 엄마가요, 지금 어디 가서서 집에 저랑 동생밖에 없는데요, 저희가 며칠 동안 계속 씻지를 못해서요.

아저씨가 내 쪽으로 다가왔다.

"몇 동 몇 호인데?"

나도 모르게 침을 꿀꺽 삼켰다. 엄마는 나를 붙잡고 여러 번 얘기했다. 집에 오면 보조 걸쇠까지 다 잠그고 있으라고, 누가 와서 벨을 눌러도 문 열어 주지 말라고, 누구세요? 묻지도 말고 그냥 가만히 있으라고, 그리고 어디 가서 집에 엄마 없다는 말 절대 하지 말라고.

"집에 어른 안 계셔? 왜 학생이 왔어?"

아저씨가 또 물었다. 나는 미처 생각하지 못했다. 세면대를 고치려면 처음 보는 아저씨가 집 안으로 들어와야 한다는 사실을, 그리고 그 집에는 나와 한아밖에 없다는 사실을.

"엄마 밖에 계세요. 엄마랑 같이 올게요."

나는 유리문을 열고 계단을 뛰어 올라갔다. 그리고 길을 빙빙 돌아 집으로 갔다. 누가 뒤따라오지 않는지 돌아보고 싶었지만 그럴 수가 없었다. 진짜로 누가 있을까 봐 가슴이 쿵쿵 뛰었다.

외숙모가 전화를 했다. 한아 데리고 집에 와서 저녁 먹으라고 했다. 한아를 흔들어 깨웠다. 방에서 혼자 노는 줄 알았는데 그새 잠이 들었다. 한아는 잘 때 깨워도 칭얼대지 않는다.

버스 두 정거장 거리를 걸어서 갔다. 버스 카드 안에 남은 돈이 간당간당
했고 별로 멀지도 않았다. 외숙모는 저번보다 몸이 더 불어 있었다. 아기
낳을 때가 얼마 안 남았다고 했다. 한아가 엄마 뱃속에 있을 때 어땠는지
옆에서 다 본 것 같은데 기억이 잘 나지 않는다. 그런데 외숙모 배를 보니
와, 장난 아니구나 싶었다. 외숙모는 손발도 퉁퉁 붓고 앉았다 일어설 때
마다 휴유 숨을 몰아쉬었다. 밥 차려 먹기 귀찮아서 온 건데 갑자기 미안
한 마음이 들었다.

한아는 김치찌개 안에 있는 꽁치를 세 토막이나 먹었다. 밑반찬만 놓고
밥을 먹다가 찌개가 있으니 좋은 모양이었다. 나도 찌개 국물에 밥을 자작
자작 비벼 한 그릇을 다 비웠다.

"집에 별일 없니?"

외숙모가 냄비에 남은 김치찌개를 통에 담아 주며 물었다. 한아가 내 얼
굴을 올려다봤다. 화장실 불이 안 들어오고 세면대 물이 안 내려간다는 얘
기를 해도 되는지 눈으로 묻고 있었다. 나는 한아를 보며 고개를 슬쩍 내
저었다. 우리도 엄마 없이 지내고 있지만 외숙모도 외삼촌 없이 혼자 버티
는 중이었다. 엄마랑 외삼촌은 일 때문에 광주까지 트럭을 끌고 내려갔고,
일을 마칠 때까지는 집에 돌아오지 못할 것이다.

"아무 일 없어요."

"그래. 우리 소풍이도 아빠 올 때까지 잘 있다 나올 거지?"

외숙모가 부른 배를 내려다보며 물었다. 소풍이는 외숙모 뱃속에 있는
아기의 별명이다. 세상에 소풍 오듯이 즐겁게 오라고 외삼촌이 지어 줬다
고 했다. 외삼촌은 우리 생일 카드에도 가끔 멋진 말을 써 주곤 한다.

"소풍아, 잘 있어."

붓다 살이 찌다.

한아가 손으로 외숙모 배를 쓰다듬으며 인사했다.

집에 오다 편의점에 들렀다. 차비를 아꼈으니 과자 한 봉지씩은 사 먹어도 될 것 같았다. 엄마가 주고 간 돈이 아직 그대로 있었다. 이참에 돈을 펑펑 써 봐야지 했는데 막상 돈을 쓰려고 하면 아까운 생각이 들어 망설여졌다.

"먹고 싶은 거 골라."

한아가 신이 나서 진열대 쪽으로 뛰어가더니 금방 과자를 한 봉지 들고 왔다. 맨날 먹던 과자였다. 나는 그 과자를 원래 있던 자리에 두고 진열대 위쪽에서 비싼 과자를 골라 한아 손에 쥐여 줬다. 그리고 나도 한 번도 안 먹어 본 과자를 집어 들고 계산대로 가서 만 원짜리를 내밀었다. 우리는 진짜로 아무 일도 없는 것처럼, 이 정도 과자는 아무렇지도 않게 사 먹는 애들처럼 집으로 돌아왔다.

토요일 아침이라 그런지 공원 길이 한산했다. 평소라면 학교 가는 애들로 북적일 시간이었다. 자전거 속도를 좀 늦추고 뒤를 돌아봤다. 한아가 부지런히 페달을 구르며 쫓아오고 있었다.

"거의 다 왔어."

길 건너에 자전거 가게가 보였다. 다행히 문이 열려 있었다. 사장님이 자전거 바퀴에 바람을 넣다 말고 우리한테 알은체를 했다. 우리는 자전거를 다 여기서 샀고, 한아 자전거에 붙어 있던 보조 바퀴도 여기 와서 뗐다. 사장님이 조임쇠를 풀어 양쪽 보조 바퀴 떼는 모습을 바로 옆에서 전부 지켜봤다.

알은체 다른 사람을 보고 인사를 하는 등의 안다는 표시를 냄.
조임쇠 무엇을 죄는 데에 쓰는 나사받이나 나사못 따위.

내가 찾는 것은 사장님의 공구 상자 안에 있었다. 신기하게도 한눈에 알아볼 수 있었다. 나는 그쪽으로 성큼성큼 걸어갔다. 그런데 손에 쥐니 생각보다 좀 무거웠다. 할 수 있겠어? 나를 시험하는 것 같아 문득 오기가 생겼다. 손아귀에 힘을 꽉 주고 사장님을 돌아보며 물었다.

"저, 이거 잠깐만 빌려주시면 안 돼요?"

어젯밤 양치질을 하는데 한아가 칫솔을 입에 문 채 세면대를 계속 힐끔거렸다. 세면대에는 여전히 물이 넘실대고 있었다. 하루 종일 화장실을 왔다 갔다 하며 물이 빠졌나 들여다봤지만 거의 달라지지 않았다. 한아가 나를 빤히 올려다봤다.

"언니, 얘 어떡해?"

어두워서 다른 건 잘 보이지도 않는데 이상하게 한아 눈동자가 똑똑히 보였다. 두 눈에 근심이 가득 차 있었다. 그래서 나도 모르게 말했다.

"내일 고칠 거야."

"누가?"

"언니가."

"어떻게 고치는지 알아?"

"너 저번에 연필깎이 고장 났을 때 누가 고쳐 줬어?"

내가 고쳐 줬다. 별로 대단치 않은 고장이었다. 연필깎이 뚜껑을 열고 톱니바퀴 사이에 박힌 연필심을 빼낸 뒤 다시 닫으면 되는 일이었다. 한아가 비로소 웃었고, 나는 보란 듯이 양칫물을 바닥에 퉤 뱉었다. 그리고 진짜로 생각했다. 한번 해 보지, 뭐. 안 되면 말고.

나는 이불 속에서 '막힌 세면대 뚫는 법'에 관한 동영상을 스무 개쯤 찾아

공구(工具) 물건을 만들거나 고치는 데에 쓰는 기구나 도구를 통틀어 이르는 말.
오기(傲氣) 능력은 부족하면서도 남에게 지기 싫어하는 마음.

봤다. 그리고 마침내 가장 확실해 보이는 방법을 발견했다. 요 정도는 얼추 따라 할 수 있겠다 싶었고, 무엇보다 돈이 전혀 들지 않는다는 점이 마음에 들었다. 그런데 도구가 하나 필요했다. 동영상에 나온 사람이 손에 들고 있는 도구 이름을 알려 줬다. 멍키 스패너. 나는 그걸 어디서 봤는지 금방 기억해 냈다.

자전거 가게 사장님은 멍키 스패너를 어디에 쓰려고 하는지 꼬치꼬치 묻더니, 쓰고 나서 바로 가져와야 한다고 몇 번이나 말했다. 나는 그러겠다고 대답했다. 가방에 멍키 스패너를 챙겨 넣고 다시 자전거에 올라타는데 사장님이 우리 자전거 체인에 기름을 조금씩 발라 주었다. 페달을 밟자마자 자전거가 앞으로 쑥쑥 나갔다.

한아한테 세면대 안의 물을 퍼서 바닥에 버리라고 시키고, 나는 장갑을 낀 채 세면대 아래 쭈그리고 앉았다. 동영상에서 본 대로 부드럽게 구부러진 관이 거기 있었다. 비밀 동굴이라도 발견한 것처럼 좀 놀라운 기분이 들었다. 우리는 이 집에서 오래 살았고, 그래서 집 구석구석을 다 안다고 생각했다. 집 안에 이런 뜻밖의 공간이 있는 줄은 몰랐다.

"다 했어, 언니."

세면대가 비었으니 이제 일을 시작할 때다. 작업 순서는 머릿속에 다 있었다. 동영상을 다섯 번쯤 돌려 봤더니 저절로 외워졌다. 일단 구부러진 배수관 양쪽에 조여져 있는 너트를 풀어야 한다. 너트를 꽉 물도록 멍키 스패너의 입 크기를 조절하고 힘주어 왼쪽으로 돌렸다. 한두 번은 좀 뻑뻑하게 돌아갔지만 그 뒤로는 술술 풀렸다. 양쪽 너트가 모두 헐렁해지자 배수관의 구부러진 부분이 통째로 떨어져 나왔다.

얼추 어지간한 정도로 대충.
멍키 스패너(monkey spanner) 목에 나사를 장치하여 아가리를 자유로이 조절할 수 있는 스패너.

"으아악!"

배수관 끝에 검고 축축한 덩어리가 늘어져 있었다. 오래된 늪에서 건져 올린 쓰레기 같았다. 냄새도 지독했다.

"한아야, 나가 있어."

한아가 손가락으로 코를 꽉 쥔 채 고개를 도리도리했다. 코딱지만 한 게 그래도 의리가 있다.

"그럼 이거 들고 있어. 여기 잘 보이게."

핸드폰 플래시를 켠 다음 한아 손에 쥐여 주었다. 어두침침하던 세면대 아래가 환해졌다. 나는 숨을 꾹 참고, 철사 옷걸이를 꼬챙이처럼 만들어 배수관 안으로 밀어 넣었다. 물때가 잔뜩 낀 머리카락 뭉치가 바닥으로 툭 떨어졌다. 세면대 물이 못 내려가게 막고 있던 범인이었다.

아래쪽 문제는 해결했으니 이제 위쪽을 살펴볼 차례다. 동전처럼 생긴 세면대 마개를 한쪽으로 돌려 빼내자 물 빠지는 구멍 속에도 머리카락들이 잔뜩 걸려 있다. 이노무 가시나들, 머리를 다 밀어 버릴라. 어디선가 엄마 목소리가 들리는 것 같았다. 한아 머리에 꽂혀 있던 실핀을 하나 빼 달라고 해서 구멍 속 머리카락들을 걷어 냈다. 줄줄이 딸려 나오는 머리카락들을 다 치우고 나니 구멍 저 아래로 타일 바닥이 내려다보였다. 여태 갑갑했던 속이 뻥 뚫렸다.

머리카락 뭉치들을 서둘러 비닐에 담고 꼭 묶었다. 순서를 까먹기 전에 마개와 배수관을 되짚어 끼워야 했다. 위쪽 마개를 제자리에 꽂아 반대로 돌리고, 아래쪽 구부러진 관도 원래 모양대로 맞춘 다음 멍키 스패너로 너트를 다시 조이고, 마지막으로 물이 잘 내려가는지 확인!

"튼어? 튼다?"

한아가 수도꼭지를 잡고 자꾸 물었다. 마음이 조마조마한 듯했다. 사실은 나도 그랬다.

쏴아아 물이 쏟아졌다. 세면대에 잠깐 차오르던 물이 마개 틈새로 빠져 나가기 시작했다. 꼬르륵, 꼬르르륵. 마지막 물 한 방울까지 싹 내려가고 세면대가 텅 비었다.

"별것도 아니네."

내가 말했다.

"별것도 아니네."

한아가 내 말을 따라 하며 웃었다.

자전거 가게에 멍키 스패너를 돌려주고 오는 길에 철물점에 들렀다. 할머니가 밥통을 열고 막 밥을 푸고 있었다. 그래도 큰 소리로 물었다. 우리는 물건을 사러 온 손님이었다.

"전구 하나 주세요. 화장실 전구요."

나는 내친김에 나머지 문제도 해결하기로 했다. 할머니가 화장실 등 모양을 물어보더니 진열장에서 전구를 찾아 주었다.

"한아, 밥 먹었어?"

할머니가 냉장고에서 요구르트를 꺼내 한아하고 나한테 하나씩 주었다. 나 혼자 오면 절대로 얻어먹을 수 없는 요구르트를 홀짝이며 할머니한테 전구 가는 법을 물었다. 할머니는 철물점에서 파는 물건들에 대해 모르는 게 없었고, 엄마도 집에 뭐가 잘 안 돌아갈 때마다 여기 와서 할머니한테 묻곤 했다.

"전구 가는 거야 밥하는 것보다 쉽지."

할머니가 전구를 꺼내 자세히 보여 주며 전등에서 전구를 어떻게 빼내고 어떻게 다시 끼우는지 알려 주었다.

내친김 이왕 일이나 이야기 따위를 시작한 때.

"전등 스위치 먼저 *끄고*, 장갑도 꼭 끼고."

엄마는 할머니한테 경빈이 결혼하는 거 볼 때까지 건강하게 사셔야 한다는 말을 자주 했다. 지금 생각하니까, 할머니가 여기서 철물점을 오래오래 하면 좋겠다는 말을 빙 돌려서 한 것 같다. 가게 이름은 여전히 마음에 안 들지만, 만년 철물점이 천년만년 이 자리에 계속 있는 건 나도 찬성이다.

오랜만에 한아 목욕을 시켰다. 구석구석 비누칠도 하고 머리도 감겼다. 머리 위에 불빛이 환했고 샤워기 물도 따뜻했다. 한아가 세면대를 손으로 짚고 서서 "아, 좋다." 했다. 잘 닦아 놓은 세면대가 하얗고 단단하게 반짝였다.

우리는 젖은 머리를 길게 늘어뜨리고 식탁에 밥을 차렸다. 우리가 좋아하는 반찬들을 모조리 다 꺼내 놓았다. 엄마가 있을 때도 토요일 저녁밥은 특별하게 차려 먹었다.

나는 유리컵 두 개에 오렌지주스를 따랐다. 엄마는 한아한테 유리컵 주지 말라고, 깨뜨리면 다친다고 했지만 그렇다고 언제까지나 플라스틱 컵만 쓰게 할 수는 없다.

"두 손으로 꼭 쥐어."

주스는 유리컵에 마셔야 더 맛있고 더 멋있다. 한아도 이 맛과 멋을 누릴 자격이 있다. 우리는 챙 소리 나게 건배하고 주스를 마셨다.

밤에 엄마한테 전화가 왔다.

"한아는?"

"자."

"무슨 일 없지?"

돌리다 듣는 사람의 감정이 상하지 않도록 모나지 않고 부드럽게 말하다.

"어."

"엄마 월요일 밤에 올라갈 거야. 집에 가면 열두 시 넘을지도 몰라."

"알았어. 근데 엄마, 나 엄마가 준 돈으로 뭐 하나만 사도 돼?"

"뭐?"

"그냥 갖고 싶은 거 있어서. 만 오천 원이야. 너무 비싸?"

"아니야. 사고 싶은 거 사. 밥 잘 챙겨 먹고."

전화를 끊고 누워서 오른쪽 손바닥을 폈다. 멍키 스패너를 꽉 쥐었을 때의 느낌이 아직도 생생했다. 내 손아귀의 힘이 스패너를 통과하면서 몇 배로 커지는 느낌이었다. 스패너를 쥔 내 손이 단단히 조여져 도무지 풀릴 것 같지 않던 너트를 거뜬히 움직였고, 나는 그런 내 모습이 마음에 들었다. 어떤 일에도 호들갑 떨지 않고 상대의 심장을 쿡쿡 찌르는 말을 내뱉는 사람은 되지 못했지만, 스패너를 손에 쥐고 고장 난 것들을 스스로 척척 고치는 사람은 될 수 있을 것 같았다.

아까 철물점에 전구 사러 갔을 때 벽에 걸린 스패너들을 봤다. 반짝이는 새 스패너들이 크기별로 나란히 걸려 있었다. 손잡이가 노란색인 것도 있고 초록색인 것도 있었다. 할머니가 한아를 옆에 앉혀 놓고 김에 밥을 싸서 입에 넣어 주는 동안, 나는 스패너와 드라이버와 펜치를 천천히 구경했다.

"할머니, 이거 얼마예요?"

"뭐? 그거는 만 오천 원."

나는 초록색 손잡이 스패너를 만지작대다가 도로 걸어 두었다.

옆에서 쌕쌕 숨 쉬는 소리가 들렸다. 한아는 저녁밥을 먹자마자 잠이 들었다. 나도 잠이 쏟아졌다. 일어나 불을 끄고 다시 누웠다. 우리는 엄마 없는 다섯 번째 밤을 보내는 중이고 모든 것이 제자리로 돌아와 있었다.

잘했어, 김한경.

나는 눈을 감은 채 혼자 웃었다. 엄마가 오려면 이제 이틀 남았다.

　여러분에게는 어떤 친구들이 있나요? 나의 마음에 공감해 주는 친구. 마치 거울을 보는 것 같이 나와 똑같은 생각을 하는 친구. 그런 친구들과 함께할 때 우리는 끈끈한 동질감을 느낍니다.

　그런데 예상치 못한 순간에 쌍둥이 같던 내 친구가 달리 보이기도 합니다. 이 작품의 주인공 다정이는 '수박 한 통' 때문에 '베프'들의 다른 모습을 보게 됩니다. 충동적으로 잘못된 행동을 하는 친구, 그런 친구를 단호하게 끊어 내는 친구, 난처한 상황을 나 몰라라 하는 친구……

　결국 이제껏 육인방과는 무슨 일이든 같이해야 한다고 여겼던 다정이의 생각에 금이 가기 시작합니다. 자기 뜻과는 다르게 행동하는 친구들이 당황스럽고 원망스럽기까지 하지요. 다정이가 '꿈을 꾼 것 같다'고 한 두 시간 동안 어떤 일이 벌어진 건지, 수박 한 통이 육인방을 어떻게 갈라놓는지, 나아가 사건 이후 다정이와 육인방 사이는 어떻게 달라질지 상상하며 작품을 감상해 봅시다.

장주식(1962~)

　경북 문경 출생. 초등학교 교사로 일하며 1999년 첫 작품 《내가 나비인가 나비가 나인가》를 출간한 이후 꾸준히 동화와 청소년 소설을 썼다. 동양 고전에도 관심이 많아 여러 사람들과 원전 강독을 해 왔다. 제2회 어린이 문학 협의회 어린이 문학상 및 제29회 한국 어린이 도서상을 수상하였다. 주요 작품으로 동화 《그해 여름의 복수》, 《소가 돌아온다》 등과 청소년 소설 《순간들》, 《길안》, 《제로》, 철학서 《논어의 발견》, 《논어 인문학 1, 2》 등이 있다.

먹고 싶다, 수박

장주식

그건 참 이상한 일이었다. 약 두 시간에 걸쳐 일어난 그 일은 마치 한바탕 꿈을 꾼 것 같기도 했다. 체육 시간에 여유 시간이 너무 많았던 게 문제였다. 줄넘기 평가를 하는 날이었다.

"적당한 데서 연습하고들 있어. 부르면 잽싸게 오고."

노란 선글라스를 낀 체육 쌤의 말이었다. 아이들은 사방으로 흩어졌다. 나는 세영, 지원, 은비, 인정, 영주와 함께 뭉쳐서 갔다. 우리는 자타가 공인하는 육인방이다. 콩 한 개도 여섯 쪽으로 나눠서 먹을 수 있다고 서로 믿는 사이다. 한 번도 그래 본 적은 없지만. 이리저리 돌아다니다가, 자리 잡은 곳이 조회대 위였다. 그곳은 시멘트로 깔끔하게 처리되어 있어서 맨 땅에서 줄을 넘는 것보다 나았다. 하지만 줄넘기는 뒷전이었다. 넘는 둥 마는 둥, 별 영양가 없는 수다로 시간을 보냈다. 체육 쌤이 본다면

"어휴, 저것들!"

하고 속을 박박 긁겠지만. 인정이는 아예 줄넘기를 저만치 집어 던지고, 바닥에 퍼질러 앉았고, 은비와 영주는 줄넘기 한 개로 서로 몸을 묶고 있었다. 그때 갑자기, 세영이가 외쳤다.

"어머, 어머! 얘들아, 저것 좀 봐."

눈들이 한꺼번에 세영이가 가리키는 곳으로 쏠렸다.

"보여? 얘들아, 보이지? 수박 말이야."

진짜로 있었다. 수박이었다. 조회대 옆, 비탈진 잔디밭, 늙은 겹벚꽃 나무 아래, 수박이 있었다. 단 한 개. 수박 포기도 딱 하나였다. 오리발처럼 갈라진 길쭉한 초록 이파리들은 그닥 싱싱해 보이지 않았다. 그러나 수박은, 생각보다 컸다!

자타(自他) 자기와 남을 아울러 이르는 말.
공인하다(共認——) 함께 인정하다.

"와, 크다! 인정이 머리보다 크겠다."

지원이가 인정이 머리를 끌어안으며 소리쳤다. 녹색 덩어리에 선명하게 죽죽 그어진 짙푸른 선들. 수박은 튼튼해 보였다. 손가락으로 튕기면, 퉁! 하고 소리를 낼 것 같다. 나는 수박을 손가락으로 튕겨 보고 싶은 마음이 불현듯 솟아나자, 참기 어려웠다.

"아, 저거 우리 따 먹으면 안 될까? 수박이 언제부터 저기 있었지? 왜 그 동안 못 봤을까?"

내가 이상한 흥분에 휩싸여 마구 말을 쏟아 내고 있을 때, 벌처럼 윙 하고 수박에게로 날아간 인간이 있었다. 지원이였다.

"먹고 싶으면 따지 뭐."

아아, 그 아무도 말릴 새가 없었다. 마치 오랜 세월 수박 농사를 지어 온 농부라도 되는 양, 아주 능숙한 솜씨로 지원이는 수박을 뚝 따서, 가슴에 안고 환하게 웃었다.

"야, 너!"

거의 비명에 가까운 짧은 소리가 모두의 입에서 터져 나오고, 순간 정적. 입을 벌린 채 아이들은 얼음이 되었다. 지원이 표정이 가장 볼만했다. 수박을 가슴에 안고 우는 듯 웃는 듯 두려운 듯 오묘한 표정. 일단 일을 저질러 놓고 보는 지원이다웠다.

"왜에!"

지원이는 친구들을 올려다보며 애절한 가락으로 호소하듯 내뱉었다. 지원이의 호소에 누구도 선뜻 대답을 하지 않았다. 갑자기 근심에 휩싸인 지원이가 일부러 울음 섞인 소리를 내면서 다시 애원조로 말했다.

"수박 먹고 싶지 않아? 니들."

정적(靜寂) 고요하여 괴괴함.

"먹고 싶긴 하지……."

인정이가 대답했다. 나도 먹고 싶다고 말을 보태려는데, 은비가 먼저 말했다.

"난 안 먹을래. 그, 리, 고."

글자를 끊어서 또박또박 발음한 뒤, 은비는 한 걸음 뒤로 물러나며 덧붙였다.

"나는 빠지겠어. 이 사건은 나와 무관한 거야. 난 결코 이 상황을 인정할 수 없어."

은비는 말을 하는 중에도 걸음을 옮겨, 마침내 조회대에서 바깥으로 나가 버렸다. 머뭇거리던 영주도 은비를 따라갔다. 수박을 가장 먼저 발견했던 세영이는 은비를 보다가 지원이를 보다가 허둥대며 '어떡해, 어떡해.'를 연발하더니 엉뚱하게도 줄넘기를 들고 줄을 넘기 시작했다.

멀리서 시끌시끌 아이들이 오는 소리가 들렸다. 가장 괴로운 사람은 당연히 지원이였다. 수박을 안은 채 엉거주춤 선 지원이. 나는 지원이를 구출하는 게 가장 급선무라고 판단했다. 눈에 띄는 대로, 지원이의 신발주머니를 들고 달려갔다.

"얼른 넣어!"

신발주머니의 주둥이를 벌리고 내가 말했다. 지원이는 수박을 딸 때처럼, 재빠른 동작으로 수박을 집어넣었다. 팔을 두어 번 흔들어 보던 지원이는

"휴, 살았다."

숨을 폭 내쉬곤 멀리서 다가오는 아이들을 힐끔 바라보았다. 신발주머니 깊이가 얕아서 수박 등이 손등만큼 내보인다.

급선무(急先務) 무엇보다도 먼저 서둘러 해야 할 일.

“야, 보인다. 수박이 너무 커.”

수박이 큰 것이 결코 탓 될 일도 아니건만, 지원이는 수박이 큰 탓을 하면서 사방을 휘휘 둘러보다가 조회대 난간에 걸려 있던 체육복 점퍼를 벗겨서 신발주머니를 감쌌다.

“야, 그거 내 건데.”

세영이가 외쳤지만, 지원이는 들은 체도 하지 않았다. 졸지에 내가 수박을 끌어안게 되었다. 다른 사람들이 보면야 체육복을 가슴에 안고 있는 것처럼만 보이겠지만.

그런 일들이 벌어지고 있는 동안 체육 시간은 끝이 나 버렸다. 나와 지원이, 세영이와 인정이는 잘 감춘 수박을 끌어안고 교실로 들어갔다. 다른 아이들이 접근하지 못하도록 나를 가운데에 두고, 세 아이들이 보호하면서 걸었다. 우리 넷의 눈빛 교환은 은밀했다. 다른 사람들 몰래 우리만의 비밀을 공유한다는 건 꽤 짜릿한 맛이 있었다. 더구나 뭔가 조금은 찜찜한 일, 곧 결코 선한 일이 아니며 들통이 난다면 비난을 받을 것이 분명한 비밀. 공범자로서 서로를 지켜 줘야 한다는 희한한 사명감까지 생기는 그것. 누가 심어 가꾼 수박인지는 알 수 없으나, 공공의 장소에 심어져 있었으므로 누구든 발견한 사람이 먹을 수 있지 않겠느냐고, 나는 그런 생각을 하며 이건 남의 것을 훔치는 게 아니라고 스스로를 합리화하고 있었지만 마음이 불편한 건 사실이었다. 수박은 너무나 잘 가꿔져 있었기 때문이다. 수박 줄기 주변은 잡초를 제거하면서 흙을 돋워 놓는 등, 사람의 손길이 확연했다. 당연히 수박이 저절로 나서 자랐다면 그렇게 상품 가치가 있

공범자(共犯者) 함께 계획하여 범죄를 저지른 사람.
사명감(使命感) 주어진 임무를 잘 수행하려는 마음가짐.
합리화하다(合理化--) 어떤 일을 한 뒤에, 자책감이나 죄책감에서 벗어나기 위하여 그것을 정당화하다.
돋우다 밑을 괴거나 쌓아 올려 도드라지거나 높아지게 하다.

을 정도로 되진 못했을 것이다. 정성을 들여서 가꾼 사람이 있는 게 분명했다. 마음이 걸리는 것은 바로 그 부분이었다. 서로 입 밖에 내놓고 말하지 않았지만, 다른 세 친구도 그렇게 생각할 게 틀림없었다. 눈빛만 봐도 안다.

교실에 들어가서도 우린 한 덩어리로 뭉쳐서 앉았다. 사태의 해결을 위해 의견을 나눠야 했다. 수박이 든 신발주머니는 책상 밑에 넣었다. 그리고 우리 넷은 머리를 가까이 모았다. 나는 책상 하나 건너에 앉은 은비를 보았다. 은비는 평온한 얼굴로 가방을 챙기고 있었다. 은비 옆에 앉은 영주와는 눈이 마주쳤다. 영주는 자주자주 우리 쪽을 보고 있었던 거다. 영주는 나와 눈이 마주치자 어색하게 웃었다. 나는 은비의 평온한 옆얼굴을 보면서 두 개의 감정을 동시에 느꼈다. 부러움과 서운함. 은비와 나는 중학교에 들어와 2년 연속 같은 반이 되었다. 아홉 개 반 중에서 같은 반이 될 확률은 높지 않았다. 보통 서너 명에 그친다. 더구나 지난해의 절친이 다시 같은 반이 될 확률은 정말 낮았다. 은비와 난 1학년 때 베프였다. 물론 지금은 더욱더 베프다. 그런 은비가 지금 저렇게 무심하게 나를 돌아보지조차 않고 있다. 절친이란, 무슨 일이든 같이해야 하는 것 아닌가, 나는 그런 생각에 서운했다. 그러나 부러움이 더 컸다. '그건 옳지 않아.'라고 서슬 푸르게 손을 딱 떼 버리는 그 결단성. 부러움을 넘어서 그런 결단성을 가진 은비가 절친이라는 것이 은근히 자랑스러운 생각도 들었다. 하지만 허전함은 어쩔 수 없었다, 은비가 빠진 채 수박 문제를 해결해야 한다는 것이.

지원이가 내 어깨를 툭 쳤다.

"듣고 있어? 왜 대답을 안 해?"

서슬 푸르다 권세나 기세 따위가 아주 대단하다.

지원이, 인정이, 세영이가 모두 나를 보고 있었다.

"으응, 뭐?"

"기집애. 고새 딴생각을 하고 있냐? 화장실 가서 먹는 게 어떠냐고, 수박을."

지원이가 낮은 소리로 속삭였다.

"화장실에? ……."

나는 잠깐 대답을 머뭇거렸다. 뭔가 불현듯 비겁하다는 생각이 들었다. 누군가 가꾼 수박을 딴 일차적인 잘못을 조금이나마 보상하려면 수박의 처리 문제는 공명정대해야 될 것 같았다. 우리끼리 숨어서 먹는 것은 잘못에 또 하나의 잘못을 더 얹는 게 아닐까. 나는 말했다.

"아냐. 다 같이 먹자."

"뭐?"

지원이가 눈을 동그랗게 떴다. 세영이, 인정이도 마찬가지였다.

"담임 쌤 오시면 말해서, 애들 다 같이 먹자고."

모든 수업이 끝났으므로, 담임이 종례를 하기 위해 곧 교실에 올 것이었다.

"미쳤어? 벌점 먹을 거야."

"발바닥을 맞을지도 모르고."

"다른 애들한테 욕먹을걸."

셋이서 한마디씩 지껄였다. 나는 조용조용 차분하게 내 생각을 주장했다.

"담임 쌤이 말이야. '허헛 자식들, 왜 그랬어? 뭐 어쩌겠냐? 이왕 따 온 수박이니 나눠 먹자. 허헛.' 하고 말하실 거 같애. 그럼 얼마나 좋아. 우리 지금 이 찝찝한 기분도 다 없어지고, 친구들하고 다 같이 수박 한 쪽

공명정대하다(公明正大--) 하는 일이나 태도가 사사로움이나 그릇됨이 없이 아주 정당하고 떳떳하다.

씩 먹고 말이야. 아, 수박이 한 개밖에 안 되니까 모자라면 우린 안 먹어도 되고. 난 이 방법이 가장 좋을 것 같아. 어때?"

"쩝쩝."

세영이가 침을 입속에서 모아 소리를 내더니 말했다.

"담임 쌤이 그렇게 안 나올 거 같은데. 평소에 하던 태도를 볼작시면 말이지. 무조건 벌점 먹는다에 난 한 표!"

"난 발바닥 맞는다에 한 표! 넌 우리 학교 3대 악당을 너무 물렁하게 본단 말이야."

그렇다. 우리 담임은 60여 명에 이르는 교사들 중에 3대 악당으로 꼽힌다. 3대 악당 중에서도 첫손가락이 틀림없을 거였다. 도교육청에서 학생 인권 조례를 만들고 절대, 결코, 교실에서 체벌이 있어선 안 된다고 지시가 내렸건만, 담임은 콧방귀였다. 두 팔을 머리 위로 쭉 뻗어서 의자를 들고 서 있기 5분은 기본이고, 툭하면 발바닥을 회초리로 때렸다.

'너희가 학생 인권이 있다면 나는 교사 인권이 있다. 이게 나의 교권을 보호하는 최소한의 장치야.'

담임은 주장이 분명했다. 그런 면에선 은비가 담임을 닮은 게 분명했다.

"너는 발바닥을 맞아 본 적이 없지? 공부를 잘하니까."

발바닥을 자주 맞는 인정이가 말했다. 정말 그렇다. 나는 발바닥을 맞아 본 적이 없다. 의자 들기는 단체 벌이므로 무조건 들어야 하지만, 발바닥 맞는 건 개인 징벌이었다.

인정이와 세영이의 극구 반대에 동참한다는 의미로 지원이도 말없이 고개를 천천히 흔들었다. 말 없는 지원이의 그 행동이 더욱 견고한 반대 표

징벌(懲罰) 옳지 아니한 일을 하거나 죄를 지은 데 대하여 벌을 줌. 또는 그 벌.
견고하다(堅固--) 사상이나 의지 따위가 동요됨이 없이 확고하다.

시로 느껴졌다. 난 답답했다. 왜 애들은 뉘우칠 줄을 모를까. 나도 이쯤에서 손을 떼 버릴까. 나는 다시 은비를 바라보았다. 초연하고 편안한 모습. 지원이의 우발적인 행동에 은비는 재빠른 판단으로 결단을 하였다. 하지만 난 어떤가. 우유부단한 나. 이러지도 저러지도 못하면서, 그 알량한 우정을 지킨다는 마음으로 잘못된 일에 동참하고 있지 않은가. 아니, 나도 사실 수박을 따고 싶었을지도 모른다. 지원이가 뚝 따 버렸을 때, '야아.' 하고 외쳤지만 속으로 슬며시 쾌감도 있었던 걸 희미하게 기억한다. 그런데 이제 와서 손을 떼겠다고? 나는 마음을 고쳐먹었다. 그리고 다시 한번 아이들을 설득해 보았다.

"얘들아, 그렇게 하자. 담임 쌤이 벌점 먹이면 먹고, 발바닥 때리면 맞자. 그게 속 편할 거 같애. 응?"

나는 애절하게 호소하는 눈빛을 세 친구에게 보냈다. 반응은 싸늘했다.

"난 못 해!"

인정이가 세차게 고개를 흔들었고, 지원이는 되려 나를 설득했다.

"너 왜 그래? 넌 발바닥 안 맞아 봐서 모르는 거야. 마이 아파, 흑흑. 그냥 우리끼리 먹어도 될 걸, 왜 일을 크게 만들어? 응? 화장실 가서 먹자, 응? 다정아."

지원이가 내 이름 다정이를 정말 다정하게 부르면서 말했다. 난 마음이 흔들렸다. 우유부단한 내 본색이 여지없이 드러나고 있었다. 우리 넷이 수박 처리에 대하여 합의를 보지 못하고 괴로워하고 있을 때, 담임이 불쑥 교실에 나타났다. 아이들이 제각각 떠들던 말소리를 낮추며 제자리를 찾

초연하다(超然--) 어떤 현실 속에서 벗어나 그 현실에 아랑곳하지 않고 의젓하다.
우발적(偶發的) 어떤 일이 예기치 아니하게 우연히 일어나는 것.
우유부단하다(優柔不斷--) 어물어물 망설이기만 하고 결단성이 없다.
알량하다 시시하고 보잘것없다.

아서 앉았다. 담임은 실내를 한 바퀴 빙 둘러본 다음, 천천히 말했다.

"오늘은 별일 있었니?"

"아뇨, 없었어요."

아이들이 늘 하던 습관처럼 합창을 했다. 담임은 만족스러운 얼굴로 고개를 끄덕였다.

"좋아, 각자 위치로."

담임은 교실을 나갔다. 담임은 바람처럼 교실을 다녀간 것이다. 나는 수박 이야기를 할 틈을 결코 잡을 수 없었다. 아니 담임이 '별일 있었니?' 하고 물었을 때가 수박 이야기를 할 틈이었지만 나는 그런 용기가 없었다. 담임이 '별일 있었니?' 하고 물었을 때, 인정이, 지원이, 세영이가 한꺼번에 나를 쳐다봤다. 그때 만약, '내가 수박을 땄어요!' 하고 말했다면? 그건 친구들을 배반하는 행위일까, 친구들을 악에서 구하는 행위일까. 알 수 없는 일이다.

어쨌든 담임은 사라졌다. 담임이 긴 복도를 걸어 아래층으로 내려가는 것을 확인하고 돌아온 지원이가 말했다.

"화장실 가자, 수박 먹으러."

지원이의 목소리는 당당했다. 이제 나의 제안은 아무런 힘을 발휘할 수 없다는 걸 지원이는 너무나 잘 알고 있었던 거다. 그러니 남은 방법은 화장실행뿐이었으니. 그때 은비가 내게 가까이 다가와서 말했다.

"다정아, 나 먼저 가 있을게. 이따 보자."

은비가 먼저 가 있을 곳은 음악실이다. 대회가 얼마 남지 않아 방과 후에 합창 연습을 한 시간씩 한다. 은비와 나는 똑같이 알토 파트다. 은비는 수박을 숨겨 놓은 내 책상 밑을 슬쩍 한 번 보고 돌아서서 교실을 나갔다. 하나로 묶인 긴 머리카락을 찰랑이며 걸어가는 은비의 뒷모습이 무척 가벼워 보인다.

은비가 나간 뒤 돌발 사태가 벌어졌다. 갑자기 세영이가 수박을 덮은 자기 체육복을 들어 올린 것이다. 아직 교실에는 아이들이 여럿 남아 있는데도 말이다. 수박이 담긴 지원이의 신발주머니는 책상 밑에 있었으므로 물론 아이들에게 들키진 않았다.

"얘들아, 미안. 나 깜빡했어. 얼른 가 봐야 해. 늦으면 엄마한테 죽는당. 우리 가족 오늘 외할머니네 가걸랑, 생신이라서. 정말 미안, 미안. 나 갈게."

말을 하면서 교실을 나가던 세영이. 그래서 '나 갈게.'라는 말은, 복도에서 들려왔다. 엄청 바쁘고 급하다는 것이 그대로 행동에서 묻어났다. 세영이를 아무도 잡지 못했다. 아니 잡을 생각도 못 했다는 게 맞는 말이다. 남은 인정이와 지원이, 나는 서로 멀뚱히 얼굴을 쳐다보았다. 세영이 다음은 인정이였다. 인정이가 얼굴을 살짝 붉히면서 말했다.

"저기, 있잖아. 나도 사실, 얼른 가야 되거든. 수박을 먹고 싶기는 하지만……. 나, 그냥 갈게. 미안해. 나 간다."

인정이도 가방을 둘러메고 교실을 나갔다. 지원이와 나는 할 말이 없었다. 아니, 갑자기 우린 벙어리가 된 것이다. 지원이는 속으로 무슨 생각을 하고 있는지 모르겠지만, 나는 적잖이 당황스러웠다. 나도 가야 되는 건가? 수박을 딴 사람은 지원이니까, 지원이 보고 알아서 해결하라고 하면 그만 아닌가. 세영이도 인정이도 대놓고 그런 말은 없었지만, '미안해.'라는 말이 '지원이 네 책임이야.'라는 말과 동의어로 쓴 것이 아닐까. 그렇다면 나도 '지원아, 미안하다.' 하고 가 버리면 그만 아닌가. 이런저런 생각이 머릿속에 줄지어 일어나는 통에 말을 못 하고 내가 우물거리고 있을 때, 지원이가 먼저 말했다.

"저, 다정아, 나도…… 가야 되는데, 어떡하지? 이 수박. 나 신발주머니 가져가야 되는데."

정말 뜻밖의 말이었다. 지원이의 말을 나는 얼른 이해할 수가 없었다.

"무, 무슨 말이야? 너도 간다고? 수박은 어떡하고."

"나도 집에 가야 되거든, 빨리. 네가 좀 해결할 수 없을까? 이 수박."

"나 혼자?"

"응, 다정아, 난 널 믿어, 헤헤. 넌 훌륭한 친구잖아. 공부도 잘하구."

지원이가 방글방글 웃는다. 나는 갑자기 이상하게 전개된 사태가 황당했지만, 지원이의 방실거리는 웃음은 너무 예뻤다. 마법에 홀리듯 나는 지원이의 웃음에 매료되었다. 다른 이의 영혼을 몸에 실은 무당이 그 영혼이 시키는 대로 말을 하듯 내 입에선 이런 말이 나왔다.

"그래, 알았어. 내가 처리할게."

나는 말을 하는 내 입의 움직임을 느낄 수 없었다. 내 입에서 나와 내 귀에 들리는 목소리도 결코 내 것이 아니었다. 처음 듣는 듯한 낯선 목소리였다. 그러나 분명 그 말은 내 입에서 나오는 소리였다.

"내 가방에 넣어."

나는 내 가방에 있던 책을 꺼내, 책상 서랍 속에 넣고, 가방 주둥이를 쫙 벌렸다. 지원인 신발주머니의 수박을 잽싸게 옮겼다. 나는 재빨리 가방의 지퍼를 닫았다. 지원이가 해맑게 웃으며 내 어깨를 톡톡 쳤다.

"정말 정말 훌륭한 친구야, 다정이는."

"걱정 마. 잘됐지 뭐. 내가 집에 가져가서 먹을게."

나는 술술 말했다. '집에 가져가서 먹을게.'라는 말을 하면서 나는 내 목소리를 되찾았다. 그건 분명 내 목소리였다. 아주 익숙했다. 나는 귀에 익은 내 목소리를 되찾자 마음이 편안해졌다.

'그래, 집에 가져가서 엄마랑 아빠랑 먹으면 되잖아. 뭐가 문제야.'

나는 그렇게 생각하자, 기분이 썩 유쾌해졌다. 지원이와 나는 가방을 메고 교실을 나섰다. 복도를 걸어가면서 지원이는 내 가방을 두 손으로 살살 쓰다듬었다.

"오동통통 수~박, 아 머꼬 시포."

혀짤배기소리까지 해 가면서 지원이는 자꾸만 가방을 만져 댔다. 나는
사방을 둘러보면서 작은 소리로 주의를 줬다.

"그만 만져. 누가 본단 말이야."

"헤에, 보긴 누가 봐. 봐도 누가 알어. 이렇게 쏘옥 들어가 있는데, 가방
속에 말이야. 아, 맛있겠당."

지원이는 옆에서 걷다가 아예 내 뒤로 돌아가서 가방을 만지면서 걸어왔
다. 나는 걸음을 딱 멈췄다. 계단을 다 내려와서, 음악실이 있는 별관으로
가는 길과 교문 쪽으로 가는 갈림길이 있는 화단 앞에 섰을 때였다. 이리
저리 다니는 아이들이 꽤 많은 곳이다.

"진짜 그만해, 들킨다구."

"들키긴 뭘."

정말 알 수 없는 일이었다. 평소 같으면 내가 한 두어 번 주의를 주면, 곧
하던 행위를 멈추는 게 보통인데 오늘 지원이는 뜻밖이었다. 지나칠 정도
로 수박에 집착하는 모습이었다. 자기가 저지른 일에 대한 죄책감이 컸는
데, 그것이 잘 해결된 것에 대한 감정이 넘친 게 아닐까, 그런 생각이 들기
는 했다.

"고마워서 그래?"

"뭐라고?"

지원인 내 말을 못 알아들었다. 나는 나만의 생각을 불쑥 말했으므로, 지
원이에게는 뜬금없기는 하겠다는 생각이 들었다. 나는 피식 웃으며 말을

혀짤배기소리　혀가 짧아서 'ㄹ' 받침 소리를 똑똑하게 내지 못하는 말소리.
집착하다(執着--)　어떤 것에 늘 마음이 쏠려 잊지 못하고 매달리다.

수정했다.

"내가 수박 문제를 해결하니까, 고맙냐고."

"으응, 그렇지 뭐. 그래, 고맙다고 해야 되나? 너는 수박이 생겼는데, 나한테 안 고맙냐? 이거 말이야."

지원인 또 가방을 건드렸다. 아주 수박의 선을 따라 두 손으로 동그라미를 그렸다. 둘이 그러고 섰을 때, 같은 반 친구인 민아가 다가왔다.

"너희들 뭐해? 다정이 가방에 뭐 있어? 먹는 거지?"

"아…… 아니."

내가 약간 말을 더듬었다. 얼굴에 조금 당황스러워하는 빛도 나타났으리라, 민아가 그걸 놓칠 리가 없다.

"이거, 수상한데. 뭐야? 과자야? 같이 먹자야. 친구 좋은 게 뭐니. 우린 같은 반에다, 합창도 같이 하잖아. 이게 보통 인연이야? 맛있는 건 같이 먹어야지. 가방 속에 꽁꽁 숨겨 두고 혼자 먹을 거야? 그럼 배탈 나. 안 그래? 지원아?"

어휴, 기집애. 뭐 이런 수다쟁이가 다 있나, 그 짧은 순간에 많이도 주워 섬겼다. 민아가 자기 이름을 부르면서 의견을 묻자 지원이는 피식 웃었다.

"그, 그래. 같이 먹어야지."

"맞지? 지원이 너도 그렇게 생각하지? 보자, 뭔가. 되게 궁금해."

민아는 물을 차고 날아오르는 제비보다도 빠른 속도로 내 가방의 지퍼를 열었다. 나는 눈을 뜬 채로 코를 베인다는 게 꼭 이런 심정이겠구나, 하는 생각이 들었다.

"엥? 이게 뭐야? 이거 진짜야, 모조품이야?"

"진짜야."

주워섬기다 들은 대로 본 대로 이러저러한 말을 아무렇게나 늘어놓다.

나는 얼른 가방을 벗어서 가슴에 안으며 지퍼를 닫았다. 민아가 가방을 뺏으려 대들며 물었다.

"그거 어디서 난 거야? 혹시, 조회대 옆에서 딴 거?"

가슴이 콕 찔렸다. 지원이도 똑같은 느낌이었나 보다. 입을 삐죽하며 나에게 두 손을 벌려 보였다. 말없이 선 지원이와 나를 번갈아 보며 민아가 말했다.

"맞구나. 헐, 대박! 야. 뭔 짓을 한 거니? 니들 큰났다. 그거 교장 쌤 수박이야."

"뭐?"

두 사람 입에서 놀란 소리가 터져 나왔다. 아마 이때 지원이와 내 눈의 크기는 황소 눈만 했을 것이다.

"몰랐어? 교장 쌤이 지극정성으로 가꾼다고 소문이 짜하잖아. 그거 모르는 애들 없는데, 이상하네. 니들은 그걸 알고도 딴 거? 교장 쌤한테 뭐, 저항할 거 있삼?"

교장 쌤의 얼굴이 절로 떠오른다. 평소에도 눈꼬리가 위로 살짝 들려 있고, 눈꼬리를 따라서인지는 몰라도 입꼬리도 들려 있는 세모꼴 얼굴. 교장 쌤의 별명은 늙은 여우였다. 눈빛 하나만으로도 전교생을 침묵시킬 수 있는, 그 카리스마. 지원이는 금세 울상이 되었다.

"어, 어떡하지?"

"뭘 어떡해. 빨리 돌려놔야지."

민아가 시원시원하게 말했다. 무슨 말인지 감은 잡았으나, 나는 확인하기 위하여 다시 물었다.

"돌려놓다니?"

짜하다 퍼진 소문이 왁자하다.

"수박을 있던 데 갖다 놓으라고."

"딴 거를? 그건 양심을 속이는 일이잖아."

"허허 참, 지금 양심 따지게 생겼니? 교장 쌤이 알면 너 감당할 수 있어?"

"……."

나는 선뜻 대답을 못 했다. 지원이가 내 손을 잡아끌었다.

"다정아, 민아 말대로 하자. 얼른 수박 갖다 놓자. 갖다 놓고 집에 가게. 응?"

지원이는 벌레 씹은 얼굴이 되어 있다. 조금 전 교실에서 나와 건물 계단을 내려올 때 즐거워하던 얼굴과는 전혀 판판이다. 나는 망설여졌다. 이건 작은 잘못에 대한 징벌을 피하기 위하여 더 큰 잘못을 저지르는 게 틀림없다는 생각이 들었다. 강력 접착제가 땅과 내 발바닥을 붙여 놓은 느낌이 들었다. 지원이와 민아가 나를 잡아당겼지만 내 발은 떨어지지 않았다.

"지원아, 이건 아닌 거 같아."

"뭐가, 아냐. 빨리, 갖다 놓고 가자. 에이, 짜증 난다, 정말. 망할 수박."

지원이 말이 거칠어졌다. 얼굴도 많이 일그러졌다.

"너 가기 싫으면 내가 할게. 가방 이리 줘. 어차피 내가 땄으니까. 내 거 잖아."

지원이가 가방을 잡고 뺏으려 들었다. 나는 가방을 강하게 잡았다. 지원이보다는 내가 힘에 있어서 한 수 위다. 지원이는 힘이 약해 맘대로 되지 않자, 발을 구르며 식식거렸다. 눈에선 불꽃이 튀는 것 같았다.

"너 정말 왜 그래? 너만 양심적이야? 나는 도둑이구?"

지원이는 말을 하다 보니까, 더욱 화가 나는 모양이었다. 마침내 우리가 친한 친구라는 것도 잊어버린 게 틀림없었다. 나에게 이런 말을 쏟아 놓고 뛰어가 버렸다.

"그래, 잘난 니가 알아서 해. 난 갈 거야."

정말, 진짜, 욱하기 대장, 지원이답다. 나는 달아나는 지원이 뒷모습을 보면서도 실감이 나지 않았다. 누가 보더라도 지원이는 저렇게 가 버려선 안 되는 거였다. 어째서 이런 비현실적인 일이 현실에서 일어나고 있는 것인지 알 수 없었다.

지원이와 내가 아웅다웅하는 걸, 안쓰럽게 바라보고 있던 민아도 슬금슬금 뒷걸음질을 치더니 돌아서서 별관 음악실로 가 버렸다. 마침내, 나는 우두커니 혼자 서 있게 되었다. 갑자기 가방이 너무나 무거웠다. 마치 가방 안에 바윗덩어리라도 들은 것 같았다. 가방을 들고 서 있기가 어려웠다. 나는 그대로 주저앉았다.

'이게 무슨 일이지. 도대체 오늘 무슨 일이 일어난 거야?'

나는 지퍼를 조금 열어서 수박을 내려다보았다. 수박은 가방 안에서 싱싱했다. 날은 더워 땀이 흐른다. 녹색 바탕에 검푸른 줄이 죽죽 그어진 그 수박을 바라보고 있자니, 입속에 침이 고인다.

'이걸 어찌해야 하나?'

반을 뚝 갈라 랩을 씌워 냉장고에 넣어 뒀다가 먹거나, 고무 함지•에 얼음덩이와 함께 통째로 넣어 뒀다가 큼직하게 쩍쩍 갈라 먹었으면. 혹시 또 아나. 요즘 사이가 그리 좋지 않은 엄마, 아빠에게 이 수박이 한 번 웃음을 줄지도 모른다. 저녁에 수박 파티를 벌이면서, '그게 학교 화단에 있었어? 웃긴다, 얘.'라는 엄마 말에, 유쾌한 한때가 될 수도 있다.

나는 수박을 바라보며 생각에 잠겼다. 쉽게 결단을 내리지 못하는 나의 우유부단한 성격이 밉다는 생각이 간절했다. 얼마나 지났을까, 고민의 늪에 푹 빠진 내 어깨를 건드리는 손이 있었다. 은비였다.

"여기 있을 거라고 해서……. 민아가."

함지 통나무의 속을 파서 큰 바가지같이 만든 그릇.

"……."

나는 하마터면 눈물을 찔끔거릴 뻔했다.

"그거 어쩌려고?"

은비가 손가락으로 내 가방을 가리켰다. 정확하게 말하자면 수박을 가리킨 것이지만.

"글쎄, 어, 어쩌지?"

"있던 데 갖다 둬. 끌어안고 끙끙대지 말고."

역시 은비는 울트라 쿨녀다. 아니, 명쾌하다고 해야 하나. 나는 천천히 일어섰다. 그런 내 망설임을 은비는 두고 보지 않는다.

"합창 쌤 아까 오셨어, 빨리 가야 돼."

은비가 내 손을 잡아끌었을 때, 내 발은 아주 쉽게 움직였다. 조회대 옆으로 가서, 수박을 제자리에 놓았다. 내가 가방에서 수박을 꺼낼 때, 은비가 옷을 좍 펴서 가려 주었다. 은비와 손을 잡고 음악실로 걸어가는 발걸음은 날아가는 것 같았다. 등에 멘 가방이 날개로 변한 것인지도 몰랐다.

은비가 내 손을 잡았을 때, 나는 모든 걸 다 잊어버렸다. 꼭지가 떨어진 수박을 마치 처음부터 따지 않았던 것처럼 제자리에 돌려놓는 것이 얼마나 기만적인 일인지도, 줄기에서 분리되어 물을 공급받지 못해 배배 뒤틀려 마르다가 썩어 갈 수박의 아픔 따위도. 그런 것들은 나의 양심을 건드리지 않았다. 다만 은비의 손이 따뜻했을 뿐이었다.

기만적(欺瞞的) 남을 그럴듯하게 속이거나 속여넘기는 것.

청소년이라면 으레 경험하는 성장통이 있습니다. 오후 네 시만 되면 달고나를 만드는 친구 서율이도 성장통을 겪는 중입니다. 처음에는 첫사랑의 두근거림인 줄 알았는데, 낯선 이 감정은 서율이를 고통에 빠뜨립니다. 달콤한 줄만 알았던 사랑의 쓴맛처럼 서율이가 만드는 달고나도 영 씁쓸하기만 합니다. 괴로운 서율이의 마음을 위로해 주는 존재는 '할아버지'입니다. 기억을 잃어 가면서도, 할아버지는 늘 서율이에게 달고나를 만들어 달라고 하지요.

사랑도 결국 사람과 사람 사이의 이야기입니다. 누군가와 친밀하게 지내면서 상대에 대해, 그리고 자신에 대해 알게 되는 과정입니다. 씁쓸한 첫사랑을 겪지만 서율이는 할아버지에 대해, 그리고 스스로에 대해 더 깊이 이해하게 되지요. 서율이가 만든 달콤 쌉싸름한 달고나의 맛을 상상하며 작품을 감상해 봅시다.

이송현(1977~)

대구 출생. 2009년 《아빠가 나타났다!》로 제5회 마해송 문학상을 받으며 작품 활동을 시작했다. 〈호주머니 속 알사탕〉으로 〈조선일보〉 신춘문예 동시 부문에 당선되었으며, 청소년 소설 《내 청춘, 시속 370km》로 사계절 문학상과 서라벌 문학상 신인상을 받았다. 대학에서 아동·청소년 문학을 가르치며 '건강한 이야기꾼'으로 사는 삶을 꿈꾸고 있다. 주요 작품으로 장편 소설 《일만 번의 다이빙》, 《나의 수호신 크리커》, 《라인》, 《드림 셰프》, 동화 《내 이름은 십민준》 시리즈, 《똥 싸기 힘든 날》, 《슈퍼 아이돌 오두리》, 《방과 후 아나운서 클럽》 등이 있다.

"언니, 달 주세요. 보름달."

속도 좋지, 똥을 한껏 싸 놓고 먹을 것을 달라니. 할아버지는 양심도 없다. 엄마는 인상을 찌푸릴 법도 한데 무표정이다. 대신 나를 노려보며 복화술하듯 입을 달싹거리며 경고했다.

"너, 저녁 먹기 전에 할아버지한테 또 달고나 주면 혼날 줄 알아."

나는 벽에 걸린 할아버지의 중절모를 있는 힘껏 노려보았다. 중절모를 베란다 밖으로 던져 버릴까, 잠깐 고민했다. 중절모가 사라지면 할아버지는 작은방에서 한 발자국도 나오지 않을 테니 제법 잔인한 복수가 되겠지.

밥 먹기 전에 안 먹는다고 약속까지 해 놓고 할아버지는 날름 달고나를 입에 넣었다. 사실 달고나는 할아버지를 위한 것이 아니었다. 한승규가 달고나를 좋아한다는 정보를 입수하지 않았다면 인터넷 쇼핑으로 달고나 세트를 구입하지 않았을 것이다. 한승규에게 완벽한 하트 모양의 달고나를 만들어 주기 위해 열과 성을 다해 연습하는데 재주는 곰이 부리고 돈은 되놈이 가져간다더니, 딱 내 꼴이다. 달고나 장인의 유명 블로그에 적힌 대로 매번 연습하는데도 달고나 맛은 영 별로다.

"똥이다, 똥. 언니, 똥 만지면 안 돼요."

맨 처음 달고나를 만들었을 때 할아버지가 내게 건넨 말이다. 충격이 컸다. 내가 똥손인 건 알았지만 가족 이름도 기억 못 하는 할아버지한테 똥이나 만들었다는 평가를 받다니! 수차례 연습한 끝에 모양은 이제 그럴싸하지만 맛이 관건인데 이 상태로 한승규 앞에 내놓는다는 건 불가능이다.

오후 4시, 학교에서 돌아오자마자 학원 가기 전에 짬을 내서 연습하는

복화술(腹話術) 입을 움직이지 않고 말하는 기술.
달싹거리다 어깨나 엉덩이, 입술 따위가 가볍게 자꾸 들렸다 놓였다 하다. 또는 그렇게 되게 하다.
중절모(中折帽) 꼭대기의 가운데를 눌러쓰는, 챙이 둥글게 달린 신사용의 모자.
관건(關鍵) 어떤 사물이나 문제 해결의 가장 중요한 부분.

건데 정성을 봐서라도 하늘은 내게 손맛이란 걸 내려 줄 때도 되지 않았나? 베이킹 소다 양 조절이 아무래도 실패인 것 같았다. 그래도 사람은 희망의 끈을 놓아서는 안 된다고, 어느 책에서 봤던 것 같은데……. 달고나 장인이 되기까지의 갈 길이 얼마나 먼지 짐작할 수 없지만 똥에서 달이, 보름달로 업그레이드되었으니 오늘은 썩소라도 지어 봐야 하는 건가?

"이서율, 너 빨리 화장실 들어가서 청소해. 얼른!"

"왜, 내가 싼 똥도 아닌데!"

엄마가 내 입을 틀어막으며 머리를 들이박을 기세다. 그러더니 내 등을 화장실로 떠밀었다.

"진짜 이럴 거야, 할아버지 앞에서. 좋은 말로 할 때 들어."

할아버지는 속옷이나 바지에 실수를 하는 일은 절대 없으면서 매번 변기에 똥을 묻히곤 했다. 이쯤 되면 날 물 먹이는 건가 싶은 의구심도 든다. 그리고 변기통은 늘 내 차지다. 할아버지한테 한바탕 퍼부으려는 찰나 카톡이 왔다.

— 연락할게.

한승규였다. 연락한단다. 이건 단체 톡이 아닌 나에게만 보낸 개인 톡이다. 심장이 톡 알람처럼 경쾌하게 뛴다.

"이서율, 얼른 화장실 안 들어가?"

"들어가지, 내가. 지금 들어간다, 엄마!"

나는 고무장갑을 끼고 콧노래를 부르며 세제를 세숫대야에 풀었다. 까짓것 똥 냄새가 대수랴! 무슨 수를 써서든 봉사 활동 가기 전까지 한승규가 좋아하는, 완벽한 맛의 달고나를 만들어 가야지.

의구심(疑懼心) 믿지 못하고 두려워하는 마음.

"할아버지, 모자 쓰세요. 밥 먹으러 나가야죠."

방문을 열자 내 예상이 딱 맞았다. 창가에 붙어서 노을 지는 광경을 바라보고 있는 할아버지가 눈에 들어왔다. 온종일 할아버지는 작은방에서 새장 속의 새처럼 창밖만 바라보았다. 해가 져야만 아빠가 집으로 돌아오니까.

"할아버지, 밥 아줌마가 식사하러 나오시래요."

한껏 움츠러든 어깨를 하고는 내 눈치를 보는 할아버지 모습에 살짝 짜증이 났다. 잠옷 차림에 중절모를 쓴 할아버지 모습은 우스꽝스럽기 짝이 없다. 할아버지는 중절모를 차분히 고쳐 썼다. 저쯤 되면 집착이다. 할아버지는 치매에 걸리고부터 유달리 중절모랑 한 몸이 되었다. 중절모는 십여 년 전에 할아버지와 마지막으로 함께 간 여행 때 아빠가 사 드린 것이었다.

"나…… 돈 없어요."

"나도 알거든요. 엄청 맛있는 갈치조림 했어요."

나는 방을 나왔다. 물론 문을 닫지 않았다. 그래야 갈치조림 냄새가 방으로 풍겨서 할아버지가 나올 테니까. 뒤를 돌아보지 않아도 할아버지가 중절모를 만지작거리며 엄청 고민하고 있을 걸 나는 다 안다. 나는 속으로 숫자를 센다.

'하나, 두울, 셋.'

식탁 의자에 엉덩이를 내려놓자마자 할아버지가 부엌에 나타났다. 할아버지한테 엄마는 막내며느리가 아니라 밥집 아줌마다.

"할아버지, 어서 오세요. 식기 전에 맛있게 드세요."

엄마는 연기를 전공하지도 않았는데 우리 집에 할아버지가 오고 난 후 연기 실력이 나날이 늘고 있다.

"아줌마, 나 돈 없어요."

엄마가 권하는 자리에 앉으며 할아버지가 중절모를 벗었다. 할아버지가 모자를 벗었다는 것은 밥을 먹고 싶다는 뜻이다. 매번 같은 상황인데 미안해하는 기색이 역력했다.

"괜찮아요, 어르신. 이따가 아드님이 퇴근하고 밥값 준다고 전화 왔어요."

"그래요? 아줌마, 내가 꼭 밥값 주라고 할게요."

"네, 어르신이 이따가 꼭 말해 주세요. 갈치조림 드시고 싶다고 하셨다면서요? 다음부터 드시고 싶으신 것 있으면 저한테 말해 주세요."

"내가…… 아줌마한테 미안해서 그래요. 이렇게 매일 나한테 따뜻한 밥 해 주는데."

나는 이 코미디 같은 상황을 처음에는 어떻게 받아들여야 할지 몰랐다. 하지만 한 달이 지나자 그러려니 한다. 갈치 가운데 토막의 살점이 두툼하니 맛있어 보였다. 젓가락으로 살점을 집으려는데 엄마가 눈치를 줬다. 할아버지 먼저라는 무언의 압력에 나는 슬그머니 젓가락 방향을 돌렸다.

"아줌마, 우리 이태한도 갈치조림 좋아해요. 이거 나 안 먹고 우리 이태한 주고 싶은데……."

할아버지가 갈치조림 양념만 찍어 먹으며 말했다. 엄마는 그런 할아버지를 짠한 눈으로 보더니 할아버지 밥공기에 갈치 토막을 통째로 올려놓았다.

"어이구머니나! 이렇게 큰 걸."

할아버지의 외침을 깨끗이 무시하고 엄마가 웃었다.

"어르신, 이태한 씨는 매일 잘 먹고 다니니까 걱정하지 마시고 많이 드세요."

할아버지가 우리 집에 온 이유는 우리 집에 빈방 여유가 있다는 것이었다. 24평, 우리 집보다 큰 평수에 사는 큰아버지, 작은아버지가 할 소리는 아니었다. 게다가 우리 집은 자식이 나 하나라서 식비도 크게 안 들지 않

무언(無言) 말이 없음.

느냐는 궤변까지 늘어놓았다. 말도 안 되는 이유들은 치매에 걸린 할아버지를 맡기 싫은 큰아버지와 작은아버지의 핑계에 불과하다.

어른들 일이라 모른 척하고 있지만 막내며느리인 엄마 입장에서는 불공평한 처사가 아닐 수 없다. 난색을 표했던 엄마가 할아버지를 집으로 모시기로 한 데에는 결정적인 한 방이 있었다. 그 한 방이 엄마의 심장을 꾸욱 눌러, 잊고 있던 엄마의 감성을 스위치 온 했기 때문이다.

"미안해요, 아줌마. 우리 태한이가 엄마가 없어서…… 배가 많이 고파요. 내가 우리 태한이 옆에 있어 줘야 해요."

앞뒤 문맥도 맞지 않는 그 말 한마디에 엄마는 할아버지의 짐 가방을 챙겨 들었다. 외할아버지를 일찍 잃은 엄마와 돌 지나고 나서 엄마를 잃은 아빠 사이에 내가 읽어 낼 수 없는 마음이 저장되어 있는 듯했다.

날이 갈수록 모든 기억을 잃어 가면서도 어떻게 할아버지는 이태한이란 존재 하나만 손에 붙들고 놓지 않는 건지 모르겠다. 어떤 시련이 닥쳐도 내 첫사랑 한승규를 놓지 않으려는 내 마음과 같은 걸까?

할아버지는 아빠가 집에 없으면 절대 작은방 밖으로 나오지 않는다. 그나마 식사 때만 미안해하며 방 밖으로 나온다. 나는 한승규에게 톡을 보냈다.

– 연락한다며? 죽었냐?

너무 보채는 느낌을 주지 않으려고 뒤에 농담처럼 덧붙였다. 보내 놓고 살짝 후회가 되었지만 별수 없었다. 온 신경이 핸드폰에 쏠려서 괜히 소파에서 멀리 떨어진 장식장에 핸드폰을 두었다. 현관문 비밀번호 누르는 소

궤변(詭辯)   상대편을 이론으로 이기기 위하여 상대편의 사고(思考)를 혼란시키거나 감정을 격앙시켜 거짓을 참인 것처럼 꾸며 대는 논법.
처사(處事)   일을 처리함. 또는 그런 처리.
난색(難色)   꺼리거나 어려워하는 기색.

리가 들리자 작은방 문이 열린다. 몸도, 정신도 온전치 않은 일흔일곱의 할아버지에게 현관문 비밀번호 누르는 소리만은 엄청 크게 들리나 보다.

"아버지, 다녀왔습니다."

현관에서 신발을 벗기도 전에 방문이 벌컥 열리고 할아버지가 나왔다. 할아버지가 오고부터 아빠의 퇴근 풍경은 완전히 달라졌다. 각자 하던 일을 하며 "왔어요?" 했던 엄마나 나와 달리, 할아버지는 아빠의 퇴근을 온몸으로 환영했다.

"우리 이태한이!"

할아버지는 앙상한 몸으로 배가 나온 아빠를 꼭 끌어안았다. 할아버지가 아빠를 얼마나 기다렸는지는 중절모를 쓰지 않고 방 밖으로 나온 것을 보면 알 수 있다. 할아버지는 작은방에서 나올 때면 잊지 않고 중절모를 챙겨 썼다.

한승규를 처음 봤을 때, 한승규는 운동장에서 야구를 하고 있었다. 베이지색 야구 모자를 쓴 모습이 무척이나 잘 어울렸다. 투수였는데 공 던지는 폼이 예술이었다. 스트라이크로 상대 타자를 잡고 나서 모자를 살짝 들어 올리는 모습에 반했다. 모자가 살짝 들릴 때마다 웃는 얼굴이 꼭 나를 향해서 미소짓는 것 같았기 때문이었다.

"태한아, 빨리 아줌마한테 밥값 줘라."

할아버지는 아빠의 손을 끌었다. 아빠는 옷을 갈아입기도 전에 등 떠밀려 엄마 앞에 섰다. 솔직히 이때가 제일 웃기긴 하다. 연기에 능숙한 엄마와 달리 아빠 얼굴은 벌겋게 변해 가니까.

"어르신이 오늘 갈치조림 백반을 맛있게 드셨어요."

엄마는 밥집 한 번 안 해 봤으면서 밥집 사장 흉내를 제법 잘 냈다. 할아

백반(白飯) 음식점에서 흰밥에 국과 몇 가지 반찬을 끼워 파는 한 상의 음식.

버지가 우리 집에 와서 좋은 점이 있다면 인스턴트식품을 서슴지 않고 내놓던 엄마가 제대로 된 요리를 하기 시작했다는 정도다.

"태한아, 아주머니한테 얼마냐고 물어봐야지."

할아버지가 어린아이 타이르듯 아빠한테 점잖게 한마디 했다. 아빠는 매번 하는 일인데도 영 적응이 안 되는 모양이었다. 그래도 주머니에서 지갑을 꺼내며 엄마에게 예의상 물었다. 콧구멍이 씰룩대는 것을 보니 아빠는 이 상황이 못마땅한 모양이다. 할아버지 앞에서 처음 밥값을 치렀을 때가 트라우마처럼 남았을 거다. 엄마가 돈을 돌려주는 줄 알았는데 싹 무시하고 엄마 지갑에 넣고는 그만이었기 때문이었다.

"아주머니, 밥값 얼맙니까?"

"만 원입니다, 사장님."

"뭐? 야, 한선화! 집에 있는 밥 차리면서 무슨 만 원씩이나 받냐?"

손을 내밀고 있던 엄마에게 할아버지가 허리 굽혀 사과했다. 그런 할아버지 모습에 아빠는 황당하다는 표정이었고 엄마는 당당하게 할아버지의 사과를 받았다.

"아줌마, 미안해요. 내가 우리 태한이한테 잘 말할게요. 내가 너무 비싼 걸 먹어서 그래요."

"아니에요, 어르신. 절대 비싼 거 아니거든요. 아드님이 밥값 주실 거니까 걱정 마세요."

나는 이 연극의 끝을 안다. 아빠는 투덜거리며 엄마 손에 만 원을 주었다. 그제야 다행이라는 듯 할아버지의 얼굴에 미소가 번졌다. 할아버지 마음을 이용해서 밥값을 버는 엄마랑 매번 당하는 아빠를 구경하는 게 처음에는 재미있었지만 이제는 별로다. 맨 처음부터 엄마가 밥값을 받았던 것

트라우마(trauma)　정신에 지속적인 영향을 주는 격렬한 감정적 충격.

은 아니었다. 괜찮다고 외상값을 적겠다고 하자, 할아버지가 "나는 우리 태한이 그리 안 키웠소! 외상이라니!" 하고 호통쳤다. 엄마는 그때 할아버지가 제정신으로 돌아온 줄 알았다고 했다.

"태한아, 내가 너무 비싼 거 먹었지?"

"아니에요, 아버지. 하나도 안 비싸요. 저 아줌마가 강도예요, 날강도."

아빠의 말에 엄마가 눈을 흘겼다. 그러자 할아버지가 아빠를 점잖게 타일렀다.

"그럼 못써. 좋은 아주머니야. 반찬 솜씨도 좋고."

엄마는 할아버지를 향해 엄지손가락을 추켜세웠다. 옛날에 아빠랑 엄마가 결혼하기 전, 할아버지는 엄마 음식을 맛보고는 결혼을 허락했다고 한다.

"이런 음식을 만들 수 있는 사람이라면 진짜 널 사랑하는 사람인 게다. 정성을 다해야 이런 맛을 낼 수 있을 테니."

엄마의 음식 맛은 변하지 않았다. 엄마는 한결같은 마음으로 아빠를 사랑하나 보다. 비록 아빠가 강도라고 불러도 말이다. 그건 그렇고 한승규는 나한테 문자 한다고 해 놓고는 왜 아무 소식이 없을까? 연애를 시작한 친구들이 사랑은 밀당의 연속이고 자존심 싸움이라고 하지만, 나는 밀당이고 자존심 같은 건 나 몰라라 하고 싶은 심정이다. 나는 장식장 근처를 서성이다 카톡을 확인했다. 한승규는 여전히 내 톡을 읽지 않은 상태였다. 괜히 서운하고 울컥한 마음에 코끝이 찡했다.

오늘 급식은 비빔밥이다. 왜 비빔밥에 부추를 넣는지 이해할 수가 없다. 콩나물, 당근, 오이, 고기볶음, 호박, 시금치가 딱 적당하다. 시금치가 있는데 굳이 부추를 넣는 의도를 모르겠다.

"이서율, 부추 안 먹을 거면 나 줘."

규리가 방긋대며 제 숟가락을 내밀었다. 나는 규리의 숟가락에 부추를 얹었다. 키가 작고 귀여운 규리는 편식하지 않았다. 규리보다 키가 한 뼘이나 더 큰 내가 편식 대장이었다.

"이서율, 너 부추 싫어해? 이리 줘. 내가 먹을게."

한승규다. 한승규가 규리의 숟가락을 뺏더니 한입에 부추를 씹어 먹었다. 나도 모르게 인상이 찌푸려졌지만 한승규는 멋졌다. 요즘 애가 수상하다. 그냥 남자 사람 친구에서 이탈하려고 하는 것만 같다. 내 주위를 뱅글뱅글 맴돌지 않나, 체육 시간에 기구를 대신 들어 주질 않나, 지난주에는 화장실 청소까지 도와줬다. 오늘은 내가 싫어하는 부추까지 먹어 줬다. 이건 암시다. 한승규가 나를, 나를…….

"너, 어제 왜 연락 안 했어?"

최대한 무심한 척, 지나가는 말투로 물었지만 내 속은 난리법석이었다. 언제 한승규한테 연락이 올지 몰라서 새벽까지 잠을 설쳤다.

규리가 한승규와 나를 놀란 눈으로 바라보았다. 내 말에 한승규 얼굴이 새빨개졌다. 귀까지 빨개지는 모습이 새로웠다. 한승규 입가에 붙은 초록 부추가 싱그러워 보였다. 하마터면 손을 뻗어 한승규 입가에 붙은 부추를 뜯어 먹을 뻔했다.

"앗, 미안. 봉사 활동 알아보느라고. 이서율, 봉사 활동 어디서 할 건지 정했냐?"

"뭔 소리? 네가 기다리라며?"

"그래서 내가 다 세팅했지. 당장 이번 주말부터 할 수 있지?"

"어딘데?"

이탈하다(離脫--)   어떤 범위나 대열 따위에서 떨어져 나오거나 떨어져 나가다.
암시(暗示)   넌지시 알림. 또는 그 내용.

어디냐고 묻기는 했지만 한승규와 함께라면 어딘들 못 갈까. 중3이 할 수 있는 봉사 활동이란 게 대충 예상 가능했다. 묵묵히 밥을 먹고 있는 규리한테 한승규가 물었다.

"최규리, 봉사 활동 아직 안 정했으면 서율이랑 같이 해. 셋이 갈 수 있어. 행복 마을에 있는 요양 병원인데 힘든 일은 내가 다 할게."

한승규의 새로운 면을 봤다. 우리 둘만 가자니 쑥스러웠나? 내 생각과 달리 부끄러움이 많은가 보다. 게다가 내 친구까지 챙겨 주다니! 적잖이 감동이다. 밥을 남겼는데도 배가 불렀다.

"규리야, 같이 가자. 우리 셋이 하면 봉사 활동도 지겹지 않을 거야."

머뭇거리는 규리를 향해 한승규가 고개를 끄덕였다. 나는 그런 한승규가 괜스레 자랑스러웠다. 입가를 비집고 나오는 웃음기를 감출 수가 없어서 억지 재채기를 연거푸 했다.

남은 봉사 활동 20시간이 아쉬웠다. 20시간이 지나기 전에 한승규가 나한테 고백하려나? 오늘은 기필코 최고의 달고나를 만들고 말 테다! 머릿속 가득 달고나의 황금 비율을 가늠하기 시작했다. 달고나 고수 블로그를 봤더니 달고나의 쌉싸름한 맛을 없애는 관건은 베이킹 소다 양을 잘 조절해야 한다는 설명이 있었다. 적절한 양의 베이킹 소다를 넣었을 때 달고나 덩어리 색깔은 연베이지 빛깔에 가까웠다. 오늘은 달고나를 제대로 완성해 볼 수 있을 것 같은 예감이 들었다.

설탕과 베이킹 소다의 비율은 한승규를 사랑하는 내 마음과 나를 배려하는 한승규의 마음을 적절하게 섞는 것만큼 쉽지 않은 일이었다. 어느 한쪽이라도 지나치거나 모자라면 달고나는 쓴맛이 나니까.

가늠하다 목표나 기준에 맞고 안 맞음을 헤아려 보다.
고수(高手) 어떤 분야나 집단에서 기술이나 능력이 매우 뛰어난 사람.

뭐가 잘못돼도 한참 잘못됐다. 셋이 같이 왔으면 일도 같이 시켜야지, 나만 따로 떨어져서 급식 도우미를 맡았다. 한승규와 규리는 어르신들 산책 도우미로 뽑혔다. 도대체 어떤 기준으로 역할을 나누는지 이해할 수가 없다. 혹시나 해서 간밤에 이불을 뒤집어쓰고 한승규랑 딱 붙어서 봉사하게 해 달라고 하느님, 부처님, 심지어 알라신한테도 빌었다. 기도의 대가가 이런 시련이라니!

"서율아, 내가…… 바꿔 줄까?"

규리가 미안한 얼굴로 제안했지만 나는 쿨한 척, "에이, 원칙대로 해야지. 괜찮아." 했다. 괜한 짓이었다. 진짜 쿨하지도 못하면서 한승규가 날 보고 있다는 것 때문에 엄청 쿨한 척했다. 그래도 내 나름대로 한승규한테 멋진 이미지를 보여 준 것 같아서 마음이 조금 가벼웠다.

"오, 원리 원칙을 따르는 이서율!"

한승규는 내 대답을 듣고 규리한테 윙크까지 했다. 조리실로 발길을 돌리는 내 등을 툭툭, 두드려 주기도 했다.

사랑 요양 병원 조리실은 우리 학교 급식실과 크게 다르지 않았다. 문제는 조리실과 하나로 이어진 급식실 주위로 창밖이 훤히 보인다는 것! 창밖의 오솔길이 어르신들의 산책로였다. 나는 영양사 아주머니가 건넨 펑퍼짐한 조리복과 장화, 장갑, 위생모를 썼다. 안 그래도 통통한 내 몸을 더욱 동그랗게 만드는 패션이었다. 거울에 비춰 본 내 모습은 흡사 유부초밥 같았다.

오늘의 점심 메뉴는 콩국수와 메밀 전병이다. 가게에서 파는 콩 국물을 사면 될 것을 봉사자들은 하루 종일 콩 껍질을 까고 씻고 삶느라 야단이었다. 땀이 위생복 사이를 비집고 흘렀다. 한승규한테 잘 보이려고 새벽부터 비비 크림을 정성껏 발랐는데 땀 때문에 물광 피부는 흔적도 없이 사라졌다. 콩을 씻다가 허리가 아파서 등을 펴고 일어섰다. 하필이면 창밖에 있는 한승규랑 눈이 마주쳤다.

'아이 씨, 얼굴이 엉망일 텐데.'

내 속도 모르고 한승규가 내게 손 인사를 했다. 나는 반가운 척 손을 흔들었다. 규리와 한승규는 할아버지 한 분을 나란히 부축했다. 한승규가 부축하는 할아버지가 나였으면 좋겠다. 뭐가 그리 즐거운지 한승규와 규리는 할아버지 손을 잡고 떠들고 웃어 댔다. 갑자기 아랫배가 싸하게 아파 왔다. 배가 꼬인 듯 통증이 점점 심해졌다. 배 속의 창자가 꼬이면 꼬일수록 창밖으로 함박웃음을 짓는 한승규의 표정이 점점 더 환해졌다. 그리고 그 시선 끝자락에 함께 웃고 있는 규리의 얼굴이 걸렸다.

"그냥 함께 웃는 거야. 아무것도 아니라고."

아픈 배를 손으로 살살 문지르며 주문을 외듯 중얼거렸다. 할아버지를 부축하던 규리가 휘청거리자, 눈 깜짝할 사이에 한승규가 규리를 붙잡았다. 규리의 팔을 꼭 잡은 한승규의 손……. 한승규는 한참 동안 규리를 잡고서 놓지 않았다. 나도 모르게 꽉 움켜쥔 주먹 탓에 손바닥에 손톱자국이 톱날처럼 새겨졌다. 아팠다.

'뭐가 이렇게 많아? 누가 이 콩을 다 먹는다고!'

순간 콩이 가득한 바구니를 뒤집고 싶었으나 나는 차오르는 화를 누르며 흐르는 물에 콩 바구니를 힘차게 흔들었다. 콩 껍질이 물에 흘러 하수구로 빨려 나갔다.

전생에 나는 ˙수라간 ˙무수리였나? 국자를 쥔 손에 힘이 잔뜩 들어갔다. 밥이라도 한승규랑 같이 먹을 줄 알았는데 배식이 끝난 다음에 점심을 먹으란다. 그 말을 들을 때 나는 영양사 아주머니를 힘껏 노려봤다. 그런데

수라간(水刺間) 임금의 진지를 짓던 주방.
무수리 고려·조선 시대에, 궁중에서 청소 따위의 잔심부름을 담당하던 계집종.

내 눈은 생긴 모양새가 화가 나도 웃는 것처럼 보이는 게 문제다. 눈썹이고 눈꼬리고 곡선으로 휘어져 있어서 눈에 힘을 줘 봐야 소용없었다.

"이서율, 힘들지? 그래도 더운데 너라도 실내에서 일하니 다행이다. 그치, 최규리?"

한승규의 말을 듣고 울컥했다. 하도 규리랑 얼굴을 맞대고 웃기에 잠깐 '혹시 쟤가?' 하고 의심했다. 의심은 불안증을 낳고 불안증은 마음을 병들게 하고 나 스스로를 지치게 만든다. 같이 봉사 활동을 한다고 좋아했던 게 무색할 만큼 사랑 요양 병원에서 같이 한 일이 무엇인가 생각해 보면 아무것도 없었다. 내 머릿속에 남은 건 산책로를 나란히 걷는 한승규와 규리의 웃는 얼굴이 눈부셨다는 것뿐이었다.

"이서율 학생처럼 의젓하고 착한 학생은 처음이네."

학원 때문에 먼저 간다는 한승규의 문자 메시지를 물끄러미 보고 있는 내게 봉사 온 어른들이 칭찬을 아끼지 않았다. 내 기분은 그야말로 완전히 똥이었다. 머리가 어지러웠다. 얼굴도, 마음도, 엉망으로 찌그러지기 시작했다. 사방팔방에서 지독한 냄새가 나를 꽁꽁 싸매는 기분이었다.

"서율아, 너 한승규랑 중2 때부터 친했었어?"

반나절 봉사 활동을 함께했다고 규리는 한승규에게 관심이 부쩍 많아진 것 같았다. 다른 때였다면 규리 말이 반가웠을지도 모른다. 내 단짝이 내가 좋아하는 애에 대해 궁금해하는 것은 내 사랑을 응원하는 사람이 있다는 것이니까. 하지만 나는 내가 몰랐던 낯선 규리를 보는 것 같아서 당혹스러웠다.

"너, 그거 아니? 승규, 규 자가 내 규 자랑 한자가 똑같아. 헤아릴 규 자를 쓴대. 놀랍지?"

나는 묵묵히 바닥만 보고 걸었다.

'그렇게 떠들지 말고 내 마음을 헤아릴 생각이나 하시지.'

한승규와 웃으며 시간을 보냈을 규리가 점점 미워지려고 했다. 나는 가방에 넣어 온 달고나를 이제야 꺼냈다. 주인에게 가지 못한 달고나가 진득하게 녹아 비닐 포장에 눌어붙어 있었다. 나는 톡, 달고나를 반으로 잘랐다. 아주 잠깐 규리에게 나눠 주지 말까 생각하기도 했다. 달고나를 받아 입안에 넣은 규리가 우물거리며 물었다.

"서율아, 너 한승규한테 관심 없어? 그냥 절친인 거야?"

"그게 왜 궁금해? 딱 보면 알잖아."

나의 역습에 규리는 당황했는지 눈을 깜짝거렸다. 이 순간만큼 나는 거짓말쟁이였다. 나 자신도 한승규의 마음을 모르는데 규리한테 딱 보면 알지 않냐고 우격다짐하다니!

"달고나 맛 어때, 규리야?"

침을 꼴깍 삼키는 규리를 빤히 바라보았다. 목으로 침을 꿀꺽 삼키는 모습이, 마치 무언가 비밀을 몰래 삼키는 것처럼 느껴졌다. 반들거리는 규리의 입술이 천천히 열렸다. 그리고 내 귓가에 또렷하게 박히는 한마디.

"서율아, 네 달고나 정말 달고 맛있어."

나는 내 손에 있는 달고나 반쪽을 입에 넣고 우적우적 씹었다. 횡단보도 앞에서 나는 빨간 신호등을 뚫어져라 노려보았다. 내 달고나는 결코 달고 맛있지 않았다. 기분 나쁠 정도의 달큰함 끝에 쓴맛이 입안 가득 차시했다.

할아버지가 똥을 쌌다. 냄새가 지독했다. 이런 법이 없었는데 할아버지가 실수를 했나 보다. 거실 창이며 부엌 창까지 집 안의 창문들이 활짝 열

우격다짐하다 억지로 우겨서 남을 굴복시키다.
달큰하다 달큼하다. 감칠맛이 있게 꽤 달다.

려 있었다.

"서율아, 화장실로 가서 청소 좀 해."

엄마는 내가 집에 들어서자마자 말했다. 주말에만 옷 가게 아르바이트를 하는 엄마는 연신 벽시계를 보았다. 아무래도 아르바이트 시간에 늦은 모양이다.

"봉사하고 오느라 힘들어 죽겠는데 나한테 꼭 그래야겠어?"

타이밍이 거지 같았다. 나는 속상한 마음을 참지 못하고 괜한 엄마한테 성질을 부렸다. 엄마는 할아버지 눈치를 슬쩍 보더니 나를 향해 이를 드러냈다.

"조용히 하고 얼른 화장실로 가."

엄마는 할아버지 손을 잡고 새 옷을 갈아입으시라고 설득했다. 하지만 할아버지는 먼 산을 보며 딴소리다. 아빠랑 소풍을 가고 싶다는 거였다.

"아줌마, 우리 이태한한테 전화 좀 해 주세요. 빨리 집에 와서 나랑 놀러 가자고."

하긴 할아버지는 우리 집에 온 이후 제대로 된 외출을 한 적이 없었다. 중절모를 만지작거리는 손놀림이 점점 빨라지더니 급기야 할아버지는 울먹였다.

"아휴, 미치겠네. 이 남자는 왜 또 전화를 안 받아?"

엄마는 휴대폰을 붙들고 초조한 기색이었다. 주말이고 공휴일도 없이 일하는 자동차 딜러인 아빠가 엄마 전화를 받았던 적이 몇 번이나 될까.

"엄마, 걱정 말고 알바 가. 내가 다 알아서 할게."

평소라면 네가 뭘 알아서 하냐고 면박했을 텐데 급하긴 급했나 보다. 엄마가 소파에 던져 놨던 가방을 움켜쥐더니 부탁한다며 뒤도 안 돌아보고

면박하다(面駁--)   면전에서 꾸짖거나 나무라다.

나갔다.

나는 작은방 문지방에 서서 할아버지를 바라보았다. 주홍빛 노을이 주름 사이사이에 파고들었다. 쓸쓸하단 생각이 들었다. 나는 한승규 때문에 나조차도 알 수 없는 수많은 감정을 쌓아 가는데 할아버지는 수십 년 동안 차곡차곡 쌓아 놓은 기억들을 잃고 있었다.

"할아버지, 마음도 쓸쓸한데 우리 마트나 갈래요?"

할아버지는 대답이 없었다. 중절모 끝자락을 만지작거릴 뿐.

"소풍 가요. 달이 만들어 줄게요."

나는 돈이 없다고 중얼거리는 할아버지 머리에 중절모를 슬그머니 얹었다. 매번 달고나를 얻어먹고도 돈 낼 생각조차 안 했으면서 새삼스레 별소리다. 나는 그저 어깨를 으쓱해 보이며 할아버지에게 빨리 가자며 손짓했다.

베이킹 소다를 집어 들었다. 마트의 설탕 코너를 몇 번이나 서성거렸다. 설탕도 다 떨어진 것 같아서 설탕을 고르는데 기왕이면 건강을 생각해서 황설탕을 골랐다. 엄마가 봤다면 달고나 자체가 건강과 거리가 먼데 무슨 쓸데없는 짓이냐고 했을 것이다. 건강과 다이어트에 좋다는 자일로스 설탕에 눈이 갔지만 나는 질끈 눈을 감았다.

"할아버시, 우리 아이스크림 하나씩 먹을까?"

돈 없다고 할 줄 알았는데 대답 대신 할아버지가 냉장고 앞으로 갔다. 여러 종류의 아이스크림 앞에서 할아버지는 잠깐 당황한 눈치였다. 나는 그런 할아버지가 작은 소년처럼 느껴졌다. 소년이었을 때의 할아버지도 첫사랑을 했겠지? 나는 팥 아이스크림 하나를 골라 들었다.

"내가 쏘는 거야, 할아버지. 이거 이태한 씨가 제일 좋아하는 맛."

이태한 씨가 좋아한다는 말에 할아버지 눈매가 부드러운 곡선을 그렸다.

할아버지는 군말 없이 팥 아이스크림을 받아 들었다. 우리는 아이스크림을 입에 물고 공원을 가로지르는 산책로를 택했다. 걸음을 옮길 때마다 다리에 스치는 비닐봉지 소리가 듣기 좋았다.

"할아버지, 내가 만든 보름달이 어때? 할아버지는 돈도 안 내고 먹으면서 평가 한번 안 하더라?"

"언니, 나 돈 없어요."

"그러니까 돈 대신 내 달고나 실력이 어떻냐고? 냉정하게 말해 봐요."

"언니 달이는…….."

내 눈치를 보더니 할아버지가 입을 달싹거렸다. 아이스크림이 녹아 할아버지 구두코에 뚝뚝 떨어졌다.

"제대로 말 안 하면 앞으로 달이 안 만들어 줄 거야. 할아버지, 그래도 좋아요?"

"음, 언니. 언니 달이는 아주 단데…… 써…… 써요."

'엥, 달달한데 써? 그건 도대체 어느 나라 맛이냐?'

누군가에게 묻고 싶었다. 달달한데 쓴 맛이라니! 어처구니없어서 헛웃음이 나왔다.

"할아버지, 아주 달달한데 쓴 맛은 없…….."

내가 알지 못한다고 해서 무조건 단정 짓는 행동만큼이나 바보 같은 일이 또 있을까. 그리고 난 이미, 봉사 활동 날에 그 맛을 알아 버렸다.

한승규리.

반 아이들이 칠판에 두 사람의 이름을 하나로 묶어 장난칠 때만 해도 나는 재미있다고 웃을 수 있었다. 그런데 지금은 아니다. 이 세상에 달달하고 쓴 맛은, 존재한다.

"이서율!"

한승규였다. 사거리 코너를 돌아가려는데 한승규가 잠깐 이야기할 수 있냐고 제법 심각한 얼굴로 물었다. 할아버지는 내 곁에 찰싹 달라붙었다. 우리 할아버지란 말에 한승규가 예의 바르게 인사를 드렸다. 우리는 근처 편의점으로 향했다. 할아버지는 옆 테이블에 앉혀 두고 내 시야에서 벗어나지 않을 딱, 그만큼의 거리에서 나는 한승규와 이야기를 나눴다.

"하고 싶다는 말이 뭔데?"

순간, 규리가 했던 말이 떠올랐다. 자신의 규와 승규의 규 자가 똑같다는 말.

"나 좀 밀어주라, 서율아."

"뭐…… 뭘?"

"나, 최규리한테 관심 있어. 규리, 네 친구잖아. 네가 말 좀 잘 해 줘. 응?"

한승규가 나를 보고 웃었다. 멋쩍은 웃음이었다. 내 두 눈을 힘껏 찌르고 싶었다. 하지만 나는 내 눈의 고통마저 이기지 못하는 나약한 인간이었다. 한승규가 진심을 담아 고백하고 있었다. 내가 한승규를 하루이틀 알고 지냈나. 나를 향해 웃는 저 얼굴…… 저 미소는 그동안 나에게 보여 줬던 미소랑 질적으로 달랐다. 완벽하게 나는 이 애의 첫사랑이 될 수 없음을 드러내는 미소였다.

'아, 그렇게 웃지 말란 말이야!'

아무리 악을 써 본들 가슴 안에서 맴도는 나의 바람은 한승규의 귀에 닿지 못한다.

"첫사랑이야."

최규리가 자신의 첫사랑이라고 똑똑히 밝히는 한승규를 보며 화나고 실망하고 속상하고 슬프고 그러다가 아무렇지 않은 척 내 마음을 위장하는 허세를 부리고 싶었다. 내가 만약 스무 살이었다면, 서른이었다면, 내 첫사랑이 실패로 돌아갔어도 의연할 수 있을까.

"이서율, 응? 도와주라. 부탁한다."

나는 묵묵히 발길을 돌렸다. 아직 한참이나 남은 아이스크림은 쓰레기통에 던져 버렸다. 그런 나를 보더니 할아버지도 한 입이면 다 먹을 양의 아이스크림을 쓰레기통에 밀어 넣었다. 집으로 빨리 가야 하는데 발길이 떨어지지 않았다. 한승규는 제 할 말을 하고 사라진 지 한참이나 되었는데, 나만 제자리다.

"할아버지…… 나는 내가 너무 싫어."

밑도 끝도 없는 말이었다. 그런데 가만 있다간 눈물이 날 것 같았다. 마음속에서 나도 통제하지 못할, 이름조차 달아 주지 못할 감정들이 소용돌이쳤다.

"왜요, 언니?"

"태어나서 처음 좋아한 애한테 사랑받지 못하는 내가…… 나는 좋아하는 마음을 개한테 아직 보여 주지도 못했는데……. 정말 내가 싫어."

"나쁜 말이에요."

나는 두 눈을 부릅떴다. 그리고 내 사랑이 실패라는 것을 똑바로 보기로 결심했다. 그래야 포기가 빠를 테니까. 눈물이 나올까 봐 겁이 났다. 얼굴이 일그러질 정도로 눈에 힘을 줬다. 미간이 종잇조각처럼 구겨졌다. 그래 봤자 또 눈이 스마일로 안 처지면 다행이지.

"아프면 울어도 돼요. 이태한이, 우리 아들이 아프면 참지 말고 울어도 된대요."

다른 사람은 몰라도 할아버지 앞에서는 절대로 울지 않을 거다. 당신 나이도 헷갈려 하는 사람 앞에서 울다니. 왠지 양심도 없는 애처럼 느껴졌다.

밑도 끝도 없다 앞뒤의 연관 관계가 없이 말을 불쑥 꺼내어 갑작스럽거나 갈피를 잡을 수 없다.
통제하다(統制--) 일정한 방침이나 목적에 따라 행위를 제한하거나 제약하다.

할아버지가 내 손을 잡아끌었다. 아이스크림이 녹은 탓에 손이 끈적거렸다. 집으로 돌아가는 길은 후텁지근했다. 몸은 점점 늘어지고 보폭은 점점 짧아졌다.

한승규리는 되는데 한승규와 나, 이서율 사이는 어떻게 해도 이어질 수 없는 것이다. 좋아해 달라고 떼를 쓴 것도 아니고 그냥 내가 좋아하는 동안, 내가 아닌 그 누구도 좋아하지 않는 상태로 있으면 안 되는 것일까? 너무 이기적인 욕심 탓에 나는 벌을 받고 있는 건가?

횡단보도만 건너면 우리 아파트 단지다. 할아버지가 내 앞을 가로막았다. 천진난만한 얼굴로 환하게 웃고 있었다. 내 가슴엔 커다란 구멍이 뚫려 버렸는데 할아버지는 이토록 시원하게 웃고 있다니! 얄미워지려고 한다. 나에게 부탁한다던 한승규의 웃는 모습이 떠올라 더욱 속상했다. 내 마음 따위는 이해받지 못하고 외면당했다고 생각하니, 심장이 조각나는 기분이었다.

"할아버지, 그만 웃어. 안 그러면 달이 안 만들어 줄 거야."

신호가 바뀌고 나는 성큼 도로를 향해 발을 뻗었다. 신호를 무시하고 횡단보도를 쌩하니 지나쳐 가는 자동차에 놀랄 법도 한데 내 심장은 더한 충격을 받은 터라 꿈쩍도 않는다.

할아버지가 내 눈치를 보며 슬금슬금 따라왔다. 내 뒤를 졸졸 따라왔는데 어느새 은근슬쩍 내 옆에 나란히 걷는다. 일부러 부동산 옆 지름길을 놔두고 문구점을 에둘러 가는 길을 택했다. 달큰한 냄새가 풍겼다. 달고나 아저씨가 나와 있었다. 초등학생으로 보이는 아이들 서너 명이 쪼그리고 앉아 달고나 만드는 과정을 구경하고 있었다.

'그래, 맞아. 이서율, 넌 단것 별로 좋아하지 않았잖아.'

후텁지근하다 조금 불쾌할 정도로 끈끈하고 무더운 기운이 있다.

사랑에 빠진 동안 나는 나를 잊고 있었다. 난 단것보다는 언제나 짭조름한 것을 입에 넣었다. 과자도 초콜릿을 바른 것보다 짭조름한 치즈 맛이나 감자칩이 좋았다. 그렇게 짠맛을 선호하더니 눈물 짤 일만 생긴 것인가? 내가 짭짤한 것을 좋아한다는 건 내 인생의 암시였나? 조만간 내가 돕지 않아도 한승규는 제 스스로 규리에게 좋아한다고 고백할 것이다. 숨을 못 쉬겠다.

달고나 아저씨가 문구점 앞에 나타났을 때, 한승규가 달고나 마니아라는 정보를 입수했을 때, 나는 저 달고나 향기가 세상 그 어떤 냄새보다 좋았다. 그리고 한승규가 좋아하는 것을 내 손으로 직접 만들어 주고 싶었다. 그 마음은 곱고 예뻤다고 믿는다. 지금도 그 마음만은 가짜가 아니었다고, 그 마음만은 함부로 생각하지 않기로 다짐했다.

세수를 하고 옷을 갈아입고 부엌으로 가기 전에 작은방으로 향했다. 할아버지는 또 창문에 딱 붙어서 하늘을 올려다보고 있었다. 아빠를 기다리는 시간이었다.

"할아버지, 달이 만들 거야."

할아버지가 천천히 나를 돌아봤다. 나는 '이번이 마지막이야.'라는 말은 하지 않았다. 할아버지는 잠옷 차림에 중절모를 쓰고 내 뒤를 따라 방에서 나왔다.

식탁 앞에 허리를 꼿꼿이 세우고 앉은 할아버지는 전처럼 콧노래를 흥얼거리지 않았다. 국자를 손에 들고 나도 더 이상 할아버지 콧노래 소리에 맞춰 설탕을 나무젓가락으로 휘젓지 않았다. 그저 묵묵히 습관적으로 나무젓가락을 움직였다. 문제의 베이킹 소다 양을 아주 조심스럽게 젓가락 끝에 콕 찍었을 뿐이었다. 국자 안에서 달고나 덩어리가 서서히 제 빛깔을 드러

선호하다(選好--) 여럿 가운데서 특별히 가려서 좋아하다.

낼 즈음, 아주 오래전 익숙하게 들렸던 목소리가 내 마음을 쓸어 주었다.

"너는 좋은 애야."

치매를 앓기 전, 할아버지 목소리 같았다. 그래서 나는 국자를 휘젓던 손을 멈추고 할아버지를 흘끔 쳐다봤다.

"아뇨, 나는 내가 세상에서 제일 미워. 싫어."

"그러지 마요. 너는 좋은 애야."

"왜? 한승규는 딴 애가 좋다는데?"

내 가슴속에 단단히 동여맬 비밀을 툭, 할아버지 앞에 털어놓고 말았다. 할아버지는 한승규가 누군지도 모르면서 내 말에 또박또박 대답해 주었다.

"넌 밥 아줌마 딸이니까, 좋은 애야. 아주 좋은 애."

그래, 나는 좋은 애로 살기로 했다. 첫사랑이 실패로 끝났다고 인생이 끝난 건 아니니까. 열심히 잘 살다 보면 다음 사랑도 다가오지 않을까?

타지 않게 국자 안을 젓가락으로 잘 휘저었다. 이제 베이킹 소다 양을 잘 조절하면 끝이다. 사랑의 마음과 슬픔과 원망과 질투도 함께 휘휘 저었다. 잘 섞여서 달콤해지라고. 마지막이니 이제는 제대로 된 맛을 내는 법을 알려 줘도 괜찮지 않냐고. 제법 괜찮은 냄새가 풍겼다. 다 된 달고나 덩어리를 쟁반 위에 탁, 떨구었다. 지금까지는 성공이었다. 그 여느 때보다 연한 베이지색 덩어리가 먹음직스러웠다. 할아버지가 내 곁에 서서 달고나가 만들어지는 국자를 들여다본다.

"언니는 이름이 뭐예요?"

이제 나는 할아버지의 언니 소리에도 짜증을 내지 않게 되었다.

"내 이름은 이서율."

"이서율, 참 예쁜 이름이네."

예쁜 것이 당연했다, 할아버지가 지어 준 이름이니까. 나는 할아버지에게 모양 틀을 고르게 했다. 매번 별 모양을 고르던 할아버지에게 안 된다

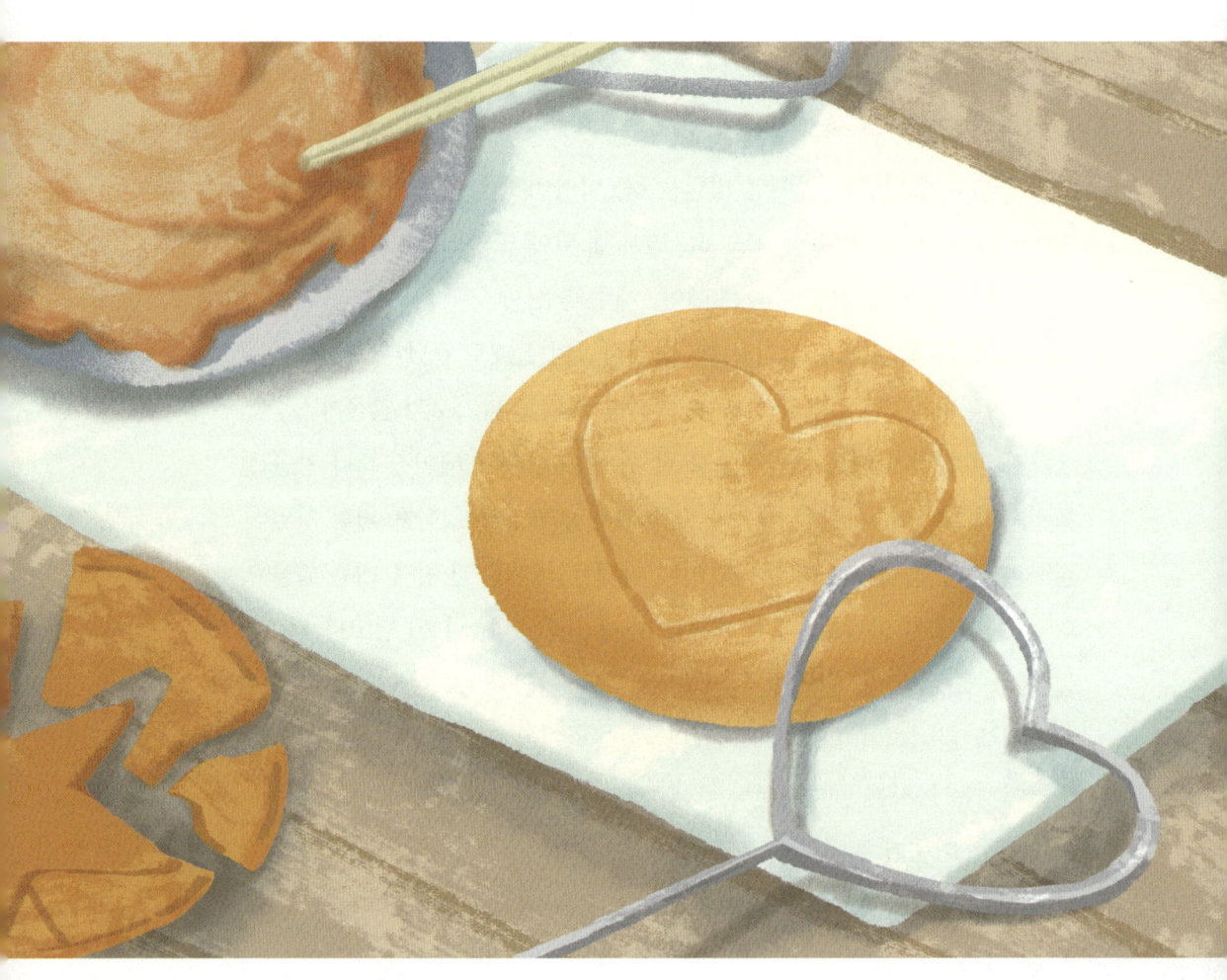

고 억지로 하트 모양의 틀만 선택하게 했던 내 모습이 떠올랐다. 나는 별 모양 틀을 손에 집어 들었다. 그러자 할아버지가 고개를 가로저었다.

"저거요. 사랑 모양."

하트가 제대로 찍혔다. 달고나 덩어리에 너무 깊지도 얕지도 않게.

나는 완성한 달고나를 나무젓가락에 꽂아 할아버지 손에 건넸다. 반말로 대화한다지만 할아버지는 할아버지다. 찬물에도 위아래가 있지, 달고나도 할아버지가 먼저다. 할아버지가 달고나를 수줍게 받아 들었다. 돈 없어도 괜찮다는 눈짓을 했다. 할아버지는 달고나를 한 입 빨아 먹더니 나를 보고 속삭였다. 주름진 입술이 달달한 빛으로 물들었다.

우리는 달고나를 함께 깨물었다. 나는 울었고 할아버지는 웃었다. 기묘한 일이었다. 첫사랑을 잃은 내가 우는 것은 당연했다. 그러나 더한 것을, 모든 기억을 깡그리 잊어버린 할아버지가 저토록 환하게 웃는 것은 반칙이었다. 크게 잃었다면 더 크게 울어야 맞는 것이 아닐까?

"내 이름은 이관웅이에요. 우리 아들은 이태한."

시계가 오후 4시를 가리키고 있었다. 다음에 달고나를 만들 때면 내가 아는 이관웅 할아버지에 대해 이야기해 줘야겠다. 이관웅 할아버지가 다섯 살 때 나를 얼마나 많이 업어 줬는지, 연 날리는 방법을 어떻게 가르쳐 줬는지, 그리고 첫사랑에 실패한 내 마음을 어떻게 위로해 줬는지를 말이다.

4부
설화의 세계

신화 속 인물들
옛이야기의 힘

    신화는 신령한 세계를 무대로 펼쳐지는 이야기입니다. 특히 우리가 사는 이승 너머의 공간인 '신계(神界)'는 신화에 자주 등장하는 배경입니다. 사계절이 모두 존재하는 '원천강(袁天綱)' 역시 신계에 속하는 공간입니다. 〈사계절의 땅 원천강 오늘이〉에는 빈 들판에 홀연히 나타나 살아가던 소녀 '오늘이'가 사계절을 돌보는 신으로 거듭나는 이야기가 담겨 있습니다.

    오늘이가 환상 세계를 다스리는 신이라면, 주몽은 고구려를 세운 역사적 인물입니다. 실존 인물이지만 신성한 탄생 배경을 지니고 있고, 보통 사람과는 다른 비범한 능력을 자랑합니다. 그리고 가혹한 시련을 극복하고 마침내 고구려를 건국합니다.

    오늘이와 주몽 같은 신화 속 인물은 우리와 어떤 점이 비슷하고, 또 어떤 점이 다를까요? 그리고 우리는 신성한 존재들의 삶에서 무엇을 배우고 실천할 수 있을까요? 신화 속 인물들이 우리에게 어떤 말을 하고 있는지 주목하며 두 작품을 감상해 봅시다.

무속 신화와 건국 신화

    무속 신화(巫俗神話)는 무속에서 숭배되는 신에 관한 신화로, 주로 굿판에서 무당이 줄거리를 노래하는 형태로 구전된다. 이 책에 소개된 오늘이 이야기는 제주도 무속 신화 〈원천강본풀이〉를 쉽게 풀어 쓴 글로, '본풀이(本--)'란 신이 되기까지의 내력, 즉 근본을 풀어낸다는 의미이다.

    한편, 고구려를 건국한 주몽의 신화는 《삼국유사》, 《삼국사기》, 《동명왕편》 등에 전해진다. 난생(卵生), 동물에 의한 양육, 물고기와 자라들이 다리를 놓는 어별성교(魚鼈成橋) 등 전형적 영웅 일대기 모티프를 갖춘 이 건국 신화(建國神話)는 후대 영웅 서사 문학의 기본 틀이 되었다.

신화 속 인물들

사계절의 땅 원천강 오늘이

아득한 옛날, 적막한 들에 여자아이 하나가 나타났다. 옥처럼 고운 아이
였다. 그 아이를 발견한 사람들이 물었다.

"너는 어떠한 아이냐? 이름은 무엇이고 어디에서 왔느냐?"

"저는 부모님도 모르고 이름도 성도 나이도 모릅니다. 그냥 이 들에서 태
어나 여기서 살아왔습니다."

"지금까지 혼자 어떻게 살아왔단 말이냐?"

"하늘에서 학이 날아와 한쪽 날개를 바닥에 깔아 주고, 다른 쪽 날개로
저를 덮어 주었습니다. 그리고 먹을 것을 가져다주어서 이렇게 살 수 있
었습니다."

"그렇다면 네가 오늘 우리를 만났으니 오늘을 생일로 삼고 이름도 오늘
이라 하자꾸나."

이렇게 하여 오늘이라는 이름을 얻게 된 아이는 사람들을 따라 마을에
들어와 살았다. 사람들은 너나없이 가족과 함께 사는데 오늘이만 외톨이
였다.

'나의 부모님은 어떤 분일까? 어디에 계실까?'

어느 날 오늘이를 친손주처럼 돌보아 주던 백씨 부인이 오늘이를 불러
말했나.

"얘야, 부모님이 보고 싶지 않으냐?"

"어찌 보고 싶지 않겠습니까? 부모님을 한 번만 뵐 수 있다면 죽어도 한
이 없습니다."

"어젯밤 꿈에 네 부모님을 만났다. 네 부모님은 지금 •신관과 선녀가 되어

신관(神官) 신을 받들어 모시는 일을 맡은 관직. 또는 그런 사람.

원천강을 지키고 계신다."

"원천강은 어떤 곳인가요? 어떻게 그곳에 갈 수 있나요?"

"거기는 사람이 갈 수 없는 멀고 먼 곳이다만……."

"꼭 부모님을 만나고 싶습니다. 가는 길을 알려 주세요."

"정히 그렇거든 남쪽으로 흰모래 마을을 찾아가 별층당에서 글을 읽고 있는 도령한테 길을 물어보거라."

"고맙습니다."

오늘이는 바로 길을 떠났다. 남쪽으로 길을 잡아 하루 종일 걸으니 흰모래가 펼쳐진 곳에 우뚝 선 별층당이 있었고 그 안에서 글 읽는 소리가 들려왔다. 사람을 찾으니 푸른 옷을 입은 도령이 나왔다.

"저는 오늘이라고 합니다. 부모님을 찾아서 원천강으로 가는 중입니다. 원천강 가는 길을 알려 주세요."

"저는 장상이라고 합니다. 원천강은 아주 먼 곳이지요. 서쪽으로 연화못을 찾아가 연못가의 연꽃 나무에게 길을 물어보면 가는 길을 알 수 있을 거예요."

그러면서 장상이는 한 가지 부탁을 덧붙였다.

"원천강에 가시거든 제 사연도 좀 알아봐 주세요. 왜 밤낮 여기에 앉아서 글만 읽어야 하고 집 밖으로 나갈 수 없는지를요."

"꼭 알아다 드릴게요."

그날 밤을 별층당 빈방에서 묵은 오늘이는 다음 날 아침 일찍 서쪽으로 길을 떠났다. 한참을 가다 보니 맑은 연못이 있는데, 연못가에 탐스러운 꽃 한 송이를 피우고 서 있는 연꽃 나무가 있었다.

"연꽃 나무님, 저는 원천강을 찾아가는 오늘이랍니다. 어디로 가야 원천

원천강(袁天綱) 시간과 계절을 맡아 보는 저승 세계.

강에 갈 수 있나요?"

"원천강에는 무엇 하러 가나요?"

"그곳에 우리 부모님이 계시다기에 만나러 가는 길이랍니다."

"저 아랫길로 곧장 가다 보면 청수 바닷가에 큰 뱀이 하나 구르고 있을 테니 그한테 이야기해 보세요. 그리고 원천강에 가시거든 제 신세를 좀 알아봐 주세요. 저는 겨울에 뿌리에 움이 들어 정월이면 몸속에 들고 이월이면 가지로 옮겨 가고 삼월이면 꽃이 피는데 언제나 맨 윗가지에만 꽃이 피고 다른 가지에는 피지 않으니 어찌 된 일인지 알 수가 없답니다."

"꼭 알아다 줄게요."

오늘이가 다시 길을 나서서 한나절을 걸으니 푸른 물이 넘실거리는 청수 바다가 펼쳐지는데, 모래밭에 큰 뱀 한 마리가 뒹굴고 있었다.

오늘이가 다가가서 원천강 가는 길을 물으니 뱀이 말했다.

"원천강 가는 길을 인도하기는 어렵지 않으나 내 부탁 하나만 들어주오. 다른 뱀은 여의주를 하나만 물고도 용이 되어 올라가는데 나는 여의주를 셋이나 물고서도 용이 못 되고 있으니 어쩌면 좋겠는지 알아봐 주세요."

"꼭 알아다 주지요."

그러자 큰 뱀은 오늘이를 등에 태우고서 청수 바다로 스며들었다. 물 바깥으로 얼마를 가고 물속으로 얼마를 갔는지 길고도 험한 여행 끝에 오늘이는 어느 낯선 땅에 이르렀다. 인적이 없는 낯선 땅을 한참을 걸어가다 보니 길가 외딴 별층당에서 한 처녀의 글 읽는 소리가 들려왔다.

"저는 멀리 바다를 건너온 오늘이라고 합니다. 부모님을 찾아서 원천강

움 풀이나 나무에 새로 돋아 나오는 싹.
정월(正月) 음력으로 한 해의 첫째 달.
인도하다(引導--) 길이나 장소를 안내하다.
여의주(如意珠) 용의 턱 아래에 있는 영묘한 구슬. 이것을 얻으면 무엇이든 뜻하는 대로 만들어 낼 수 있다고 한다.

에 가고 있어요. 원천강은 어디에 있나요?"

"이 길을 한참 가다 보면 우물에서 물을 긷고 있는 선녀들이 있을 거예요. 그 선녀들한테 물어보면 알려 줄 겁니다."

그러더니 자기 사연을 넛붙였다.

"저는 매일이라고 합니다. 하늘에서 벌을 받아 여기서 매일 글을 읽게 되었지요. 원천강에 이르거든 언제나 이 신세를 면할 수 있는지 알아봐 주세요."

오늘이가 매일이에게 작별을 고하고 다시 길을 나서서 가다 보니 갈림길 옆 우물에서 젊은 여자들이 슬피 울고 있는 모습이 보였다. 오늘이가 다가가서 물었다.

"왜 이렇게 슬피 울고 계시나요?"

"우리는 하늘나라의 선녀들이랍니다. 천하궁에서 물 긷는 일을 소홀히 한 죄로 여기서 물을 푸고 있지요. 이 우물물을 다 퍼야 하늘로 돌아갈 수 있는데 두레박에 큰 구멍이 뚫려서 아무리 애를 써도 물을 퍼낼 수가 없어요."

오늘이는 두레박을 받아 들더니 댕댕이덩굴을 으깨어 뭉쳐서 구멍을 막고 나서 송진을 녹여서 틈을 막았다. 송진이 굳은 뒤에 두레박으로 물을 푸게 하니 물이 한 방울도 새지 않았다. 금방 우물물을 다 퍼내고 기뻐하는 선녀들에게 오늘이가 말했다.

"저는 부모님을 찾아 원천강으로 가고 있답니다. 어느 길로 가야 하나요?"

"걱정하지 말아요. 저희가 함께 가 드릴게요."

면하다(免--) 어떤 상태나 처지에서 벗어나다.
고하다(告--) 어떤 사실을 알리거나 말하다.
댕댕이덩굴 들풀의 한 종류. 나무처럼 질긴 줄기는 바구니를 만드는 데 쓰고, 뿌리는 약재로 쓴다.
송진(松津) 소나무나 잣나무에서 분비되는 끈적끈적한 액체.

선녀들이 앞장서서 길을 잡아서 한참을 가다 보니 멀리 궁궐 같은 커다란 별당이 보였다.

"저기가 원천강이랍니다. 꼭 부모님을 만나세요."

선녀들은 오늘이의 앞길을 축원해 주고서 하늘로 올라갔다.

오늘이가 별당에 다가가 보니 집 둘레에 장성을 높게 둘렀는데 험상궂게 생긴 문지기가 성문을 막고 서 있었다.

"저는 인간 세상에서 부모님을 만나러 온 오늘이입니다. 문을 열어 주세요."

"안 된다. 여긴 아무나 들어갈 수 있는 곳이 아니야."

오늘이가 아무리 사정해도 문지기는 막무가내였다. 오늘이는 눈앞이 캄캄해져서 땅에 주저앉아 통곡하기 시작했다.

서럽게 흐느끼니 돌 같은 문지기의 마음에도 동정심이 생겨났다. 문지기가 안으로 들어가 그 사실을 고하니 이미 울음소리를 들은 신관이 아이를 안으로 들이라 하였다. 오늘이가 꿈인 듯 생시인 듯 안으로 들어가 신관 앞에 섰다.

"너는 어떤 아이인데 여기를 왔느냐?"

오늘이는 빈 들에서 학의 날개에 깃들여 홀로 살던 일부터 수만 리 길을 헤치고 부모를 찾아온 사정을 하나하나 이야기하기 시작했다. 단 위에 앉아 있던 신관과 선녀가 이야기가 다 끝나기 전에 눈물을 지으며 내려와서 오늘이를 감싸 안았다.

"그 먼 길을 어찌 찾아서 여기를 왔단 말이냐. 애야, 우리가 너의 부모로다. 너를 낳던 날 옥황상제께서 우리를 불러 이곳을 지키라 하니 어느 명령이라 거역할까? 몸은 비록 떠나왔으나 마음은 그곳에 남겼으니 너를 돌봐 준 학은 우리가 보낸 것이었단다."

"어머니, 아버지……."

오늘이의 부모님은 오늘이에게 원천강을 구경시켜 주었다. 높은 담장이 둘러쳐진 곳에 문이 네 개나 있는데, 첫 번째 문을 열어 보니 봄바람이 따스하게 부는 가운데 진달래, 개나리, 매화꽃, 영산홍 등 갖은 봄꽃이 피어 있었다. 두 번째 문을 열어 보니 뜨거운 햇살 속에 보리와 밀 같은 곡식과 채소가 무성했다. 세 번째 문을 열어 보니 너른 들판에 누런 벼가 황금빛으로 물결쳤다. 네 번째 문을 열어 보니 찬바람이 부는 가운데 흰 눈이 세상을 하얗게 뒤덮고 있었다. 이 세상 사계절이 여기에서 흘러나오는 것이었다.

구경을 마친 오늘이가 말했다.

"이렇게 부모님을 만났으니 제 소원을 이루었습니다. 여기에 오는 길에 부탁받은 일이 많으니 이제 돌아가렵니다."

오늘이가 원천강에 오면서 부탁받은 일을 이야기하자 부모님은 하나씩 답을 해 주고서 오늘이를 문밖까지 배웅해 주었다. 오늘이는 다시 만날 날을 기약하면서 부모님께 하직하고 길을 나섰다.

오늘이는 먼저 별층당에서 글을 읽고 있는 매일이를 만났다.

"부모님을 만나 뵙고 매일이 님의 일도 알아 왔습니다. 저와 함께 가시면 소원이 이루어질 거예요."

오늘이가 매일이를 이끌고 길을 떠나 전날의 바닷가에 이르니 큰 뱀이 여의주 세 개를 입에 넣은 채 뒹굴고 있었다.

"왜 용이 못 되는지 알아 왔습니다. 바다를 건네주면 알려 주지요."

큰 뱀은 기뻐하면서 오늘이와 매일이를 등에 태우고 수만 리 물길을 헤엄쳐 청수 바닷가에 이르렀다.

"하늘에 못 오르는 건 여의주를 세 개나 물었기 때문이랍니다. 하나만 물면 용이 될 수 있지요."

하직하다(下直--) 먼 길을 떠날 때 웃어른께 작별을 고하다.

그러자 뱀은 얼른 여의주 두 개를 뱉어서 오늘이에게 주고 하나만 입에 문 채 몸을 뒤틀었다. 뱀은 힘찬 소리와 함께 용이 되어 하늘로 날아올랐다.

다음은 연화못의 연꽃 나무.

"윗가지에 핀 꽃을 처음 보는 사람에게 주면 가지마다 꽃이 핀답니다."

연꽃 나무는 얼른 윗가지에 핀 꽃을 꺾어서 오늘이에게 주었다. 그러자 가지마다 꽃봉오리가 맺히면서 탐스러운 꽃이 송이송이 피어나기 시작했다.

오늘이와 매일이는 길을 걸어 흰모래 마을 별층당에 이르렀다. 예전처럼 장상이가 글을 읽고 있었다.

"원천강에서 장상이 님의 일을 알아 왔습니다. 장상이 님처럼 몇 년간 홀로 글만 읽어 온 처녀를 만나 배필로 맞으시면 만년 영화를 누리실 수 있답니다."

"세상에 그런 처녀가 어디에 있을까요?"

"여기 모셔 왔습니다. 매일이 님이지요. 두 분이 부부의 연을 맺으면 행복해지실 거예요."

장상이와 매일이는 서로를 마주 보며 손을 꼭 잡았다.

오늘이는 전에 자기가 살던 마을로 돌아가 백씨 부인을 찾아갔다.

백씨 부인에게 부모님과 만난 일과 오가면서 겪은 일을 다 이야기하고 뱀한테서 받은 여의주 한 개를 드렸다. 백씨 부인은 어느새 어른이 된 오늘이를 꼭 안아 주었다.

그 뒤 오늘이는 옥황상제의 부름으로 하늘나라 선녀가 되어 원천강을 돌보며 사계절의 소식을 세상에 전하는 일을 맡게 되었다. 한 손에 여의주를, 또 한 손에 연꽃을 든 채로.

배필(配匹) 부부로서의 짝.

영화(榮華) 몸이 귀하게 되어 이름이 세상에 빛남.

열두 살에 나라를 세우다

북부여의 왕 해부루는 천제의 명령에 따라 나라를 동부여로 옮겼다. 그 후 부루왕이 죽고 태자로 있던 금와가 왕이 되었다.

어느 날 금와는 태백산 남쪽에 있는 우발수 강가를 지나다가 젊고 아리따운 여인이 울고 있는 모습을 보았다. 그는 그 여인에게 다가갔다.

"웬 여인인데 이렇게 슬피 울고 있는가?"

왕의 물음에 여인은 다음과 같이 말했다.

"저는 본래 물의 신 하백의 딸로, 이름은 유화라고 해요. 어느 화창한 날 동생들과 함께 나들이를 갔는데, 그때 풍채가 늠름한 한 남자를 만났어요. 그는 자기가 천제의 아들인 해모수라고 말했어요. 그는 저를 꾀어 웅신산 아래의 압록강 가에 있는 어느 집으로 데리고 들어가서 남몰래 정을 통하고 훌쩍 떠나간 뒤에 영영 돌아오지 않고 있어요. 부모님은 혼인도 하지 않고 함부로 낯선 남자에게 몸을 맡겼다며 저를 심하게 꾸짖었어요. 그런 다음 저를 이곳으로 귀양 보낸 거랍니다."

금와왕은 유화의 고백을 듣고 이상한 느낌이 들어 그녀를 궁으로 데리고 왔다. 궁궐 한쪽 으슥한 곳에 유화의 방을 마련해 주었더니 이상하게도 햇빛이 그 방 안으로 들어와 유화의 몸을 비추었다. 유화가 몸을 움직여 피하려 해도 햇빛은 따라와 그녀의 몸을 비추었다. 그 뒤로 유화는 배가 점점 불러 오더니, 얼마 후 크기가 다섯 되쯤 되는 알 하나를 낳았다.

금와왕은 사람이 알을 낳은 것이 꺼림칙하여 그 알을 내다 버리기로 했다. 처음에는 이 알을 개와 돼지에게 던져 주었으나 어느 동물도 먹으려

천제(天帝) 하느님.
되 곡식, 가루, 액체 따위를 담아 분량을 헤아리는 데 쓰는 사각형 모양의 나무 그릇.

하지 않았다. 그래서 이번에는 말과 소들이 다니는 길바닥에 내던져 보았으나 이들도 알을 밟지 않고 피해 지나갔다. 다시 들판에 갖다 버렸더니 새와 짐승들이 다가와 알을 날개와 몸으로 품었다.

왕은 하는 수 없이 알을 도로 가져다 깨뜨리려고 했다. 하지만 단단한 알을 도저히 깰 수 없었다. 왕은 결국 알을 유화에게 되돌려 주었다. 유화는 알을 포근히 품어 따뜻하게 보호했다. 그리고 얼마 뒤 그 알에서 한 아이가 껍질을 깨고 태어났다.

그 아이는 용모와 재주가 영특하고 기이했다. 나이 겨우 일곱 살에 다른 아이들과는 달리 혼자 활과 화살을 만들어 쏘아 댔는데, 백발백중이었다. 이 당시 동부여에서는 활을 잘 쏘는 사람을 가리켜 주몽이라고 부르는 풍속이 있었는데, 금와왕과 주변 사람들 역시 그 아이를 주몽이라고 불렀다.

금와왕에게는 일곱 명의 왕자가 있었다. 그들은 항상 주몽과 함께 어울려 활쏘기, 말타기, 사냥 등을 했지만 일곱 왕자들 중 그 누구도 주몽의 재주를 당할 수 없었다. 어느 날, 주몽을 시기하던 맏아들 대소가 왕에게 아뢰었다.

"주몽은 인간의 몸에서 태어난 자가 아닙니다. 만약 그를 없애지 않으면 훗날 큰 탈이 있을까 하옵니다."

금와왕은 대소의 말대로 하지 않고 대신 주몽에게 말을 기르도록 했다. 주몽은 날쌔고 힘이 좋은 말과 그렇지 않은 말을 미리 알아보았다. 그래서 좋은 말은 일부러 먹이를 적게 주어 여위게 하고, 미련한 말은 잘 먹여 살찌게 길렀다. 사실 주몽은 앞날을 예감하고 그 일에 대비한 것이었다. 아니나 다를까, 왕은 살찐 말은 자기가 타고 여윈 말은 주몽에게 주었다.

대소 등 여러 왕자들과 왕의 신하들이 장차 주몽을 해치려고 한다는 낌새를 알아챈 유화는 몰래 아들에게 그 사실을 알려 주었다.

"이 나라 왕궁 사람들이 너를 해치려 하는구나. 너와 같은 재주와 꾀로 어

디 간들 뜻을 이루지 못하랴. 어서 이곳을 벗어나 화를 면하도록 하여라."

그때 주몽에게는 오이 등 세 사람의 충실한 부하이자 믿음직한 벗이 있었다. 주몽은 이들 세 사람과 함께 부여 땅을 탈출하는 데 성공했다.

대소 등 여러 왕자들과 금와왕의 여러 신하들은 주몽의 탈출을 알아채고 곧장 뒤를 따라왔다. 주몽 일행은 엄수라는 넓은 강에 다다랐다. 앞을 가로막은 검푸른 강물을 건널 길이 막막했고, 추격하는 대소 일행은 점점 거리를 좁혀 오고 있었다. 주몽은 강물을 향해 외쳤다.

"나는 천제의 아들이자 물의 신 하백의 외손자다. 오늘 화를 피해 도망하는 길로, 쫓는 자들이 바로 뒤에 다가오고 있는데 어쩌면 좋으냐?"

주몽의 말이 떨어지기가 무섭게 갑자기 물 위로 물고기와 자라 떼가 떠올랐다. 그러고는 서로의 몸을 잇더니 순식간에 다리를 만들었고, 주몽 일행은 그 다리 위를 달려 강을 건넜다. 주몽 일행이 건너편 강가에 닿자마자 물고기와 자라 떼는 물속으로 자취를 감추어 버렸다. 주몽 일행을 추격하던 대소 일행은 강을 건널 수 없었다.

주몽 일행은 졸본에 이르러 그곳을 도읍으로 정했다. 미처 궁궐을 지을 겨를이 없어 비류수 강가에 초막을 짓고 머물기로 했다. 주몽은 나라 이름을 고구려라 하였으며, 자신의 성을 고(高) 씨로 정했다. 이때 주몽의 나이 겨우 열두 살이었다. 그가 즉위해서 왕이라고 일컬은 것은 한나라 효원제 12년(기원전 37)의 일이다. 고구려가 번성하던 때의 가호 수는 21만 508호나 되었다.

도읍(都邑**)** 그 나라의 수도를 정함. 또는 그 수도.
가호(家戶**)** 어떤 지역에 있는 집이나 가구 따위를 세는 단위.

　〈낙랑 공주와 호동 왕자〉 전설은 소설이나 드라마, 만화와 게임 등 다양한 장르로 재해석되며 현재까지 꾸준히 사랑받고 있는 작품입니다. 민초들의 영웅 '우투리'가 뜻을 펼치지 못하고 지배층의 손에 사라진다는 내용의 〈아기장수 우투리〉 또한 널리 알려진 전설입니다. 두 전설 모두 주인공이 비극적 결말을 맞는다는 점에서 더욱 안타까운 이야기로 남아 있습니다.

　반면 〈바보 사또〉는 간결한 줄거리 안에 명쾌한 교훈과 해학이 담겨 있어 사람들이 가볍게 즐길 수 있는 이야기입니다. 민담 속의 사또는 때로는 탐욕스러운 벼슬아치로, 때로는 현명한 지도자로 변신해 가며 이야기의 재미를 더하는 존재입니다.

　신화처럼 엄숙하거나 위엄이 넘치지는 않지만, 전설과 민담 속 인물들은 우리의 삶과 더 가까운 모습으로 다가옵니다. 이들이 겪는 사건과 갈등, 그리고 거기에서 얻을 수 있는 교훈과 지혜를 생각해 보며 옛이야기가 가진 힘을 되새겨 보길 바랍니다.

전설과 민담

　〈낙랑 공주와 호동 왕자〉는 역사적 사실에 '신기(神器) 쟁탈'이라는 설화적 요소를 절묘하게 결합한 전설로, 신화 시대에서 전설·민담 시대로의 전환 과정을 살필 수 있는 자료이다.

　초인담(超人談)에 속하는 〈아기장수 우투리〉는 조선 시대에도 끊이지 않고 전승되었다. 이는 지배층에 대한 저항 의식과 미래를 향한 기대가 민중 사이에서 지속되어 왔음을 보여 주는 증거이다.

　마지막으로 〈바보 사또〉와 같은 민담은 누구나 즐길 수 있는 가장 대중적인 이야기이다. 듣는 이들의 공감을 이끌어 내며 오랜 세월 생명력을 유지했다는 점에서 민담은 '설화의 꽃'이라고 불린다.

옛이야기의 힘

낙랑 공주와 호동 왕자

대무신왕에게는 두 명의 왕비가 있었다. 첫째 왕비는 해후 왕자를 낳았고, 둘째 왕비는 호동 왕자를 낳았다. 두 왕자 중 호동 왕자는 유난히 용모가 빼어나고 늠름한 태도에 용맹하기가 이를 데 없어 사람들에게서 칭송을 받았다. 그래서 대무신왕도 호동 왕자를 특별히 귀여워하였다.

어느 날, 호동 왕자는 사냥을 하다가 이웃 나라 옥저에 가게 되었다. 그런데 마침 그곳에는 낙랑국의 임금인 최리가 와 있었다. 최리는 호동 왕자를 보더니 반가워하며 말했다.

"그대의 얼굴을 보니 고구려 왕의 아들임을 알 수가 있겠구려. 나와 함께 우리나라에 가서 잠시 지내지 않겠소?"

호동 왕자는 이를 선뜻 승낙하였다.

낙랑은 고구려보다 훨씬 작은 나라였기 때문에 최리는 호동 왕자를 극진하게 대접하였다.

"귀한 손님이 왔으니 내 보잘것없는 딸을 불러 시중을 들게 하고 싶소."

최리는 자신의 딸 낙랑 공주를 불렀다.

낙랑 공주의 모습을 본 호동 왕자는 눈이 번쩍 뜨였다. 그녀의 모습이 어찌나 아름다운지 마치 얼굴에서 빛을 뿜는 듯했다. 낙랑 공주 역시 호동 왕자의 남사나운 모습에 마음을 빼앗겨 버렸다. 결국 두 사람은 서로 마음이 통해 혼례식을 올리게 되었다.

그런데 호동 왕자는 곧 고구려로 돌아가야 했다. 호동 왕자가 낙랑 공주를 달래며 말했다.

"내가 고구려로 돌아가 준비를 마치는 대로 당신을 부르겠소."

고구려로 돌아온 호동 왕자가 대무신왕에게 낙랑 공주를 데려오겠다고 하자 왕은 대답했다.

"너는 나라의 일보다 개인의 일을 앞세우지는 않겠지? 낙랑은 오래전부터 우리가 차지하려 했던 땅이다. 그런데 그 나라에는 적이 쳐들어오면 저절로 울리는 '자명고'라는 북이 있다. 그것 때문에 우리는 아직 낙랑을 공격하지 못하고 있지. 네가 그곳의 공주를 아내로 맞이했다고 하니, 공주에게 부탁해서 그 자명고를 찢어 버리도록 하라. 그렇게 된다면 우리는 손쉽게 낙랑을 공격할 수 있을 것이다."

호동 왕자는 고민했지만 왕의 명령을 거스를 수가 없었다. 그래서 낙랑 공주에게 몰래 편지를 보내 자명고를 찢어 버리라고 부탁했다.

호동 왕자의 편지를 받은 낙랑 공주는 고민에 빠졌다. 자명고를 찢으면 아버지를 배신하게 되고, 그러지 않으면 사랑하는 사람을 잃게 되기 때문이었다. 며칠 동안 고민하던 낙랑 공주는 마침내 사랑을 택하기로 마음먹었다. 그래서 칼을 가슴에 품고 자명고가 있는 곳으로 향했다.

손에 칼을 들고 한동안 망설이던 낙랑 공주는 마침내 눈을 질끈 감고 자명고를 찢어 버렸다.

낙랑 공주가 호동 왕자에게 이 사실을 알리자, 대무신왕은 곧 군사를 이끌고 낙랑을 공격했다.

고구려의 군사들이 궁궐 근처에 이를 때까지도 낙랑국에서는 아무도 모르고 있었다.

"폐하, 고구려 군사가 궁궐 밖에까지 쳐들어왔습니다!"

마침내 한 신하가 달려와 말했다.

"그게 무슨 소리요? 자명고도 울리지 않았는데 적이 이미 쳐들어왔다니?"

"누군가가 자명고를 찢어 버렸습니다."

"뭐라고?"

화가 난 최리는 당장 누가 자명고를 찢었는지 알아내라고 명령했다.

무기 창고를 지키고 있던 군사가 나와서 말했다.

"이 칼이 자명고 앞에 떨어져 있었습니다."

칼을 본 최리는 깜짝 놀랐다. 그것은 바로 딸의 칼이었기 때문이다. 최리는 곧 낙랑 공주가 호동 왕자의 꾐에 빠져 자명고를 찢었다는 사실을 알게 되었다.

"어리석은 것! 아비와 나라를 배신하다니!"

최리는 어쩔 수 없이 딸을 죽여야 했다. 하지만 그것이 문제를 해결해 주지는 못했다. 낙랑은 곧 고구려에 항복할 수밖에 없었다.

호동 왕자는 궁궐로 들어와 낙랑 공주를 찾았다. 하지만 낙랑 공주는 이미 숨을 거둔 뒤였다.

호동 왕자는 낙랑 공주의 주검을 부둥켜안고 목 놓아 울었다. 그러고는 자신도 죽음을 택하였다.

호동 왕자가 세상을 떠난 지 12년이 되는 해, 대무신왕도 세상을 떠났다.

대무신왕이 고구려를 다스린 27년 동안, 고구려는 우리나라 북쪽의 강국으로 크게 발전할 수 있었다.

주검 죽은 사람의 몸을 이르는 말.

아기장수 우투리

옛날 옛날 먼 옛날, 임금과 벼슬아치들이 백성들을 종처럼 부리던 때의 이야기야. 욕심 많은 임금과 사나운 벼슬아치들에게 시달릴 대로 시달리던 백성들은 누군가 힘세고 재주 많은 영웅이 나타나 자기들을 살려 주기를 목이 빠지게 바라고 살았지.

이때, 지리산 자락 외진 마을에 한 농사꾼 내외가 살았어. 산비탈에 밭을 일구어 구메농사나 지어 먹으며, 그저 산 입에 거미줄이나 안 치는 걸 고맙게 여기고 살았지. 그렇게 살다가 늘그막에 아기를 하나 낳았는데, 낳고 보니 아기 탯줄이 안 잘라져. 가위로 잘라도 안 되고 낫으로 잘라도 안 되고 작두로 잘라도 안 돼. 별짓을 다해도 안 되더니, 산에 가서 억새풀을 베어다 그걸로 탯줄을 치니까 그제야 잘라지더래.

아기 이름을 '우투리'라고 했는데, 이 우투리가 갓난아기 때부터 하는 짓이 달라. 방에다 뉘어 놓고 나가서 일을 하고 돌아와 보면 시렁에 덜렁 올라가 있지를 않나, 곁에 뉘어 놓고 잠깐 자다 깨서 보면 납죽 장롱 위에 올라가 있지를 않나. 이래서 참 이상하게 여긴 어머니, 아버지가 하루는 아기를 방에 두고 나와서 문구멍으로 들여다봤지. 그랬더니, 아 이런 변이 있나? 글쎄 아기가 방 안에서 포르르 포르르 날아다니지 뭐야? 가만히 보니 아기 겨드랑이에 조그마한 날개가, 꼭 얼레빗만 한 게 뾰조록하니 붙어 있더란 말이지. 그걸 보고 어머니가 그만 기겁을 해.

"아이고, 여보. 이것 큰일 났소. 내가 아기를 낳아도 예사 아기를 낳은

구메농사(――農事) 작은 규모로 짓는 농사.
늘그막 늙어 가는 무렵.
작두 말이나 소의 먹이를 써는 연장.
시렁 물건을 얹어 놓기 위하여 방이나 마루 벽에 두 개의 긴 나무를 가로질러 선반처럼 만든 것.
얼레빗 빗살이 굵고 성긴 큰 빗.

게 아니라 영웅을 낳았소."

겨드랑이에 날개 돋친 아기는 영웅으로 태어난 아기란다. 그런데 이게 참 좋아할 일이 아니라 기겁을 할 일이야. 가난한 백성이 영웅을 낳으면 임금과 벼슬아치들이 가만두지를 않거든. 영웅이 백성을 살리려고 저희들과 맞서 싸우기라도 하면 큰일이니, 힘을 쓰기 전에 죽여 버리려고 든단 말이야. 잘못하다가는 온 식구가 다 죽을 판국이지.

그래서 어머니, 아버지가 의논 끝에 우투리를 데리고 지리산 속 아주아주 깊은 골로, 사람 발길이 닿지 않는 곳으로 들어가 숨어 살았어.

그런데 발 없는 말이 천 리 간다더니, 우투리라고 하는 영웅이 지리산에 났다는 소문이 백성들 사이에 돌고 돌아 임금 귀에까지 들어가게 됐어. 임금이 그 소문을 듣고 가만히 있을 리 있나? 사납고 힘센 장군을 뽑아 우투리를 잡으러 보냈어. 장군이 군사들을 많이 거느리고 우투리네 집에 들이닥쳤지.

그런데 우투리가 참 영웅이라도 큰 영웅이지. 군사들이 몰려오는 걸 어떻게 알고 감쪽같이 사라져 버렸어. 어디로 갔는지 자취도 없어. 그 많은 군사들이 온 산속을 이 잡듯이 뒤져도 못 찾았지. 사흘 밤낮을 뒤지고도 못 찾으니까 장군이 애매한 우투리 어머니, 아버지를 잡아갔어. 잡아가서 묶어 놓고 곤장을 치는 거야.

"우투리 있는 곳을 어서 대라."

이렇게 으르면서 곤장을 친단 말이야. 그런데 어머니, 아버진들 알 수가 있나. 때려도 때려도 모른다고 하니까, 어쩔 수 없었던지 사흘 만에 풀어 줬지.

어머니, 아버지가 •초주검이 돼 가지고 집으로 돌아오니, 그새 우투리가

초주검(初--) 두들겨 맞거나 아파서 거의 다 죽게 된 상태. 또는 지쳐서 꼼짝을 할 수 없게 된 상태.

집에 돌아와 눈물을 줄줄 흘리면서 기다리고 있어. 저 때문에 어머니, 아버지가 두들겨 맞은 걸 보고 가슴이 아파서 그러지.

그런 뒤에 하루는 우투리가 어디서 구했는지 콩을 한 말이나 가지고 와서 어머니한테 볶아 달라고 그러더래. 그래서 어머니가 콩을 넣고 볶는데, 볶다가 보니 콩 한 알이 톡 튀어나오겠지. 하도 배가 고파서 어머니가 그걸 주워 먹어 버렸네! 그러니까 한 말에서 한 알이 모자라게 볶아 줬단 말이야.

우투리가 볶은 콩으로 갑옷을 짓는데, 콩을 하나하나 붙여 옷을 만드니 온몸을 다 가릴 만큼 되었어. 그런데 딱 한 알이 모자라서 한 군데를 못 가렸어. 어디를 못 가렸는고 하니 왼쪽 겨드랑이 날갯죽지 바로 아래를 못 가렸어.

우투리가 그렇게 갑옷을 지어 입고 나서 어머니더러,

"조금 있으면 군사들이 다시 올 것입니다. 혹시 내가 싸우다 죽거든 뒷산 바위 밑에 묻어 주되, 좁쌀 석 되, 콩 석 되, 팥 석 되를 같이 묻어 주세요. 그리고 삼 년 동안은 아무에게도 묻힌 곳을 가르쳐 주지 마세요. 그렇게만 하면 삼 년 뒤에는 나를 다시 만날 수 있을 것입니다."

이러거든.

그러고 나서 조금 있으니 아닌 게 아니라 장군이 군사들을 데리고 다시 왔어. 우투리가 갑옷을, 그 왜 볶은 콩으로 지은 갑옷 있잖아? 그걸 입고 집 앞에 떡 버티고 섰으니, 군사들이 겁을 내어 가까이 오지 못하고 멀리서 활을 쏘는데, 뭐 몇백 발을 쏘는지 몇천 발을 쏘는지 몰라. 화살이 비 오듯이 쏟아져. 그 많은 화살이 죄다 갑옷에 맞아 부러지는데, 꼭 썩은 겨릅대 부러지듯 툭툭 부러져. 그러니 그 많은 화살을 다 맞아도 끄떡없어.

겨릅대 껍질을 벗긴 삼의 줄기.

군사들이 화살을 다 쏘고 이제 딱 한 개가 남았는데, 그때 갑자기 우투리가 왼팔을 번쩍 들어 겨드랑이를 썩 내놓는 게 아니겠어? 그 콩 한 알 모자라서 날갯죽지 밑에 맨살 드러난 데 말이야. 거기를 썩 드러내 놓고 가만히 서 있는 거야. 그때 마지막 한 개 남은 화살이 탁 날아와서 거기를 딱 맞히니 우투리가 풀썩 쓰러져 죽었어.

장군이 군사들을 데리고 돌아간 뒤에, 어머니, 아버지가 슬피 울면서 우투리를 뒷산 바위 밑에 묻어 줬어. 우투리 말대로 좁쌀 석 되, 콩 석 되, 팥 석 되를 같이 넣어 묻어 줬지.

그러고 나서 세월이 흘렀는데, 거의 한 삼 년이 흘렀나 봐. 그동안 백성들 사이에 소문이 나기를, 우투리가 아직 안 죽고 살아 있다, 지리산 속에서 병사를 기르며 때를 기다린다, 이런 소문이 짜하게 퍼졌어. 사방이 고요하면 산속에서 병사들이 말을 타고 내닫는 소리가 다가닥다가닥 들린다고도 하고, 얼마 안 있으면 우투리가 산에서 나와 백성들을 다 구할 거라고도 하고, 이런 소문이 돌고 돌아 또 임금 귀에까지 들어갔지.

"에잇, 안 되겠다. 이번에는 내 손으로 죽이는 수밖에 없다."

임금이 화가 나서 군사들을 많이 데리고 우투리네 집을 찾아갔어. 찾아가서 어머니, 아버지더러,

"우투리를 어디에 묻었느냐? 바른대로 대라!"

하고 을러대었지. 그런다고 어머니, 아버지가 순순히 가르쳐 줄 리 있나? 입을 딱 다물고 죽어도 말 못 한다고 버텼지. 아무리 으름장을 놓아도 말을 안 하니까 임금이 시퍼런 칼을 아버지 목에 딱 갖다 대고,

"이래도 말 안 할 테냐?"

하는데, 그걸 보니 어머니가 그만 눈앞이 아득해져서 저도 모르게 뒷산 바위 밑에 묻었노라고 말해 버렸어.

임금이 그길로 뒷산에 가서 우투리 묻었다는 바위 밑을 파 보았지. 그런

데 이게 참 귀신이 곡할 노릇이야. 암만 파도 아무것도 안 나와. 우투리는 커녕 개미 뒷다리 하나 없어.

아주 깨끗해. 임금이 가만히 살펴보니, 우투리가 살아 있다면 숨을 데라고는 그 위에 있는 바위 속뿐이겠거든. 그렇지만 바위에 뭐 틈이 있기나 하나?

바위를 열고 속을 들여다보려고 해도 도무지 열 재간이 있어야 말이지. 임금이 바위를 이리 쳐다보고 저리 쳐다보고 빙빙 돌기만 하다가 다시 우투리 어머니, 아버지한테로 갔어. 가서,

"우투리 낳을 때 뭐 이상한 일이 없었느냐? 바른대로 대라."

하는데, 이번에도 칼을 아버지 목에 딱 갖다 대고 으름장을 놓으니 어머니가 그만 눈앞이 아득해 가지고, 탯줄이 안 잘려 억새풀로 잘랐노라고 가르쳐 줘 버렸어.

임금이 다시 뒷산으로 가서 억새풀을 한 아름 베어다가 그 바위를 탁 쳤지. 그랬더니 이게 웬일이냐? 우르르하고 땅이 흔들리면서 바위 한가운데에 금이 쩍 나더니 그 큰 바위가 스르르 두 쪽으로 갈라지지 않겠어?

그 갈라진 틈으로 바위 속을 들여다보니, 야, 참 이런 장관이 없구나. 소문대로 우투리가 죽지 않고 살아, 바위 속에서 병사를 기르고 있었던 게지. 그사이에 좁쌀 석 되, 콩 석 되, 팥 석 되가 모조리 병사가 되고, 말이 되고, 투구가 됐어. 투구를 쓴 병사들이 저마다 말을 타고 늘어섰는데, 그 수가 몇천이나 되는지 몇만이나 되는지 몰라.

그때 우투리는 막 말을 타려고 한 발은 땅을 딛고 한 발은 말 안장에 걸쳤는데, 그때 그만 바위가 갈라져 버린 거야. 바위가 갈라져 바깥바람이

재간(才幹) 어떠한 수단이나 방도.
장관(壯觀) 훌륭하고 장대한 광경.

들어가니까 그 많은 병사들이 스르르 녹아서 없어지고, 우투리도 스르르 눈 녹듯이 녹아서 형체가 없어져 버렸어. 그때가 삼 년에서 딱 하루가 빠지는 날이었단다. 하루만 더 있었으면 우투리가 병사들과 함께 바위를 열고 나와 백성들을 살렸을 텐데, 딱 하루가 모자라 그리되고 말았어.

　바위가 열리고 우투리가 병사들과 함께 사라지던 바로 그 순간, 지리산 자락 어느 냇가에 날개 달린 말이 나타나 사흘 밤 사흘 낮을 울었대. 그렇게 슬피 울던 말이 냇물 속으로 스르르 들어가 버렸는데, 그 뒤에도 물속에서는 자주 말 우는 소리가 들렸대. 백성들은 그 소리를 듣고 우투리가 아직도 죽지 않고 살아 있다고 믿고 있어. 날개 달린 말이 우투리를 태우고 물속으로 들어갔다고 믿는 게지. 우투리는 지금도 그 물속에 살아 있을까?

바보 사또

　옛날 어느 마을에 사또가 새로 부임했습니다. 이 마을의 이방이 나랏돈을 함부로 쓰고 있다는 소문을 들은 사또는 이방의 죄를 알아내려고 일부러 바보인 척했습니다. 사또가 어리석다고 생각한 이방은 그동안 했던 것처럼 나랏돈을 마음대로 썼습니다. 이 소식을 들은 마을 사람들은 걱정스러운 마음을 감추지 못했습니다.

　"아이고! 큰일 났네, 큰일 났어! 어디서 저런 바보 사또가 왔담."

　그러던 어느 그믐날 밤, 마당에 나온 사또가 이방에게 물었습니다.

　"이방, 이 마을에는 왜 달이 보이지 않느냐?"

　'아이고, 바보도 이런 바보가 없군. 오늘은 그믐날이니까 달이 보이지 않을 수밖에……. 허허, 옳거니! 좋은 수가 있다.'

　이방은 재빨리 거짓말을 지어냈습니다.

　"사또, 우리 마을에 있던 달은 예전에 계시던 사또가 다른 마을에 팔아 버렸습니다. 그러니 달이 보이지 않을 수밖에요."

　사또는 시치미를 뚝 떼고 말했습니다.

　"허허, 달이 보이지 않으면 사람들이 캄캄한 길을 가기가 무서울 텐데……. 이방, 무슨 좋은 방법이 없느냐?"

　"마침 이웃 마을에서 달을 만들어 팔고 있는데, 달 하나를 만들려면 일주일이 걸린답니다. 값은 오백 냥이고요."

　"그래? 내가 오백 냥을 줄 테니 얼른 가서 달을 사 오너라."

　이방은 사또가 준 돈을 받아서 실컷 놀다가 일주일이 지나 반달이 뜬 밤에 돌아왔습니다.

　"사또, 달을 사서 하늘에 띄워 놓았습니다."

　"수고했네. 그런데 이방, 왜 달 하나 값을 가지고 반쪽만 사 왔는가?"

"예? 아, 그건 값이 올라서 그렇습니다."

"그렇다면 돈을 더 줄 테니 달 하나를 사 오게. 저런 반쪽을 가지고 어디 어두워서 쓰겠는가?"

이방은 사또가 준 돈을 다 쓰고 일주일이 지나 보름달이 뜰 무렵 돌아왔습니다.

"사또, 사또! 둥그런 보름달을 하늘에 두둥실 띄워 놓았습니다."

"어디 보자, 이제야 대낮 같구나. 그거참 잘했다."

사또는 이방이 괘씸한 것을 꾹 참고 다시 반달이 떠오르기를 기다렸습니다.

일주일이 지나자 드디어 반달이 떠올랐습니다. 이 날을 기다려 온 사또가 이방에게 말했습니다.

"이방, 비싼 돈을 주고 사 온 달 반쪽이 어디 갔느냐? 네 맘대로 다시 팔아치운 것은 아니겠지? 없어진 달을 당장 찾아오너라!"

'아이고 이 일을 어쩐다. 그동안 바보인 줄만 알았는데…….'

이방의 얼굴이 하얗게 질렸습니다. 그러자 사또가 이방에게 외쳤습니다.

"네 이놈, 감히 거짓말을 해서 나랏돈을 마구 쓰다니! 여봐라, 저놈을 당장 감옥에 가두어라."

결국 이방은 감옥에 갇히고 말았습니다. 사또의 현명함에 마을 사람들은 무릎을 탁 치며 기뻐했습니다.

"사또가 바보인 줄만 알았는데 알고 보니 현명한 사람이더군요."

"그러게 말이야. 잘된 일이야."

마을 사람들은 사또의 현명함을 칭송하는 비석을 세우고 오래오래 사또를 칭찬했답니다.

참고 도서

1부

⟨소나기⟩, 황순원   황순원, 《독 짓는 늙은이》(문학과지성사, 2004)
⟨동백꽃⟩, 김유정   김유정, 《동백꽃》(문학과지성사, 2005)
⟨사랑손님과 어머니⟩, 주요섭   주요섭 외, 《20세기 한국 소설 9》(창작과비평사, 2005)

2부

⟨하늘은 맑건만⟩, 현덕   현덕 외, 《하늘은 맑건만》(문학과지성사, 2007)
⟨자전거 도둑⟩, 박완서   박완서, 《자전거 도둑》(도서출판 다림, 1999)
⟨공작 나방⟩, 헤르만 헤세   《국어 시간에 소설 읽기 1》(휴머니스트, 2012)

3부

⟨멍키 스패너⟩, 진형민   진형민 외, ⟨멍키 스패너⟩, 《희망의 질감》(문학동네, 2022)
⟨먹고 싶다, 수박⟩, 장주식   장주식 외, ⟨먹고 싶다, 수박⟩, 《어쩌다 보니 왕따》(우리학교, 2012)
⟨오후 4시, 달고나⟩, 이송현   이송현, ⟨오후 4시, 달고나⟩, 《기념일의 무게》(마음이음, 2023)

4부

⟨사계절의 땅 원천강 오늘이⟩   신동흔, 《살아 있는 우리 신화》(한겨레출판사, 2004)
⟨열두 살에 나라를 세우다⟩   일연, 김원중 옮김, 《삼국유사》(민음사, 2008)
⟨낙랑 공주와 호동 왕자⟩   김부식, 송종호 옮김, 《삼국사기》(지경사, 2007)
⟨아기장수 우투리⟩   서정오, 《아기장수 우투리》(도서출판 보리, 2016)
⟨바보 사또⟩   정영애, 《나는야 바보 사또》(고려원미디어, 1991)

수록 교과서

1부

〈소나기〉, 황순원	동아출판 1–1
	미래엔(민병곤) 1–1
	천재교과서(노미숙) 1–1
〈동백꽃〉, 김유정	미래엔(신유식) 1–2
	비상교육(박영민) 1–2
〈사랑손님과 어머니〉, 주요섭	천재교과서(노미숙) 2–1
	2026 EBS 수능특강 국어 영역 문학

2부

〈하늘은 맑건만〉, 현덕	비상교육(박현숙) 1–1
	지학사 1–1
	창비교육 1–2
	천재교과서(정호웅) 1–2
	해냄에듀 1–2
〈자전거 도둑〉, 박완서	비상교육(박영민) 1–1
	동아출판 1–2
〈공작 나방〉, 헤르만 헤세	교과서 외

3부

〈멍키 스패너〉, 진형민	창비교육 1–1
	천재교과서(정호웅) 1–1
	비상교육(박현숙) 1–2
	지학사 1–2
〈먹고 싶다, 수박〉, 장주식	천재교과서(노미숙) 1–1
〈오후 4시, 달고나〉, 이송현	천재교과서(노미숙) 1–2

4부

〈사계절의 땅 원천강 오늘이〉	동아출판 1–1
〈열두 살에 나라를 세우다〉	교과서 외
〈낙랑 공주와 호동 왕자〉	교과서 외
〈아기장수 우투리〉	해냄에듀 1–1
〈바보 사또〉	미래엔(민병곤) 1–2

독서는 충만한 사람을 만들고,
토론은 준비된 사람을 만들고,
글쓰기는 정확한 사람을 만든다.

– 프랜시스 베이컨

교과서 시/수필 다보기

중·고등학교 국어·문학 교과서 주요 작품 수록

교과서
시 다보기 1

- 2022 개정 교육과정의 핵심 역량 반영
- 중1 국어 교과서 10종의 주요 시 통합 수록
- 이해를 돕는 도움글을 통해 깊이 있는 작품 감상 가능
- '시'라는 낯선 장르에 대한 감상·분석 능력 기르기

교과서
수필 다보기 1

- 2022 개정 교육과정의 핵심 역량 반영
- 중1 국어 교과서 10종의 주요 수필 통합 수록
- 이해를 돕는 도움글을 통해 깊이 있는 작품 감상 가능
- 진솔한 정서가 담긴 수필을 읽으며 문학적 소양 다지기

2022
교육과정
반영

국어 교과서에 실린 단편 소설을 주제별로 엄선하여 수록

교과서 소설 다보기 1

문제편

씨앤에이에듀

교고과서
소설
다보기
1

씨앤에이에듀

짜임과 활용

개념 익히기

소설의 개념과 구성 요소

소설이란

소설(小說)은 현실에 있음 직한 일을 바탕으로 작가가 상상하여 꾸며 낸 이야기를 말합니다. 비교적 긴 분량의 글에 삶의 진실을 담아서 독자에게 즐거움과 감동을 주는 문학의 한 형식입니다.

소설의 3요소

주제(主題)란 작가가 작품을 통해 드러내고자 하는 중심 생각을 말합니다. 작가가 세상을 바라보는 관점이나 가치관 등이 작품에 스며 있는 경우도 있습니다. 소설의 주제는 설명 분이나 논평문과는 달리 작품 속에 숨어 있는 경우가 많습니다.

독자는 작가가 뚜렷한 이야기 속에서 주제를 찾아낼 수 있는데, 이때 이야기를 이끌어 가는 구조를 구성(構成)이라고 합니다. 이러한 짜임새 있게 꾸며 낸 작품을 효율적으로 전달하는 역할을 합니다.

문체(文體)란 문장에 나타나는 작가만의 개성이나 독특한 표현 방식을 말합니다. 작가의 개성 있는 표현은 작가의 의도를 독자에게 효과적으로 전달합니다.

소설 구성의 3요소

인물(人物)은 사건을 이끌어 가는 행위의 주체를 말합니다. 소설에서는 사람뿐 아니라 동물이나 사물도 인간의 삶을 바라봄으로 보여 주는 상징적인 존재가 될 수 있습니다. 초자 오월레(동물농장)이나 우리 고전 소설 (규중칠우쟁론기) 등을 예로 들 수 있습니다.

사건(事件)이란 인물들이 일으키고 겪는 일이나 행동을 말합니다. 사건은 대체로 인과 관계에 따라 전개됩니다. 그렇듯하게 짜인 사건이 우리 삶의 중요한 가치를 들려내고 그 속에서 독자가 감동을 느끼게 되었다면, 그 소설은 완성도 높은 작품이 됩니다.

배경(背景)은 작품 속에서 사건이 벌어지는 시간과 공간, 사회적·시대적 환경을 말합니다. 작품 속 배경은 주제를 구체화하고, 인물과 사건을 실체처럼 느끼게 해 줍니다.

소설의 개념과 구성 요소

소설이란

소설(小說)은 현실에 있음 직한 일을 바탕
합니다. 비교적 긴 분량의 글에 삶의 진실을
학의 한 형식입니다.

개념 익히기

앞에서 감상한 작품들을
문학 이론에 적용하여 분석합니다.

소나기

1 작품 속 행동을 통해 알 수 있는 소년과
변하였는지 적어 봅시다.

소녀

- 징검다리 한가운데 앉아서 물장구를 첫
- 소년에게 '바보'라고 말하며 조약돌을
- 소년에게 '비단조개'의 이름을 물어보았

꼼꼼히 읽기

작품의 맥락을 잘 짚어 냈는지
스스로 확인하는 문제를 풀어 봅니다.

꼼꼼히 읽기

소나기

1 다음 속 행동을 통해 알 수 있는 소년과 소녀의 성격을 정리하고, 소년의 성격이 어떻게 변하였는지 적어 봅시다.

소녀
- 징검다리 한가운데 앉아서 물장구를 친다.
- 소년에게 '바보'라고 말하며 조약돌을 던졌다.
- 소년에게 '비단조개'의 이름을 물어보았다.

소녀는 ___ 인 성격이다.

소년
- 소녀가 징검다리에서 비키기를 가만히서 개울가에 앉아 버렸다.
- 다음 날은 큰 늦게 개울가에 나왔다.

소년은 ___ 인 성격이다.

▶ 소년의 변화
- 소녀의 상처를 치료해 주었다.
- 소녀 대신 윤화를 뛰어 왔다.
- 소녀를 이름에 숨가 바고 자랑스러워하였다.

소년의 성격이 ___ (으)로 변하였다.

함께읽다더 소년의 속마음 엿보기

소년이 장에 갔다가 무를 단숨 뽑아 버리다. 소년은 그녀의 더 멀리 두를 던져내다. 소녀에 핀하지고 싶은 저음을 자신도 생각지라는 것 행동으로 표현한 것이다. 소년의 마음대로 두 사람이 친해지면서, 소녀의 외모가 탄았다. 소년은 소녀를 얻고 싶어 하는 모양을 진다고. 소년에게 좋 모두를 뽑아 버리는 건 소설의 초반부보다 능동적으로 행동한다. 서울로 (소나기)는 인물의 심리를 두르 행동을 통해 간접적으로 드러낸다. 독자는 이러한 행동을 파악하여 그 인물의 심리와 성격을 추론하고 해석하는 재미를 느낄 수 있습니다.

Step_1 하브루타 시점의 종...

다음 제시문을 읽고 물음에 답해 봅시다.

> 가 다음 날은 좀 늦게 개울가로 나갔다.
> 이날은 소녀가 징검다리 한가운데 앉아 세 린 팔과 목덜미가 마냥 희었다.
> 한참 세수를 하고 나더니 이번에는 물속을

생각 나누기

토의·토론 과정을 통해 자신의 생각을 논리적으로 표현하는 능력을 키울 수 있습니다.

다음 두 장면 중 하나를 골라 다른 인물의 관점 (단, 대사나 행동, 사건은 재구성하지 않습니다

▶ 장면 1

집에 오니 어머니는 문간에서 기다리고 있다 "그 꽃은 어디서 났니? 퍽 곱구나." 하고 어머니가 말씀하셨습니다. 그러나 나는

생각 펼치기

다양한 주제의 글쓰기 과제를 수행하면서 기본적인 문장력, 글 구성 능력을 다집니다.

차례

1부
시점과 상징

⏐ 학습 목표

소설의 개념과 소설을 구성하는 요소에 대해 알아보고, 소설 속 서술자와 시점의 종류에 대해 살펴봅니다. 황순원의 〈소나기〉, 김유정의 〈동백꽃〉, 주요섭의 〈사랑손님과 어머니〉를 통해 각 시점의 장단점을 파악할 수 있습니다. 또한 시점을 바꿔 써 보며 서술자의 관점이 작품에 어떠한 영향을 주는지 살펴봅니다. 마지막으로 작품 속 시대 상황을 고려하여, 인물의 선택을 주제로 독서 토론을 진행해 봅니다.

⏐ 문학 개념

시점의 종류와 효과

⏐ 주제

문학적 소재의 상징

개념 익히기

소설의 개념과 구성 요소

소설이란

소설(小說)은 현실에 있음 직한 일을 바탕으로 작가가 상상하여 꾸며 낸 이야기를 말합니다. 비교적 긴 분량의 글에 삶의 진실을 담아내 독자에게 즐거움과 감동을 주는 문학의 한 형식입니다.

소설의 3요소

주제(主題)란 작가가 작품을 통해 드러내고자 하는 중심 생각을 말합니다. 작가가 세상을 바라보는 관점이나 가치관 등이 작품에 스며 있는 것입니다. 소설의 주제는 설명문이나 논설문과는 달리 작품 속에 숨어 있는 경우가 많습니다.

독자는 작가가 창조한 이야기 속에서 주제를 찾아낼 수 있는데, 이때 이야기를 일정한 흐름으로 질서 있게 배열한 구조를 구성(構成)이라고 합니다. 짜임새 있게 엮어 낸 구성은 독자를 이야기 속으로 집중시키며, 주제를 효과적으로 전달하는 역할을 합니다.

문체(文體)란 문장에 나타나는 작가만의 개성이나 독특한 표현 방식을 말합니다. 작가의 개성 있는 표현은 작가의 의도를 독자에게 효과적으로 전달합니다.

소설 구성의 3요소

인물(人物)은 사건을 이끌어 가는 행위의 주체를 말합니다. 소설에서는 사람뿐 아니라 동물이나 사물도 인간의 삶을 비판적으로 보여 주는 상징적인 존재가 될 수 있습니다. 조지 오웰의 《동물농장》이나 우리 고전 소설 〈규중칠우쟁론기〉 등을 예로 들 수 있습니다.

사건(事件)이란 인물들이 일으키고 겪는 일이나 행동을 말합니다. 사건은 대체로 인과 관계에 따라 전개됩니다. 그럴듯하게 짜인 사건이 우리 삶의 중요한 가치를 들춰내고 그 속에서 독자가 감동을 느끼게 되었다면, 그 소설은 완성도 높은 작품이 됩니다.

배경(背景)은 작품 속에서 사건이 벌어지는 시간과 공간, 사회적·시대적 환경을 말합니다. 작품 속 배경은 주제를 구체화하고, 인물과 사건을 실제처럼 느끼게 해 줍니다.

시점과 서술자

시점이란

소설에서 이야기를 들려주는 사람을 '서술자(敍述者)'라고 합니다. 시에서 말하는 이인 화자(話者)와 마찬가지로, 작품 속 등장인물의 행동과 사건 따위를 말하는 사람이죠. 즉 서술자는 작가가 소설의 내용과 주제를 효과적으로 전달하기 위해 내세운 '이야기 전달자'라고 할 수 있습니다.

서술자는 다양한 시점에서 작가의 주제 의식을 전달합니다. 이때 '시점(視點)'이란 서술자가 소설 속에 진행되는 사건들을 바라보고 있는 위치를 말합니다. 같은 사건, 같은 인물이라도 사람마다 그에 대한 해석을 다르게 할 수 있기 때문에 그것을 바라보고 이야기하는 서술자의 '위치'와 '서술 태도'에 따라 내용이 달라질 수 있습니다. 또한 시점에 따라 서술자가 사건이나 인물에 대해 서술할 수 있는 내용의 범위와 표현 방법도 달라집니다. 그래서 작가가 작품의 주제를 정확하게 전달하려면 그에 걸맞은 시점을 적절히 선택해서 서술해야 합니다.

시점의 종류

소설에서 사건을 바라보는 시점은 크게 작품의 '안'과 '밖' 두 가지로 나뉩니다. 다음 두 작품을 살펴봅시다.

가 그때 나는 처음으로 엄마에게 내가 필요하지 않다는 사실을 알았습니다. 나에겐 나의 가족이 필요한데, 나의 가족은 나를 필요로 하지 않는다는 것은 견디기 어려운 슬픔이었습니다. 엄마는 늘 나를 막내, 우리 귀여운 막내 하면서 끼고돌았기 때문에 나는 한 번도 엄마가 나를 사랑한다는 것을 의심해 본 적이 없었습니다. 그러나 엄마의 사랑은 거짓이었습니다. 나는 엄마를 진짜로 사랑했는데, 엄마는 나를 거짓으로 사랑했던 것입니다.

— 박완서, 〈옥상의 민들레꽃〉

나 그러나 바우는 어머니가 밥상을 날라 오기 전에 자기가 먼저 슬며시 집 밖으로 나갔다. 밥을 열 끼를 굶는 한이 있더라도 그 경환이 앞에 나비를 잡아 가지고 가서 머리를 숙이기는 무엇보다 싫었다. 아들의 그만한 체면쯤 보아줄 줄 모르고 자기네 요구만 고집하는 아버지가, 그리고 어머니까지 바우는 무척 야속했다. 노여웠다. — 현덕, 〈나비를 잡는 아버지〉

카는 서술자가 소설 안에서 소설의 내용을 바라보고 있는 1인칭 시점이고, **나**는 서술자가 소설의 바깥에서 소설의 내용을 바라보고 있는 3인칭 시점입니다. '나는 김유정 작가의 소설을 읽었다.'나, '우리는 김유정 작가의 소설을 읽었다.'처럼 1인칭 단수나 복수를 주어로 서술되는 소설을 1인칭 시점 소설이라고 합니다. 반면 3인칭 시점 소설은 '그는 황순원 작가의 소설을 읽었다.'나, '그들은 황순원 작가의 소설을 읽었다.'처럼 '그' 또는 '그들', 또는 '아무개'라는 3인칭 단수나 복수를 주어로 하여 서술되는 소설을 말합니다.

1인칭 시점은 다시 주인공 시점과 관찰자 시점으로, 3인칭 시점은 관찰자 시점과 전지적 시점으로 나뉩니다.

- **1인칭 주인공 시점** 서술자가 '나'이면서 작품의 주인공으로 등장하는 경우로, 소설 속 인물이 자신의 이야기를 풀어 나가듯이 쓴 시점을 말합니다. 서술자가 주인공이 되어 자기 이야기를 하기 때문에 독자의 감정에 직접적으로 호소하는 힘을 가지며, 내용에 신뢰감을 불러일으킬 수 있습니다. 따라서 이 시점은 주인공

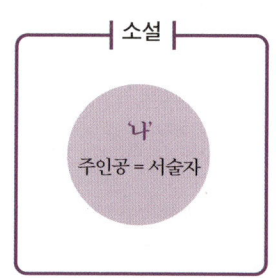

의 내면세계를 드러내는 데 가장 효과적인 시점이라 할 수 있습니다. 그러나 주인공을 제외한 다른 인물의 마음속은 들여다볼 수 없다는 제약이 있고, 주인공의 시각에서만 인물과 사건을 바라보기 때문에 중립적이고 객관적인 서술을 기대하기는 어렵습니다.

- **1인칭 관찰자 시점** '나'라는 인물이 소설 속에서 관찰자로 등장합니다. 이 인물은 사건을 서술하지만 사건을 이끌어 가는 주동적인 역할을 하는 것이 아니라, 주요 사건과 주인공의 행동을 관찰할 뿐입니다. 따라서 독자의 관심은

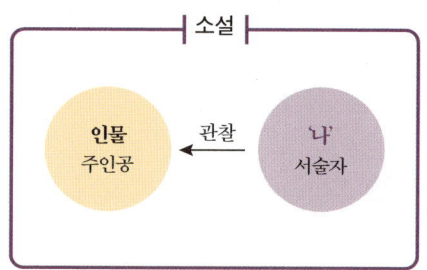

중심인물에게 주어지며, 서술자는 중심인물의 생각이나 행동의 의도를 완전히 알지 못하고 자신의 위치에서 짐작만 할 수 있습니다.

• 3인칭 관찰자 시점 '작가 관찰자 시점'이라고도 합니다. 소설 속 인물로 등장하지 않는 서술자가 3인칭으로 등장하는 모든 인물에 대해 언급합니다. 서술자는 자기의 의견이나 주장은 드러내지 않고, 마치 창밖에 서서 건물 안의 사람을 관찰하듯 객관적인 태도로 외부적인 사실만을 관찰하고 묘사합니다. 서술자의 관찰 폭이 제한되어 인물의 내면을 파악할 수는 없으나, 객관성을 확보하는 데는 유리합니다.

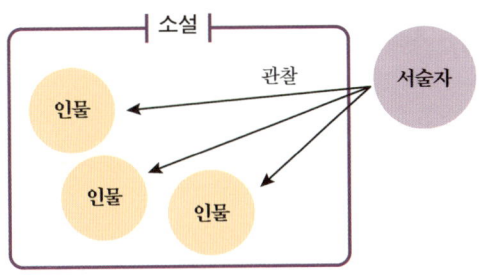

• 전지적 작가 시점 3인칭 관찰자 시점과 마찬가지로 서술자가 작품 밖에서 인물과 사건을 이야기합니다. 다만 관찰자 시점과는 달리 신(神)과 같이 전지전능한 서술자가 작품 속 3인칭으로 된 모든 인물의 행동 의도와 속마음까지 모두 서술합니다. 등장인물들의 마음속 생각이나 행동을 묘사·분석하고 평가할 수 있어서 전체적인 상황을 그려 내는 장편 소설에 많이 쓰입니다.

　이 시점의 소설에서는 작가가 삶을 바라보는 태도나 사상 따위를 담아낼 수도 있습니다. 하지만 작가가 모든 인물들의 생각과 행동을 꿰뚫고 있어서 비밀스러움이나 긴장감은 떨어질 수 있습니다.

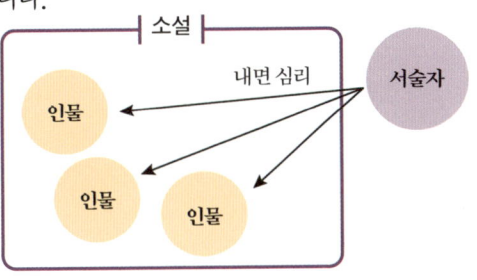

정리!
시점의 종류

위치 ＼ 태도	주관적	객관적
작품 속 (1인칭 주어로 서술 : '나', '우리')	1인칭 주인공 시점	1인칭 관찰자 시점
작품 밖 (3인칭 주어로 서술 : '그', '그들')	전지적 작가 시점	3인칭 관찰자 시점

꼼꼼히 읽기

소나기

1 작품 속 행동을 통해 알 수 있는 소년과 소녀의 성격을 정리하고, 소년의 성격이 어떻게 변하였는지 적어 봅시다.

소녀

- 징검다리 한가운데 앉아서 물장구를 쳤다.
- 소년에게 '바보'라고 말하며 조약돌을 던졌다.
- 소년에게 '비단조개'의 이름을 물어보았다.

> 소녀는
> 　　　　　　　인
> 성격이다.

소년

- 소녀가 징검다리에서 비키기를 기다리며 개울둑에 앉아 버렸다.
- 다음 날은 좀 늦게 개울가로 나왔다.

> 소년은
> 　　　　　　　인
> 성격이다.

⬇ 소년의 변화

- 소녀의 상처를 치료해 주었다.
- 소녀 대신 칡꽃을 꺾어 왔다.
- 소녀를 이끌며 송아지를 타고 자랑스러워하였다.

> 소년의 성격이
> 　　　　　　　(으)로
> 변하였다.

한걸음 더　　**소년의 속마음 엿보기**

　　소녀가 맛이 없다며 무를 던져 버리자, 소년은 그보다 더 멀리 무를 팽개칩니다. 소녀와 친해지고 싶은 마음에 자신도 소녀와 같은 생각이라는 걸 행동으로 표현한 것이지요. 소년의 바람대로 두 사람이 친해지면서, 소년의 태도가 달라집니다. 소년은 소녀를 업고 물이 불어난 도랑을 건너고, 소녀에게 줄 호두를 몰래 따는 등 소설의 초반부보다 능동적으로 행동합니다. 이렇듯 〈소나기〉는 인물의 심리를 주로 행동을 통해 간접적으로 드러냅니다. 독자는 등장인물의 행동을 따라가며 그 인물의 심리와 성격을 추론하고 해석하는 재미를 느낄 수 있습니다.

2 다음 부분이 작품 안에서 어떤 역할을 하고 있는지 적어 봅시다.

> "어서들 집으로 가거라. 소나기가 올라."
> 참 먹장구름 한 장이 머리 위에 와 있다. 갑자기 사면이 소란스러워진 것 같다. 바람이 우수수 소리를 내며 지나간다. 삽시간에 주위가 보랏빛으로 변했다.
> 산을 내려오는데 떡갈나무 잎에서 빗방울 듣는 소리가 난다. 굵은 빗방울이었다. 목덜미가 선뜩선뜩했다. 그러자 대번에 눈앞을 가로막는 빗줄기.

_____

_____

3 공간의 변화에 따라 사건의 흐름을 정리해 봅시다.

개울가	소년과 소녀가 처음으로 마주쳤다.

↓

산	

↓

( )	갑자기 소나기가 내려 대피하였다.

↓

도랑	

↓

개울가	소녀는 소년에게 자신이 이사를 가게 되었다고 이야기하였다.

↓

( )	소년이 소녀가 죽었다는 사실을 알게 되었다.

4 다음에서 밑줄 친 소재의 상징적 의미를 적어 봅시다.

(1)
　　소녀가 물속에서 무엇을 하나 집어낸다. 하얀 <u>조약돌</u>이었다. 그러고는 벌떡 일어나 팔짝팔짝 징검다리를 뛰어 건너간다. / 다 건너가더니만 홱 이리로 돌아서며, "이 바보." / <u>조약돌</u>이 날아왔다. (중략)

　　소년은 이 갈꽃이 아주 뵈지 않게 되기까지 그대로 서 있었다. 문득 소녀가 던진 <u>조약돌</u>을 내려다보았다. 물기가 걷혀 있었다. 소년은 <u>조약돌</u>을 집어 주머니에 넣었다.

　　다음 날부터 좀 더 늦게 개울가로 나왔다. 소녀의 그림자가 뵈지 않았다. 다행이었다.

　　그러나 이상한 일이었다. 소녀의 그림자가 뵈지 않는 날이 계속될수록 소년의 가슴 한구석에는 어딘가 허전함이 자리 잡는 것이었다. 주머니 속 <u>조약돌</u>을 주무르는 버릇이 생겼다.

(2)
　　"저 오늘 아침에 우리 집에서 ㉠<u>대추</u>를 땄다. 낼 제사 지내려구……."
　　대추 한 줌을 내어 준다.
　　소년은 주춤한다.
　　"맛봐라. 우리 증조할아버지가 심었다는데 아주 달다."
　　소년은 두 손을 오그려 내밀며, / "참 알도 굵다!"
　　"그리고 저, 우리 이번에 제사 지내고 나서 좀 있다 집을 내주게 됐다." (중략)
　　불룩한 주머니를 어루만졌다. ㉡<u>호두</u> 송이를 맨손으로 깠다가는 옴이 오르기 쉽다는 말 같은 건 아무렇지도 않았다. 그저 근동에서 제일가는 이 덕쇠 할아버지네 호두를 어서 소녀에게 맛보여야 한다는 생각만이 앞섰다.

• ㉠ : _____

• ㉡ : _____

(3)
아버지는 안고 있는 닭의 무게를 겨냥해 보면서,

"이만하면 될까?"

어머니가 망태기를 내주며,

"벌써 며칠째 '걀걀' 하구 알 낳을 자리를 보던데요. 크진 않아두 살은 쪘을 거예요."

소년이 이번에는 어머니한테 아버지가 어디 가시느냐고 물어보았다.

"저, 서당골 윤 초시 댁에 가신다. 제상에라도 놓으시라구……."

"그럼 큰 놈으루 하나 가져가지. 저 얼룩 수탉으루……."

이 말에 아버지는 허허 웃고 나서,

"인마, 그래도 이게 실속이 있다."

---

(4)
소녀가 분홍 스웨터 앞자락을 내려다본다. 거기에 검붉은 진흙물 같은 게 들어 있었다.

소녀가 가만히 보조개를 떠올리며,

"이게 무슨 물 같니?"

소년은 스웨터 앞자락만 바라다보고 있었다.

"내 생각해 냈다. 그날 도랑 건널 때 네게 업힌 일 있지? 그때 네 등에서 옮은 물이다."

소년은 얼굴이 확 달아오름을 느꼈다. (중략)

"어쩌면 그렇게 자식 복이 없을까."

"글쎄 말이지. 이번 앤 꽤 여러 날 앓는 걸 약도 변변히 못 써 봤다더군. 지금 같애서는 윤 초시네두 대가 끊긴 셈이지……. 그런데 참 이번 기집애는 어린것이 여간 잔망스럽지가 않어. 글쎄 죽기 전에 이런 말을 했다지 않어? 자기가 죽거든 자기 입던 옷을 꼭 그대로 입혀서 묻어 달라구……."

5 다음과 같은 결말의 서술 방식이 가져오는 효과를 생각하며 빈칸에 알맞은 단어를 넣어 봅시다.

> 이 작품은 소녀를 그리워하던 소년이 잠결에 부모의 대화를 듣고 소녀의 죽음에 대해 알게 되면서 결말을 맺고 있다. 소년의 이후 반응이나 행동에 대해서는 서술되어 있지 않으며, 아버지의 마지막 말도 마무리하지 않고 말줄임표로 끝을 맺는다.

• 독자의 _____을/를 자극한다.

• _____와/과 _____을/를 남긴다.

• 안타까움과 애틋한 감정을 불러일으킨다.

한걸음 더 〈소나기〉의 원제(原題)

　작가 황순원은 1953년에 소년과 소녀의 짧은 사랑 이야기를 담은 소설 〈소녀(少女)〉를 발표합니다. 작품의 결말은 다음과 같습니다.

> "그런데 참 이번 기집애는 어린것이 여간 잔망스럽지가 않어. 글쎄 죽기 전에 이런 말을 했다지 않어? 자기가 죽거든 자기 입던 옷을 꼭 그대로 입혀서 묻어 달라구……."
> "아마 어린것이래두 집안 꼴이 안될 걸 알고 그랬든가 부지요?"
> 끄응! 소년이 자리에서 저도 모를 신음 소리를 지르며 돌아누웠다.
> "쟤가 여적 안 자나?"
> "아니, 벌써 아까 잠들었어요. …… 얘, 잠꼬대 말구 자라!"

　이 작품을 발표한 지 6년 뒤, 작가는 마지막 네 줄을 삭제하고 제목을 바꿔 소설을 다시 발표합니다. 이것이 바로 강렬한 여운을 주는 결말, 상징성이 뚜렷한 제목으로 작가의 대표작이 된 〈소나기〉입니다.
　같지만 다른 두 작품의 제목과 결말이 주는 느낌을 비교해 봅시다. 이렇게 우리에게 익숙한 작품의 숨은 모습을 살피는 것도 소설을 감상하는 또 다른 재미입니다.

1 '나'와 점순이에 대한 설명으로 알맞은 것을 골라 봅시다.

① 점순이는 다정하고 사교성이 좋은 성격이다.

② '나'는 마름의 아들이고, 점순이는 소작농의 딸이다.

③ '나'와 점순이는 어릴 적부터 매우 친한 친구 사이다.

④ '나'는 점순이에 대한 자신의 관심을 표현하지 못하고 있다.

⑤ 점순이는 **조숙하고** 자신의 감정을 표현하는 데 적극적이다.

• **조숙하다**(早熟ーー)   나이에 비하여 정신적·육체적으로 발달이 빠르다.

2 이 작품은 **역순행적 구성** 방식의 소설입니다. 주요 사건을 구성 단계별로 요약하고, 사건이 일어난 시간 순서대로 번호를 매겨 봅시다.

• **역순행적 구성**(逆順行的構成)   시간의 흐름에 따라 내용이 전개되지 않고 현재에서 과거로 거슬러 가거나 현재와 과거를 오가는 구성 방식.

발단	나무를 하러 나가던 '나'는 점순이에게 수난을 당하는 '나'의 수탉을 봄.	⸺ ◯
전개	_____	⸺ ◯
위기	점순이가 '나'의 (　　　　　　　)을/를 괴롭히고 '나'에게 욕하며 집요하게 괴롭힘. '나'는 닭에게 고추장을 먹여 싸움을 시켰으나 점순네 수탉에게 짐.	⸺ ◯
절정	_____	⸺ ◯
결말	'나'는 점순이가 닭을 죽인 일을 봐주기로 함. 그리고 동백꽃 속으로 쓰러지는 점순과 '나'.	⸺ ◯

3 다음 제시문을 읽고 물음에 답해 봅시다.

> 언제 구웠는지 아직도 더운 김이 홱 끼치는 굵은 감자 세 개가 손에 뿌듯이 쥐였다.
> ㉠"느 집엔 이거 없지?"
> 하고 생색 있는 큰소리를 하고는 제가 준 것을 남이 알면 큰일 날 테니 여기서 얼른 먹어 버리란다. 그리고 또 하는 소리가
> "너 봄 감자가 맛있단다."
> "난 감자 안 먹는다. 너나 먹어라."
> 나는 고개도 돌리려 하지 않고 일하던 손으로 그 ㉡감자를 도로 어깨 너머로 쑥 밀어 버렸다.

(1) ㉠에 담긴 점순이의 속마음은 무엇일지, 또 '나'는 ㉠을 어떻게 받아들였을지 각각 추론하여 적어 봅시다.

• ㉠에 담긴 점순이의 속마음 : _____

_____

• ㉠에 대한 '나'의 생각 : _____

_____

(2) ㉡이 작품 안에서 어떤 역할을 하는지 적어 봅시다.

_____

_____

_____

4 제시문 **가**를 참고하여, **나**에서 '나'가 점순이의 심술에 제대로 대응하지 못하는 이유가 무엇인지 적어 봅시다.

> **가** 그리고 우리 어머니 아버지도 농사 때 양식이 달리면 점순네한테 가서 부지런히 꾸어다 먹으면서 인품 그런 집은 다시 없으리라고 침이 마르도록 칭찬하곤 하는 것이다. 그러면서도 열일곱씩이나 된 것들이 수군수군하고 붙어 다니면 동리의 소문이 사납다고 주의를 시켜 준 것도 또 어머니였다.
>
> **나** 그리고 나의 등 뒤를 향하여 나에게만 들릴 듯 말 듯 한 음성으로
> "이 바보 녀석아!" / "얘! 너 배냇병신이지?"
> 그만도 좋으련만
> "얘! 너 느 아버지가 고자라지?"
> "뭐? 울 아버지가 그래 고자야?"
> 할 양으로 열벙거지가 나서 고개를 홱 돌리어 바라봤더니 그때까지 울타리 위로 나와 있어야 할 점순이의 대가리가 어디 갔는지 보이지를 않는다. 그러다 돌아서서 오자면 아까에 한 욕을 울 밖으로 또 퍼붓는 것이다. 욕을 이토록 먹어 가면서도 대거리 한마디 못 하는 걸 생각하니 돌부리에 채어 발톱 밑이 터지는 것도 모를 만치 분하고 급기야는 두 눈에 눈물까지 불끈 내솟는다.

_____

_____

5 작품에서 〈보기〉에 해당하는 소재를 찾아 적어 봅시다.

┤ **보기** ├
• '나'에 대한 점순이의 관심과 애정의 반어적 표현이다.
• '나'와 점순이를 대신하여 인물 간 갈등을 심화시킨다.

_____

6 작가가 작품 속에서 비속어를 사용하여 얻고자 한 효과는 무엇일지 빈칸에 알맞은 단어를 넣어 봅시다.

> • 작품에 (　　　　　㉠　　　　　)와/과 현장감을 준다.
> • 인물 간의 싸움이 (　　　　　㉡　　　　　)(으)로 느껴지게 한다.
> • 향토적이고 토속적인 분위기를 조성한다.

• ㉠ : _____　　• ㉡ : _____

7 이 작품에서 '동백꽃'의 역할을 두 가지 이상 서술해 봅시다.

• _____

• _____

• _____

사랑손님과 어머니

1 이 작품의 서술자가 주는 효과로 알맞은 것을 골라 봅시다.

① 당시의 시대적 배경을 알 수 있다.

② 주제를 직접적으로 전달할 수 있다.

③ 주인공의 속마음을 정확하게 서술할 수 있다.

④ 인물의 행동에 담긴 속뜻을 짐작하며 읽을 수 있다.

⑤ 어머니를 보는 세상 사람들의 시선을 뚜렷하게 묘사할 수 있다.

2 다음이 설명하는 어휘를 작품에서 찾아 쓰고, 이를 통해 짐작할 수 있는 작품의 시대적 배경을 적어 봅시다.

> 한국 개화기 시가의 전개 과정에서 나타난 양식의 하나. 신시(新詩)로 된 서양식 시가를 일컫는다. 여기서는 서양식 노래를 가리키는 말이다.

- 어휘 : _____

- 시대적 배경 : _____

3 다음에서 알 수 있는 등장인물의 성격과 당시의 사회상을 정리해 봅시다.

> 한번은 어머니와 외삼촌이 말다툼하는 것까지 내가 들었어요. 어머니가,
> "야, 또 어디 나가지 말구 사랑에 있다가 선생님 들어오시거든 상 내가야지."
> 하고 말씀하시니까, 외삼촌은 얼굴을 찡그리면서,
> "제길, 남 어디 좀 볼일이 있는 날은 으레 끼니때에 안 들어오고 늦어지니…….."
> 하고 툴툴하겠지요. 그러니까 어머니는,
> "그러니 어짜갔니? 너밖에 사랑 출입할 사람이 어디 있니?"
> "누님이 좀 상 들고 나가구려. 요새 세상에 내외합니까!"
> 어머니는 갑자기 얼굴이 발개지시고 아무 대답도 없이 그냥 외삼촌을 향하여 눈을 흘기셨습니다.

- 어머니의 성격 : _____

- 외삼촌의 성격 : _____

- 사회상 : _____

4 예배당에서 아저씨와 어머니가 다음과 같이 행동한 진짜 이유를 적어 봅시다.

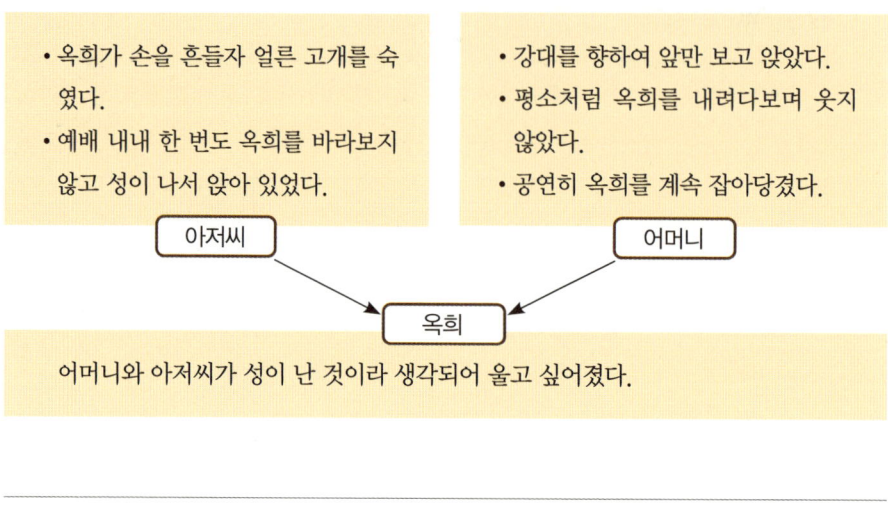

• 옥희가 손을 흔들자 얼른 고개를 숙였다.
• 예배 내내 한 번도 옥희를 바라보지 않고 성이 나서 앉아 있었다.

아저씨

• 강대를 향하여 앞만 보고 앉았다.
• 평소처럼 옥희를 내려다보며 웃지 않았다.
• 공연히 옥희를 계속 잡아당겼다.

어머니

옥희

어머니와 아저씨가 성이 난 것이라 생각되어 울고 싶어졌다.

---

5 다음의 의미를 갖는 작품 속 주요 소재를 적어 봅시다.

의미	소재
• 나와 아저씨가 친해지는 계기가 된다. • 아저씨에 대한 어머니의 관심과 애정을 나타낸다.	
• 돌아가신 아버지에 대한 어머니의 그리움을 나타낸다. • 아저씨와의 사랑으로 인한 어머니의 내적 갈등을 표현한다.	
• 아저씨에 대한 어머니의 사랑을 나타낸다. • 어머니의 내적 갈등을 심화하는 계기가 된다.	
• 어머니에 대한 아저씨의 사랑을 직접적으로 드러낸다. • 어머니의 내적 갈등을 최고조에 이르게 한 계기에 해당한다.	
• 아저씨의 마음을 거절하는 어머니의 마음이 담겨 있다. • 아저씨와 어머니의 이별을 상징한다.	

6 다음을 읽고 어머니가 아저씨와의 사랑을 포기하는 이유를 한 문장으로 정리해 봅시다.

> "옥희야, 옥희 아버지는 옥희가 세상에 나오기도 전에 돌아가셨단다. 옥희두 아빠가 없는 건 아니지. 그저 일찍 돌아가셨지. 옥희가 이제 아버지를 새로 또 가지면 세상이 욕을 한단다. 옥희는 아직 철이 없어서 모르지만 세상이 욕을 한단다. 사람들이 욕을 해. 옥희 어머니는 화냥년이다, 이러구 세상이 욕을 해. 옥희 아버지는 죽었는데 옥희는 아버지가 또 하나 생겼대, 참 망측두 하지. 이러구 세상이 욕을 한단다. 그리되문 옥희는 언제나 손가락질 받구. 옥희는 커서 시집두 훌륭한 데 못 가구. 옥희가 공부를 해서 훌륭하게 돼두 에 그까짓 화냥년의 딸, 이러구 남들이 욕을 한단다."
>
> 이렇게 어머니는 혼잣말하시듯 드문드문 말씀하셨습니다.

_____

_____

7 아저씨에 대한 마음을 정리했음을 알 수 있는 어머니의 행동 세 가지를 작품에서 찾아 적어 봅시다.

- _____

- _____

- _____

생각 나누기

Step_1 　하브루타　시점의 종류와 역할

다음 제시문을 읽고 물음에 답해 봅시다.

가 다음 날은 좀 늦게 개울가로 나왔다.

이날은 소녀가 징검다리 한가운데 앉아 세수를 하고 있었다. 분홍 스웨터 소매를 걷어 올린 팔과 목덜미가 마냥 희었다.

한참 세수를 하고 나더니 이번에는 물속을 빤히 들여다본다. 얼굴이라도 비추어 보는 것이리라. 갑자기 물을 움켜 낸다. 고기 새끼라도 지나가는 듯.

소녀는 소년이 개울둑에 앉아 있는 걸 아는지 모르는지 그냥 날쌔게 물만 움켜 낸다. 그러나 번번이 허탕이다. 그대로 재미있는 양, 자꾸 물만 움킨다. 어제처럼 개울을 건너는 사람이 있어야 길을 비킬 모양이다.

그러다가 소녀가 물속에서 무엇을 하나 집어낸다. 하얀 조약돌이었다. 그러고는 벌떡 일어나 팔짝팔짝 징검다리를 뛰어 건너간다.

다 건너가더니만 휙 이리로 돌아서며,

"이 바보."

조약돌이 날아왔다.

소년은 저도 모르게 벌떡 일어섰다.

단발머리를 나풀거리며 소녀가 막 달린다. 갈밭 사잇길로 들어섰다. 뒤에는 청량한 가을 햇살 아래 빛나는 갈꽃뿐.

― 황순원, 〈소나기〉

나 나는 금년 여섯 살 난 처녀 애입니다. 내 이름은 박옥희이구요. 우리 집 식구라고는 세상에서 제일 이쁜 우리 어머니와 나 단 두 식구뿐이랍니다. 아차, 큰일 났군, 외삼촌을 빼놓을 뻔했으니. (중략)

우리 어머니는, 그야말로 세상에서 둘도 없이 곱게 생긴 우리 어머니는, 금년 나이 스물네 살인데 과부랍니다. 과부가 무엇인지 나는 잘 몰라도 하여튼 동리 사람들이 날더러 '과부 딸'이라고들 부르니까, 우리 어머니가 과부인 줄을 알지요. 남들은 다 아버지가 있는데, 나만은 아버지가 없지요. 아버지가 없다고 아마 '과부 딸'이라나 봐요.

― 주요섭, 〈사랑손님과 어머니〉

다 나흘 전 감자 쪼간만 하더라도 나는 저에게 조금도 잘못한 것은 없다. (중략)

설혹 주는 감자를 안 받아먹은 것이 실례라 하면, 주면 그냥 주었지 "느 집엔 이거 없지?"는 다 뭐냐. 그렇잖아도 즈이는 마름이고 우리는 그 손에서 배재를 얻어 땅을 부치므로 일상 굽실거린다. 우리가 이 마을에 처음 들어와 집이 없어서 곤란으로 지낼 제 집터를 빌리고 그 위에 집을 또 짓도록 마련해 준 것도 점순네의 호의였다. 그리고 우리 어머니 아버지도 농사 때 양식이 달리면 점순네한테 가서 부지런히 꾸어다 먹으면서 인품 그런 집은 다시 없으리라고 침이 마르도록 칭찬하곤 하는 것이다. 그러면서도 열일곱씩이나 된 것들이 수군수군하고 붙어 다니면 동리의 소문이 사납다고 주의를 시켜 준 것도 또 어머니였다. 왜냐하면 내가 점순이하고 일을 저질렀다가는 점순네가 노할 것이고, 그러면 우리는 땅도 떨어지고 집도 내쫓기고 하지 않으면 안 되는 까닭이었다.

그런데 이놈의 계집애가 까닭 없이 기를 복복 쓰며 나를 말려 죽이려고 드는 것이다.

－ 김유정, 〈동백꽃〉

라 우리 박 선생님은 참 이상한 선생님이었다.

박 선생님은 생긴 것부터가 무척 이상하게 생긴 선생님이었다. 키가 한 뼘밖에 안 되어서 뼘생 또는 뼘박이라는 별명이 있는 것처럼, 박 선생님의 키는 작은 사람 가운데에서도 유난히 작은 키였다. 일본 정치 때에, **혈서**로 지원병을 지원했다 체격 검사에 키가 제 **척수**에 차지 못해 낙방(落榜)이 되었다면, 그래서 땅을 치고 울었다면, 얼마나 작은 키인지 알 일이다.

그런 작은 키에 몸집은 그저 한 줌만 하고. 이 한 줌만 한 몸집, 한 뼘만 한 키 위에 깜짝 놀랄 만큼 큰 머리통이 위태위태하게 올라앉아 있다. 그래서 박 선생님 또 하나의 별명은 대갈장군이라고도 했다. (중략)

나도 여러 번 혼이 나 보았다.

한번은 상준이 녀석과 어떡하다 쌈이 붙었는데 둘이 서로 부둥켜안고 구르면서 이 자식아, 저 자식아, 죽어 봐, 때려 봐, 하면서 한참 때리고 **제기고** 하는 참이었다.

그런데, 느닷없이

"고랏! 조셍고데 겡까 스루야쓰가 이루까(이놈아! 조선말로 쌈하는 녀석이 어딨어)."

하면서 구둣발길로 넓적다리를 걷어차는 건, 정신없는 중에도 뼘박 박 선생님이었다.

우리 둘이는 그 자리에서 뺨이 붓도록 따귀를 맞았고, 공부 시간에 들어가지도 못하고 그 시간 동안 변소 청소를 했고, 그리고 **조행** 점수를 듬뿍 깎였다.

－ 채만식, 〈이상한 선생님〉

마 "아니, 야학은 아무 때나 들어가나. 똥통 학교라면 또 몰라. 수남이는 내년 봄에 시험 봐서 들어가야 해. 야학이라도 일류로, 그래서 인석이 그저 틈만 있으면 책이라고. 허 허……."

수남이는 가슴이 크게 출렁인다. 수남이는 한 번도 주인 영감님에게 하다못해 야학이라도 들어가 공부를 해 보고 싶단 말을 비친 적이 없다. 맨손으로 어린 나이에 서울에 와서 거지 도 안 되고 깡패도 안 되고 이런 어엿한 가게의 점원이 된 것만도 수남이로서는 눈부신 성공 인데, 벼락 맞을 노릇이지, 어떻게 감히 공부까지를 바라겠는가.

그러면서도 자기 또래의 고등학생만 보면 가슴이 짜릿짜릿하던 수남이다. 처음 전기용품 취급이 서툴러 시험을 하다 툭하면 손끝에 감전이 되어 짜릿하며 화들짝 놀랐던 것처럼, 고 등학교 교복은 수남이의 심장에 짜릿한 감전을 일으키며 가슴을 온통 마구 휘젓는 이상한 힘이 있었다.

그런 수남이의 비밀을 주인 영감님은 알고 있었던 것이다. 수남이는 부끄럽고도 기뻤다.

그래서 수남이는 "내년 봄에 시험 봐서 들어가야 해. 야학이라도 일류로……." 할 때의 주 인 영감님이 그렇게 좋을 수가 없다.

— 박완서, 〈자전거 도둑〉

바 중문 안 안반 뒤에 숨겨 둔 공이 간 데가 없다. 팔을 넣어 아무리 더듬어도 빈탕이다. 문 기는 가슴이 두근거리기 시작하였다.

'혹 동네 아이들이 집어 갔을까?'

도리어 그랬으면 다행이다. 만일에 그 공이 숙모 손에 들어가기나 했으면 큰일이다.

문기는 아무 일 없는 태도로 전일과 다름없이 안마당에서 화초분에 물을 준다. 그러면서 연신 숙모의 눈치를 살핀다. 숙모는 부엌에서 저녁을 짓는다. 마루로 부엌으로 오르고 내릴 때 얼굴이 마주치는 것이나 문기는 자기를 보는 숙모 눈에 별다른 것이 없다 싶었다. 문기는 차츰 생각을 고친다.

'필시 공은 거지나 동네 아이들이 집어 갔기 쉽지. 그렇잖으면 작은어머니가 알고 가만있 을 리 있나.'

조금 후 문기는 아랫방으로 내려갔다.

그리고 책상 서랍을 열어 보았을 때 문기는 또 좀 놀랐다. 서랍 속에 깊숙이 간직해 둔 쌍안경이 보이질 않는다. 그것뿐이 아니다. 서랍 안이 뒤죽박죽이고 누가 손을 댔음이 분 명하다.

— 현덕, 〈하늘은 맑건만〉

사 송 영감은 기는 걸음으로 **뜸막**을 나섰다.

거지들이 초입에 누워 있다가 지금 기어 들어오는 게 누구라는 것도 알려 하지 않고, 구무럭거려 자리를 내주었다. 송 영감은 한옆에 몸을 쓰러뜨렸다. (중략)

그러나 송 영감은 다시 일어나 가마 안쪽으로 기기 시작했다. 무언가 지금의 온기로써는 부족이라도 한 듯이. 곧 예사 사람으로는 더 견딜 수 없는 뜨거운 데까지 이르렀다. 그런데도 송 영감은 기기를 멈추지 않았다. 그렇다고 그냥 덮어놓고 기는 것은 아니었다. 지금 마지막으로 남은 생명이 발산하는 듯 어둑한 속에서도 이상스레 빛나는 송 영감의 눈은 무엇을 찾고 있는 것이었다. 그러다가 열어젖힌 겻창으로 새어 들어오는 늦가을 맑은 햇빛 속에서 송 영감은 기던 걸음을 멈추었다. 자기가 찾던 것이 예 있다는 듯이. 거기에는 터져 나간 송 영감 자신의 독 조각들이 흩어져 있었다.

송 영감은 조용히 몸을 일으켜 단정히, 아주 단정히 무릎을 꿇고 앉았다. 이렇게 해서 그 자신이 터져 나간 자기의 독 대신이라도 하려는 것처럼.　　　　　　　　　　　－ 황순원, 〈독 짓는 늙은이〉

아 팔자 늘어졌구나 싶었다. 엄마 없이 일주일 동안 내 맘대로 살 수 있다니! 다저녁때까지 교복도 안 벗고 소파에서 뒹굴대는 건 평소라면 꿈도 못 꿀 일이다. 게다가 나한테는 현금 10만 원이 든 봉투도 있다. 급한 일 있을 때 쓰라고 엄마가 주고 간 돈이다.

나중에 돈 생기면 사야지 했던 것들이 줄줄이 눈앞을 지나갔다. 앵두 빛깔 립밤과 고양이 핸드폰 케이스와 편의점 과자 몇 개. 뭔가 특이하고 맛있겠다 싶은 과자들은 값이 전부 3천 원이 넘었다. 하지만 이제 가격표 따위 거들떠보지 않아도 된다. 눈 돌아가게 비싼 과자를 아침저녁으로 사 먹어도 돈이 남을 판이다.

"언니, 배고파."

옆구리에 혹이 하나 붙어 있기는 했다. 나는 얼른 눈을 감고 자는 척했다. 여덟 살쯤 됐으면 밥 정도는 혼자 차려 먹을 수 있는 나이다.　　　　　　　　　　　－ 진형민, 〈멍키 스패너〉

- **혈서**(血書)　제 몸의 피를 내어 자기의 결심, 청원, 맹세 따위를 글로 씀. 또는 그 글.
- **척수**(尺數)　치수. 길이에 대한 몇 자 몇 치의 셈.
- **제기다**　팔꿈치나 발꿈치 따위로 지르다.
- **조행**(操行)　태도와 행실을 아울러 이르는 말.
- **뜸막**(－幕)　뜸으로 지붕을 이어 간단하게 지은 막집. '뜸'은 비, 바람, 볕을 막기 위해 짚, 띠, 부들 따위로 거적처럼 엮어 만든 물건을 이른다.

1 제시문 **가**~**아**를 시점이 같은 것끼리 묶고, 그렇게 판단한 이유를 적어 봅시다.

(※ 작품 전체가 아닌, 주어진 제시문만으로 판단합니다.)

1인칭 주인공	1인칭 관찰자	3인칭 관찰자	전지적 작가

• 이유 : _____

_____

_____

_____

2 다음 질문을 참고하여 각 시점의 장단점을 작품을 예시로 들어 설명해 봅시다.

┤ 질문 ├

Q1. 주인공 혹은 등장인물의 심경을 파악하거나 공감하기에 유리한 시점은 무엇일까?

Q2. 독자의 상상력을 자극하기에 좋은 시점은 무엇일까?

Q3. 만약 소설을 영상화한다면 각 시점에서는 어떤 점에 초점을 맞추면 좋을까?

_____

_____

_____

_____

시점 따라가기

• 소설에서 시점 찾는 법

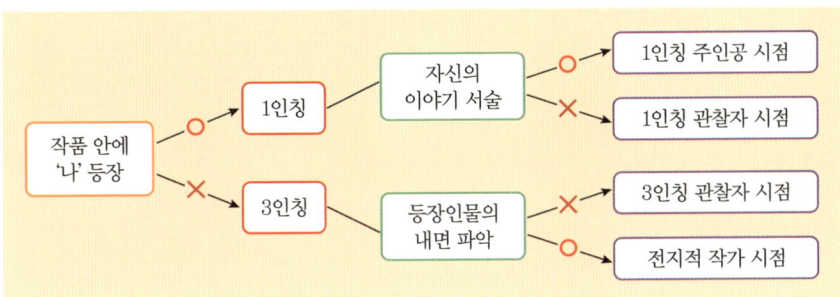

• 시점이 바뀌면 달라지는 일

"그동안 앓았다."
어쩐지 소녀의 얼굴이 해쓱해 보였다. 걱정이 밀려왔다.
"그날, 소나기 맞은 것 때메?"
소녀가 가만히 고개를 끄덕였다. 나는 괜스레 미안한 마음이 들어,
"인제 다 났냐?"
소녀의 눈길을 피하며 조심스레 물었다.
"아직두……."
소녀의 힘없는 대답에 가슴이 찡했다.
"그럼, 누워 있어야지."
나도 모르게 목소리에 힘을 주며 말했다.
"너무 갑갑해서 나왔다. …… 그날 참 재밌었어. …… 근데 그날 어디서 이런 물이 들었는지 잘 지지 않는다."
소녀의 눈이 스웨터의 얼룩진 부분으로 내려가자, 내 눈은 저절로 그리로 따라갔다. 검붉은 진흙물 같았다.

〈소나기〉의 한 부분을 1인칭 주인공 시점으로 바꾸어 쓴 글입니다. 서술자의 위치가 작품 안으로 이동해 서술자인 소년이 자신의 심리를 보다 직접적으로 드러냅니다. 독자는 인물의 심리 혹은 사건 전개 과정을 구체적으로 이해할 수 있습니다.

Step_2 신빙성이 떨어지는 서술자

다음 제시문을 읽고 물음에 답해 봅시다.

• **신빙성**(信憑性) 믿어서 근거나 증거로 삼을 수 있는 정도나 성질.

가 나흘 전 감자 쪼간만 하더라도 나는 저에게 조금도 잘못한 것은 없다. (중략)

"그럼 혼자 하지 떼루 하디?"

내가 이렇게 내뱉는 소리를 하니까

"너 일하기 좋니?"

또는

"한여름이나 되거든 하지 벌써 울타리를 하니?"

잔소리를 두루 늘어놓다가 남이 들을까 봐 손으로 입을 틀어막고는 그 속에서 깔깔댄다. 별로 우스울 것도 없는데 날씨가 풀리더니 이놈의 계집애가 미쳤나 하고 의심하였다. 게다가 조금 뒤에는 즈 집께를 할금할금 돌아다보더니 행주치마의 속으로 꼈던 바른손을 뽑아서 나의 턱 밑으로 불쑥 내미는 것이다. 언제 구웠는지 아직도 더운 김이 홱 끼치는 굵은 감자 세 개가 손에 뿌듯이 쥐였다.

"느 집엔 이거 없지?"

하고 생색 있는 큰소리를 하고는 제가 준 것을 남이 알면 큰일 날 테니 여기서 얼른 먹어 버리란다. 그리고 또 하는 소리가

"너 봄 감자가 맛있단다."

"난 감자 안 먹는다. 너나 먹어라."

나는 고개도 돌리려 하지 않고 일하던 손으로 그 감자를 도로 어깨 너머로 쑥 밀어 버렸다.

그랬더니 그래도 가는 기색이 없고, 뿐만 아니라 쌔근쌔근하고 심상치 않게 숨소리가 점점 거칠어진다. 이건 또 뭐야 싶어서 그때에야 비로소 돌아다보니 나는 참으로 놀랐다. 우리가 이 동리에 들어온 것은 근 삼 년째 되어 오지만 여지껏 가무잡잡한 점순이의 얼굴이 이렇게까지 홍당무처럼 새빨개진 법이 없었다. 게다 눈에 독을 올리고 한참 나를 요렇게 쏘아보더니 나중에는 눈물까지 어리는 것이 아니냐. 그리고 바구니를 다시 집어 들더니 이를 꼭 악물고는 엎어질 듯 자빠질 듯 논둑으로 횡허케 달아나는 것이다.

— 김유정, 〈동백꽃〉

나-1 "아저씨, 입때 우리 엄마 못 봤수?"

하고 물었더니, 아저씨는 잠잠합니다. 그래 나는,

"우리 엄마 보러 들어갈까?"

하면서 아저씨 소매를 잡아당겼더니, 아저씨는 펄쩍 뛰면서,

"아니, 아니, 안 돼. 난 지금 분주해서."

하면서 나를 잡아끌었습니다. 그러나 정말로는 무슨 그리 분주하지도 않은 모양이었어요. 그러기에 나더러 가란 말도 않고 그냥 나를 붙들고 앉아서, 머리도 쓰다듬어 주고 뺨에 입도 맞추고 하면서,

"요 저고리 누가 해 주지? …… 밤에 엄마하구 한자리에서 자니?"

하는 둥 쓸데없는 말을 자꾸만 물었지요!

그러나 웬일인지 나를 그렇게도 귀애해 주던 아저씨도 아랫방에 외삼촌이 들어오면 갑자기 태도가 달라지지요. 이것저것 묻지도 않고 나를 꼭 껴안지도 않고 점잖게 앉아서 그림책이나 보여 주고 그러지요. 아마 아저씨가 우리 외삼촌을 무서워하나 봐요.

나-2 그런데 아저씨는 어른이면서도 눈 감고 기도하지 않고 우리 아이들처럼 눈을 번히 뜨고 여기저기 두리번두리번 바라봅니다. 나는 얼른 아저씨를 알아보았는데 아저씨는 나를 못 알아보았는지, 내가 방그레 웃어 보여도 웃지도 않고 멀거니 보고만 있겠지요. 그래 나는 손을 흔들었지요. 그러니까 아저씨는 얼른 고개를 숙이고 말더군요. 그때에 어머니가 내가 팔 흔드는 것을 깨닫고 두 손으로 나를 붙들고 끌어당기더군요. 나는 어머니 귀에다 입을 대고,

"저기 아저씨두 왔어."

하고 속삭이니까, 어머니는 흠칫하면서 내 입을 손으로 막고 막 끌어 잡아다가 옆에 앉히고 고개를 누르더군요. 보니까 어머니가 또 얼굴이 홍당무처럼 빨개졌더군요.

그날 예배는 아주 젬병이었어요. 웬일인지 예배 다 끝날 때까지 어머니는 성이 나서 강대만 향하여 앞으로 바라보고 앉았고, 이전 모양으로 가끔 나를 내려다보고 웃는 일이 없었어요. 그리고 아저씨를 보려고 남자석을 바라다보아도 아저씨도 한 번도 바라다보아 주지도 않고 성이 나서 앉아 있고, 어머니는 나를 보지도 않고 공연히 꼭꼭 잡아당기지요. 왜 모두들 그리 성이 났는지! 나는 그만 '으아.' 하고 한번 울고 싶었어요. 그러나 바로 멀지 않은 곳에 우리 유치원 선생님이 앉아 있는 고로 울고 싶은 것을 아주 억지로 참았답니다.

– 주요섭, 〈사랑손님과 어머니〉

다 서술자의 말을 판단할 때는 '신빙성'이라는 기준을 사용해야 한다. 신빙성이란 믿어서 근거나 증거로 삼을 수 있는 정도나 성질을 말한다. 소설의 서술자는 신빙성 있는 서술자와 신빙성 없는 서술자로 나뉘게 된다. 신빙성 있는 서술자란 '전체 이야기 구조로 보았을 때, 서술이나 이야기에 대한 평가가 신뢰할 만하다고 독자가 받아들이게 되는 서술자'를 말한다. 신빙성 없는 서술자란 그 반대의 경우이다.

서술자를 믿지 못하게 되는 이유로는 서술자의 제한된 지식, 제한된 이해력, 어린 나이, 이해관계, 문제성 있는 가치관 등이 있다. 순박하거나 세상 물정에 어두운 서술자는 인물의 행동에 담긴 의도를 오해하거나 사건의 의미를 적절히 헤아리지 못하기 때문에 독자는 그 진술을 믿을 수 없다. 또한 어떤 소설의 서술자가 역사의식이 없거나 지적 수준이 떨어진다면 신빙성 없는 서술자가 된다.

---

1 제시문 **가**와 **나**에 나타난 각 인물의 상황 인식과 속마음을 정리해 봅시다.

(1) 제시문 **가**

• '나' : _____

_____

• 점순 : _____

_____

(2) 제시문 **나**-1

• '나' : _____

_____

• 아저씨 : _____

_____

(3) 제시문 **나**-2

- '나' : _____

_____

- 아저씨 : _____

_____

- 어머니 : _____

_____

2 여러분이 **가**와 **나**의 서술자에게 제시문과 같은 방식으로 이야기를 듣는다면, 각각의 말을 믿을 수 있습니까? 신뢰할 수 없음에도 작가가 '신빙성 없는 서술자'를 내세워 이야기하는 까닭은 무엇일지 자신의 생각을 적어 봅시다.

_____

_____

_____

_____

Step_3 시대와 인물의 선택

다음 제시문을 읽고 물음에 답해 봅시다.

가 "옥희야, 옥희 아버지는 옥희가 세상에 나오기도 전에 돌아가셨단다. 옥희두 아빠가 없는 건 아니지. 그저 일찍 돌아가셨지. 옥희가 이제 아버지를 새로 또 가지면 세상이 욕을 한단다. 옥희는 아직 철이 없어서 모르지만 세상이 욕을 한단다. 사람들이 욕을 해. 옥희 어머니는 화냥년이다, 이러구 세상이 욕을 해. 옥희 아버지는 죽었는데 옥희는 아버지가 또 하나 생겼대, 참 망측두 하지. 이러구 세상이 욕을 한단다. 그리되믄 옥희는 언제나 손가락질 받구. 옥희는 커서 시집두 훌륭한 데 못 가구. 옥희가 공부를 해서 훌륭하게 돼두 에 그까짓 화냥년의 딸, 이러구 남들이 욕을 한단다."

이렇게 어머니는 혼잣말하시듯 드문드문 말씀하셨습니다.   — 주요섭, 〈사랑손님과 어머니〉

나 1920년대 들어 연애라는 말은 젊은이들의 감정을 대변하는 대중적인 말이 되었다. 일본으로 유학 간 젊은 남녀 학생들이 근대 사상의 흐름 가운데 하나로 자유연애 사상을 받아들이고, 이를 조선에 소개했다. 연애는 곧바로 유행했고 하나의 이상으로 자리 잡았다. 1920년대를 '연애의 시대'라고 부르는 사람이 있을 정도이다. 자유연애 열풍은 일본의 문학 평론가 구리야가와 하쿠손의 '신연애론', 스웨덴의 여성 사상가 엘렌 케이의 '연애결혼론'의 영향을 받았다. 그들이 쓴 《근대의 연애관》과 《연애와 결혼》은 젊은 학생과 지식인이 반드시 읽어야 할 책이 될 만큼 큰 인기를 누렸다.

남녀평등, 여성 해방과 함께 모습을 드러낸 자유연애는 전근대의 습관, 도덕, 법률 따위를 뛰어넘었다. 사람들은 자유연애에서 봉건적 억압을 벗어난 자유를 찾고 싶어 했고, **조혼**과 강제 결혼이 아닌 '사랑'을 선택하려 했다. 또 남성에게 매이지 않고 자기 삶을 살려는 여성들이 연애에서 자기를 발견하려 했다. 연애는 사람들의 정신세계를 아름답고 순수하게 만드는 중요한 고리였다.

그러나 자유연애는 '남녀칠세부동석(男女七歲不同席, 일곱 살만 되면 남녀가 한자리에 같이 앉지 아니함.)'이라는 기존의 가치관과 부딪치게 되었다. 조선의 젊은 지식인들은 "부모의 명령에 복종할까, 참다운 사랑의 길을 밟을까?" 하는 문제로 고민하곤 했다. 그래서 1920년을 앞뒤로 나온 소설들은 연애와 사랑을 옛 세대와 갈등을 거쳐야만 비로소 얻을 수 있는 것으로 그렸다.   — 최규진, 《근대를 보는 창 20》

다 역할은 어떤 지위에 있는 사람이 해야 할 일을 뜻한다. 예를 들어, 학생이라는 지위에 있으면 공부를 열심히 하고, 선생님 말씀을 잘 듣는 것이 역할이다. 역할 행동이란 그 역할에 맞게 실제로 행동하는 것으로, 학생으로서 실제로 공부를 열심히 하고, 선생님 말씀을 잘 듣는 행동을 하는 것을 말한다.

그런데 가끔은 우리가 해야 할 역할들이 서로 부딪힐 때가 있다. 이를 '역할 갈등'이라고 한다. 역할 갈등에는 여러 종류가 있다.

먼저 개인 내 역할 갈등으로 한 사람이 여러 가지 역할을 동시에 해야 할 때 생기는 갈등이 있다. 예를 들어 엄마이면서 회사 직원인 경우, 아이가 아픈데 중요한 회의가 있을 때 겪는 갈등이 대표적이다. 이럴 때에는 우선순위를 정해서 더 중요한 일을 먼저 처리해야 한다. 예를 들어, 아이의 건강이 더 중요하다고 판단하면 회의를 미루고 아이를 돌볼 수 있다.

둘째, 개인 간 역할 갈등이 있다. 서로 다른 사람들이 같은 역할에 대해 다른 기대를 할 때 생기는 갈등이다. 예를 들어, 선생님은 학생에게 공부만 열심히 하기를 바라지만, 부모님은 운동도 열심히 하기를 바랄 때를 들 수 있다. 이런 경우 서로의 입장을 이해하고 대화를 통해 타협점을 찾아야 한다. 예를 들어, 공부 시간과 운동 시간을 적절히 분배하는 방법을 찾을 수 있다.

또한 역할 내 갈등이 있다. 한 역할 안에서 서로 다른 기대가 있을 때 생기는 갈등으로, 경찰관이 법과 원칙에 따라 일을 처리해야 하지만, 동시에 인정을 베풀어야 한다고 기대받을 때 생기는 내적 갈등을 예로 들 수 있다. 이러한 경우 상황에 따라 **유연하게** 대처하고, 때로는 전문가의 조언을 구할 수 있다. 예를 들어 **경미한** 위반은 경고로 끝내고, 심각한 위반은 법대로 처리하는 식으로 균형을 잡을 수 있다.

사회적 역할과 책임은 우리가 사회의 일원으로서 해야 할 일이자 지켜야 할 약속과 같다. 시민으로서 법을 지키는 것, 환경을 보호하기 위해 쓰레기를 줄이고 분리배출을 하는 것, 다른 사람을 배려하고 존중하는 것 등은 모두 사회 구성원으로서 우리가 해야 할 일들이다.

- **조혼(**早婚) 어린 나이에 일찍 결혼함. 또는 그렇게 한 혼인.
- **유연하다(**柔軟--) 태도나 분위기가 한쪽으로 치우치지 않고 융통성이 있다.
- **경미하다(**輕微--) 가볍고 아주 적어서 대수롭지 아니하다.

1 제시문 **나**~**다**를 바탕으로 〈사랑손님과 어머니〉의 '어머니'가 겪고 있는 갈등의 양상을 분석해 봅시다.

_____

_____

_____

2 문제 **1**번에서 답한 내용을 바탕으로, 아저씨를 떠나보낸 어머니의 선택이 옳은지 자신의 의견을 말해 봅시다.

주장1 아저씨를 떠나보낸 어머니의 선택은 옳다.
_____
_____
_____

주장2 아저씨를 떠나보낸 어머니의 선택은 옳지 않다.
_____
_____
_____

생각 펼치기

다음 두 장면 중 하나를 골라 다른 인물의 관점이나 다른 시점으로 장면을 구성해 써 봅시다. (단, 대사나 행동, 사건은 재구성하지 않습니다.)

▶ 장면 1

집에 오니 어머니는 문간에서 기다리고 있다가 나를 안고 들어왔습니다.

"그 꽃은 어디서 났니? 퍽 곱구나."

하고 어머니가 말씀하셨습니다. 그러나 나는 갑자기 말문이 막혔습니다. '이걸 엄마 드릴라구 유치원서 가져왔어.' 하고 말하기가 어째 몹시 부끄러운 생각이 들었습니다. 그래 잠깐 망설이다가,

"응, 이 꽃! 저, 사랑 아저씨가 엄마 갖다주라고 줘."

하고 불쑥 말했습니다. 그런 거짓말이 어디서 그렇게 툭 튀어나왔는지 나도 모르지요.

꽃을 들고 냄새를 맡고 있던 어머니는 내 말이 끝나기가 무섭게 무엇에 몹시 놀란 사람처럼 화닥닥하였습니다. 그리고는 금시에 어머니 얼굴이 그 꽃보다 더 빨갛게 되었습니다. 그 꽃을 든 어머니 손가락이 파르르 떠는 것을 나는 보았습니다. 어머니는 무슨 무서운 것을 생각하는 듯이 방 안을 휘 한번 둘러보시더니,

"옥희야, 그런 걸 받아 오문 안 돼." / 하고 말하는 목소리는 몹시 떨렸습니다. 나는 꽃을 그렇게도 좋아하는 어머니가 이 꽃을 받고 그처럼 성을 낼 줄은 참으로 뜻밖이었습니다. 어머니가 그렇게도 성을 내는 것을 보니까 그 꽃을 내가 가져왔다고 그러지 않고 아저씨가 주더라고 거짓말을 한 것이 참 잘 되었다고 나는 속으로 생각했습니다. 어머니가 성을 내는 까닭을 나는 모르지만 하여튼 성을 낼 바에는 내게 내는 것보다 아저씨에게 내는 것이 내게는 나았기 때문입니다. 한참 있더니 어머니는 나를 방 안으로 데리고 들어와서,

"옥희야, 너 이 꽃 이야기 아무보구두 하지 말아라, 응." / 하고 타일러 주었습니다. 나는,

"응." / 하고 대답하면서 고개를 여러 번 까닥까닥했습니다.

어머니가 그 꽃을 곧 내버릴 줄로 나는 생각했습니다마는 내버리지 않고 꽃병에 꽂아서 풍금 위에 놓아두었습니다. 아마 퍽 여러 밤 자도록 그 꽃은 거기 놓여 있어서 마지막에는 시들었습니다. 꽃이 다 시들자 어머니는 가위로 그 대를 잘라 내버리고 꽃만은 찬송가 갈피에 곱게 끼워 두었습니다.

– 주요섭, 〈사랑손님과 어머니〉

　나흘 전 감자 쪼간만 하더라도 나는 저에게 조금도 잘못한 것은 없다.

　계집애가 나물을 캐러 가면 갔지 남 울타리 엮는 데 쌩이질을 하는 것은 다 뭐냐. 그것도 발소리를 죽여 가지고 등 뒤로 살며시 와서,

　"얘! 너 혼자만 일하니?"

하고 긴치 않은 수작을 하는 것이다.

　어제까지도 저와 나는 이야기도 잘 않고 서로 만나도 본척만척하고 이렇게 점잖게 지내던 터이련만 오늘로 갑작스레 대견해졌음은 웬일인가. 항차 망아지만 한 계집애가 남 일하는 놈 보고…….

　"그럼 혼자 하지 떼루 하디?"

　내가 이렇게 내뱉는 소리를 하니까

　"너 일하기 좋니?" / 또는 / "한여름이나 되거든 하지 벌써 울타리를 하니?"

　잔소리를 두루 늘어놓다가 남이 들을까 봐 손으로 입을 틀어막고는 그 속에서 깔깔댄다. 별로 우스울 것도 없는데 날씨가 풀리더니 이놈의 계집애가 미쳤나 하고 의심하였다. 게다가 조금 뒤에는 즈 집께를 할금할금 돌아다보더니 행주치마의 속으로 꼈던 바른손을 뽑아서 나의 턱 밑으로 불쑥 내미는 것이다. 언제 구웠는지 아직도 더운 김이 홱 끼치는 굵은 감자 세 개가 손에 뿌듯이 쥐였다.

　"느 집엔 이거 없지?" / 하고 생색 있는 큰소리를 하고는 제가 준 것을 남이 알면 큰일 날 테니 여기서 얼른 먹어 버리란다. 그리고 또 하는 소리가

　"너 봄 감자가 맛있단다."

　"난 감자 안 먹는다. 너나 먹어라."

　나는 고개도 돌리려 하지 않고 일하던 손으로 그 감자를 도로 어깨 너머로 쑥 밀어 버렸다.

　그랬더니 그래도 가는 기색이 없고, 뿐만 아니라 쌔근쌔근하고 심상치 않게 숨소리가 점점 거칠어진다. 이건 또 뭐야 싶어서 그때에야 비로소 돌아다보니 나는 참으로 놀랐다. 우리가 이 동리에 들어온 것은 근 삼 년째 되어 오지만 여지껏 가무잡잡한 점순이의 얼굴이 이렇게까지 홍당무처럼 새빨개진 법이 없었다. 게다 눈에 독을 올리고 한참 나를 요렇게 쏘아보더니 나중에는 눈물까지 어리는 것이 아니냐. 그리고 바구니를 다시 집어 들더니 이를 꼭 악물고는 엎어질 듯 자빠질 듯 논둑으로 횡허케 달아나는 것이다.

－ 김유정, 〈동백꽃〉

2부
갈등과 사건

개념 익히기

소설 구성의 5단계

발단(發端)은 소설의 첫 단계로서 인물과 배경이 소개되고 사건이 시작되는 부분입니다. 주요 인물의 성격과 소설 전체의 분위기가 드러납니다. 고전 소설《흥부전》에서 놀부가 부모님의 유산을 독차지하고 흥부네 가족을 내쫓는 장면이 여기에 해당합니다.

전개(展開)는 사건이 본격적으로 진행되고 갈등이 표면화되는 부분입니다. 인물의 성격이 직접적으로 드러나며, 복선을 제시하여 다가올 사건을 암시하기도 합니다. 쫓겨난 흥부가 굶주림을 견디다 못해, 놀부에게 밥을 구걸하러 갔다가 매만 맞고 돌아오는 부분이 여기에 해당합니다.

위기(危機)는 갈등이 고조되고 긴장감이 심화되는 부분으로, 절정에 이르는 계기가 드러나기도 합니다. 흥부가 부러진 제비 다리를 치료해 준 뒤 이듬해 제비가 물어다 준 박씨 덕분에 부자가 되는 부분이 바로 위기에 해당합니다. 갈등과 긴장감이 있는 것처럼 보이지 않지만, 흥부가 부자가 되고 놀부가 가난해진다는 결말의 반전을 이끌어 낸다는 점에서 이 사건은 위기에 해당됩니다.

절정(絶頂)은 갈등이 최고조에 이르는 부분이자, 사건 해결의 실마리가 제시되는 부분입니다. 놀부 내외가 흥부처럼 부자가 될 욕심에 일부러 제비 다리를 고쳐 주었다가 도깨비에게 벌을 받는 장면이《흥부전》의 절정입니다.

결말(結末)은 갈등과 위기가 해소되는 부분입니다. 주인공의 운명이 결정되며, 모든 사건이 해결되고 주제가 제시됩니다. 마음씨 고운 흥부가 놀부를 용서하고 두 가족이 모두 행복하게 살았다는《흥부전》의 마지막 장면이 바로 결말 단계입니다.

정리!
소설 구성의 5단계

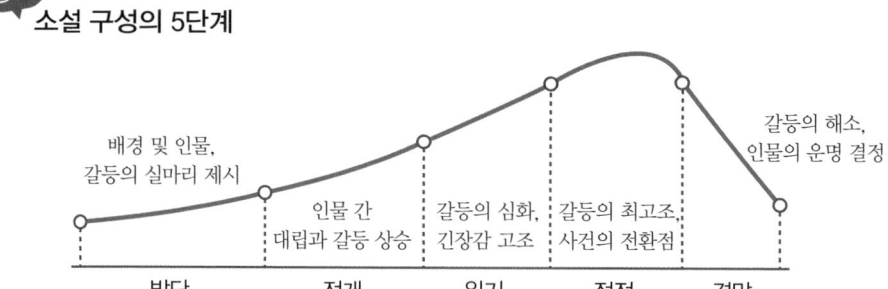

배경 및 인물,
갈등의 실마리 제시

인물 간
대립과 갈등 상승

갈등의 심화,
긴장감 고조

갈등의 최고조,
사건의 전환점

갈등의 해소,
인물의 운명 결정

발단　　전개　　위기　　절정　　결말

갈등의 개념과 종류

갈등이란

갈등(葛藤)은 '칡 갈(葛)' 자와 '등나무 등(藤)' 자가 결합해서 만들어진 단어입니다. 칡과 등나무가 한 나무를 휘감고 올라갈 때 서로 감고 올라가는 방향이 달라 충돌을 일으키다, 결국 올라가지 못하게 되는 모습에 빗대어 생긴 말입니다.

소설에서 인물들은 생각이나 처한 위치, 이해의 정도가 달라 마음속에서 또는 다른 인물이나 환경과 갈등합니다. 인물이 자신의 내면이나 다른 인물 또는 세상과 부딪치는 모습 속에서 인물과 인물, 인물과 사회, 인물과 환경과의 갈등 관계가 드러나게 되지요. 그리고 독자들은 갈등 관계를 파악하며 긴장과 흥미를 느끼게 됩니다.

갈등은 소설의 구성 단계를 이루어 갑니다. 소설의 사건은 갈등을 품고 있고, 갈등의 실마리가 드러나고 전개·심화·해소되는 과정을 거쳐 결말에 이르게 됩니다. 그리고 이러한 과정에서 작품의 주제도 드러납니다.

갈등의 종류

소설의 갈등은 크게 내적 갈등과 외적 갈등으로 나눌 수 있습니다. 내적 갈등은 한 인물의 마음속에서 일어나는 갈등으로, 완전히 다른 감정이나 바람이 마음속에 동시에 나타나면서 생기는 갈등을 말합니다.

갈등의 양상이 겉으로 드러나는 외적 갈등은 인물과 그를 둘러싼 외부 환경 사이에서 일어나는 갈등으로, 크게 네 가지로 분류할 수 있습니다.

- 인물 vs 인물　서로 다른 가치관을 가진 인물 사이에서 복잡한 감정 때문에 생겨나는 갈등을 인물과 인물 또는 개인과 개인 간의 갈등이라고 합니다. 〈하늘은 맑건만〉에서 문기와 수만이의 갈등을 예로 들 수 있습니다.

- 인물 vs 사회　인간은 사회적 동물이기에 자신이 살고 있는 사회의 영향을 받을 수밖에 없습니다. 사회가 정한 규칙에 의해 규제를 받기도 하지요. 고전 소설 《홍길동전》의 길동 역시 사회의 규범 때문에 좌절하고 갈등하는 인물입니다. 길동이 겪는 갈등의 원인은 조선 사회의 신분 제도입니다. 이렇게 소설 속에서 인물이 자신을 억누르는 사회 제도나 윤리 규범과 겪는 갈등을 인물과 사회와의 갈등이라고 합니다.

• 인물 vs 자연환경 헤밍웨이의 소설 《노인과 바다》에서 늙은 어부 산티아고는 힘
겨운 싸움 끝에 거대한 청새치를 잡습니다. 하지만 곧 피 냄새를 맡고 몰려온 상어
떼가 청새치를 노리는 바람에 노인은 다시 이들과 목숨을 건 다툼을 벌이게 되지
요. 다섯 마리의 상어를 물리친 뒤 항구로 돌아온 노인에게 남은 것은 뼈만 남은 청
새치의 잔해였습니다. 그렇지만 노인은 자신의 패배에 만족합니다. 그리고 작은
판잣집으로 돌아온 노인은 깊은 잠에 빠집니다. 이 작품에서 노인의 갈등 대상은
자신을 둘러싼 자연입니다. 이처럼 인물과 자연환경 간의 갈등을 담은 소설은 장엄
한 자연의 힘과 여기에 맞서는 인간의 도전 정신 및 굳센 의지를 보여 줍니다.

• 인물 vs 운명 운명이란 인간을 포함한 모든 것을 지배하는 초인간적인 힘으로,
인간이 스스로의 힘으로는 벗어나기 힘든 굴레와 같은 것입니다. 문학 작품 속에서
운명에 대항한 대표적인 인물로 그리스 신화의 오이디푸스를 들 수 있지요. 오이디
푸스는 고대 그리스 테베의 왕 라이오스와 왕비 이오카스테의 아들로 태어납니다.
그러나 그는 '장차 아버지를 죽이고 어머니와 결혼한다.'라는 신의 예언 때문에 태
어나자마자 친부모에게 버림받습니다. 훗날 오이디푸스는 괴물 스핑크스의 수수께
끼를 풀어 테베의 영웅이 됩니다. 그러나 자신도 모르는 사이 신이 예언한 비극적
운명을 그대로 수행했다는 사실을 깨닫고 스스로 장님이 되는 고통을 맞이합니다.
이렇게 거스를 수 없는 운명의 힘과 이에 대항하는 인간 사이의 대립이 바로 인물
과 운명 간의 갈등입니다.

정리!
갈등의 종류

내적 갈등		한 인물의 마음속에서 일어나는 갈등
외적 갈등	인물 ↔ 인물	인물 사이의 성격이나 가치관이 대립하여 발생하는 갈등
	인물 ↔ 사회	인물이 그가 속한 사회의 관습이나 제도로 인해 겪는 갈등
	인물 ↔ 자연환경	인물이 자연재해를 겪거나 자연에 도전하면서 겪는 갈등
	인물 ↔ 운명	인물이 자신에게 주어진 운명 때문에 겪는 갈등

꼼꼼히 읽기

1 다음 말과 행동을 통해 알 수 있는 인물의 성격이나 태도를 〈보기〉에서 찾아 기호로 적어 봅시다.

> **보기**
>
> ㉠ 책임감이 강하다.   ㉡ 욕심이 많다.   ㉢ 가족애가 있다.
>
> ㉣ 끈질기다.   ㉤ 대범하다.   ㉥ 우유부단하다.
>
> ㉦ 반성할 줄 안다.   ㉧ 양심의 가책을 느낀다.

문기

- 쓰고 남은 거스름돈을 종이에 싸서 고깃간집 안마당으로 던진다.
- "오늘 작은아버지에게 막 꾸중 듣구. 그리고 나두 인젠 그런 건 안 헐 작정이다."
- 수신 시간 이후 하늘을 바로 보지 못한다.
- 담임 선생님을 찾아가 잘못을 고백하려 하지만 입을 열지 못한 채 나온다.

수만

- 문기를 꼬여 거스름돈을 쓰게 한다.
- 머뭇거리는 문기 어깨에 팔을 걸고 우쭐거리며 걸음을 옮긴다.
- "낼은 안 만날 테냐. 어디 두고 보자."
- 문기를 추근추근하게 쫓아다니며 은근히 골리는 행동을 한다.

작은아버지

- "난 너 하나는 어디까지든지 공부도 시키구 사람을 만들어 주려구 애를 쓰는데……."
- 사고를 당해 누워 있는 문기를 근심스러운 얼굴로 내려다본다.

---

2 작품 속 문기가 겪는 갈등의 원인과 해결 과정을 알아봅시다.

원인	고깃간 주인에게서 잘못 받은 거스름돈을 수만이와 함께 써 버린다.
전개	작은아버지의 훈계를 듣고 나서 자신의 잘못을 떠올리며 죄책감을 느낀다.
해결	_____

원인	수만이에게 이제는 돈이 없다고 하며 함께 계획했던 일들을 하지 않겠다고 말한다.
전개	_____
해결	수만이의 괴롭힘을 참다못해 결국 붙장 안에 있던 작은어머니의 돈을 훔쳐 수만이에게 가져다준다.

원인	자기 때문에 누명을 쓰고, 일하던 집에서 쫓겨난 점순이의 울음소리를 들으며 뜬눈으로 밤을 새운다.
전개	수신 시간에 정직이 중요하다는 선생님의 말을 듣고 죄책감을 느껴 하늘을 제대로 쳐다보지 못한다.
해결	_____

3 다음 밑줄 친 부분에서 드러나는 문기의 갈등을 〈조건〉에 맞게 적어 봅시다.

┌─┤ 조건 ├─
• 문기의 심리 상태에 대해 원인과 결과가 드러나도록 쓰고, 갈등의 종류를 밝힐 것.
└─────────────────────────────────────

> 아랫방 들창 밑에 훌쩍훌쩍 우는 어린아이 울음소리가 났다. 아랫집 심부름하는 아이 점순이 음성이었다. 숙모가 직접 그 집에 가서 무슨 말을 한 것은 아니로되 자연 그 말이 한 입 건너 두 입 건너 그 집에까지 들어갔고, 그리고 그 집주인 여자는 점순이를 때려 쫓아낸 것이다. 먼저는 동네 아이들이 모여 지껄지껄하더니 차차 하나 가고 둘 가고 훌쩍훌쩍 우는 그 소리만 남는다. 방 안의 문기는 그 밤을 뜬눈으로 새웠다.

_____

_____

4 다음에서 문기의 심정을 유추하여 적고, 이를 통해 얻을 수 있는 교훈을 적어 봅시다.

> "저는 마땅히 받아야 할 벌을 받은 거예요."
> 하고 문기는 눈을 감으며 한 마디 한 마디 그러나 똑똑하게 처음서부터 끝까지 먼저 고깃간 주인이 일 원을 십 원으로 알고 거슬러 준 것, 그 돈을 써 버린 것, 그리고 또 붙장 안의 돈을 자기가 훔쳐 낸 것, 이렇게 하나하나 숨김없이 자백을 하자 이때까지 겹겹으로 몸을 싸고 있던 허물이 한 꺼풀 한 꺼풀 벗어지면서 따라 마음속의 어둠도 차차 사라지며 맑아지는 것을 문기는 확실히 깨달을 수 있었다. 마음이 맑아지며 따라 몸도 가뜬해진다. 내일도 해는 뜨고 하늘은 맑아지리라. 그리고 문기는 그 하늘을 떳떳이 마음껏 쳐다볼 수 있을 것이다.

• 문기의 심정 : _____

• 교훈 : _____

5 작품의 제목을 완결된 문장으로 적고, 그렇게 생각한 이유를 주제와 연결 지어 설명해 봅시다.

> 하늘은 맑건만

• 이유 : _____

_____

_____

_____

자전거 도둑

1 다음을 참고하여 작품의 시간적 배경을 적고, 작품에서 공간적 배경을 찾아 정리해 봅시다.

> 이 소설은 국가적 차원에서 경제 개발이 활발히 전개되던 시대를 배경으로 한다. 당시는 산업화·도시화가 급속하게 진행되면서 점차 물질적 가치를 중시하는 사회 분위기가 널리 퍼졌다. 이 소설은 그러한 분위기 속에서 도덕성을 잃고 물질적 이익만을 좇는 사람들의 모습을 보여 준다.

• 시간적 배경 : _____

• 공간적 배경 : _____

2 이 작품의 주된 갈등을 정리해 봅시다.

(1) 수남이와 ××상회 주인의 외적 갈등

	수남		××상회 주인
원인	_____	↔ 물건 대금	_____

전개　수남이는 물건 대금이 은행 막을 돈이라고 거짓말하고, ××상회 주인의 비위를 맞춘다.

해결　수남이는 끝까지 버티고 서서 물건 대금을 악착같이 받아 낸다.

(2) 수남이와 신사의 외적 갈등

원인　수남이의 자전거가 바람에 쓰러지면서 신사의 자동차에 흠집을 냈다.

	수남		신사
전개	_____	↔ 자동차 수리비	_____

➜ 신사는 수남이가 자동차 수리비를 줄 때까지 자전거를 돌려주지 않겠다며 수남이의 자전거에 자물쇠를 채운다.

해결

(3) 수남이의 내적 갈등

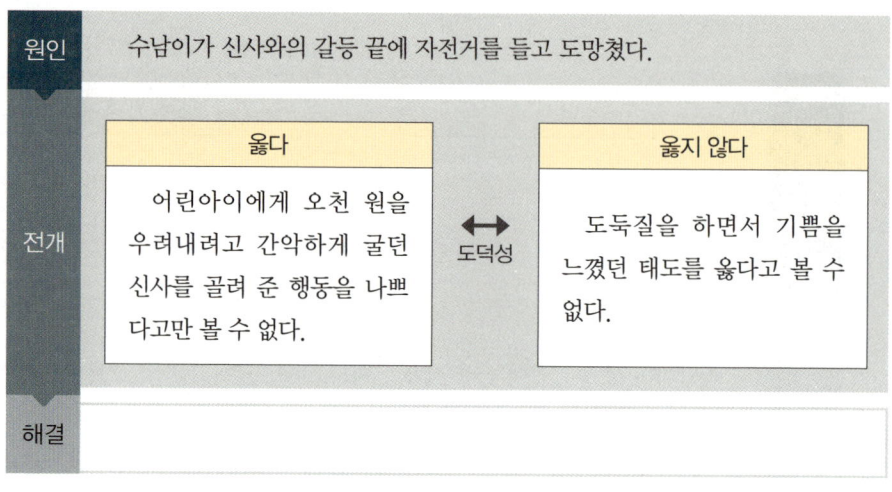

원인	수남이가 신사와의 갈등 끝에 자전거를 들고 도망쳤다.		
전개	**옳다** 어린아이에게 오천 원을 우려내려고 간악하게 굴던 신사를 골려 준 행동을 나쁘다고만 볼 수 없다.	↔ 도덕성	**옳지 않다** 도둑질을 하면서 기쁨을 느꼈던 태도를 옳다고 볼 수 없다.
해결			

3 다음을 참고하여 작품 속 '세찬 바람'의 역할을 추론해 봅시다.

낮 동안 떼어서 세워 놓은 가게 판자문이 요란한 소리를 내고 나자빠지는가 하면, 가게 함석지붕은 얇은 헝겊처럼 곧 뒤집힐 듯이 펄럭대고, 골목 위 공중을 가로지른 전화 줄에서는 온종일 귀신의 휘파람 같은 이상한 소리가 났다. ······	**'세찬 바람'의 역할 ①**
아크릴 간판이 다 마른 빨래처럼 훨훨 나는가 했더니, 곧장 땅으로 떨어지면서 때마침 지나가던 아가씨의 정수리를 들이받고 떨어졌다. ······	**'세찬 바람'의 역할 ②**

➡ 수남이는 지나가던 아가씨가 다치는 사고를 보며 _____은/는

예감을 하는데, 이는 수남이가 겪을 사건의 _____(으)로 작용한다.

4 다음에서 설명하는 2어절의 표현을 작품에서 찾아 그 의미와 함께 적어 봅시다.

> • 수남이가 자전거를 들고 도망쳐 온 일을 칭찬하던 주인 영감의 얼굴빛
>
> • 돈과 물건을 훔쳐서 오랜만에 집에 돌아온 날 밤 수길이의 얼굴빛
>
> • 자전거를 들고 도망친 자신의 행동에 대해 고민하던 수남이의 얼굴빛

• 표현 : _____

• 의미 : _____

_____

5 〈자전거 도둑〉이 전하고자 하는 주제는 무엇인지 빈칸에 들어갈 말을 적어 봅시다.

> 순진한 소년 수남이의 눈에 비친 도시 사람들(주인 영감, ××상회 주인, 신사, 구경
> 꾼들)의 부도덕한 모습을 통해 _____을/를
> 비판하고 있다. 또한 이러한 비판적 시각을 통해 오늘날 우리가 소중히 여겨야 할 정신
> 적 가치는 무엇인지 고민하게 한다.

_____

_____

1 이 작품은 **액자식 구성**의 소설로, 작품 중간에 시점이 달라집니다. 제시문을 참고하여 시점 및 서술자가 어떻게 변화하는지 적어 봅시다.

• **액자식 구성**(額子式構成) 액자 안에 그림을 넣듯 하나의 이야기 안에 또 다른 이야기가 들어가 있는 구성.

모처럼 나를 방문한 친구 하인리히 모어가 저녁 산책을 마치고 돌아와 함께 이야기를 나누고 있었다. (중략)

"잘 봤네."

약간 딱딱한 어조로 이렇게 말하는 그에게 그 추억은 별로 달갑지 않은 것처럼 보였다. 그가 말했다.

"자네 수집 판을 자세히 보지 않은 걸 기분 나쁘게 생각하지는 말아 주게. 나도 어릴 때 비슷한 것을 가지고 있었지. 그때의 기억이 떠올라서 기분이 좀 상했다네. 창피하긴 하지만 그 이야기를 들려주지."

그가 램프 덮개를 열어 담뱃불을 붙이고 나서 다시 램프 위에 갓을 씌우자, 우리의 얼굴은 어슴푸레해졌다. 그리고 나서 그가 열려 있는 창문 곁으로 가 앉자 조금 야위고 길쭉한 그의 얼굴은 거의 어둠 속에 묻혀 버렸다. 내가 담배를 피우는 동안 밖에서는 멀리서 들려오는 개구리 울음소리가 밤을 수놓았고, 내 친구는 다음과 같은 이야기를 들려주었다.

내가 나비를 잡기 시작한 것은 여덟 살인가 아홉 살 때부터였어. 처음엔 큰 관심 없이 다른 애들이 다 하니까 나도 해 보는 정도였지. 그런데 열 살쯤 된 두 번째 여름에 나는 완전히 이 유희에 빠져서, 이 때문에 다른 일은 전혀 관심을 두지 않게 되었다네. 그래서 주위 어른들은 내가 그것을 못 하도록 말려야 되겠다고 걱정을 할 정도였어. 나비 잡기에 열중하면 학교 수업 시간도, 점심시간도 잊어버리고, 탑시계가 우는 것도 귀에 들어오지 않았다네. 학교를 쉬는 날은 빵 한 쪽을 호주머니에 넣고는, 아침 일찍부터 밤늦게까지, 끼니때에도 집으로 돌아가지 않고 뛰어다니곤 했지.

---

2 각 제시문에서 '나'가 느낀 감정을 적어 봅시다.

(1)　　　지금도 아름다운 나비를 보면, 이따금 그때의 열정이 몸에 스미는 듯 느껴진다네. 그럴 때면 나는 잠시 어린아이만이 느낄 수 있는, 뭐라고 표현할 수 없는 황홀한 심정에 사로잡히곤 하지. 소년 시절에 처음으로 노랑나비를 찾아냈던 그때의 기분 그대로를 느낄 수 있는 거야. 또한 그럴 때면 어린 날의 무수한 시간이 홀연히 떠오른다네. 풀 향기가 코를 찌르는 메마른 벌판의 찌는 듯한 무더운 낮과, 정원 속의 서늘한 아침과, 신비스러운 숲속의 저녁때, 나는 마치 보물을 찾아 헤매는 사람처럼 포충망을 들고 나비를 노리고 다녔어. 그리하여 아리따운 나비를 발견하면―특별히 진귀한 것이 아니라도 좋았네. 햇볕 아래 졸고 있는, 꽃 위에 앉아서 빛깔이 고운 날개를 호흡과 함께 파르르 떨고 있는 것을 보면―그것을 잡는 기쁨에 숨이 막힐 지경이 되어, 가만가만 다가섰어.

(2)　　　에밀이 이 이상한 나방을 가졌다는 소문을 듣고부터 나의 흥분은 절정에 이르러, 그것을 꼭 한 번 보고 싶어 견딜 수 없었다네. 나는 식사를 마친 뒤 곧장 뜰을 건너서 이웃집 4층으로 올라갔어. 이 4층에서 교사의 아들 에밀은 작으나마 제 방을 하나 차지하고 있었는데 그것이 내게는 얼마나 부러웠는지 몰라. 방으로 가는 도중에 나는 아무와도 만나지 않았네. (중략)
　　　두근대는 가슴으로 나는 유혹에 끌려 종이쪽을 떼어 내고, 꽂혀 있는 핀을 뽑았어. 그러자 네 개의 커다란 무늬가 그림에서보다는 훨씬 더 아름답게, 훨씬 더 찬란하게 나의 눈앞에 드러났지. 이것을 본 나는 이 보배를 손에 넣고 싶은, 견딜 수 없는 욕망으로 그만 난생처음 도둑질을 했다네. 나방은 벌써 말라 있어서, 웬만큼 손을 대어도 형체가 일그러지지 않았어. 나는 그것을 손바닥 위에 받쳐 들고 에밀의 방을 나왔네. 그때 나는 어떤 커다란 만족감 이외에는 아무 생각도 없었지.

이 나방을 가져서는 안 된다, 될 수만 있다면 그전대로 돌려놓아야겠다, 나는 이런 생각으로 마음이 괴로웠다네. 그리고 혹시 사람들의 눈에 뜨이지나 않을까 두려워하면서 날쌔게 발을 돌려 층계를 뛰어올라, 일 분 후에는 다시 에밀의 방 가운데 서 있었지. 나는 주머니에서 손을 빼서 나방을 책상 위에다 꺼내 놓았어. 그 모습을 보기 전에 벌써 어떤 불행한 일이 생겼다는 것쯤은 미리 짐작하고 있었어. 그저 울고 싶은 생각뿐이었다네. 아니나 다를까, 나방은 보기 싫게 망가져 있었어. 앞날개 하나와 더듬이 한 개가 떨어져 버렸지. 떨어진 날개를 조심스레 주머니 속에서 끄집어내려고 하니까, 그나마 산산이 부서져서 이어 붙일 수조차 없게 되었어. 도둑질을 했다는 생각보다도, 그 아름답고 찬란한 나방을 내 손으로 망가뜨렸다는 사실이 나로서는 더 괴로운 일이었다네.

---

3 다음을 읽고 '어머니'가 중요하게 생각하는 가치관은 무엇인지 한 단어로 적어 봅시다.

우울한 생각으로 가득 차 집으로 돌아온 나는 하루 종일 좁은 뜰 안에 주저앉아 있었네. 그러다가 마침내 나는 용기를 내어, 모든 일을 어머니에게 말씀드렸어. 어머니는 놀라움과 슬픔에 잠겨 어쩔 줄을 몰라 하였지만, 내게는 나의 이 고백이, 차라리 벌을 받는 일보다 몇 배가 더 괴롭다는 것도 넉넉히 짐작하시는 것 같았어.

"지금 당장 에밀에게로 가야 한다."

어머니는 한마디로 잘라 말했지.

"에밀을 찾아가서 사실을 고백하고 용서를 빌어라. 그밖에는 아무런 길이 없다. 네가 가진 것 중에서 하나를 대신 가지라고 말해 보렴. 그리고 용서를 빌어야지."

4 등장인물의 특성과 성격을 정리해 봅시다.

'나' **(하인리히** **모어)**	• 내화(內話, 안 이야기)의 서술자임. • 나비를 좋아하고 수집함. • 에밀에게 ㉠_____와/과 ㉡_____을/를 동시에 느낌. • 에밀의 공작 나방을 훔쳤다가, 진실을 고백하지만 용서받지 못함. • 자신의 잘못을 통해 깨달음을 얻고 성장함.
어머니	• '나'의 잘못에 놀라움과 슬픔을 느낌. • '나'에게 스스로 잘못을 고백하고, 용서를 빌 것을 조언함. • '나'가 에밀을 만나고 돌아온 후 ㉢_____ _____.
에밀	• 하인리히의 옆집에 사는 아이임. • 공작 나방을 길러 냄. • 잘못을 고백한 하인리히를 ㉣_____ _____.

한걸음 더 **도덕적 성찰로 살아가는 헤세의 인물들**

헤르만 헤세는 《데미안》, 《싯다르타》, 《수레바퀴 아래서》 등에서 내면을 탐색하며 도덕적 문제에 직면한 인물들을 자주 그립니다. 이들은 때로 고통스럽기까지 한 도덕적 성찰 과정을 통해 스스로의 신념을 형성하고, 그에 따라 행동하려는 실천 의지와 용기를 키워 나갑니다. 그 결과 이기심을 극복하고 타인을 돌아보며, 어떠한 상황 속에서도 도덕적 신념에 따라 살아가려는 존재로 거듭나지요. 독자들은 이들의 삶을 따라가며 자아를 발견하고 정체성을 탐색하는 내면의 여정을 함께하게 됩니다.

5 다음 제시문을 읽고 물음에 답해 봅시다.

> 그때 나는 비로소 한번 저지른 일은 어떻게 해도 바로잡을 도리가 없다는 것을 깨달았네. 나는 그 자리에서 물러섰어. 어떻게 되었는지 물어보려고도 하지 않고, 나에게 키스만을 하고 내버려두는 어머니가 고마웠지. 어머니는 나더러 그만 잠자리에 들라고 하셨어. 여느 날보다는 시간이 늦어진 편이기는 하였지. 그러나 나는 가만히 식당으로 가서, 갈색으로 된 두껍고 커다란 종이 상자를 찾아 가지고 와서 침대 위에 올려놓고, 어둠 속에서 뚜껑을 열었어. 그리고 그 속에 든 나비들을 끄집어내어 손끝으로 비벼서 못쓰게 가루를 내어 버렸다네.

(1) '나'가 에밀에게 잘못을 고백한 뒤 얻은 깨달음을 드러낸 속담으로 가장 알맞은 것을 골라 봅시다.

① 한번 쥐면 펼 줄 모른다.

② 믿는 도끼에 발등 찍힌다.

③ 가는 말이 고와야 오는 말이 곱다.

④ 늦게 배운 도둑이 날 새는 줄 모른다.

⑤ 한번 엎지른 물은 다시 주워 담지 못한다.

(2) 밑줄 친 행동의 의미는 무엇인지 적어 봅시다.

_____

_____

_____

_____

생각 나누기

Step_1 ｜하브루타｜ 갈등의 종류와 역할

다음 제시문을 읽고 물음에 답해 봅시다.

가 "어서 가자."

약조한 환등 틀을 사러 가자는 것이다. (중략)

"나 인제 돈 가진 것 없다."

"뭐?"

하고 수만이는 의외라는 듯 눈이 둥그레지다가는 금세 능청스러운 웃음을 지으며,

"너 혼자 두고 쓰잔 말이지? 그러지 말구 어서 가자."

"정말 없어. 지금 고깃간집 안마당으로 던져 주고 오는 길야. 공두 쌍안경두 버리구."

하고 문기는 증거를 보이느라고 이쪽저쪽 주머니를 털어 보이는 것이나 수만이는 흥 하고 코웃음을 친다.

"누군 너만 못 약을 줄 아니?"

그리고 연신 빈정댄다.

"고깃간집 마당으로 던졌다? 아주 핑계가 됐거든."

"거짓말 아니다. 참말야."

할 뿐, 문기는 어떻게 변명할 줄을 몰라 쳐다보기만 하다가 고개를 떨어뜨리고 울상을 한다.

"오늘 작은아버지에게 막 꾸중 듣구. 그리고 나두 인젠 그런 건 안 헐 작정이다."

"그래도 나하구 약조헌 건 실행해야지. 싫으면 너는 빠져도 좋아. 그럼 돈만 이리 내."

하고 턱 밑에 손을 내민다.

"정말 없대두 그래."

수만이는 내밀었던 손으로 대뜸 멱살을 잡는다.

"이게 그래두 느물거려."

이런 때 마침 기침을 하며 이웃집 사람이 골목으로 들어서자 수만이는 슬며시 물러선다. 그러나,

"낼은 안 만날 테냐. 어디 두고 보자."

하고 피해 가는 문기 등을 향해 소리쳤다.

나 그날 밤이었다. 아랫방 들창 밑에 훌쩍훌쩍 우는 어린아이 울음소리가 났다. 아랫집 심부름하는 아이 점순이 음성이었다. 숙모가 직접 그 집에 가서 무슨 말을 한 것은 아니로되 자연 그 말이 한 입 건너 두 입 건너 그 집에까지 들어갔고, 그리고 그 집주인 여자는 점순이를 때려 쫓아낸 것이다. 먼저는 동네 아이들이 모여 지껄지껄하더니 차차 하나 가고 둘 가고 훌쩍훌쩍 우는 그 소리만 남는다. 방 안의 문기는 그 밤을 뜬눈으로 새웠다.

이튿날 아침이다. 문기는 밥을 두어 술 뜨다가는 고만둔다. 그 돈을 갚기 위한 그것이 아니다. 도시 입맛이 나지 않았다. 학교엘 갔다. 첫 시간은 수신 시간, 그리고 공교로이 제목이 '정직'이다. 선생님은 뒷짐을 지고 교단 위를 왔다 갔다 하며 거짓이라는 것이 얼마나 악한 것이고 정직이 얼마나 귀하고 중한 것인가를 누누이 말씀하신다. 그리고 안경 쓴 선생님의 그 눈이 번쩍하고 문기 얼굴에 머물렀다 가고 가고 한다. 그럴 때마다 문기는 가슴이 뜨끔뜨끔해진다. 문기는 자기 한 사람에게만 들리기 위한 정직이요 수신 시간인 듯 싶었다. 그만치 선생님은 제 속을 다 들여다보고 하는 말인 듯싶었다.　　　　　　　　　　　　　　　　　　 – 현덕, 〈하늘은 맑건만〉

다 낮에 내가 한 짓은 옳은 짓이었을까? 옳을 것도 없지만 나쁠 것은 또 뭔가. 자가용까지 있는 주제에 나 같은 아이에게 오천 원을 우려내려고 그렇게 간악하게 굴던 신사를 그 정도 골려 준 것이 뭐가 나쁜가? 그런데도 왜 무섭고 떨렸던가. 그때의 내 꼴이 어땠으면, 주인 영감님까지 "네놈 꼴이 꼭 도둑놈 꼴이다."라고 하였을까.

그럼 내가 한 짓은 도둑질이었단 말인가. 그럼 나는 도둑질을 하면서 그렇게 기쁨을 느꼈더란 말인가.

수남이는 몸을 부르르 떨면서 낮에 자전거를 갖고 달리면서 맛본 공포와 함께 그 까닭 모를 쾌감을 회상한다. 마치 참았던 오줌을 내깔길 때처럼 무거운 억압이 갑자기 풀리면서 전신이 날아갈 듯이 가벼워지는 그 상쾌한 해방감—한번 맛보면 도저히 잊힐 것 같지 않은 그 짙은 쾌감, 아아 도둑질하면서도 나는 죄책감보다는 쾌감을 더 짙게 느꼈던 것이다.

혹시 내 핏속에 도둑놈의 피가 흐르고 있기 때문이 아닐까. 순간 수남이는 방바닥에서 송곳이라도 치솟은 듯이 후다닥 일어서서 안절부절못하고 좁은 방 안을 헤맸다.　　　　　　　　　　　　　　　　　　　　　 – 박완서, 〈자전거 도둑〉

라 그는 촛불을 켰지. 못쓰게 된 그 나방이 날개 판 위에 있었어. 에밀이 그 날개를 손질하느라고 무척 고심한 흔적이 역력했다네. 그는 부서진 날개를 정성껏 주워 모아서 작은 압지

위에 펴 놓았더군. 그러나 그것은 도저히 원래 모양으로 바로잡힐 가망이 없었다네. 더듬이도 떨어진 그대로였지. 나는 그제야 그것이 나의 소행인 것을 밝혔어.

그랬더니 에밀은 격분한다거나 나를 큰소리로 탓하지 않고, 혀를 차며 한동안 나를 지켜보았어. 그러더니 나직한 목소리로 말하였다네.

"알았어. 말하자면 너는 그런 자식이란 말이지?"

나는 그에게 내 장난감을 모두 주겠다고 하였어. 그래도 그는 듣지 않고 냉담하게 앉아, 여전히 나를 비웃는 눈으로 지켜보고만 있더군. 이번에는 내가 수집한 나비의 전부를 주겠다고 하였어.

"뭐, 그렇게까지 하지 않아도 좋아. 나는 네가 모은 것이 어떤 것들인지 잘 알고 있어. 게다가 오늘은 네가 나비를 다루는 성의가 어떻다는 것을 알 만큼 알았어."

그 순간, 나는 녀석의 멱살을 움켜쥐고 늘어지고 싶었어. 이제는 아무런 도리가 없다는 걸 알았지. 나는 아주 나쁜 놈으로 결정이 나고, 에밀은 천하에 정직한 사람이 되어 냉정한 정의를 방패 삼아 모멸적인 태도로 내 앞에 버티는 것이었어. 그는 욕설을 늘어놓지도 않았어. 다만 나를 바라보면서 경멸할 따름이었네.

– 헤르만 헤세, 〈공작 나방〉

🐴 "옥희야, 옥희 아버지는 옥희가 세상에 나오기도 전에 돌아가셨단다. 옥희두 아빠가 없는 건 아니지. 그저 일찍 돌아가셨지. 옥희가 이제 아버지를 새로 또 가지면 세상이 욕을 한단다. 옥희는 아직 철이 없어서 모르지만 세상이 욕을 한단다. 사람들이 욕을 해. 옥희 어머니는 화냥년이다, 이러구 세상이 욕을 해. 옥희 아버지는 죽었는데 옥희는 아버지가 또 하나 생겼대, 참 망측두 하지. 이러구 세상이 욕을 한단다. 그리되문 옥희는 언제나 손가락질 받구. 옥희는 커서 시집두 훌륭한 데 못 가구. 옥희가 공부를 해서 훌륭하게 돼두 에 그까짓 화냥년의 딸, 이러구 남들이 욕을 한단다."

– 주요섭, 〈사랑손님과 어머니〉

🐴 "네가 무슨 즐거움이 있어 밤이 깊도록 잠을 자지 아니하느냐?"

길동이 칼을 버리고 엎드려 절하며 이르되,

"소인이 마침 달빛을 사랑함이거니와 대개 하늘이 만물을 만드심에 있어 오직 사람이 귀하오나 소인에게 이르러서는 귀함이 없사오니 어찌 사람이라 하오리까?"

공이 그 말을 짐작하나 짐짓 책망하여 이르되,

"네가 지금 무슨 말을 하는고?"

길동이 두 번 절하고 이르되,

"소인이 평생 서러운 것은 대감의 정기로 당당한 남자가 되었사오매 아버지의 낳으시고, 어머니의 기르신 은혜가 깊으시지만 아버지를 아버지라 못 하고 그 형을 형이라 못 하오니 어찌 사람이라 하겠습니까?"

하고 눈물을 흘려 옷을 적시거늘, 공이 다 들은 후에 비록 측은하나 만일 그 뜻을 위로하면 마음이 방자해질까 두려워 크게 꾸짖어 이르되,

"재상집 천한 계집종 소생이 비단 너뿐 아니거늘 네 어찌 버릇없음이 이와 같은고? 이다음 다신 이런 말이 있으면 눈앞에서 용납하지 못하리라."

하니 길동이 감히 한마디 말도 고하지 못하고 다만 엎드려 슬피 울 뿐이더라. 공이 명하여 물러가라 하거늘 길동이 침소로 돌아와 통곡을 그치지 아니하였다.

— 허균, 《홍길동전》

1 각 제시문에서 갈등의 주체와 원인을 분석하고, 갈등의 양상이 비슷한 것끼리 분류해 봅시다.

갈등 분석하기

	갈등의 주체	갈등의 원인
가		
나		
다		

라		
마		
바		

갈등 분류하기

2 소설에서 갈등의 역할이 무엇인지 말해 봅시다.

_____

_____

_____

Step_2 그 아이는 왜 하늘을 보지 못했을까

다음 제시문을 읽고 물음에 답해 봅시다.

가 이튿날 아침이다. 문기는 밥을 두어 술 뜨다가는 고만둔다. 그 돈을 갚기 위한 그것이 아니다. 도시 입맛이 나지 않았다. 학교엘 갔다. 첫 시간은 수신 시간, 그리고 공교로이 제목이 '정직'이다. 선생님은 뒷짐을 지고 교단 위를 왔다 갔다 하며 거짓이라는 것이 얼마나 악한 것이고 정직이 얼마나 귀하고 중한 것인가를 누누이 말씀하신다. 그리고 안경 쓴 선생님의 그 눈이 번쩍하고 문기 얼굴에 머물렀다 가고 가고 한다. 그럴 때마다 문기는 가슴이 뜨끔뜨끔해진다. 문기는 자기 한 사람에게만 들리기 위한 정직이요 수신 시간인 듯싶었다. (중략)

운동장에서도 문기는 풀이 없다. 사람 없는 교실 뒤 버드나무 옆 그런 데만 찾아다니며 고개를 숙이고 깊은 생각에 잠기거나 팔짱을 찌르고 왔다 갔다 하기도 한다. (중략)

언제나 다름없이 하늘은 맑고 푸르건만 문기는 어쩐지 그 하늘조차 쳐다보기가 두려워졌다. 자기는 감히 떳떳한 얼굴로 그 하늘을 쳐다볼 만한 사람이 못 된다 싶었다.

언제나 다름없이 여러 아이들은 넓은 운동장에서 마음대로 뛰고 마음대로 지껄이고 마음대로 즐기건만 문기 한 사람만은 어둠과 같이 컴컴하고 무거운 마음에 잠겨 고개를 들지 못한다. 무엇보다도 문기는 전일처럼 맑은 하늘 아래서 아무 거리낌 없이 즐길 수 있는 마음이 갖고 싶다. 떳떳이 하늘을 쳐다볼 수 있는, 떳떳이 남을 대할 수 있는 마음이 갖고 싶었다.

– 현덕, 〈하늘은 맑건만〉

나 죽는 날까지 하늘을 우러러
　　한 점 부끄럼이 없기를,
　　잎새에 이는 바람에도
　　나는 괴로워했다.
　　별을 노래하는 마음으로
　　모든 죽어 가는 것을 사랑해야지
　　그리고 나한테 주어진 길을
　　걸어가야겠다.

　　오늘 밤에도 별이 바람에 스치운다.

– 윤동주, 〈서시〉

〈서시〉는 1941년 11월 20일 윤동주(尹東柱, 1917~1945)가 쓴 시이다. 그의 시집 《하늘과 바람과 별과 시(詩)》(1948)에 수록되어 있다. 윤동주는 일제 강점기 지식인으로서 겪어야 했던 정신적 고통을 섬세한 서정으로 노래한 시인이다. 그는 시 속에서 현실적 존재의 슬픔이 어디로부터 나온 것인지 끊임없이 탐구한다. 그래서 그의 시는 자신의 생애 흐름과 일치하며 함께 발전한다. 그리고 이러한 그의 작품 세계가 온전히 반영된 작품이 바로 〈서시〉이다. 〈서시〉는 현실의 어둠과 괴로움 속에서 자기의 양심을 지키며 부끄러움 없는 삶, 맑고 아름다운 삶을 살고자 했던 젊은이의 모습을 보여 준다.

---

1 제시문 **가**에서 인물이 느끼는 감정이 무엇이며, 이것이 인물에게 어떤 영향을 미치는지 적어 봅시다.

2 문제 **1**번을 참고하여 제시문 **가**와 **나**의 '하늘'이 가지는 공통적인 의미를 쓰고, 소설의 등장인물과 시적 화자가 지향하는 삶의 태도를 적어 봅시다.

Step_3 성장통 : 앞으로 나아가는 아이

다음 제시문을 읽고 물음에 답해 봅시다.

가 아버지는 화병으로 몸져눕고 집안 형편은 말이 아니었다. 수남이는 드디어 어느 날 형이 그랬던 것처럼 서울 가서 돈 벌어 오겠다고 집을 나섰다. 아버지는 말리지 않았다. 문지방을 짚고 일어나 앉아서 띄엄띄엄 수남이를 타일렀다.

"무슨 짓을 하든지 그저 도둑질만은 하지 마라, 알았쟈."

그런데 도둑질을 하고 만 것이다. 하지만 수남이는 스스로 그것을 결코 도둑질이 아니었다고 변명을 한다. (중략)

소년은 아버지가 그리웠다. 도덕적으로 자기를 견제해 줄 어른이 그리웠다. 주인 영감님은 자기가 한 짓을 나무라기는커녕 손해 안 난 것만 좋아서 "오늘 운 텄다."라고 좋아하지 않았던가.

수남이는 짐을 꾸렸다. 아아, 내일도 바람이 불었으면. 바람이 물결치는 보리밭을 보았으면.

마침내 결심을 굳힌 수남이의 얼굴은 누런 똥빛이 말끔히 가시고, 소년다운 청순함으로 빛났다.

　　　　　　　　　　　　　　　　　　　　　　　　　　　　　　　　　　　　　　- 박완서, 〈자전거 도둑〉

나 우울한 생각으로 가득 차 집으로 돌아온 나는 하루 종일 좁은 뜰 안에 주저앉아 있었네. 그러다가 마침내 나는 용기를 내어, 모든 일을 어머니에게 말씀드렸어. 어머니는 놀라움과 슬픔에 잠겨 어쩔 줄을 몰라 하였지만, 내게는 나의 이 고백이, 차라리 벌을 받는 일보다 몇 배가 더 괴롭다는 것도 넉넉히 짐작하시는 것 같았어.

"지금 당장 에밀에게로 가야 한다."

어머니는 한마디로 잘라 말했지.

"에밀을 찾아가서 사실을 고백하고 용서를 빌어라. 그밖에는 아무런 길이 없다. 네가 가진 것 중에서 하나를 대신 가지라고 말해 보렴. 그리고 용서를 빌어야지."

만일 모범 소년인 에밀이 아니고 다른 동무였다면, 나는 용서를 비는 것쯤 서슴지 않았을 걸세. 그가 나의 고백을 이해해 준다거나 나의 사과를 믿어 주지 않을 것을 나는 미리부터 잘 알고 있었지. 그럭저럭 밤이 되었으나 나는 그때까지도 그를 찾아갈 용기를 얻지 못한 채 주저하고만 있었어. 어머니는 내가 뜰에 있는 것을 보고 나직한 목소리로 말씀하셨어.

"오늘 중으로 갔다 와야 해. 지금 가거라." (중략)

그때 나는 비로소 한번 저지른 일은 어떻게 해도 바로잡을 도리가 없다는 것을 깨달았네. 나는 그 자리에서 물러섰어. 어떻게 되었는지 물어보려고도 하지 않고, 나에게 키스만을 하고 내버려두는 어머니가 고마웠지. 어머니는 나더러 그만 잠자리에 들라고 하셨어. 여느 날보다는 시간이 늦어진 편이기는 하였지. 그러나 나는 가만히 식당으로 가서, 갈색으로 된 두껍고 커다란 종이 상자를 찾아 가지고 와서 침대 위에 올려놓고, 어둠 속에서 뚜껑을 열었어. 그리고 그 속에 든 나비들을 끄집어내어 손끝으로 비벼서 못쓰게 가루를 내어 버렸다네.

– 헤르만 헤세, 〈공작 나방〉

다 나는 어릴 때부터 그랬다.
칠칠치 못한 나는 걸핏하면 넘어져
무릎에 딱지를 달고 다녔다.
그 흉물 같은 딱지가 보기 싫어
손톱으로 득득 긁어 떼어 내려고 하면
아버지는 그때마다 말씀하셨다.
딱지를 떼어 내지 말아라 그래야 낫는다.
아버지 말씀대로 그대로 놓아두면
까만 **고약** 같은 딱지가 떨어지고
딱정벌레 날개처럼 하얀 새살이
돋아나 있었다.
지금도 칠칠치 못한 나는
사람에 걸려 넘어지고 부딪히며
마음에 딱지를 달고 다닌다.
그때마다 그 딱지에 아버지 말씀이
얹혀진다.
딱지를 떼지 말아라 딱지가 새살을 키운다.

– 이준관, 〈딱지〉

• **고약**(膏藥) 주로 헐거나 곪은 데에 붙이는 끈끈한 약.

1 제시문 **가**~**다**의 밑줄 친 인물들이 겪고 있는 어려움이 무엇인지 정리하고, 이들의 부모가 자녀에게 강조하고 당부했던 삶의 태도는 무엇인지 적어 봅시다.

가	
나	
다	

2 문제 **1**번 인물들의 경험을 바탕으로, '올바른 성장'을 위해 부모와 자녀는 각각 어떠한 태도로 관계를 맺어야 할지 적어 봅시다.

갈등 그리고 가족

오늘 읽은 소설 세 편은 다양한 사건을 겪으며 정신적으로 한층 더 성장해 나간 인물들을 주인공으로 하고 있습니다. 〈하늘은 맑건만〉의 문기는 양심의 소리에 귀 기울이며 용기 있게 잘못을 고백하고, 〈자전거 도둑〉의 수남이는 내면의 부도덕성을 극복하겠다는 의지를 보이며 '소년다운 청순함'을 되찾습니다. 두 주인공 모두 소설이 끝날 무렵에는 한 뼘 더 자란 어른이 되었죠. 〈공작 나방〉의 '나(하인리히)'도 마찬가지입니다. 나비 수집에 대한 욕망에 사로잡혀 있던 '나'는 의도치 않게 친구의 나방을 망가뜨리고 죄책감에 시달립니다. '나'의 어머니는 이러한 '나'가 잘못을 고백할 수 있도록 도와줍니다. 덕분에 '나'는 깨달음을 얻고 갈등을 해소합니다.

세 작품은 공통적으로 어른의 역할이 아이의 도덕적 성숙과 내면적 성장을 이끄는 중요한 요소임을 강조합니다. 〈하늘은 맑건만〉에서 문기가 용기 있게 진실을 털어놓을 수 있었던 것은 그의 내면에 자리 잡은 양심뿐만 아니라, 그를 지켜봐 준 작은아버지의 존재 덕분입니다. 이 믿음은 문기가 자신의 행동을 되돌아보고 책임질 수 있는 토대를 마련해 줍니다. 〈자전거 도둑〉에서는 수남이가 직접적으로 아버지와 대면하지는 않지만, 마음속에서 아버지를 떠올리며 갈등을 정리하고 자신의 행동을 성찰하는 계기를 얻습니다. 아버지의 존재는 수남이 스스로에게 부끄럽지 않은 사람이 되기 위한 기준이자 삶의 방향을 잡아 주는 나침반 역할을 합니다. 〈공작 나방〉의 '나' 또한 어머니의 따뜻한 배려와 조용한 격려 속에서 잘못을 직시하고, 그것을 고백할 수 있는 용기를 얻게 됩니다. 어머니는 '나'의 감정을 억누르거나 꾸짖지 않고, '나'의 마음을 충분히 이해하고 위로해 줍니다.

이처럼 진정한 어른은 단순히 아이를 보호하거나 지도하는 데 그치지 않고, 아이가 스스로 옳고 그름을 판단하며 올바른 길을 선택할 수 있도록 돕는 조력자의 역할을 합니다. 때로는 말없이 기다려 주고, 때로는 부드러운 말 한마디로 아이의 마음에 용기를 심어 주는 어른의 존재는 아이의 삶에 깊은 영향을 미칩니다. 오늘 읽은 세 작품은 아이가 바른 선택을 할 수 있도록 곁에서 지켜봐 주고, 신뢰로 이끌어 주는 것이 어른의 진정한 역할임을 일깨워 줍니다.

생각 펼치기

1 오늘 읽은 세 편의 작품 속 인물 중 하나를 골라 〈조건〉에 맞는 편지글을 적어 봅시다.

┌─ 조건 ├─
- 인물이 겪은 체험에 대한 공감이나 위로를 표현할 것.
- 인물의 선택에 대한 비판이나 응원을 포함해 바람직한 삶의 태도를 제안할 것.

2 〈보기〉의 명언을 바탕으로 현대 사회에서 이상적인 부모와 자녀의 관계와 태도에 대해 논술해 봅시다.

---| 보기 |--

- 자모유패자(慈母有敗子) : 자애가 지나친 어머니의 슬하에서는 도리어 방자하고 버릇없는 자식이 나온다. − 한비자
- 꾸중은 성장으로 인도하는 문이다. − 윌리엄 제임스
- 오른손으로는 벌을 주고 왼손으로는 정답게 껴안아 주어라. − 유대인의 격언

3부
관계와 성장

학습 목표

소설에서 만날 수 있는 인물의 유형과 인물 제시 방법을 알아보고, 〈멍키 스패너〉, 〈먹고 싶다, 수박〉, 〈오후 4시, 달고나〉 세 편의 소설 속에서 다양한 인물을 살펴봅니다. 작품의 중심 사건 및 등장인물이 겪는 사건을 통해 인물들이 어떻게 성장해 나가는지 살펴봅니다. 마지막으로 자신의 경험을 적용해 성찰적 글쓰기를 해 봅니다.

문학 개념

인물의 분류

주제

청소년의 교우 관계와 성장

개념 익히기

소설의 인물

소설 구성의 3요소는 인물, 사건, 배경입니다. 그 가운데 인물은 사건을 이끌어 가는 가장 중요한 역할을 합니다. 소설 속에서 인물은 말과 행동을 통해 성격을 나타내고 다른 인물들과의 관계를 통해 자기 존재의 한 부분을 드러내기도 합니다. 또한 소설의 배경이 되는 시대적 상황을 그대로 투영하기도 합니다.

인물의 유형은 중요도에 따라서 주요 인물과 주변 인물로 나눌 수 있고, 역할에 따라서 주동 인물과 반동 인물로 나눌 수 있습니다. 성격에 따라서는 전형적 인물과 개성적 인물로, 성격 변화에 따라서는 평면적 인물과 입체적 인물로 구분됩니다.

• 주요 인물 vs 주변 인물 주요 인물은 사건을 이끌어 가는 중심인물을 말합니다. 주인공이나 그에 버금가는 비중을 지닌 인물들로, 독자의 흥미와 관심을 이끄는 핵심적인 역할을 합니다. 반면 주변 인물은 주요 인물을 돕거나 돋보이게 하는 인물입니다. 이들은 사건의 진행을 돕는 부수적인 역할을 합니다. 〈멍키 스패너〉의 '나(한경)'는 이야기의 중심이 되는 주요 인물이고, 만년 철물점 할머니, 한경의 외숙모, 자전거 가게 아저씨, 동생 한아 등은 주인공을 더욱 돋보이게 만들거나 이야기가 잘 흘러가도록 도와주는 주변 인물입니다.

• 주동 인물 vs 반동 인물 주동 인물은 작품의 주인공이자 주요 인물로서 사건의 중심에서 행동을 주도하는 인물입니다. 이들은 작가의 가치관이나 주제 의식을 부각시키는 긍정적인 역할을 맡습니다. 〈하늘은 맑건만〉의 문기는 '양심을 속이지 않고 정직하게 사는 삶'이라는 주제 의식을 구현하는 주동 인물입니다. 반면 반동 인물은 작품에서 주동 인물과 적대적 위치에 놓인 인물입니다. 주인공의 의지와 대립하는 부정적인 역할을 하면서 이야기 속 갈등 구조를 만드는 중요한 역할을 합니다. 〈하늘은 맑건만〉에서 문기를 부추기고, 문기가 양심대로 행동하는 것을 방해하는 인물인 수만이가 반동 인물입니다. 선한 인물만 나오는 영화가 있다면 그런 영화는 관객의 관심을 끌기 어려울 것입니다. 소설에서도 반동 인물은 주동 인물과의 갈등함으로써 독자의 긴장을 높여 작품을 보는 즐거움을 더합니다.

- 전형적 인물 vs 개성적 인물 전형적 인물은 특정한 사회 계층이나 세대, 직업의 공통된 성격을 대표하는 인물입니다. 《심청전》의 심청은 '효녀'의 전형이 되는 인물이지요. 반면 개성적 인물은 그 인물만의 독창성과 특이성을 지닌 인물 유형입니다. 생동감 있는 모습으로 독자에게 새로운 인간상을 만나게 해 준다는 특징이 있습니다. 《춘향전》의 방자는 신분상으로는 하층민이지만 그 계층을 대표하는 역할에서 벗어나, 톡톡 튀는 대사와 행동으로 작품에 활력을 불어넣습니다.

- 평면적 인물 vs 입체적 인물 이야기 속에서 태도나 성격이 한결같이 유지되는 인물을 평면적 인물이라고 합니다. 주제 의식이 뚜렷한 고전 소설 속 인물들은 대부분 평면적 인물형입니다. 반면 작품이 진행되면서 성격이 변하는 인물을 입체적 인물이라고 합니다. 〈소나기〉의 소년은 처음에 소극적이었다가 시간이 지날수록 소녀에 대한 마음을 적극적으로 표현하는 입체적 인물입니다.

소설의 인물 제시 방법

서술자는 작품 속에서 적절한 방식으로 인물의 성격과 심리를 알려 줍니다. 이러한 제시 방법 중 서술자가 인물의 성격이나 특성을 직접 설명하는 것을 '직접적 제시 방법', 인물의 말이나 행동 등을 통해 우회적으로 드러내는 것을 '간접적 제시 방법'이라고 합니다. 직접 제시는 '말하기(telling)' 또는 '요약적 제시'라고도 하는데, 독자가 이해하기는 쉽지만 상상력이 제한된다는 특징이 있습니다. 간접 제시는 '보여 주기(showing)' 또는 '극적 제시'라고도 합니다. 독자의 상상력을 자극한다는 점에서 오늘날 대부분의 소설에서는 간접 제시 방법을 많이 씁니다.

정리!
인물 제시 방법

직접적 제시	서술자가 인물의 성격이나 심리를 직접 설명해 주는 방식 예 수남이는 그날 온종일 우울했다.
간접적 제시	인물의 행동, 대화, 외양 묘사 등을 통해 독자가 등장인물의 성격을 짐작하게 하는 방식 예 열여섯 살이라지만 볼은 아직 어린아이처럼 토실하니 붉고, 눈 속이 깨끗하다.

꼼꼼히 읽기

멍키 스패너

1 다음에서 주인공 '나(한경)'가 현재 어떤 상황에 처해 있는지 정리하고, 그 상황을 어떻게 받아들이고 있는지 적어 봅시다.

> 팔자 늘어졌구나 싶었다. 엄마 없이 일주일 동안 내 맘대로 살 수 있다니! 다저녁때 까지 교복도 안 벗고 소파에서 뒹굴대는 건 평소라면 꿈도 못 꿀 일이다. 게다가 나한 테는 현금 10만 원이 든 봉투도 있다. 급한 일 있을 때 쓰라고 엄마가 주고 간 돈이다.
>
> 나중에 돈 생기면 사야지 했던 것들이 줄줄이 눈앞을 지나갔다. 앵두 빛깔 립밤과 고양이 핸드폰 케이스와 편의점 과자 몇 개. 뭔가 특이하고 맛있겠다 싶은 과자들은 값이 전부 3천 원이 넘었다. 하지만 이제 가격표 따위 거들떠보지 않아도 된다. 눈 돌아가게 비싼 과자를 아침저녁으로 사 먹어도 돈이 남을 판이다.
>
> "언니, 배고파."
>
> 옆구리에 혹이 하나 붙어 있기는 했다. 나는 얼른 눈을 감고 자는 척했다. 여덟 살쯤 됐으면 밥 정도는 혼자 차려 먹을 수 있는 나이다.

_____

_____

_____

2 다음은 '나'가 겪은 일을 정리한 메모입니다. 빈칸을 채우며 작품의 내용을 정리해 봅시다.

화요일	한아와 단둘이 지내게 됨! • ㉠_____이/가 일하러 외삼촌과 광주에 감. • 화장실 ㉡_____이/가 나감.

목요일	새로운 문제 발생! • 화장실 ㉢_____이/가 막힘. • 일단 저녁밥을 먹으면서 해결 방법을 생각해 봄.
금요일	어떻게 해결하지? • ㉣_____에 들러 주인 할머니께 해결 방법을 여쭈어 봄. • ㉤_____에 갔지만, 엄마의 말이 떠올라 급히 나옴. • 한아의 눈빛을 보고 내가 직접 해결해 보기로 결심함. • '막힌 ㉥_____ 뚫는 법'에 관한 ㉦_____을/를 스무 개쯤 찾아봄.
토요일	드디어 모든 문제 해결! • 자전거 가게에 가서 ㉧_____을/를 빌림. • ㉨_____을/를 뚫음. • 화장실 ㉩_____도 교체함.

3 '나'가 한아의 머리카락을 자르지 못하게 막은 이유는 무엇인지 적어 봅시다.

_____

_____

_____

4 '나'가 외숙모에게 화장실 문제를 이야기하지 <u>않은</u> 이유는 무엇인지 적어 봅시다.

> "집에 별일 없니?"
> 외숙모가 냄비에 남은 김치찌개를 통에 담아 주며 물었다. 한아가 내 얼굴을 올려다
> 봤다. (중략) 나는 한아를 보며 고개를 슬쩍 내저었다.

_____

_____

5 다음 상황에서 '나'의 심경이 어떻게 변화하였는지 적어 봅시다.

> 머리카락 뭉치들을 서둘러 비닐에 담고 꼭 묶었다. 순서를 까먹기 전에 마개와 배수
> 관을 되짚어 끼워야 했다. 위쪽 마개를 제자리에 꽂아 반대로 돌리고, 아래쪽 구부러진
> 관도 원래 모양대로 맞춘 다음 멍키 스패너로 너트를 다시 조이고, 마지막으로 물이 잘
> 내려가는지 확인!
> "틀어? 튼다?"
> 한아가 수도꼭지를 잡고 자꾸 물었다. 마음이 조마조마한 듯했다. 사실은 나도 그랬다.
> 쏴아아 물이 쏟아졌다. 세면대에 잠깐 차오르던 물이 마개 틈새로 빠져나가기 시작
> 했다. 꼬르륵, 꼬르르륵. 마지막 물 한 방울까지 싹 내려가고 세면대가 텅 비었다.
> "별것도 아니네."
> 내가 말했다.
> "별것도 아니네."
> 한아가 내 말을 따라 하며 웃었다.

_____

_____

6 다음 인물들이 '나'에게 어떤 도움을 주었는지 정리해 봅시다.

• 만년 철물점 할머니 : _____

_____

• 외숙모 : _____

_____

• 자전거 가게 사장님 : _____

_____

• 동생 '한아' : _____

_____

한걸음 더　　**한경이의 동반자 한아**

　　〈멍키 스패너〉에서 주인공 한경이만큼이나 눈에 띄는 인물이 한경이의 동생 '한아'입니다. 소설 초반부, 한경이의 눈에 한아는 '아기 취급 받으며 세상 편하게 살고' 있는 존재로 보입니다. 하지만 이야기의 말미에서 한경이는 한아에게 플라스틱 컵 대신 유리컵에 오렌지주스를 따라 줍니다. '주스는 유리컵에 마셔야 더 맛있고 더 멋있기' 때문입니다. 한아가 한경이를 도와 화장실 문제를 해결하면서 그만큼 성장했고, 따라서 유리컵을 쓸 자격이 있다고 판단한 것입니다. 이전에는 엄마가 시키는 대로 하던 한경이였지만, 스스로 문제를 해결하고 난 후에는 주변 상황을 주체적으로 판단하고 행동할 수 있을 만큼 성장했음을 보여 주는 장면입니다. 아울러 한아 역시 앞으로 더는 아기가 아닌 성숙한 개인으로 대접받길 바라는 한경이의 소망이 담겨 있는 대목이기도 합니다.

1 '나(다정)'가 평소에 '세영, 지원, 은비, 인정, 영주'를 어떤 친구로 생각했는지 작품에서 찾아 적어 봅시다.

_____

_____

2 '나'가 겪은 사건을 중심으로 소설의 내용을 정리해 봅시다.

> 체육 시간에 '나'와 친구들이 조회대 옆에서 우연히 ㉠_____을/를 발견하고, ㉡_____이/가 순식간에 따 버림.

↓

> 나와 친구들이 체육복에 수박을 숨겨서 ㉢_____(으)로 옮김.

↓

> 친구들이 ㉣_____에 가서 수박을 먹자고 하지만, '나'는 반대함.

↓

> 수박을 나눠 먹기로 한 친구들이 먼저 떠나고, ㉤_____(이)마저 가야한다고 해서 '나'가 수박을 떠맡게 됨.

↓

> 수박이 ㉥_____의 것임을 알게 된 뒤, '나'와 의견이 맞지 않자 지원이가 화를 내고 가 버림.

↓

> 혼자 남아 고민하는 '나'에게 ㉦_____이/가 수박을 제자리로 돌려놓도록 도와줌.

3 다음 말과 행동을 바탕으로 주요 인물의 성격을 정리해 봅시다.

'나(다정)'

- 우정을 지키려고 수박 감추는 일에 동참함.
- 지원이의 부탁을 거절하지 못하고 수박을 떠맡음.
- "딴 거를? 그건 양심을 속이는 일이잖아."

_____

_____

지원

- 수박을 발견한 뒤 친구들이 말릴 새도 없이 바로 따 버림.
- "나도 집에 가야 되거든, 빨리. 네가 좀 해결할 수 없을까? 이 수박."
- "그래, 잘난 니가 알아서 해. 난 갈 거야."

_____

_____

은비

- "나는 빠지겠어. 이 사건은 나와 무관한 거야. 난 결코 이 상황을 인정할 수 없어."
- "있던 데 갖다 둬. 끌어안고 끙끙대지 말고."
- '나'가 수박을 제자리로 돌려놓도록 도와줌.

_____

_____

4 작품의 주요 갈등을 정리해 봅시다.

갈등의 원인
지원이가 수박을 땀.

수박 처리를 둘러싼 친구들 간의 (　　　　　　　) 갈등	수박 처리를 두고 고민하는 '나'의 (　　　　　　　) 갈등
① _____ _____ ② 수박을 제자리에 다시 가져다 놓으려 　 는 '나'와 이를 거절하는 지원이	① 지원이를 혼자 두고 갈지 말지 망설 　 이는 '나' ② 혼자 남아 수박을 어떻게 처리할지 　 고민하는 '나'

5 다음 밑줄 친 부분에서 '나'의 심정을 쓰고, '나'가 그렇게 느낀 까닭은 무엇인지 적어
봅시다.

> 　지원이와 내가 아웅다웅하는 걸, 안쓰럽게 바라보고 있던 민아도 슬금슬금 뒷걸음질
> 을 치더니 돌아서서 별관 음악실로 가 버렸다. 마침내, 나는 우두커니 혼자 서 있게 되
> 었다. 갑자기 가방이 너무나 무거웠다. 마치 가방 안에 바윗덩어리라도 들은 것 같았
> 다. 가방을 들고 서 있기가 어려웠다. 나는 그대로 주저앉았다.
> 　'이게 무슨 일이지. 도대체 오늘 무슨 일이 일어난 거야?'

• '나'의 심정 : _____

• '나'가 그렇게 느낀 까닭 : _____

_____

6 은비가 손을 잡았을 때, '나'는 어떤 감정을 느꼈을지 추론하여 적어 봅시다.

> 은비가 내 손을 잡았을 때, 나는 모든 걸 다 잊어버렸다. 꼭지가 떨어진 수박을 마치 처음부터 따지 않았던 것처럼 제자리에 돌려놓는 것이 얼마나 기만적인 일인지도, 줄기에서 분리되어 물을 공급받지 못해 배배 뒤틀려 마르다가 썩어 갈 수박의 아픔 따위도. 그런 것들은 나의 양심을 건드리지 않았다. 다만 은비의 손이 따뜻했을 뿐이었다.

오후 4시, 달고나

1 '나(서율)'가 매일 오후 4시 달고나를 만드는 이유를 적어 봅시다.

> 오후 4시, 학교에서 돌아오자마자 학원 가기 전에 짬을 내서 연습하는 건데 정성을 봐서라도 하늘은 내게 손맛이란 걸 내려 줄 때도 되지 않았나? 베이킹 소다 양 조절이 아무래도 실패인 것 같았다. 그래도 사람은 희망의 끈을 놓아서는 안 된다고, 어느 책에서 봤던 것 같은데……. 달고나 장인이 되기까지의 갈 길이 얼마나 먼지 짐작할 수 없지만 똥에서 달이, 보름달로 업그레이드되었으니 오늘은 썩소라도 지어 봐야 하는 건가?

---

2 ㉠~㉢ 세 인물의 실제 관계를 적고, 이들이 지문과 같이 대화하는 이유를 적어 봅시다.

> **가** "㉠언니, 달 주세요. 보름달."
>
> 속도 좋지, 똥을 한껏 싸 놓고 먹을 것을 달라니. 할아버지는 양심도 없다. 엄마는 인상을 찌푸릴 법도 한데 무표정이다. 대신 나를 노려보며 복화술하듯 입을 달싹거리며 경고했다.
>
> "너, 저녁 먹기 전에 할아버지한테 또 달고나 주면 혼날 줄 알아."
>
> **나** "㉡아줌마, 나 돈 없어요."
>
> 엄마가 권하는 자리에 앉으며 할아버지가 중절모를 벗었다. 할아버지가 모자를 벗었다는 것은 밥을 먹고 싶다는 뜻이다. 매번 같은 상황인데 미안해하는 기색이 역력했다.
>
> "괜찮아요, ㉢어르신. 이따가 아드님이 퇴근하고 밥값 준다고 전화 왔어요."
>
> "그래요? 아줌마, 내가 꼭 밥값 주라고 할게요."
>
> "네, 어르신이 이따가 꼭 말해 주세요. 갈치조림 드시고 싶다고 하셨다면서요? 다음부터 드시고 싶으신 것 있으면 저한테 말해 주세요."
>
> "내가…… 아줌마한테 미안해서 그래요. 이렇게 매일 나한테 따뜻한 밥 해 주는데."

_____

_____

_____

3 엄마는 다른 형제들처럼 할아버지를 모시는 일에 난색을 표했다가, 결정적인 말 한 마디에 마음을 바꿉니다. 엄마의 결심을 굳힌 할아버지의 말이 무엇인지 찾아 적어 봅시다.

_____

_____

4 다음은 '나'의 가상 일기입니다. 일기의 빈칸을 채우면서 작품의 내용을 정리해 봅시다.

(1)

○월 ○일

오늘 급식에 부추 넣은 비빔밥이 나왔다. 내가 부추 싫어하는 걸 아는 규리가 내 부추를 달라고 해서 줬는데, 그걸 한승규가 대신 먹었다. 세상에. 한승규 그 녀석이 요즘 이상하다. 내 주위를 뱅글뱅글 맴돌지 않나, 체육 시간에 기구를 대신 들어 주질 않나. 지난주에는 화장실 청소를 해 주더니 오늘은 내가 싫어하는 부추까지 먹어 줬다. 이건 암시다. 한승규가 나를, 나를 (㉠   ). 주말에 봉사 활동까지 계획한 걸 보면 확실하다! 하지만 한승규는 (㉡   ) 성격인가 보다. 우리 둘만 가자니 쑥스러웠나? 규리까지 같이 가자고 한 걸 보니. 어쨌든 내 친구까지 챙겨 주다니 감동이다! 봉사 활동 끝나기 전에 한승규가 나한테 고백할 것 같다. 꺄악~ 어떻게 답하지???

• ㉠ : _____

• ㉡ : _____

(2)

○월 ○일

뭔가 잘못돼도 한참 잘못됐다. 셋이 같이 왔으면 일도 같이 시켜야지, 왜 나만 따로 떨어져서 급식 도우미 해야 하는 건데?! 한승규와 규리는 어르신들 산책 도우미로 뽑혔다. 규리가 역할 바꾸자고 제안할 때 받아들일 걸, 괜히 쿨한 척했다. 그래도 한승규한테 멋진 모습을 보인 것 같아 뿌듯했다. 그 모습을 보기 전까지는.......

조리실에서 콩을 씻다가 허리가 아파서 등을 펴고 일어섰을 때였다. 우연히 둘을 봤는데...... 뭐가 그리 즐거운지 두 사람은 할아버지를 부축하며 쉴 새 없이 웃어 댔다. 갑자기 (㉠   ). 내가 그럴수록 두 사람의 표정은 점점 더 환해졌다. 그리고 규리 팔을 꼭 잡은 한승규의 손....... 나는 손톱 자국이 날 정도로 주먹을 꽉 움켜쥐었다. 아팠다. 뭔가 잘못됐다. 오늘 봉사 활동 후에 내 머릿속에 남은 건 산책로를 나란히 걷는 (㉡   )뿐이다.

• ㉠ : _____

• ㉡ : _____

(3)

○월 ○일

　계속 기분이 좋지 않았다. 봉사 활동 이후에 규리가 승규에 대해 묻는 것도 속상하고 화가 난다. 쓸쓸함을 좀 털어 보려고 할아버지와 외출을 했다가 승규를 우연히 만났다. 세상에....... 규리가 첫사랑이라니....... 그것도 잘 될 수 있게 나더러 도와달라니....... 이럴 수는 없는 거다.

　규리 얘기를 할 때 지었던 그 미소는 그동안 나에게 보여 줬던 미소랑 질적으로 달랐다. 완벽하게 나는 이 애의 첫사랑이 될 수 없음을 증명하는 미소다. 그렇게 웃지 말라고 (　　　　　　㉠　　　　　　) 가슴 안에서 맴도는 나의 바람은 한승규 귀에 닿지 못하겠지.

　최규리가 첫사랑이라고 똑똑히 밝히는 한승규를 보며 (　　　　㉡　　　　) 그러다가 아무렇지 않은 척 내 마음을 위장하는 허세를 부리고 싶었다.

　이 상황이 싫다. 내가 싫다.

• ㉠ : _____

• ㉡ : _____

(4)

○월 ○일

　매일 오후 4시. 그동안 나는 한승규를 위해 달고나 만드는 연습을 했다. 하지만 내 첫사랑은 비참하게 끝났고, 오늘 마지막으로 내 달고나를 먹을 이는 할아버지뿐이었다. 내 상황이....... 내가....... 너무 싫다고 생각하고 있었는데....... 그런데 할아버지가 나에게 말해 주셨다. 나는 아주 좋은 애라고. 그래, (　　　　㉠　　　　).

　처음으로 성공한 하트 모양 달고나는 달았다. 할아버지가 내 이름이 예쁘다며 웃었다. 당연하지. 할아버지가 지어 준 이름인데. 달고나를 깨물며 나는 울었고, 할아버지는 웃었다. 첫사랑의 실패라는 아픔보다 몇 배는 더 큰 아픔일, 삶의 기억을 잃어버린 할아버지는 해맑게 웃었다. 다음에 달고나를 만들 땐 (　　　　㉡　　　　).

• ㉠ : _____

• ㉡ : _____

5 다음을 참고하여 작품 속 '달고나'의 '달달하고 쓴 맛'이 무엇을 의미하는지 적어 봅시다.

> "제대로 말 안 하면 앞으로 달이 안 만들어 줄 거야. 할아버지, 그래도 좋아요?"
>
> "음, 언니. 언니 달이는 아주 단데…… 써…… 써요."
>
> '엥, 달달한데 써? 그건 도대체 어느 나라 맛이냐?'
>
> 누군가에게 묻고 싶었다. 달달한데 쓴 맛이라니! 어처구니없어서 헛웃음이 나왔다.
>
> "할아버지, 아주 달달한데 쓴 맛은 없……."
>
> 내가 알지 못한다고 해서 무조건 단정 짓는 행동만큼이나 바보 같은 일이 또 있을까. 그리고 난 이미, 봉사 활동 날에 그 맛을 알아 버렸다.
>
> 한승규리.
>
> 반 아이들이 칠판에 두 사람의 이름을 하나로 묶어 장난칠 때만 해도 나는 재미있다고 웃을 수 있었다. 그런데 지금은 아니다. 이 세상에 달달하고 쓴 맛은, 존재한다.

한걸음 더 **성장하는 시간, 오후 4시**

성장 소설은 미숙한 인물이 특정 사건을 겪으며 인격을 완성해 가는 과정을 그린 소설입니다. 〈멍키 스패너〉의 한경이, 〈먹고 싶다, 수박〉의 다정이도 자신에게 닥친 문제를 나름의 방식대로 해결하며 어른이 되어 갑니다.

〈오후 4시, 달고나〉 역시 성장 소설입니다. 이 작품에서 주인공 서율이의 성장을 이끄는 두 축은 '짝사랑'과 '할아버지'입니다. 서율이는 짝사랑하는 승규 때문에 감정의 혼란을 겪고, 좌절하다 스스로를 싫어하기에 이릅니다. 그러나 자신보다 더 큰 시련을 겪고 있으면서도 밝게 웃는 할아버지를 보며, 실패한 첫사랑을 받아들이고 상처를 극복합니다. '이서율'이라는 이름을 지어 주고 연날리기를 가르쳐 주었던 어린 시절처럼, 할아버지의 사랑은 할아버지의 상황과는 무관하게 한결같았던 것입니다. 한때 승규 맘에 들기 위해 애썼던 시간이었던 '오후 4시'는 이제 서율이가 할아버지의 사랑을 느끼고 할아버지와 교감하는 시간이 되었습니다.

생각 나누기

Step_1 🔗 하브루타 인물의 유형

다음 소설의 등장인물들이 각각 어떤 유형에 속하는지 분석해 보고, 이를 바탕으로 작품의 주제나 각 인물에 반영된 사회의 모습을 적어 봅시다.

고전 소설

(1)　　　전라도 남원의 기생 월매의 딸 성춘향은 몸종 향단이와 함께 광한루에 그네를 타러 나간다. 이때 남원 사또의 아들 이몽룡이 우연히 춘향을 보고 첫눈에 반하고, 몸종 방자를 통해 마음을 전한다. 이윽고 두 사람은 인연을 맺고 평생을 같이하기로 약속한다. 남모르는 사랑을 계속하던 두 사람은 남원 사또가 서울로 자리를 옮기면서 헤어지게 된다. 춘향은 지조를 지키느라 다른 사람을 만나려 하지 않지만 새로 부임한 사또 변학도는 춘향에게 수청을 들라고 강요한다. 춘향은 죽기를 무릅쓰고 신관 사또의 요구를 거절하다 옥에 갇힌다. 이때 암행어사가 되어 나타난 이몽룡이 춘향의 목숨을 구하고, 두 사람은 평생을 함께 행복하게 살게 된다.

- 중요도에 따라 분류해 보았을 때 주요 인물은 _____,

  주변 인물은 _____ 이다.

- 인물의 성격을 기준으로 하여 변학도를 전형적 인물로 분류한다면, 그는 조선 시대의

  _____ 을/를 대표하는 인물이다. 반면

  _____ 은/는 자신의 신분이나 성별에 상관없이 동등하고 지고

  지순한 사랑을 원한다는 점에서 당대 기준 개성적인 인물이라고 평가할 수도 있다.

- 주요 인물을 통해 본 이 작품의 주제는 _____ 이다.

(2)

> 홍길동은 홍판서와 몸종 춘섬 사이에서 태어났다. 어려서부터 영특했던 그는 큰 인물이 되고자 했지만, 천한 신분 때문에 과거를 볼 수 없었다. 그뿐만 아니라 집 안에서 호부호형조차 하지 못하는 등 온갖 설움을 겪어야 했다. 급기야 홍판서의 첩 곡산댁은 길동을 시기한 나머지 자객을 시켜 그를 죽이려 한다.
>
> 뛰어난 도술로 죽음의 위기에서 벗어난 길동은 부모님께 하직하고 방랑길에 나 섰다가 도적 떼의 두목이 된다. 그때부터 길동은 기이한 계책으로 해인사 승려들 의 보물을 빼앗는 등 본격적인 도적 활동에 나선다. 그는 자신의 무리를 활빈당이 라 이름 짓고 팔도 수령들의 재물을 빼앗아 가난한 백성들에 나누어 준다. 그러면 서 길동은 의적으로 추앙받기 시작한다.
>
> 얼마 후 그에게 재물을 빼앗긴 함경감사가 조정에 그를 고발한다. 그러자 조정 에서는 그의 체포를 명한다. 하지만 신출귀몰한 길동의 활약에 관군은 매번 헛수고 만 되풀이한다. 심지어 우포장 이흡은 그를 잡으려다 도술에 휘말려 우롱당하기까 지 한다. 그러자 조정에서는 아버지 홍판서와 형 인형을 시켜 그를 회유하려고 한 다. 이에 길동은 서울에 올라와 병조판서 자리에 오른 뒤 홀연히 사라진다.
>
> 이후 길동은 무리를 이끌고 율도국에서 요괴를 퇴치한 뒤, 두 여인을 아내로 맞 이한다. 얼마 후 홍판서의 부음을 듣고 조선으로 돌아와 삼년상을 마친 그는 다시 율도국으로 돌아가 국왕이 되어 평생 부귀영화를 누린다.

- 작품의 주제 의식을 드러내는 주동 인물은 _____, 주동 인물과

  대립하는 반동 인물은 _____ 이다.

- 이 작품의 전형적 인물을 살펴본다면, 홍판서는 _____ 을/를,

  홍길동은 _____ 을/를 대표하는 인물이다. 마지막으로 팔도 수

  령들은 _____ 의 전형이라고 평가할 수 있다.

- 주요 인물을 통해 본 이 작품의 주제는 _____ 이다.

(3)   옛날 어느 고을에 악하고 사나운 형 놀부와 순하고 착한 아우 흥부가 살았다. 탐욕스러운 놀부는 부모의 유산을 독차지하고 흥부를 내쫓았다. 아내와 줄줄이 낳은 자식과 함께 쫓겨난 흥부는 할 수 없이 언덕에 움집을 짓고 살았다.

　　비바람은 겨우 막았지만, 먹을 것은 없었다. 흥부는 놀부의 집으로 쌀을 구하러 갔다가 매만 맞고 돌아왔다. 온갖 품팔이를 다 해 보아도 형편은 나아지지 않았다. 대신 매를 맞아 주는 매품팔이까지 했지만 그마저 뜻대로 되지 않았다.

　　어느 해 봄, 흥부네 집 처마에 살던 새끼 제비 한 마리가 땅에 떨어져 다리가 부러졌다. 흥부가 제비 다리를 치료해 주었더니, 제비가 고마워하며 날아갔다. 그리고 제비는 이듬해 봄에 돌아올 때 박씨 하나를 물어다 주었다. 흥부가 박씨를 심었더니, 가을에 집채만 한 박이 몇 개나 열렸다. 박을 열었더니, 그 속에서 금은보화가 나와 흥부는 큰 부자가 되었다.

　　놀부가 이 소식을 듣고 새끼 제비의 다리를 일부러 부러뜨려 날려 보냈다. 이듬해 봄에 놀부도 제비가 가져다준 박씨를 심어 박을 많이 땄다. 그런데 그 속에서 요괴, 도깨비와 같은 몹쓸 것이 나와 놀부의 집안을 망쳐 놓았다. 흥부는 거지가 된 놀부에게 재물을 나눠 주었고, 놀부도 잘못을 뉘우치고 착한 사람이 되었다. 그리고 두 형제는 오래오래 화목하게 살았다.

- 흥부는 (주동 인물 / 반동 인물)이며, (평면적 인물 / 입체적 인물)이다. 반면 놀부는 (주동 인물 / 반동 인물)이며, (평면적 인물 / 입체적 인물)이다.
- 또한 흥부는 착한 이를 대표하고, 놀부는 악한 이를 대표하는 (전형적 / 개성적) 인물이라고 볼 수 있다.

- 주요 인물을 통해 본 작품의 주제는 ＿＿＿＿＿＿＿＿＿＿＿＿＿＿＿＿이다.

➡ (1)~(3)의 활동을 정리해 보았을 때, 고전 소설의 인물은 대부분 (전형적 / 개성적)이고, (평면적 / 입체적)이다. 따라서 주로 ＿＿＿＿＿＿＿＿＿＿＿＿＿＿＿(으)로 끝나는 경우가 많다.

(1)　　　　나는 초등학교 6학년 때 큰맘 먹고 머리를 짧게 자른 적이 있다. 그때 내 머릿속에는 어떤 일에도 결코 호들갑 떨지 않고 상대의 심장을 쿡쿡 찌르는 말을 내뱉는 머리 짧은 여자애가 있었다. 초등학교에서의 마지막 해였고, 나는 그런 애로 아이들 기억 속에 남고 싶었던 것 같다. 그런데 머리를 자르고 학교에 간 날, 아이들의 반응이 내 예상과 좀 달랐다. 표현의 차이는 조금씩 있었지만 결국은 다 같은 얘기였다.

"자르지 말지. 너 얼굴 엄청 커 보여."

애들이 돌아가며 하는 말들이 내 심장을 쿡쿡 찔렀다. (중략)

멍키 스패너를 꽉 쥐었을 때의 느낌이 아직도 생생했다. 내 손아귀의 힘이 스패너를 통과하면서 몇 배로 커지는 느낌이었다. 스패너를 쥔 내 손이 단단히 조여져 도무지 풀릴 것 같지 않던 너트를 거뜬히 움직였고, 나는 그런 내 모습이 마음에 들었다. 어떤 일에도 호들갑 떨지 않고 상대의 심장을 쿡쿡 찌르는 말을 내뱉는 사람은 되지 못했지만, 스패너를 손에 쥐고 고장 난 것들을 스스로 척척 고치는 사람은 될 수 있을 것 같았다.

이 소설의 주요 인물 '나(한경)'는 원래 _____

_____

성격이었지만, 스스로 세면대를 고치면서 _____

_____

생각을 하게 되었다. 이러한 '나'는 _____

_____

모습을 보이는 성장 소설의 특징을 잘 나타내는 인물이다.

따라서 '나'는 (평면적 인물 / 입체적 인물)이라고 볼 수 있다.

(2) "와, 크다! 인정이 머리보다 크겠다."

지원이가 인정이 머리를 끌어안으며 소리쳤다. 녹색 덩어리에 선명하게 죽죽 그어진 짙푸른 선들. 수박은 튼튼해 보였다. 손가락으로 튕기면, 퉁! 하고 소리를 낼 것 같다. 나는 수박을 손가락으로 튕겨 보고 싶은 마음이 불현듯 솟아나자, 참기 어려웠다.

"아, 저거 우리 따 먹으면 안 될까? 수박이 언제부터 저기 있었지? 왜 그동안 못 봤을까?"

내가 이상한 흥분에 휩싸여 마구 말을 쏟아 내고 있을 때, 벌처럼 윙 하고 수박에게로 날아간 인간이 있었다. 지원이였다.

"먹고 싶으면 따지 뭐."

아아, 그 아무도 말릴 새가 없었다. 마치 오랜 세월 수박 농사를 지어 온 농부라도 되는 양, 아주 능숙한 솜씨로 지원이는 수박을 뚝 따서, 가슴에 안고 환하게 웃었다.

"야, 너!"

거의 비명에 가까운 짧은 소리가 모두의 입에서 터져 나오고, 순간 정적. 입을 벌린 채 아이들은 얼음이 되었다. 지원이 표정이 가장 볼 만했다. 수박을 가슴에 안고 우는 듯 웃는 듯 두려운 듯 오묘한 표정. 일단 일을 저질러 놓고 보는 지원이다웠다.

"왜에!"

지원이는 친구들을 올려다보며 애절한 가락으로 호소하듯 내뱉었다. 지원이의 호소에 누구도 선뜻 대답을 하지 않았다. 갑자기 근심에 휩싸인 지원이가 일부러 울음 섞인 소리를 내면서 다시 애원조로 말했다.

"수박 먹고 싶지 않아? 니들."

"먹고 싶긴 하지……."

인정이가 대답했다. 나도 먹고 싶다고 말을 보태려는데, 은비가 먼저 말했다.

"난 안 먹을래. 그, 리, 고."

글자를 끊어서 또박또박 발음한 뒤, 은비는 한 걸음 뒤로 물러나며 덧붙였다.

"나는 빠지겠어. 이 사건은 나와 무관한 거야. 난 결코 이 상황을 인정할 수 없어."

은비는 말을 하는 중에도 걸음을 옮겨, 마침내 조회대에서 바깥으로 나가 버렸다.

이 소설의 등장인물은 모두 현대 사회의 청소년에 속하는 인물이다. 하지만 인물의 성격이 각자 다르다는 점에서 이들을 (전형적 인물 / 개성적 인물)로 볼 수 있다. 예를 들어 주요 인물인 '나'는 _____ 성격이며, 주변 인물 중 한 사람인 지원이는 _____ 성격이다. 또 다른 주변 인물인 은비는 _____ 성격이다.

이러한 인물은 현실성이 강해 독자가 _____

_____.

한걸음 더 **너의 성격이 궁금해!**

비중은 작지만, 육인방의 나머지 친구들도 작품 속에서 저마다의 성격을 드러냅니다. 지원이가 수박을 따자, 영주는 머뭇거리며 은비를 따라 자리를 뜹니다. 교실에서도 영주는 '나'와 눈이 마주치자 어색하게 웃는데, 이러한 행동으로 보아 영주는 소극적이고 섬세한 성격임을 알 수 있습니다. 세영이는 육인방 중 가장 재미있는 친구입니다. 지원이가 수박을 따자 뜬금없이 줄넘기를 하거나, 집에 일찍 가야 한다는 것을 깜빡했다며 사라지는 모습은 엉뚱하고 덤벙거리는 성격을 드러냅니다. 육인방은 아니지만 민아 역시 중요한 조연입니다. 민아는 수박 주인을 밝히며 사건을 전환시키고, 지원이와 '나' 사이에 새로운 갈등을 불러일으키는 역할을 합니다. 짧은 시간 등장해 많은 정보를 전달하고, '물을 차고 날아오르는 제비보다도 빠른 속도로' 행동하는 장면에서 활발하고 급한 민아의 성격을 짐작할 수 있습니다.

이처럼 〈먹고 싶다, 수박〉은 수박을 둘러싼 인물의 각기 다른 대응을 통해 갈등을 대하는 다양한 방식을 접할 수 있는 작품입니다. 나와 가장 비슷한 인물을 골라 본다거나, 인물의 MBTI를 추론해 본다거나, 인물의 태도를 평가해 보며 읽는 것도 이 작품을 감상하는 또 다른 방법일 것입니다.

Step_2 인물의 성장 ① 사소한 사건

다음 제시문을 읽고 물음에 답해 봅시다.

가 한성 설비. 맨날 지나다니는 길인데 저런 가게가 있는 줄 처음 알았다. 세면대, 화장실, 싱크대, 막힌 건 뭐든 다 뚫어 주는 데라고 했다. 역시 세상에 해결하지 못할 일은 없다. 나는 엄마가 주고 간 돈을 좀 쓰더라도 세면대를 뚫기로 했다.

"대충 얼마쯤 해요?"

비싸 봤자 얼마나 비싸겠느냐고 헐렁하게 생각한 것 같다. 코앞에 있는 아파트에 와서 고작 머리카락 좀 빼 주는 일이었다. 그런데 할머니 말을 듣고 뒤로 넘어갈 뻔했다. 한성 설비 사장님은 이것저것 못 고치는 게 없는 기술자라서 어디든 한 번 방문할 때마다 기본 출장비가 5만 원이라고 했다. 아직 출장비를 낸 것도 아닌데 피 같은 돈을 왕창 뜯긴 기분이 들었다. 누굴 호구로 아나. 얼굴을 찌푸리자 할머니가 대뜸 나무라는 소리를 했다.

"그 정도 값도 안 내고 사람을 부르려고? 비싼 물건들은 척척 사면서 일하는 사람한테 주는 돈은 왜들 그렇게 아까워하는지." (중략)

한아 머리에 꽂혀 있던 실핀을 하나 빼 달라고 해서 구멍 속 머리카락들을 걷어 냈다. 줄줄이 딸려 나오는 머리카락들을 다 치우고 나니 구멍 저 아래로 타일 바닥이 내려다보였다. 여태 갑갑했던 속이 뻥 뚫렸다.

머리카락 뭉치들을 서둘러 비닐에 담고 꼭 묶었다. 순서를 까먹기 전에 마개와 배수관을 되짚어 끼워야 했다. 위쪽 마개를 제자리에 꽂아 반대로 돌리고, 아래쪽 구부러진 관도 원래 모양대로 맞춘 다음 멍키 스패너로 너트를 다시 조이고, 마지막으로 물이 잘 내려가는지 확인!

"틀어? 튼다?"

한아가 수도꼭지를 잡고 자꾸 물었다. 마음이 조마조마한 듯했다. 사실은 나도 그랬다.

쏴아아 물이 쏟아졌다. 세면대에 잠깐 차오르던 물이 마개 틈새로 빠져나가기 시작했다. 꼬르륵, 꼬르르륵. 마지막 물 한 방울까지 싹 내려가고 세면대가 텅 비었다.

"별것도 아니네."

내가 말했다.

"별것도 아니네."

한아가 내 말을 따라 하며 웃었다.

나 만년 철물점. 볼 때마다 가게 이름이 좀 지나치다는 생각이 들었다. 천년만년 철물점을 하겠다는 뜻인 것 같은데, 뭘 그렇게까지 굳센 의지로 장사를 하나 싶었다. (중략)

할머니는 철물점에서 파는 물건들에 대해 모르는 게 없었고, 엄마도 집에 뭐가 잘 안 돌아갈 때마다 여기 와서 할머니한테 묻곤 했다.

"전구 가는 거야 밥하는 것보다 쉽지."

할머니가 전구를 꺼내 자세히 보여 주며 전등에서 전구를 어떻게 빼내고 어떻게 다시 끼우는지 알려 주었다.

"전등 스위치 먼저 끄고, 장갑도 꼭 끼고."

엄마는 할머니한테 경빈이 결혼하는 거 볼 때까지 건강하게 사셔야 한다는 말을 자주 했다. 지금 생각하니까, 할머니가 여기서 철물점을 오래오래 하면 좋겠다는 말을 빙 돌려서 한 것 같다. 가게 이름은 여전히 마음에 안 들지만, 만년 철물점이 천년만년 이 자리에 계속 있는 건 나도 찬성이다.

다 여덟 살쯤 됐으면 밥 정도는 혼자 차려 먹을 수 있는 나이다. 나는 그 나이 때 내 밥을 알아서 차려 먹은 건 물론이고 우는 아기한테 분유를 타 먹일 줄도 알았다. 내 아기도 아닌데 내가 우유병 물리고 놀아 주고 다 했다. 그런데 그때 그 갓난쟁이 김한아는 아직도 아기 취급 받으며 세상 편하게 살고 있다. (중략)

나는 유리컵 두 개에 오렌지주스를 따랐다. 엄마는 한아한테 유리컵 주지 말라고, 깨뜨리면 다친다고 했지만 그렇다고 언제까지나 플라스틱 컵만 쓰게 할 수는 없다.

"두 손으로 꼭 쥐어."

주스는 유리컵에 마셔야 더 맛있고 더 멋있다. 한아도 이 맛과 멋을 누릴 자격이 있다. 우리는 챙 소리 나게 건배하고 주스를 마셨다.

— 진형민, 〈멍키 스패너〉

라 '삼인행 필유아사(三人行必有我師)'는 공자의 말씀으로, '세 사람이 길을 가면 반드시 나의 스승이 있다.'라는 뜻입니다. 각 사람마다 배울 점이 있다는 의미로, 겸손과 배움의 자세를 강조하는 말입니다. 세 사람이 함께 길을 가는 상황을 상상해 봅시다. 이 세 사람은 각기 다른 배경, 경험, 지식, 성격을 가지고 있을 것입니다. 그중 어떤 이는 나보다 경험이 많고, 어떤 이는 나보다 지식이 깊을 수 있습니다. 그리고 나는 그들의 말과 행동, 생각에서 나에게 부족한 점을 채울 요소를 찾을 수 있을 것입니다.

마 마침내, 나는 우두커니 혼자 서 있게 되었다. 갑자기 가방이 너무나 무거웠다. 마치 가방 안에 바윗덩어리라도 들은 것 같았다. 가방을 들고 서 있기가 어려웠다. 나는 그대로 주저앉았다.

'이게 무슨 일이지. 도대체 오늘 무슨 일이 일어난 거야?'

나는 지퍼를 조금 열어서 수박을 내려다보았다. 수박은 가방 안에서 싱싱했다. 날은 더워 땀이 흐른다. 녹색 바탕에 검푸른 줄이 죽죽 그어진 그 수박을 바라보고 있자니, 입속에 침이 고인다. (중략)

나는 수박을 바라보며 생각에 잠겼다. 쉽게 결단을 내리지 못하는 나의 우유부단한 성격이 밉다는 생각이 간절했다. 얼마나 지났을까, 고민의 늪에 푹 빠진 내 어깨를 건드리는 손이 있었다. 은비였다.

"여기 있을 거라고 해서⋯⋯. 민아가."

"⋯⋯."

나는 하마터면 눈물을 찔끔거릴 뻔했다.

"그거 어쩌려고?"

은비가 손가락으로 내 가방을 가리켰다. 정확하게 말하자면 수박을 가리킨 것이지만.

"글쎄, 어, 어쩌지?"

"있던 데 갖다 둬. 끌어안고 끙끙대지 말고."

역시 은비는 울트라 쿨녀다. 아니, 명쾌하다고 해야 하나. 나는 천천히 일어섰다. 그런 내 망설임을 은비는 두고 보지 않는다.

"합창 쌤 아까 오셨어, 빨리 가야 돼."

은비가 내 손을 잡아끌었을 때, 내 발은 아주 쉽게 움직였다. 조회대 옆으로 가서, 수박을 제자리에 놓았다. 내가 가방에서 수박을 꺼낼 때, 은비가 옷을 좍 펴서 가려 주었다. 은비와 손을 잡고 음악실로 걸어가는 발걸음은 날아가는 것 같았다. 등에 멘 가방이 날개로 변한 것인지도 몰랐다.

은비가 내 손을 잡았을 때, 나는 모든 걸 다 잊어버렸다. 꼭지가 떨어진 수박을 마치 처음부터 따지 않았던 것처럼 제자리에 돌려놓는 것이 얼마나 기만적인 일인지도, 줄기에서 분리되어 물을 공급받지 못해 배배 뒤틀려 마르다가 썩어 갈 수박의 아픔 따위도. 그런 것들은 나의 양심을 건드리지 않았다. 다만 은비의 손이 따뜻했을 뿐이었다. ─ 장주식, 〈먹고 싶다, 수박〉

1 제시문 **가**~**다**에 나타난 '나(한경)'의 태도 변화를 각각 한 문장으로 정리해 보고, **라**를 바탕으로 '나'의 성장 변화를 이끈 힘에 대해 말해 봅시다.

가	
나	
다	

→ '나'를 성장하게 만든 힘 : _____

_____

2 제시문 **마**에서 등장인물들의 결정이 충분히 성숙한 선택이었는지 평가해 보고, 나라면 어떻게 행동했을지 말해 봅시다.

_____

_____

_____

_____

Step_3 인물의 성장 ② 성숙한 사랑

다음 제시문을 읽고 물음에 답해 봅시다.

가 성숙한 '사랑'은 자신의 통합성, 곧 개성을 유지하는 상태에서의 합일을 추구한다. 사랑은 인간들 사이의 벽을 허물어 버리고 동료가 되게 하는 능동적인 힘, 인간을 타인과 결합하는 힘이다. 사랑은 인간으로 하여금 고립감과 분리감을 극복하게 하면서도 각자에게 각자의 특성을 허용하고 자신의 통합성을 유지시킨다. 사랑에서는 두 존재가 하나로 되면서도 둘로 남아 있다는 역설이 성립한다. 가장 일반적인 방식으로 사랑의 능동적 성격을 말하고자 한다면, 사랑은 수동적인 감정이 아니라 적극적인 활동이며, 그 활동은 주는 것이지 받는 것이 아니라고 설명할 수 있다.

준다는 것은 무슨 뜻인가? 생산적인 성격의 사람에게 있어서, 주는 것은 전혀 다른 의미를 갖는다. 그에게 주는 것은 잠재적 능력의 최고 표현이다. 준다고 하는 행위 자체에서 그는 그의 힘, 그의 부, 그의 능력을 경험한다. **고양된** 생명력과 잠재력을 경험하고 그는 매우 큰 환희를 느낀다. 그는 그 자신을 넘쳐흐르고 소비하고 **생동하는** 자로서, 따라서 즐거운 자로서 경험한다. 주는 것은 결코 희생하는 것이 아니며 준다고 하는 행위 자체에 나의 활동성이 표현되어 있기 때문에, 주는 것은 받는 것보다 더 즐겁다.

이런 사람은 단지 물질적인 것이 아닌 자신이 갖고 있는 것 중 가장 소중한 것, 다시 말하면 '자기 자신 속에 살아 있는 것'을 다른 사람에게 주려고 한다. 그는 자신의 기쁨, 자신의 관심, 자신의 이해, 자신의 지식, 자신의 유머, 자신의 슬픔—자기 자신 속에 살아 있는 모든 표현과 **현시**를 기꺼이 준다. 그는 자신 속에 살아 있는 것을 줌으로써 타인을 풍요롭게 만들고, 자기 자신의 생동감을 고양함으로써 타인의 생동감을 고양시킨다. 그는 받으려고 주는 것이 아니다. 그에게는 주는 것 자체가 절묘한 기쁨이다. 그는 줌으로써 다른 사람의 생명에 무언가를 **야기하고**, 다른 사람의 생명에 야기된 것은 다시 그에게 되돌아올 수밖에 없어서, 준다는 것은 다른 사람마저 '주는 자'로 만드는 기쁨이 된다.

이러한 순수한 사랑의 공통된 기본 요소에는 보호, 책임, 존중, 지식 등이 있다. 사랑에 '보호'가 포함되어 있다는 것은 자식에 대한 어머니의 모습에서 명백히 드러난다. 꽃을 사랑한다고 말하면서도 꽃에 물을 주는 것을 잊어버린 사람을 보게 된다면, 우리는 그 사람이 꽃을 '사랑한다고' 믿지 않을 것이다. 사랑은 사랑하고 있는 자의 생명과 성장에 대한 우리의 적극적인 관심이다. 적극적인 관심이 없으면 사랑도 없다. 그리고 이러한 보호와 관심에는 사랑의 또 하나의 측면, 곧 '책임'이라는 측면이 포함되어 있다. 책임은 다른 인간 존재의 요구에 대한 나의 반응이다. '책임을 진다'는 것은 응답할 수 있고, 응답할 준비가 갖추어져 있다는 뜻이다. 사랑하는 사람은 응답한다. 사랑하는 사람의 문제는 그 사람의 문제일 뿐 아니라 나 자신의 문제이기도 하고. 그는 자기 자신에게 책임을 지는 것과 마찬가지로 사랑하는 사람에게 책임을 느낀다.

그러나 만일 사랑의 세 번째 요소인 '존중'이 없다면, 책임은 쉽게 지배와 소유로 **타락할** 것이다. 존중은 어떤 사람을 있는 그대로 보고 그의 독특한 개성을 인정하는 능력이다. 나는 사랑하는 사람이 나를 위해서가 아니라 자기 자신을 위해서 자기 나름대로의 방식으로 성장하고 발달하기를 바란다. 나는 내가 이용할 대상으로서 그가 필요하기 때문에 그를 사랑하는 것이 아니다. 그를 사랑하기 때문에 그를 존중하는 것이다. 마지막으로 존중하려면 그를 잘 '알지' 않고서는 불가능하다. 예컨대 어떤 사람이 화가 났다는 것을 가장 잘 아는 사람은 그를 사랑하는 사람이다. 그를 사랑함에 따라, 그가 화를 냈다는 것 이상으로 그의 감정을 더 깊이 알게 된다. 그러면 나는 그가 불안하고 근심에 싸여 있으며, 외로움과 죄책감을 느끼고 있다는 것을 알 수도 있을 것이다. 물론 그의 '모든 것'을 아는 것은 불가능하나, 우리는 직접 사랑에 뛰어듦으로써—행위, 이것이 충분한 지식을 얻을 수 있는 우리의 유일한 방법이다.—그의 가장 내면적인 핵심에 침투해 들어갈 수 있고, 중심 대 중심으로서 그와 마주할 수 있다. 그런 앎이야말로 진정한 사랑의 비밀을 열어젖힐 수 있다.

– 에리히 프롬, 《사랑의 기술》

나 엄마는 연기를 전공하지도 않았는데 우리 집에 할아버지가 오고 난 후 연기 실력이 나날이 늘고 있다.

"아줌마, 나 돈 없어요."

엄마가 권하는 자리에 앉으며 할아버지가 중절모를 벗었다. 할아버지가 모자를 벗었다는 것은 밥을 먹고 싶다는 뜻이다. 매번 같은 상황인데 미안해하는 기색이 역력했다.

"괜찮아요, 어르신. 이따가 아드님이 퇴근하고 밥값 준다고 전화 왔어요."

"그래요? 아줌마, 내가 꼭 밥값 주라고 할게요."

"네, 어르신이 이따가 꼭 말해 주세요. 갈치조림 드시고 싶다고 하셨다면서요? 다음부터 드시고 싶으신 것 있으면 저한테 말해 주세요."

"내가…… 아줌마한테 미안해서 그래요. 이렇게 매일 나한테 따뜻한 밥 해 주는데."

나는 이 코미디 같은 상황을 처음에는 어떻게 받아들여야 할지 몰랐다. (중략)

"어르신, 이태한 씨는 매일 잘 먹고 다니니까 걱정하지 마시고 많이 드세요."

할아버지가 우리 집에 온 이유는 우리 집에 빈방 여유가 있다는 것이었다. 24평, 우리 집보다 큰 평수에 사는 큰아버지, 작은아버지가 할 소리는 아니었다. 게다가 우리 집은 자식이 나 하나라서 식비도 크게 안 들지 않느냐는 궤변까지 늘어놓았다. 말도 안 되는 이유들은 치매에 걸린 할아버지를 맡기 싫은 큰아버지와 작은아버지의 핑계에 불과하다.

어른들 일이라 모른 척하고 있지만 막내며느리인 엄마 입장에서는 불공평한 처사가 아닐 수 없다. 난색을 표했던 엄마가 할아버지를 집으로 모시기로 한 데에는 결정적인 한 방이 있었다. 그 한 방이 엄마의 심장을 꾸욱 눌러, 잊고 있던 엄마의 감성을 스위치 온 했기 때문이다.

"미안해요, 아줌마. 우리 태한이가 엄마가 없어서…… 배가 많이 고파요. 내가 우리 태한이 옆에 있어 줘야 해요."

앞뒤 문맥도 맞지 않는 그 말 한마디에 엄마는 할아버지의 짐 가방을 챙겨 들었다. 외할아버지를 일찍 잃은 엄마와 돌 지나고 나서 엄마를 잃은 아빠 사이에 내가 읽어 낼 수 없는 마음이 저장되어 있는 듯했다.

날이 갈수록 모든 기억을 잃어 가면서도 어떻게 할아버지는 이태한이란 존재 하나만 손에 붙들고 놓지 않는 건지 모르겠다. 어떤 시련이 닥쳐도 내 첫사랑 한승규를 놓지 않으려는 내 마음과 같은 걸까?

다 "언니는 이름이 뭐예요?"

이제 나는 할아버지의 언니 소리에도 짜증을 내지 않게 되었다.

"내 이름은 이서율."

"이서율, 참 예쁜 이름이네."

예쁜 것이 당연했다. 할아버지가 지어 준 이름이니까. 나는 할아버지에게 모양 틀을 고르게 했다. 매번 별 모양을 고르던 할아버지에게 안 된다고 억지로 하트 모양의 틀만 선택하게 했던 내 모습이 떠올랐다. (중략)

반말로 대화한다지만 할아버지는 할아버지다. 찬물에도 위아래가 있지, 달고나도 할아버지가 먼저다. 할아버지가 달고나를 수줍게 받아 들었다. 돈 없어도 괜찮다는 눈짓을 했다. 할아버지는 달고나를 한 입 빨아 먹더니 나를 보고 속삭였다. 주름진 입술이 달달한 빛으로 물들었다.

우리는 달고나를 함께 깨물었다. 나는 울었고 할아버지는 웃었다. 기묘한 일이었다. 첫사랑을 잃은 내가 우는 것은 당연했다. 그러나 더한 것을, 모든 기억을 깡그리 잊어버린 할아버지가 저토록 환하게 웃는 것은 반칙이었다. 크게 잃었다면 더 크게 울어야 맞는 것이 아닐까?

"내 이름은 이관웅이에요. 우리 아들은 이태한."

시계가 오후 4시를 가리키고 있었다. 다음에 달고나를 만들 때면 내가 아는 이관웅 할아버지에 대해 이야기해 줘야겠다. 이관웅 할아버지가 다섯 살 때 나를 얼마나 많이 업어 줬는지, 연 날리는 방법을 어떻게 가르쳐 줬는지, 그리고 첫사랑에 실패한 내 마음을 어떻게 위로해 줬는지를 말이다.

라 '그래, 맞아. 이서율, 넌 단것 별로 좋아하지 않았잖아.'

사랑에 빠진 동안 나는 나를 잊고 있었다. 난 단것보다는 언제나 짭조름한 것을 입에 넣었다. 과자도 초콜릿을 바른 것보다 짭조름한 치즈 맛이나 감자칩이 좋았다. 그렇게 짠맛을 선호하더니 눈물 짤 일만 생긴 것인가? 내가 짭짤한 것을 좋아한다는 건 내 인생의 암시였나? 조만간 내가 돕지 않아도 한승규는 제 스스로 규리에게 좋아한다고 고백할 것이다. 숨을 못 쉬겠다.

달고나 아저씨가 문구점 앞에 나타났을 때, 한승규가 달고나 마니아라는 정보를 입수했을 때, 나는 저 달고나 향기가 세상 그 어떤 냄새보다 좋았다. 그리고 한승규가 좋아하는 것을 내 손으로 직접 만들어 주고 싶었다. 그 마음은 곱고 예뻤다고 믿는다. 지금도 그 마음만은 가짜가 아니었다고, 그 마음만은 함부로 생각하지 않기로 다짐했다.

– 이송현, 〈오후 4시, 달고나〉

- **고양되다**(高揚--) 정신이나 기분 따위가 북돋워져 높아지다.
- **생동하다**(生動--) 생기 있게 살아 움직이다.
- **현시**(顯示) 나타내 보임.
- **야기하다**(惹起--) 일이나 사건 따위를 끌어 일으키다.
- **타락하다**(墮落--) 올바른 길에서 벗어나 잘못된 길로 빠지다.

1 제시문 **가**의 내용을 요약해 봅시다.

_____

_____

_____

_____

_____

2 제시문 **가**를 바탕으로 **나**~**다**의 어머니와 아버지, 할아버지와 아버지의 관계를 설명
해 보고, **라**에서 '나'가 깨달은 바를 추론해 봅시다.

_____

_____

_____

_____

_____

생각 펼치기

제시문에 나타난 인물의 변화와 작품 속 '멍키 스패너'의 상징성을 파악하여 정리하고, 이와 비슷한 본인의 경험을 소개해 봅시다.

위쪽 마개를 제자리에 꽂아 반대로 돌리고, 아래쪽 구부러진 관도 원래 모양대로 맞춘 다음 멍키 스패너로 너트를 다시 조이고, 마지막으로 물이 잘 내려가는지 확인!

"틀어? 튼다?"

한아가 수도꼭지를 잡고 자꾸 물었다. 마음이 조마조마한 듯했다. 사실은 나도 그랬다.

쏴아아 물이 쏟아졌다. 세면대에 잠깐 차오르던 물이 마개 틈새로 빠져나가기 시작했다. 꼬르륵, 꼬르르륵. 마지막 물 한 방울까지 싹 내려가고 세면대가 텅 비었다.

"별것도 아니네."

내가 말했다.

"별것도 아니네."

한아가 내 말을 따라 하며 웃었다.

자전거 가게에 멍키 스패너를 돌려주고 오는 길에 철물점에 들렀다. 할머니가 밥통을 열고 막 밥을 푸고 있었다. 그래도 큰 소리로 물었다. 우리는 물건을 사러 온 손님이었다.

"전구 하나 주세요. 화장실 전구요." (중략)

"전구 가는 거야 밥하는 것보다 쉽지."

할머니가 전구를 꺼내 자세히 보여 주며 전등에서 전구를 어떻게 빼내고 어떻게 다시 끼우는지 알려 주었다.

"전등 스위치 먼저 끄고, 장갑도 꼭 끼고."

엄마는 할머니한테 경빈이 결혼하는 거 볼 때까지 건강하게 사셔야 한다는 말을 자주 했다. 지금 생각하니까, 할머니가 여기서 철물점을 오래오래 하면 좋겠다는 말을 빙 돌려서 한 것 같다. 가게 이름은 여전히 마음에 안 들지만, 만년 철물점이 천년만년 이 자리에 계속 있는 건 나도 찬성이다.

오랜만에 한아 목욕을 시켰다. 구석구석 비누칠도 하고 머리도 감겼다. 머리 위에 불빛이 환했고 샤워기 물도 따뜻했다. 한아가 세면대를 손으로 짚고 서서 "아, 좋다." 했다. 잘 닦아 놓은 세면대가 하얗고 단단하게 반짝였다.

우리는 젖은 머리를 길게 늘어뜨리고 식탁에 밥을 차렸다. 우리가 좋아하는 반찬들을 모조리 다 꺼내 놓았다. 엄마가 있을 때도 토요일 저녁밥은 특별하게 차려 먹었다.

나는 유리컵 두 개에 오렌지주스를 따랐다. 엄마는 한아한테 유리컵 주지 말라고, 깨뜨리면 다친다고 했지만 그렇다고 언제까지나 플라스틱 컵만 쓰게 할 수는 없다.

"두 손으로 꼭 쥐어." (중략)

멍키 스패너를 꽉 쥐었을 때의 느낌이 아직도 생생했다. 내 손아귀의 힘이 스패너를 통과하면서 몇 배로 커지는 느낌이었다. 스패너를 쥔 내 손이 단단히 조여져 도무지 풀릴 것 같지 않던 너트를 거뜬히 움직였고, 나는 그런 내 모습이 마음에 들었다. 어떤 일에도 호들갑 떨지 않고 상대의 심장을 쿡쿡 찌르는 말을 내뱉는 사람은 되지 못했지만, 스패너를 손에 쥐고 고장 난 것들을 스스로 척척 고치는 사람은 될 수 있을 것 같았다.　– 진형민, 〈멍키 스패너〉

성장 소설 엮어 읽기

① 박상기, 〈옥수수 뺑소니〉 주인공 현성이가 두 번의 자동차 사고를 겪으며 벌어지는 일을 그린 소설입니다. 상황에 떠밀려 옥수수 트럭 아저씨에게 책임을 떠넘긴 후 자신의 잘못을 후회하는 현성이의 심리가 돋보이는 작품입니다. 사고를 내고도 어린 현성이 탓을 하며 도망치는 선글라스 아저씨는 자기 행동에 책임지지 않는 이기적인 어른의 모습을 대변합니다. 반면 옥수수 트럭 아저씨는 진심을 다해 현성이에게 사과하지요. 선글라스 아저씨와 대비되는 옥수수 트럭 아저씨의 책임감 덕분에 현성이도 거짓말을 고백할 용기를 얻었을 것입니다. 무책임하고 냉정한 어른들, 자신의 양심을 저버리지 않기로 결심하는 주인공의 모습을 〈자전거 도둑〉과 비교하며 읽는다면 더욱 즐거운 감상이 될 것입니다.

② 조우리, 〈커튼콜〉 한때 주목받는 아역 배우였던 은비는 중학교 연극부에 들어가 다시 무대 위에 서게 됩니다. 반복되는 실수 속에서도 좌절하지 않고 자신을 다잡으며 은비는 연기에 대한 열정과 다음 커튼콜을 기다리는 설렘을 느끼게 됩니다. 자신에게 닥친 어려움을 스스로 극복하고, 남의 시선에 휘둘리지 않고 진정 자신이 하고 싶은 일을 찾아 가는 은비의 모습은 〈멍키 스패너〉의 주인공 한경이와 닮아 있습니다. 따뜻한 시선으로 주인공을 응원하는 주변 인물들이 있다는 것도 두 작품의 공통점입니다.

③ 유은실, 〈내 이름은 백석〉 '나'의 이름은 유명한 시인과 똑같은 '백석'입니다. 아빠가 지어 주었지만, 정작 아빠는 백석 시인이 누구인지 모릅니다. 외자 이름은 아들이 이름 쓰기 힘들까 봐 지은 것입니다. 아빠는 백석 시를 읽다가 러시아와 소련도 구분하지 못한다며 이웃집 아저씨에게 '닭대가리'라고 놀림당합니다. '나'는 아빠도 모르는 것이 있고 부족한 점이 있다는 걸 알고 잠시 실망하지만, 그래도 아빠를 이해하려고 노력합니다. 자식에게 무한한 사랑을 주는 부모, 그런 부모에 대한 이해를 넓혀 가는 자식의 성장 과정을 설득력 있게 표현했다는 점에서 〈오후 4시, 달고나〉의 서율이와 할아버지를 떠올리게 하는 작품입니다.

4부
설화의 세계

학습 목표

　'설화(說話)'는 우리 민족의 생활, 풍습, 신념을 담고 있는 옛이야기입니다. 이번 시간에는 입에서 입으로 전해 내려온 이야기인 설화에 대해 알아봅니다. 먼저 소설과 대비되는 설화의 개념을 정리하고, 설화의 종류와 각각의 특징을 알아봅니다. 다양한 설화를 감상하며 각 이야기가 우리에게 주는 의미와 교훈을 이해할 수 있습니다. 또한 영웅 이야기 구조에 대해 알아보고 우리 사회에 필요한 영웅의 모습을 생각해 봅니다.

문학 개념

　설화의 특징과 종류

주제

　설화에 담긴 세계와 교훈

개념 익히기

설화의 특징과 종류

설화의 특징

설화(說話)란 구전(口傳), 즉 사람들의 입에서 입으로 전해 오는 이야기를 말합니다. 소설과 마찬가지로 일정한 형식을 지닌 문학의 한 갈래입니다. 즉 일이 일어난 차례대로 이야기가 전개되며 인물, 사건, 배경의 요소로 이야기가 엮이지요. 하지만 소설과 달리 설화는 언제, 누가 지었는지 알 수 없습니다. 또한 구전의 특성상 내용이 조금씩 달라지기도 합니다. 이야기를 전하는 사람이 내용을 군데군데 잊어버리거나, 자기 마음대로 이야기를 보태고 빼기도 해서 처음과 다른 모습을 보이기도 합니다. 현대 소설과 비교하면 현실에서는 일어나기 어려운 이야기가 많으며, 사건이 원인과 결과의 관계 속에서 일어나기보다는 우연히 발생하는 경우가 많습니다.

지은이도 알 수 없고, 내용도 정확하지 않은 설화가 오랫동안 사람들에게 사랑을 받으며 전해 내려올 수 있었던 까닭은 무엇일까요? 설화가 긴 생명력을 가질 수 있는 이유는 이야기 자체가 주는 재미와 감동 덕분이기도 하겠지만, 무엇보다 이야기를 통해 우리들이 조상들의 삶의 지혜를 배우고 교훈을 얻을 수 있기 때문일 것입니다.

설화의 종류

신화(神話)는 한 민족 내에 전해 오는 신적인 존재에 관한 이야기입니다. 〈사계절의 땅 원천강 오늘이〉는 제주도 무속 신화 〈원천강본풀이〉의 내용을 각색한 이야기입니다. 특히 일정한 줄거리를 갖춘 서사 무가답게 신화로서의 특징이 잘 나타납니다. 먼저 '아득한 옛날'을 시간적 배경으로 합니다. 공간적 배경인 '원천강'은 주인공인 오늘이가 부모님을 찾아 향하는 곳으로 사람이 갈 수 없고, 신관과 선녀가 지키는 신성한 장소입니다. 이처럼 신화는 아득한 옛날과 신성한 장소를 이야기의 시간적·공간적 배경으로 합니다. 또한 신관과 선녀가 오늘이의 부모이며, 오늘이를 하늘에서 날아온 학이 돌봐 키웠다는 출생과 성장 과정을 보아 오늘이는 신 또는 신에 버금가는 존재, 비범하고 신성한 인물임을 알 수 있습니다. 이와 같이 사람들은 영웅적 인물을 숭배하고 그에 대한 이야기를 신성하고 성스러운 이야기로 여겨 후손에게 전했습니다.

신화는 대개 하늘의 해와 달은 언제 생겨났는지, 사람은 어떻게 만들어졌는지, 누가 어떤 나라를 세웠는지 등 세상과 인간의 근원을 다룹니다. 이 가운데 한 나라가 생겨난 과정을 담은 신화를 '건국 신화'라고 하는데, '단군 신화'와 '동명왕 신화'가 우리나라의 대표적인 건국 신화입니다. 신성한 영웅의 이야기인 만큼 신화의 증거물은 규모가 큽니다. 예를 들어 '단군 신화'의 증거물은 고조선이고 '동명왕 신화'의 증거물은 고구려가 됩니다.

전설(傳說)은 어느 특정 지역에서 바위나 연못, 고목(古木) 등 구체적인 장소나 인물에 얽혀 전해 내려오는 이야기입니다. 그래서 전설은 대개 '옛날 어느 때 어느 마을에 ○○라는 사람이 살았는데'로 시작되고, 이야기 속에 시간이나 장소가 구체적으로 제시됩니다. 따라서 이야기가 전국적으로 퍼져 있는 신화와는 달리 특정 지역을 중심으로 알려진 경우가 많습니다. 전설 속에 등장하는 바위나 연못이 실제로 남아 있기도 해서 사람들은 전설을 진짜 있었던 일이라고 믿습니다. 전설의 주인공들은 신화에서처럼 신과 같은 초인적인 능력은 없지만, 특별한 재주를 가진 경우가 많습니다.

민담(民譚)은 민간에서 전해 오는 흥미 위주의 이야기입니다. '옛날 아주 먼 옛날 어느 마을에'와 같이 때와 장소도 막연하고, '아버지와 아들이 살았는데', '한 소녀가 있었는데' 식으로 이름도 없는 평범한 인물들이 등장합니다. 내용 역시 평범하고 선한 인물이 난관을 극복하고 행복해진다는 이야기가 대부분입니다. 사람들이 공감하고 즐길 수 있는 요소가 많은 민담은 다른 지역으로 쉽게 퍼져 나갑니다. 세계 곳곳에 비슷한 이야기도 많습니다. 또한 민담을 전하는 이들도 그 이야기가 재미를 위해 꾸며 낸 것임을 인식하고 있습니다.

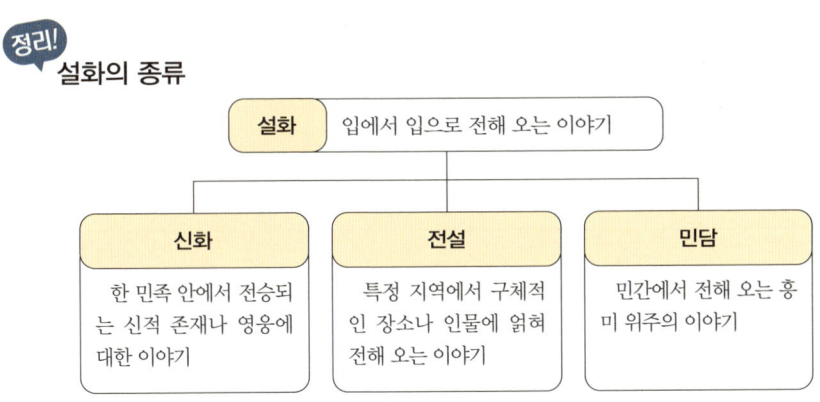

정리!
설화의 종류

설화	입에서 입으로 전해 오는 이야기

신화	전설	민담
한 민족 안에서 전승되는 신적 존재나 영웅에 대한 이야기	특정 지역에서 구체적인 장소나 인물에 얽혀 전해 오는 이야기	민간에서 전해 오는 흥미 위주의 이야기

꼼꼼히 읽기

사계절의 땅 원천강 오늘이

1 이 이야기에 대한 설명으로 알맞은 것을 골라 봅시다.

① 실제로 있었던 역사적 사건을 다룬다.

② 아득한 옛날과 신성한 장소를 배경으로 한다.

③ 인물이 세운 업적을 중심으로 이야기가 전개된다.

④ 우리 민족을 넘어 세계적으로 전승되는 이야기이다.

⑤ 평범한 주인공이 운명을 개척하는 모습을 통해 독자에게 교훈을 준다.

2 이야기의 구성 요소를 정리해 봅시다.

• 인물 : _____

• 사건 : _____

• 배경 : _____

3 다음을 통해 알 수 있는 오늘이의 인물됨을 정리해 봅시다.

> • 오늘이는 옥처럼 고운 외모를 가졌다.
> • 오늘이는 하늘에서 날아온 학이 돌봐 주어 살 수 있었다.
> • 오늘이의 부모님은 신관과 선녀로 원천강을 지키고 계시는데, 원천강은 사람이 갈 수 없는 멀고 먼 곳이다.

➡ 오늘이의 출생 배경과 외모, 성장 환경 등을 통해 오늘이의 _____

_____ 을/를 드러내고 있다.

4 오늘이가 원천강 가는 길에 만난 이들의 고민을 정리해 봅시다.

인물	고민
장상이	밤낮으로 별층당에서 글만 읽어야 하고 밖으로 나갈 수 없다.
연꽃 나무	
	여의주를 셋이나 물고도 용이 못 되고 있다.
매일이	
선녀들	우물물을 다 퍼야 하늘로 올라갈 수 있는데, 두레박에 큰 구멍이 뚫려 아무리 애를 써도 물을 퍼낼 수가 없다.

5 오늘이가 만난 이들의 문제를 해결할 수 있는 방법과 그 결과를 각각 정리해 봅시다.

인물	해결 방법	결과
선녀들		금방 물을 퍼낼 수 있었다.
큰 뱀	여의주를 하나만 물어야 한다.	
연꽃 나무		윗가지의 꽃을 오늘이에게 주었고, 곧 꽃을 피웠다.
장상이와 매일이	자신처럼 몇 년간 홀로 글만 읽어 온 사람과 부부가 되어야 한다.	

6 다음 빈칸을 채워 이야기의 결말을 정리하고, 오늘이가 원천강을 찾아가는 여행길의 의미를 적어 봅시다.

오늘이의 모습	오늘이의 임무
한 손에는 뱀에게서 받은 여의주를, 한 손에는 연꽃 나무에게서 받은 연꽃을 들고 있음.	＿＿＿＿＿＿＿＿＿＿＿＿＿＿＿ ＿＿＿＿＿＿＿＿＿＿＿＿＿＿＿

↓

여행을 마친 '오늘이'가 ＿＿＿＿＿＿＿＿＿＿＿＿이/가 됨.

• 오늘이가 원천강을 찾아가는 여행길의 의미 : ＿＿＿＿＿＿＿＿＿＿＿

＿＿＿＿＿＿＿＿＿＿＿＿＿＿＿＿＿＿＿＿＿＿＿＿＿＿＿

한걸음 더   오늘이의 여정

오늘이의 여행길은 '오늘이가 누군가를 찾아감. ➡ 만난 이가 원천강 가는 방법을 일러 줌. ➡ 만난 이가 오늘이에게 고민을 털어놓고 해결 방법을 알아봐 달라고 부탁함. ➡ 오늘이가 부탁을 들어주기로 하고 떠남.'이라는 반복 구조로 이루어집니다. 그리고 이들의 도움을 따라 간 끝에 꿈에 그리던 부모를 만나게 됩니다. 그런데 재회의 기쁨도 잠시, 오늘이는 여행길에서 만난 친구들의 문제를 해결해 주러 힘들게 반복했던 여정을 거슬러 돌아옵니다. 부모를 만나 느끼게 된 자신의 행복을 타인과 나누기 위해 되돌아온 것입니다.

남들에게는 별것 아닌 일처럼 보이지만 자신에겐 가장 무거울 수 있는 고민을 함께 나누는 모습, 그리고 타인의 고민을 마음에 담아 두었다가 잊지 않고 돌아와 해결책을 들려주는 모습. 오늘이의 여정에서 드러난 이러한 이타적 태도는 오늘이라는 캐릭터가 오늘날 우리에게도 매력적으로 다가오는 또 다른 이유일 것입니다.

1 이 이야기에 대한 설명으로 알맞지 <u>않은</u> 것을 골라 봅시다.

① 고구려의 건국과 관련된 신화이다.

② 영웅의 일대기 구조를 취하고 있다.

③ 막연한 시간과 장소를 배경으로 한다.

④ 민족 단위에서 전해져 내려오는 이야기이다.

⑤ 비범한 능력을 지닌 인물이 주인공으로 등장한다.

2 이야기의 내용에 따라 다음 인물 관계도를 완성해 봅시다.

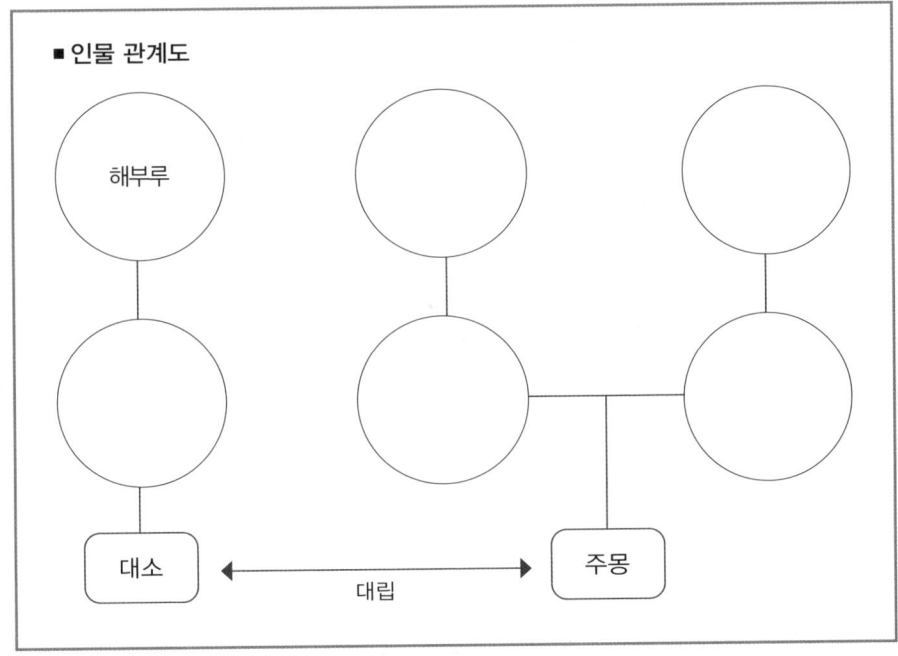

3 다음 밑줄 친 내용을 〈조건〉에 맞게 한 문장으로 요약해 봅시다.

┌─ 조건 ┤
• '금와왕은 ~다.'의 형태로 서술할 것.
• 개별적인 내용을 모두 포괄하는 표현으로 서술할 것.
└───

┌───┐
│ 금와왕은 사람이 알을 낳은 것이 꺼림칙하여 그 알을 내다 버리기로 했다. 처음에는 │
│ 이 알을 개와 돼지에게 던져 주었으나 어느 동물도 먹으려 하지 않았다. 그래서 이번에 │
│ 는 말과 소들이 다니는 길바닥에 내던져 보았으나 이들도 알을 밟지 않고 피해 지나갔 │
│ 다. 다시 들판에 갖다 버렸더니 새와 짐승들이 다가와 알을 날개와 몸으로 품었다.   │
│ 왕은 하는 수 없이 알을 도로 가져다 깨뜨리려고 했다. 하지만 단단한 알을 도저히 │
│ 깰 수 없었다. 왕은 결국 알을 유화에게 되돌려 주었다.   │
└───┘

───

4 금와왕의 일곱 왕자들과 주몽의 갈등 관계를 정리해 봅시다.

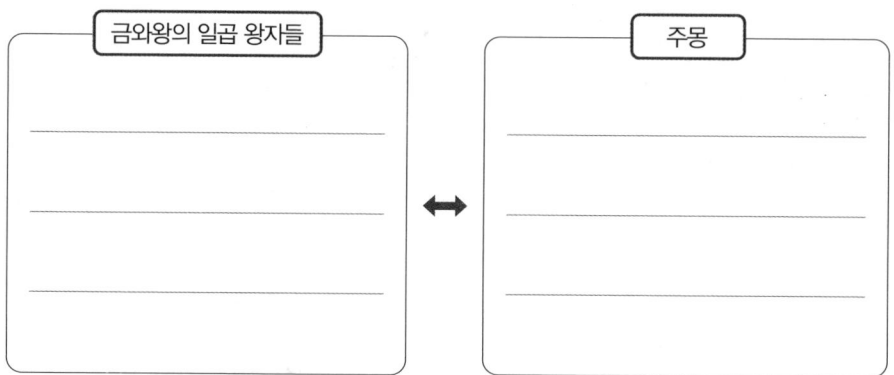

5 다음과 같은 영웅 이야기의 구조에 따라 이야기를 요약해 봅시다.

고귀한 혈통	

⬇

기이한 탄생	

⬇

비범한 능력	영리하고 활을 잘 쏘았다. 미래를 예측하고 미리 준비하였다.

⬇

위기와 시련	금와왕의 일곱 왕자들의 질투와 음해로 위험에 처해 길을 떠났다. 추격자들에 쫓기다가 큰 강에 가로막히고 말았다.

⬇

위기의 극복	

⬇

위대한 업적	

6 고구려인들이 주몽을 영웅적인 인물로 그린 이유는 무엇일지 적어 봅시다.

_____

_____

_____

1 '자명고'의 뜻을 찾아 쓰고, 낙랑국에서 자명고가 어떤 역할을 하는지 적어 봅시다.

　• 뜻 : _____

　• 역할 : _____

2 대무신왕이 호동 왕자에게 요구한 것을 적어 봅시다.

_____

_____

3 호동 왕자와 낙랑 공주가 겪는 갈등을 정리하고, 두 인물의 선택을 적어 봅시다.

> 호동 왕자
>
> 　사랑하는 사람에게 나라를 배신하라는 부탁을 해서는 안 된다.

⟷

> _____

　• 선택 : _____

> 낙랑 공주
>
> _____

⟷

> 　자명고를 찢지 않는다면 사랑하는 사람을 잃게 된다.

　• 선택 : _____

4 다음과 같은 사실을 알게 된 최리가 어떤 행동을 했는지 〈조건〉에 맞게 적어 봅시다.

┤ 조건 ├
• 완결된 한 문장으로 서술할 것.
• 최리가 그렇게 행동할 수밖에 없었던 이유를 포함하여 서술할 것.

> "이 칼이 자명고 앞에 떨어져 있었습니다."
> 칼을 본 최리는 깜짝 놀랐다. 그것은 바로 딸의 칼이었기 때문이다. 최리는 곧 낙랑 공주가 호동 왕자의 꾐에 빠져 자명고를 찢었다는 사실을 알게 되었다.

_____

_____

5 다음 상황에서 호동 왕자의 심정은 어떠했을지 유추하여 적어 봅시다.

> 호동 왕자는 궁궐로 들어와 낙랑 공주를 찾았다. 하지만 낙랑 공주는 이미 숨을 거둔 뒤였다.
> 호동 왕자는 낙랑 공주의 주검을 부둥켜안고 목 놓아 울었다.

_____

_____

1 이 이야기에 대한 설명으로 알맞지 <u>않은</u> 것을 골라 봅시다.

① 비현실적인 요소가 많이 나타난다.

② 민중의 소망이 반영된 설화 문학이다.

③ 시간적, 공간적 배경이 구체적으로 드러나지 않는다.

④ 고전 소설에서 볼 수 있는 전기성(傳奇性)이 나타난다.

⑤ 서술자가 직접 이야기를 들려 주는 형식으로 이루어져 있다.

2 우투리가 태어났을 때부터 평범한 인물이 아님을 나타내는 사건 두 가지를 찾아 적어 봅시다.

• _____

• _____

3 영웅을 낳은 줄 알게 된 어머니의 반응을 찾아 쓰고, 그렇게 반응한 까닭은 무엇인지 적어 봅시다.

_____

_____

_____

4 다음 밑줄 친 부분 때문에 발생한 결과를 적어 봅시다.

> 하루는 우투리가 어디서 구했는지 콩을 한 말이나 가지고 와서 어머니한테 볶아 달라고 그러더래. 그래서 어머니가 콩을 넣고 볶는데, 볶다가 보니 콩 한 알이 톡 튀어나오겠지. <u>하도 배가 고파서 어머니가 그걸 주워 먹어 버렸네!</u> 그러니까 한 말에서 한 알이 모자라게 볶아 줬단 말이야.

_____

5 우투리가 ㉠처럼 당부한 까닭과 ㉡에 나타난 서술자의 태도를 추론하여 적어 봅시다.

> "조금 있으면 군사들이 다시 올 것입니다. <u>㉠혹시 내가 싸우다 죽거든 뒷산 바위 밑에 묻어 주되, 좁쌀 석 되, 콩 석 되, 팥 석 되를 같이 묻어 주세요. 그리고 삼 년 동안은 아무에게도 묻힌 곳을 가르쳐 주지 마세요. 그렇게만 하면 삼 년 뒤에는 나를 다시 만날 수 있을 것입니다.</u>" (중략)
>
> 그때 그만 바위가 갈라져 버린 거야. 바위가 갈라져 바깥바람이 들어가니까 그 많은 병사들이 스르르 녹아서 없어지고, 우투리도 스르르 눈 녹듯이 녹아서 형체가 없어져 버렸어. 그때가 삼 년에서 딱 하루가 빠지는 날이었단다. 하루만 더 있었으면 우투리가 병사들과 함께 바위를 열고 나와 백성들을 살렸을 텐데, <u>㉡딱 하루가 모자라 그리되고 말았어.</u>

• ㉠처럼 당부한 까닭 : _____

_____

• ㉡에 나타난 서술자의 태도 : _____

_____

6 다음에서 백성들의 믿음이 반영된 존재를 찾아 쓰고, 그에 담긴 백성들의 바람을 적어
봅시다.

> 우투리가 병사들과 함께 사라지던 바로 그 순간, 지리산 자락 어느 냇가에 날개 달린
> 말이 나타나 사흘 밤 사흘 낮을 울었대. 그렇게 슬피 울던 말이 냇물 속으로 스르르 들
> 어가 버렸는데, 그 뒤에도 물속에서는 자주 말 우는 소리가 들렸대. 백성들은 그 소리
> 를 듣고 우투리가 아직도 죽지 않고 살아 있다고 믿고 있어. 날개 달린 말이 우투리를
> 태우고 물속으로 들어갔다고 믿는 게지. 우투리는 지금도 그 물속에 살아 있을까?

바보 사또

1 이와 같은 이야기에 대한 설명으로 알맞지 <u>않은</u> 것을 골라 봅시다.

① 평범하거나 오히려 평범 이하의, 우매하기까지 한 주인공들이 등장한다.

② 신화처럼 신성성이 요구되지 않으며 전설처럼 증거물이 있을 필요도 없다.

③ 옛 선인들의 지혜와 함께 꿈과 낭만, 웃음이 담겨 있어 오락의 기능도 하였다.

④ 지배층의 권위를 높이고, 그들이 추구하는 가치를 백성에게 가르치는 역할을 하였다.

⑤ 주인공은 재치 혹은 우연으로 고난을 극복하거나 문제를 해결한다는 공통점이 있다.

2 이야기의 구성 요소를 정리해 봅시다.

인물	주동 인물		반동 인물	
사건				

3 사건이 일어난 순서에 따라 이야기를 정리해 봅시다.

한 마을의 ㉠_____
소문을 들은 신관 사또는 이방의 죄를 알아내려고 일부러 바보인 척했다.

⬇

㉡_____ 밤에 사또가 왜 마을에 달이 보이지 않느냐고 묻자, 이방은
예전에 계시던 사또가 다른 마을에 팔아 버렸다고 답했다.

⬇

사또가 달을 찾을 방법을 묻자 이방은 이웃 마을에서 달을 만들어 팔고 있는데, 달
하나를 만들려면 ㉢_____이/가 걸리고, 값은 ㉣_____
(이)라고 답하고 돈을 받아 갔다.

⬇

일주일 뒤, 이방은 반달을 사서 걸어 놓았다고 했다. 달 하나 값을 가지고 반쪽만 사
왔느냐는 사또의 말에 ㉤_____ 답했다.

⬇

이방은 사또가 더 준 돈을 다 쓰고 일주일이 지나 ㉥_____이/가 뜰
무렵 돌아와서는 달을 사서 걸어 놨다고 거짓을 고했다.

⬇

㉦_____이/가 지나 드디어 ㉧_____이/가 떠오르자,
사또는 없어진 달을 당장 찾아오라고 이방을 혼내며, 그의 잘못을 밝혀내고 옥에 가두
었다.

4 이 이야기를 할머니가 어린 손주에게 들려주었다고 할 때, 손주가 얻을 수 있는 교훈이나 지식은 무엇일지 두 가지 이상 적어 봅시다.

- _____
  _____
- _____
  _____
- _____
  _____

한걸음 더   **재미와 상상력의 원천, 옛이야기**

'옛날 옛적에……'로 시작해 '그래서 행복하게 잘 살았더란다.'로 끝나는 민담은 특히 재미와 웃음이 생명인 이야기입니다. 그리고 이 웃음은 살아가는 데 큰 힘을 줍니다. 고단한 삶을 극복할 위로가 되어 주기 때문입니다. 특히 민중의 현실과 연관되어 공감할 수 있는 이야기이기에 민담의 웃음은 더 큰 가치가 있습니다.

민담에서 주목할 또 다른 요소는 '상상력'입니다. 민담의 인물들은 재치가 넘치고, 기발한 아이디어로 어려움을 헤쳐 나갑니다. 지혜로운 손자, 꾀가 많은 하인, 현명한 사또 등 우리가 지금까지 만났던 수많은 옛이야기 속 인물들은 자유분방한 상상력을 가진 인물로 생생하게 그려집니다.

이것이 바로 민담의 힘입니다. 힘든 하루를 마친 저녁, 마을 잔치가 벌어진 날, 가족들이 둘러앉은 사랑방, 또는 마을 어귀에 삼삼오오 모인 사람들 사이에서 구연되던 맛깔 나는 이야기. 눈물 속에도 통쾌한 웃음이 있고, 참신한 상상 속에도 날카로운 풍자가 녹아 있는 이야기. 주인공을 따라 함께 울고 웃으면서, 이야기하는 사람과 듣는 사람이 모두 하나가 되는 세계. 이것이 바로 민담의 세계입니다.

생각 나누기

Step_1 하브루타 설화의 특징

다음 활동을 통해 설화의 특징을 정리해 봅시다.

소설 대 설화 특징 비교

	소설	설화
작가	특정 작가가 있다.	
전달 방식	글자로 기록되어 전달된다.	
내용	사건이 현실적·필연적으로 발생한다.	
주제	다양하다.	

신화, 전설, 민담의 특징 비교

	신화	전설	민담
전승 범위	민족		세계
전승자의 태도		실제 일어난 일이라 믿음	재미 위주, 교훈 전달
주인공	신적 존재	비범한 인물	
배경	태초의 신성한 공간		막연한 시공간
증거물	규모가 큼		없음
결말		비극적 결말	

Step_2 건국 영웅 vs. 민중의 영웅

다음 제시문을 읽고 물음에 답해 봅시다.

가 얼마 뒤 그 알에서 한 아이가 껍질을 깨고 태어났다.

그 아이는 용모와 재주가 영특하고 기이했다. 나이 겨우 일곱 살에 다른 아이들과는 달리 혼자 활과 화살을 만들어 쏘아 댔는데, 백발백중이었다. 이 당시 동부여에서는 활을 잘 쏘는 사람을 가리켜 주몽이라고 부르는 풍속이 있었는데, 금와왕과 주변 사람들 역시 그 아이를 주몽이라고 불렀다.

금와왕에게는 일곱 명의 왕자가 있었다. 그들은 항상 주몽과 함께 어울려 활쏘기, 말타기, 사냥 등을 했지만 일곱 왕자들 중 그 누구도 주몽의 재주를 당할 수 없었다. (중략)

대소 등 여러 왕자들과 왕의 신하들이 장차 주몽을 해치려고 한다는 낌새를 알아챈 유화는 몰래 아들에게 그 사실을 알려 주었다.

"이 나라 왕궁 사람들이 너를 해치려 하는구나. 너와 같은 재주와 꾀로 어디 간들 뜻을 이루지 못하랴. 어서 이곳을 벗어나 화를 면하도록 하여라."

그때 주몽에게는 오이 등 세 사람의 충실한 부하이자 믿음직한 벗이 있었다. 주몽은 이들 세 사람과 함께 부여 땅을 탈출하는 데 성공했다.

대소 등 여러 왕자들과 금와왕의 여러 신하들은 주몽의 탈출을 알아채고 곧장 뒤를 따라왔다. 주몽 일행은 엄수라는 넓은 강에 다다랐다. 앞을 가로막은 검푸른 강물을 건널 길이 막막했고, 추격하는 대소 일행은 점점 거리를 좁혀 오고 있었다. 주몽은 강물을 향해 외쳤다.

"나는 천제의 아들이자 물의 신 하백의 외손자다. 오늘 화를 피해 도망하는 길로, 쫓는 자들이 바로 뒤에 다가오고 있는데 어쩌면 좋으냐?"

주몽의 말이 떨어지기가 무섭게 갑자기 물 위로 물고기와 자라 떼가 떠올랐다. 그러고는 서로의 몸을 잇더니 순식간에 다리를 만들었고, 주몽 일행은 그 다리 위를 달려 강을 건넜다. 주몽 일행이 건너편 강가에 닿자마자 물고기와 자라 떼는 물속으로 자취를 감추어 버렸다. 주몽 일행을 추격하던 대소 일행은 강을 건널 수 없었다.

주몽 일행은 졸본에 이르러 그곳을 도읍으로 정했다. 미처 궁궐을 지을 겨를이 없어 비류수 강가에 초막을 짓고 머물기로 했다. 주몽은 나라 이름을 고구려라 하였으며, 자신의 성을 고(高) 씨로 정했다. 이때 주몽의 나이 겨우 열두 살이었다.

— 작자 미상, 〈열두 살에 나라를 세우다〉

나 "아이고, 여보. 이것 큰일 났소. 내가 아기를 낳아도 예사 아기를 낳은 게 아니라 영웅을 낳았소."

겨드랑이에 날개 돋친 아기는 영웅으로 태어난 아기란다. 그런데 이게 참 좋아할 일이 아니라 기겁을 할 일이야. 가난한 백성이 영웅을 낳으면 임금과 벼슬아치들이 가만두지를 않거든. 영웅이 백성을 살리려고 저희들과 맞서 싸우기라도 하면 큰일이니, 힘을 쓰기 전에 죽여 버리려고 든단 말이야. 잘못하다가는 온 식구가 다 죽을 판국이지.

그래서 어머니, 아버지가 의논 끝에 우투리를 데리고 지리산 속 아주아주 깊은 골로, 사람 발길이 닿지 않는 곳으로 들어가 숨어 살았어.

그런데 발 없는 말이 천 리 간다더니, 우투리라고 하는 영웅이 지리산에 났다는 소문이 백성들 사이에 돌고 돌아 임금 귀에까지 들어가게 됐어. 임금이 그 소문을 듣고 가만히 있을 리 있나? 사납고 힘센 장군을 뽑아 우투리를 잡으러 보냈어. 장군이 군사들을 많이 거느리고 우투리네 집에 들이닥쳤지.

그런데 우투리가 참 영웅이라도 큰 영웅이지. 군사들이 몰려오는 걸 어떻게 알고 감쪽같이 사라져 버렸어. (중략)

하루는 우투리가 어디서 구했는지 콩을 한 말이나 가지고 와서 어머니한테 볶아 달라고 그러더래. 그래서 어머니가 콩을 넣고 볶는데, 볶다가 보니 콩 한 알이 톡 튀어나오겠지. 하도 배가 고파서 어머니가 그걸 주워 먹어 버렸네! 그러니까 한 말에서 한 알이 모자라게 볶아 줬단 말이야.

우투리가 볶은 콩으로 갑옷을 짓는데, 콩을 하나하나 붙여 옷을 만드니 온몸을 다 가릴 만큼 되었어. 그런데 딱 한 알이 모자라서 한 군데를 못 가렸어. 어디를 못 가렸는고 하니 왼쪽 겨드랑이 날갯죽지 바로 아래를 못 가렸어.

우투리가 그렇게 갑옷을 지어 입고 나서 어머니더러,

"조금 있으면 군사들이 다시 올 것입니다. 혹시 내가 싸우다 죽거든 뒷산 바위 밑에 묻어 주되, 좁쌀 석 되, 콩 석 되, 팥 석 되를 같이 묻어 주세요. 그리고 삼 년 동안은 아무에게도 묻힌 곳을 가르쳐 주지 마세요. 그렇게만 하면 삼 년 뒤에는 나를 다시 만날 수 있을 것입니다." (중략)

그 갈라진 틈으로 바위 속을 들여다보니, 야, 참 이런 장관이 없구나. 소문대로 우투리가 죽지 않고 살아, 바위 속에서 병사를 기르고 있었던 게지. 그사이에 좁쌀 석 되, 콩 석 되, 팥 석 되가 모조리 병사가 되고, 말이 되고, 투구가 됐어. 투구를 쓴 병사들이 저마다 말을 타고 늘어섰는데, 그 수가 몇천이나 되는지 몇만이나 되는지 몰라.

그때 우투리는 막 말을 타려고 한 발은 땅을 딛고 한 발은 말 안장에 걸쳤는데, 그때 그만 바위가 갈라져 버린 거야. 바위가 갈라져 바깥바람이 들어가니까 그 많은 병사들이 스르르 녹아서 없어지고, 우투리도 스르르 눈 녹듯이 녹아서 형체가 없어져 버렸어. 그때가 삼 년에서 딱 하루가 빠지는 날이었단다. 하루만 더 있었으면 우투리가 병사들과 함께 바위를 열고 나와 백성들을 살렸을 텐데, 딱 하루가 모자라 그리되고 말았어.

바위가 열리고 우투리가 병사들과 함께 사라지던 바로 그 순간, 지리산 자락 어느 냇가에 날개 달린 말이 나타나 사흘 밤 사흘 낮을 울었대. 그렇게 슬피 울던 말이 냇물 속으로 스르르 들어가 버렸는데, 그 뒤에도 물속에서는 자주 말 우는 소리가 들렸대. 백성들은 그 소리를 듣고 우투리가 아직도 죽지 않고 살아 있다고 믿고 있어. 날개 달린 말이 우투리를 태우고 물속으로 들어갔다고 믿는 게지. <u>우투리는 지금도 그 물속에 살아 있을까?</u>

– 작자 미상, 〈아기장수 우투리〉

1 제시문 ㉮와 ㉯ 인물의 공통점과 차이점을 각각 두 가지 이상 적어 봅시다.

공통점	
차이점	

2 가와 나 이야기를 퍼뜨린 계층은 누구일지 적고, 이들이 이야기 속에 담은 바람이나 이야기를 퍼뜨린 목적은 무엇일지 생각해 봅시다.

_____

_____

_____

_____

_____

3 문제 **2**번을 바탕으로, 제시문 나의 밑줄 친 부분이 의미하는 것은 무엇일지 이야기해 봅시다.

_____

_____

_____

_____

_____

Step_3 옛이야기 속 삶의 지혜

다음 제시문을 읽고 물음에 답해 봅시다.

가-1 "저는 부모님도 모르고 이름도 성도 나이도 모릅니다. 그냥 이 들에서 태어나 여기서 살아왔습니다."

"지금까지 혼자 어떻게 살아왔단 말이냐?"

"하늘에서 학이 날아와 한쪽 날개를 바닥에 깔아 주고, 다른 쪽 날개로 저를 덮어 주었습니다. 그리고 먹을 것을 가져다주어서 이렇게 살 수 있었습니다."

"그렇다면 네가 오늘 우리를 만났으니 오늘을 생일로 삼고 이름도 오늘이라 하자꾸나."

이렇게 하여 오늘이라는 이름을 얻게 된 아이는 사람들을 따라 마을에 들어와 살았다. 사람들은 너나없이 가족과 함께 사는데 오늘이만 외톨이였다.

가-2 "저는 오늘이라고 합니다. 부모님을 찾아서 원천강으로 가는 중입니다. 원천강 가는 길을 알려 주세요."

"저는 장상이라고 합니다. 원천강은 아주 먼 곳이지요. 서쪽으로 연화못을 찾아가 연못가의 연꽃 나무에게 길을 물어보면 가는 길을 알 수 있을 거예요."

그러면서 장상이는 한 가지 부탁을 덧붙였다.

"원천강에 가시거든 제 사연도 좀 알아봐 주세요. 왜 밤낮 여기에 앉아서 글만 읽어야 하고 집 밖으로 나갈 수 없는지를요."

가-3 "연꽃 나무님, 저는 원천강을 찾아가는 오늘이랍니다. 어디로 가야 원천강에 갈 수 있나요?"

"원천강에는 무엇 하러 가나요?"

"그곳에 우리 부모님이 계시다기에 만나러 가는 길이랍니다."

"저 아랫길로 곧장 가다 보면 청수 바닷가에 큰 뱀이 하나 구르고 있을 테니 그한테 이야기해 보세요. 그리고 원천강에 가시거든 제 신세를 좀 알아봐 주세요. 저는 겨울에 뿌리에 움이 들어 정월이면 몸속에 들고 이월이면 가지로 옮겨 가고 삼월이면 꽃이 피는데 언제나 맨 윗가지에만 꽃이 피고 다른 가지에는 피지 않으니 어찌 된 일인지 알 수가 없답니다."

가-4 오늘이가 다시 길을 나서서 한나절을 걸으니 푸른 물이 넘실거리는 청수 바다가 펼쳐지는데, 모래밭에 큰 뱀 한 마리가 뒹굴고 있었다.

오늘이가 다가가서 원천강 가는 길을 물으니 뱀이 말했다.

"원천강 가는 길을 인도하기는 어렵지 않으나 내 부탁 하나만 들어주오. 다른 뱀은 여의주를 하나만 물고도 용이 되어 올라가는데 나는 여의주를 셋이나 물고서도 용이 못 되고 있으니 어쩌면 좋겠는지 알아봐 주세요."

가-5 "저는 멀리 바다를 건너온 오늘이라고 합니다. 부모님을 찾아서 원천강에 가고 있어요. 원천강은 어디에 있나요?"

"이 길을 한참 가다 보면 우물에서 물을 긷고 있는 선녀들이 있을 거예요. 그 선녀들한테 물어보면 알려 줄 겁니다."

그러더니 자기 사연을 덧붙였다.

"저는 매일이라고 합니다. 하늘에서 벌을 받아 여기서 매일 글을 읽게 되었지요. 원천강에 이르거든 언제나 이 신세를 면할 수 있는지 알아봐 주세요."

나 "이렇게 부모님을 만났으니 제 소원을 이루었습니다. 여기에 오는 길에 부탁받은 일이 많으니 이제 돌아가렵니다."

오늘이가 원천강에 오면서 부탁받은 일을 이야기하자 부모님은 하나씩 답을 해 주고서 오늘이를 문밖까지 배웅해 주었다. (중략)

오늘이는 먼저 별층당에서 글을 읽고 있는 매일이를 만났다.

"부모님을 만나 뵙고 매일이 님의 일도 알아 왔습니다. 저와 함께 가시면 소원이 이루어질 거예요."

오늘이가 매일이를 이끌고 길을 떠나 전날의 바닷가에 이르니 큰 뱀이 여의주 세 개를 입에 넣은 채 뒹굴고 있었다.

"왜 용이 못 되는지 알아 왔습니다. 바다를 건네주면 알려 주지요."

큰 뱀은 기뻐하면서 오늘이와 매일이를 등에 태우고 수만 리 물길을 헤엄쳐 청수 바닷가에 이르렀다.

"하늘에 못 오르는 건 여의주를 세 개나 물었기 때문이랍니다. 하나만 물면 용이 될 수 있지요."

그러자 뱀은 얼른 여의주 두 개를 뱉어서 오늘이에게 주고 하나만 입에 문 채 몸을 뒤틀었다. 뱀은 힘찬 소리와 함께 용이 되어 하늘로 날아올랐다.

다음은 연화못의 연꽃 나무.

"윗가지에 핀 꽃을 처음 보는 사람에게 주면 가지마다 꽃이 핀답니다."

연꽃 나무는 얼른 윗가지에 핀 꽃을 꺾어서 오늘이에게 주었다. 그러자 가지마다 꽃봉오리가 맺히면서 탐스러운 꽃이 송이송이 피어나기 시작했다.

오늘이와 매일이는 길을 걸어 흰모래 마을 별층당에 이르렀다. 예전처럼 장상이가 글을 읽고 있었다.

"원천강에서 장상이 님의 일을 알아 왔습니다. 장상이 님처럼 몇 년간 홀로 글만 읽어 온 처녀를 만나 배필로 맞으시면 만년 영화를 누리실 수 있답니다."

"세상에 그런 처녀가 어디에 있을까요?"

"여기 모셔 왔습니다. 매일이 님이지요. 두 분이 부부의 연을 맺으면 행복해지실 거예요."

장상이와 매일이는 서로를 마주 보며 손을 꼭 잡았다.   – 작자 미상, 〈사계절의 땅 원천강 오늘이〉

다 일주일이 지나자 드디어 반달이 떠올랐습니다. 이 날을 기다려 온 사또가 이방에게 말했습니다.

"이방, 비싼 돈을 주고 사 온 달 반쪽이 어디 갔느냐? 네 맘대로 다시 팔아치운 것은 아니겠지? 없어진 달을 당장 찾아오너라!"

'아이고 이 일을 어쩐다. 그동안 바보인 줄만 알았는데…….'

이방의 얼굴이 하얗게 질렸습니다. 그러자 사또가 이방에게 외쳤습니다.

"네 이놈, 감히 거짓말을 해서 나랏돈을 마구 쓰다니! 여봐라, 저놈을 당장 감옥에 가두어라."

결국 이방은 감옥에 갇히고 말았습니다. 사또의 현명함에 마을 사람들은 무릎을 탁 치며 기뻐했습니다.

"사또가 바보인 줄만 알았는데 알고 보니 현명한 사람이더군요."

"그러게 말이야. 잘된 일이야."

마을 사람들은 사또의 현명함을 칭송하는 비석을 세우고 오래오래 사또를 칭찬했답니다.

– 작자 미상, 〈바보 사또〉

1 제시문 **가**의 밑줄 친 인물들의 공통점을 찾아보고, **나**에서 이들이 문제를 어떻게 해결하는지 정리해 봅시다. 또한 그것이 오늘날 우리에게 주는 교훈을 생각해 봅시다.

• **가** 인물들의 공통점 : _____

_____

• 인물들이 문제를 해결하는 방법 : _____

_____

• 우리에게 주는 교훈 : _____

_____

2 문제 **1**번과 제시문 **다**를 참고하여, 옛이야기의 힘과 가치는 무엇인지 이야기해 봅시다.

_____

_____

_____

_____

생각 펼치기

1 호동 왕자와 낙랑 공주의 행동에 대해 근거를 들어 평가해 봅시다.

가 호동 왕자는 사냥을 하다가 이웃 나라 옥저에 가게 되었다. 그런데 마침 그곳에는 낙랑 국의 임금인 최리가 와 있었다. 최리는 호동 왕자를 보더니 반가워하며 말했다.

"그대의 얼굴을 보니 고구려 왕의 아들임을 알 수가 있겠구려. 나와 함께 우리나라에 가서 잠시 지내지 않겠소?" (중략)

"귀한 손님이 왔으니 내 보잘것없는 딸을 불러 시중을 들게 하고 싶소."

최리는 자신의 딸 낙랑 공주를 불렀다.

낙랑 공주의 모습을 본 호동 왕자는 눈이 번쩍 뜨였다. 그녀의 모습이 어찌나 아름다운지 마치 얼굴에서 빛을 뿜는 듯했다. 낙랑 공주 역시 호동 왕자의 남자다운 모습에 마음을 **빼앗** 겨 버렸다. 결국 두 사람은 서로 마음이 통해 혼례식을 올리게 되었다.

나 "너는 나라의 일보다 개인의 일을 앞세우지는 않겠지? 낙랑은 오래전부터 우리가 차지 하려 했던 땅이다. 그런데 그 나라에는 적이 쳐들어오면 저절로 울리는 '자명고'라는 북이 있다. 그것 때문에 우리는 아직 낙랑을 공격하지 못하고 있지. 네가 그곳의 공주를 아내로 맞이했다고 하니, 공주에게 부탁해서 그 자명고를 찢어 버리도록 하라."

다 호동 왕자의 편지를 받은 낙랑 공주는 고민에 **빠졌**다. 자명고를 찢으면 아버지를 배신하 게 되고, 그러지 않으면 사랑하는 사람을 잃게 되기 때문이었다. 며칠 동안 고민하던 낙랑 공주는 마침내 사랑을 택하기로 마음먹었다. (중략) 손에 칼을 들고 한동안 망설이던 낙랑 공주는 마침내 눈을 질끈 감고 자명고를 찢어 버렸다.

라 "어리석은 것! 아비와 나라를 배신하다니!"

최리는 어쩔 수 없이 딸을 죽여야 했다. 하지만 그것이 문제를 해결해 주지는 못했다. 낙 랑은 곧 고구려에 항복할 수밖에 없었다.

호동 왕자는 궁궐로 들어와 낙랑 공주를 찾았다. 하지만 낙랑 공주는 이미 숨을 거둔 뒤 였다.

– 작자 미상, 〈낙랑 공주와 호동 왕자〉

마 국가란 개인이 자신의 생존과 안전을 위해 선택한 것이다. 개인의 필요에 의해서 국가가 성립됐고 개인의 이익을 위해 국가의 이익을 추구한다고 본다면, 국가는 수단이고 개인이 국가를 가치 있게 하는 근원이 될 것이다. 그렇다면 개인의 이익과 국가의 이익이 갈등을 일으킬 때는 개인의 이익이 우선적으로 고려될 것이다.

그러나 국가는 개인의 생존과 이익을 보장해 줄 수 있는 단체이므로, 개인이 진정으로 자신의 생존과 **안위**를 위한다면 자신보다 국가의 생존과 안위를 우선적으로 고려해야 한다. 개인은 사고하고 선택하고 행동할 때, 자신보다는 국가의 이익을 염두에 두어야 한다.

개인이 국가를 자기 한 몸보다 더 크고 중요한 것으로 여기지 않으면 국가는 성립하지 않으며, 인도(人道)를 실현할 길도 차단된다.

바 자유주의자의 가장 기본적인 주장은 개인 자유의 보장이다. 즉 자유주의는 개인 자유의 보장을 사회의 기본 원리로 주장한다. 여기에서 관심을 갖는 자유는 집단이 아니라 개인의 자유이다. 인간 개인만이 궁극적 가치를 갖고 있다. 국가, 조직, 이념 등 나머지 것들은 그 자체로서의 가치는 없으며 오직 개개인의 행복을 증진시키는 수단으로서만 가치를 지닌다.

• **안위**(安慰) 몸을 편안하게 하고 마음을 위로함.

• 호동 왕자의 행동은 (옳다. / 옳지 않다.) 왜냐하면 _____

_____

_____

_____

• 낙랑 공주의 행동은 (옳다. / 옳지 않다.) 왜냐하면 _____

_____

_____

_____

2 낙랑 공주에 대한 재판이 벌어졌습니다. 여러분이 재판장이 되어 낙랑 공주에 대한 판결문을 적어 봅시다.

> 판결문은 어떠한 사건에 대해 법원이 판단하고 결정한 내용을 작성한 문서를 말합니다. 주로 **판결 주문**과 판결 이유로 구성되는데, 주문 내용에 따라서 피고에게 권리 행사를 할 수 있습니다.
>
> **판결문 작성 요령**
> • 받는 사람이 읽기 쉽도록 불필요한 용어는 생략하여 간결하게 작성한다.
> • 문장을 최대한 짧게 쓴다. 수식 구조가 복잡하거나 주어가 반복되는 문장은 피한다.
> • '~(이)라 함은' → '~(이)란', '~(이)라고 할 것이다.' → '이다.'

판결문

사　　　　건 : 20○○ 고등 법원 합의부 1○○ **시설 파괴 이적죄**

피　고　인 : 낙랑 공주

판 결 주 문 : _____

_____

_____

판 결 이 유 : _____

_____

_____

_____

• **판결 주문**(判決主文) 판결의 결론 부분.
• **시설 파괴 이적죄**(施設破壞利敵罪) 적국을 위하여 군사 시설이나 군용 물건을 파괴하여 자국에 해를 끼치는 죄.

금기는 왜 항상 깨지는 걸까

금기(禁忌)란 '마음에 꺼려서 하지 않거나 피하는 것'을 말합니다. 반드시 지켜야 하는 것으로, 옛사람들은 금기를 지키지 않으면 전염병이 돌거나 흉년이 드는 등 하늘의 큰 벌을 받는다고 믿었습니다.

그런데 설화 속 금기, 특히 전설에서의 금기는 마치 깨지기 위해 존재하는 것처럼 항상 지켜지지 못합니다. 〈아기장수 우투리〉의 우투리 어머니는 아들이 묻힌 곳을 알려 주지 말라는 금기를 어깁니다. 〈**장자못 전설**〉의 며느리는 뒤를 돌아보지 말라는 금기를 지키지 못하고, 〈선녀와 나무꾼〉의 나무꾼 역시 아이를 셋 낳을 때까지 선녀에게 날개옷을 주지 말라는 금기를 어깁니다.

이렇게 전설 속 인물들이 자꾸만 금기를 깨뜨리는 것은 그들이 바로 우리와 같은 인간이기 때문입니다. 그들은 신이 아니기에, 인간이라는 태생적 한계 때문에 금기를 지키기 어려워합니다. 그리고 우리는 금기를 깬 전설의 인물을 비난하지 않습니다. 인물의 불행을 타산지석으로 삼지도 않습니다. 오히려 그들의 행동을 이해하고 공감합니다. 즉, '저 인물은 금기를 어겼으니 벌을 받아 마땅하며, 벌을 받지 않으려면 우리는 금기를 반드시 지켜야 한다.'가 아니라, '금기를 어겨 벌을 받은 인물이 안타깝고 그 행동이 남 일 같지 않다.'라고 느끼는 것입니다. 눈앞에서 남편의 목에 칼이 들어왔는데 우투리 어머니가 비밀을 지키기는 어려웠을 것입니다. 가족들을 뒤로하고 도망가는데 그쪽에서 심상찮은 소리가 들려온다면 누구든 며느리처럼 뒤를 돌아봤을 것입니다. 선녀에 대한 믿음과 죄책감을 동시에 느꼈을 나무꾼의 심정도 충분히 공감할 수 있습니다.

이처럼 전설에서의 금기는 우리에게 **인지상정**과 연민의 감정을 자아냅니다. 그리고 그 속에서 비극성을 심화시키는 역할도 합니다. 이것이 바로 전설의 금기가 자꾸만 깨지는 이유입니다.

- **장자못 전설** 한 스님이 심보 고약한 부자 장자를 벌주기 위해 그 집에 벼락을 내려 연못으로 만들었다는 전설. 스님은 마음 착한 며느리에게만 빨리 집을 나와 뒷산으로 달아나되, 어떤 경우에도 절대로 뒤를 돌아보지 말라고 일러 주었다. 하지만 달아나던 며느리가 뒤에서 들리는 벼락 소리에 놀라 뒤를 돌아보았고, 그 순간 그대로 돌로 변해 버렸다고 전해진다.
- **인지상정**(人之常情) 사람이면 누구나 가지는 보통의 마음.

memo

memo

중학교 국어 교과서 소설 완전 정리!
교과서 속 단편 소설로 독서·토론·논술 수업하기!

- 2022 개정 교육과정에 따라 새롭게 바뀐 국어 교과서의 단편 소설을 수록하였습니다.
- 주제별로 분류한 작품 전문(全文)을 감상하며, 소설 읽는 즐거움을 느낄 수 있습니다.
- 토의·토론·논술 문제를 풀면서 문해력과 작품 분석력, 비판적 사고력을 동시에 키울 수 있습니다.
- 문학 작품을 더 깊이 있게 이해하고 감상을 함께 나누는 살아 있는 문학 수업을 만들 수 있습니다.

독서는 충만한 사람을 만들고,
토론은 준비된 사람을 만들고,
글쓰기는 정확한 사람을 만든다.
– 프랜시스 베이컨

논술로 통하는 현대 소설 다보기

독서·토론·논술 문제 수록! 자기 주도 학습 능력 향상!

안국선 금수회의록
이인직 혈의 누

이광수 무정

염상섭 만세전

채만식 태평천하

심훈 상록수

채만식 탁류

- 한국 현대 문학사에 기념비적인 작품을 중심으로 선정
- 독서·토론·논술 문제의 자기 주도 학습 가능
- 수능에 대비한 문학 작품의 체계적 분석 연습